Roberto Mistretta, geb. 1963, ist Journalist und Romanautor und lebt in seiner sizilianischen Heimatstadt Mussomeli. Mit dem heißblütigen Carabiniere Saverio Bonanno hat Mistretta eine unverwechselbare Ermittlerfigur geschaffen, »die das Zeug zum Serienhelden hat« (krimi.couch.de).

Von Roberto Mistretta erschienen im
Bastei Lübbe Taschenbuchprogramm:

92249 Das falsche Spiel des Fischers
92292 Die dunkle Botschaft des Verführers

Roberto Mistretta

# *Der kalte Blick der Rache*

Roman

Aus dem Italienischen
von Katharina Schmidt

BASTEI LÜBBE

BASTEI LÜBBE TASCHENBUCH
Band 16 353

1. Auflage: November 2009

Vollständige Taschenbuchausgabe der in der
editionLübbe erschienenen Hardcoverausgabe

Bastei Lübbe Taschenbücher in der Verlagsgruppe Lübbe


Originaltitel: Il Diadema di Pietra

Einbandgestaltung: Gisela Kullowatz
Satz: Kremerdruck GmbH, Lindlar
Gesetzt aus der DTL Documenta
Druck und Verarbeitung: CPI – Ebner & Spiegel, Ulm
Printed in Germany
ISBN 978-3-404-16353-3

Sie finden uns im Internet unter
www.luebbe.de
Bitte beachten Sie auch: www.lesejury.de

Der Preis dieses Bandes versteht sich einschließlich
der gesetzlichen Mehrwertsteuer.

*Tief und bitter sind die Wurzeln des Hasses,*
*die den Wunsch nach Rache nähren.*

## *Eins*

Agatina Piditella wurde wach. Sie atmete den säuerlichen Atem eines freudlosen Menschen ein. Boshafte Nägel bohrten sich unbarmherzig in die Falten ihres toten Leibes. Ihr unruhiger Schlaf trug den bitteren Geschmack des Versagens in sich. Nein, das war kein Albtraum. Er lag wirklich neben ihr und schnarchte. Sie stand auf, ihre Brust hob und senkte sich heftig. Der kalte Kuss des Marmors unter den bloßen Füßen ließ ihre nackten Schenkel erschauern. Sie blieb barfuß im Nachthemd stehen und unterdrückte den Wunsch, zu schreien und ihr eigenes Heim kurz und klein zu schlagen, diesen ehrwürdigen, barocken Palazzo, in dem sie früher glücklich gewesen war.

Früher, als sie noch an die Männer und ihre Versprechungen geglaubt hatte.

Mit leisen Schritten schlich sie ans Fenster und schob die Vorhänge beiseite, um ein wenig Luft zu bekommen. Sie erstickte beinahe. Der Morgen tauchte das Montanvalle in ein bleiches Türkis. Vor ihren Augen türmten sich orangefarbene und rosa Streifen auf. Die mit Tau benetzten Glocken der Kirche Santa Lidia Purpuraria fingen das erste Morgenlicht ein, das die wellige Silhouette der Hügel beleuchtete. Villaboscos historische Altstadt lag schweigend da. Weiter hinten im Tal breiteten sich Nebelschwaden aus, die wie Baumwollflöckchen aussahen. Ein Hahn begrüßte mit grellem Krähen den Tag. Viele der alten Frauen, die in den Steinhäusern des Viertels wohnten, hielten sich Hühner im Hof.

Dort fanden sie dann jeden Tag frische Eier, die sie roh tranken oder aus denen sie Zabaione zubereiteten.
Agatina atmete durch die zusammengebissenen Zähne und rang um Fassung. Sie füllte ihre Lungen mit Luft und versuchte, sich in den neuen Tag zu finden. Ein Schauer erfasste ihre mageren Schultern. Sie schluckte bittere Galle hinunter. Sie beobachtete, wie er sich bewegte und im Bett umdrehte. Er streckte einen Arm nach dem Platz aus, an dem sie vorher gelegen hatte. Sein Arm blieb reglos liegen und er öffnete die Augen nicht.
Glühender Hass und unterdrückte Wut erfüllten die Luft. Eine höhnische Grimasse lag auf ihren üppig geschwungenen Lippen, als sie eingehend ihr Spiegelbild betrachtete. Sie war immer noch jung und schön. Dunkle Zigeuneraugen schoben sich in ihre Gedanken und eine Idee nahm in ihrem Kopf Gestalt an. Es war Zeit, den Plan zu durchdenken und auszuarbeiten, und dann würde sie ihre Rache bekommen.
Die Pistole Kaliber neun lag am üblichen Platz. Sie nahm sie vorsichtig, prüfte Form und Gewicht, streichelte zärtlich über den glänzenden Lauf, dann packte sie die Waffe, richtete sie auf das Bett und zielte.
*Bumm*, formte ihr Mund lautlos.
Jetzt war das Grinsen nur noch ein schmaler Strich. Sie lächelte boshaft. Ihre spitzen Zähne blitzten im Licht des beginnenden Tages. Ein kräftigerer Schauer überlief sie von den Schenkeln bis zur Hüfte, aber diesmal lag es nicht an der Kälte.

Die Sonne brennt unbarmherzig auf die nackte Haut herab, die von heißen Umarmungen erhitzt ist. Schlaffe Leiber rekeln sich auf den Liegen, ölig schimmernd von fettigen Cremes, ein kleines Mädchen hüpft unbekümmert herum, während der athletische Oronzo seinen im Fitnessstudio gestählten Körper zur Schau stellt und seine Frau stolz ihren knackigen Po und Busen herausstreckt.

Ein glühend heißer Sonntag im Juli. Maresciallo Bonanno trieft vor Schweiß und segnet die herrlichen Tage, die er mit Spaziergängen am Strand von Gallipoli verbracht hat.

Er hat ein wenig Mühe, seinen sich vorwölbenden Bauch mit gespielter Lässigkeit einzuziehen. Bisher hat er ihn vergeblich mit unzähligen Diätversuchen bekämpft, die er stets mit den besten Vorsätzen begonnen, aber nie beendet hat. Er spürt, wie die Sonnenstrahlen ihn vom Nacken bis zum Rücken streicheln, über den Hals bis zu den Schultern, und ihn wohltuend durchströmen. Manchmal findet sich in solchen Tagen das Paradies auf Erden, während Bonanno sich ausmalt, wie sein lästiger Kollege Marcelli schweißüberströmt Berichte fertig schreibt und in den entferntesten Winkeln von Villabosco Hühnerdiebe jagt. Den Bürgermeister Totino Prestoscendo stellt er sich unerreichbar weit weg vor und schaut sich lieber die hübschen Mädchen an, die sich hier am Strand in Apulien sonnen und sein hungriges Männerauge erfreuen.

»Verdammte Hacke, ist das stürmisch heute Abend, Maresciallo! Ich frage mich wirklich, warum wir uns der eisigen Zugluft hier draußen aussetzen, wo wir doch sicher sind, dass unser Freund da drinnen ist«, ließ Steppani sich vernehmen.

Bonanno wurde aus der schwülen Luft des Strands gerissen, wo er eine Woche Urlaub verbracht hatte, und in die harte Wirklichkeit eines Provinzpolizisten zurückgeholt. Es war eine Nacht, in der man keinen Hund vor die Tür gejagt hätte. In Villabosco pfiff ein eisiger Nordwind und die Luft, die nach Schneeregen roch, verteilte harte Ohrfeigen, die einen so betäubten wie der blutrote sizilianische Wein. Nur kleine Diebe oder verrückte Bullen wie sie wagten sich bei diesem schlechten Wetter hinaus.

Bonanno sah Brigadiere Attilio Steppani mit unheilvollem Blick an. Zum Donnerwetter! Mit diesem verfluchten Assistenten konnte man sich die Wartezeit nicht einmal vertreiben, indem man sich vorstellte, es sei Hochsommer. Bei dem wusste man nie, was er im nächsten Moment anstellen würde.

»Verdammt noch mal, Steppani, halt die Augen offen und mach keinen Mucks. Ich möchte nicht, dass zwei Stunden Überwachung deinetwegen völlig umsonst waren. Außerdem, lass dir das gesagt sein, Steppani, diesmal kriege ich ihn ganz bestimmt! Aber bevor wir etwas tun, brauchen wir einen unwiderlegbaren Beweis.«

»Das mag ja sein, aber ich spüre meine Zehen schon nicht mehr und jetzt frieren mir auch noch meine Kronjuwelen ab. Wenn wir weiter wie angewurzelt in dieser Kälte stehen bleiben, werden uns morgen früh wohl die Straßenfeger abtransportieren müssen. Offen gesagt, Maresciallo, ich beginne mich so langsam in einen Schneemann zu verwandeln. Ich hole mir hier bestimmt einen steifen Hals und Erfrierungen an den Händen. Sie wissen ja, wie anfällig ich bin. Wenn ich das vorher gewusst hätte, hätte ich mich auf keinen Fall dazu breitschlagen lassen«, antwortete Steppani.

Der Brigadiere stammte aus dem reichen Norden Italiens, aber in diesem Moment versuchte er, genauso wie sein bärbeißiger Maresciallo zu reden, um sich besser verständlich zu machen, aber das kam bei Bonanno nicht gut an. Auf diesem Ohr war er taub.

»Hör endlich auf, Steppani, ich bin selbst schon auf hundertachtzig«, brummte Bonanno und begleitete seine Antwort mit einem vielsagenden Blick. Seine nervösen Handbewegungen wirkten bedrohlicher als jedes Wort.

Einmal hatte der Maresciallo sogar die Dienstwaffe auf ihn gerichtet und gedroht, er würde ihm eine Kugel in den rechten Fuß schießen, mit dem er das Gaspedal des Alfa 155 immer bis zum Anschlag durchtrat, während er mit Höchstgeschwindigkeit über die kurvigen Straßen des Montanvalle raste. Steppanis Spleen, sich wie ein verhinderter Formel-1-Pilot zu fühlen, war Bonanno unerträglich.

»Ich mach dir einen Vorschlag, ich rauche noch schnell die Zigarette hier und dann stöbern wir ihn auf«, sagte Bonanno. Er verspürte jetzt ebenfalls die ersten Anzeichen von Erfrierungen.

»Na endlich«, antwortete Steppani, der inzwischen blau angelaufen war. Er stieß ein dampfendes Atemwölkchen aus, das sogleich gefror.

Bonanno war sich sicher, dass er an diesem Abend Peppino Mangiaracina, Spitzname Porcufinu, einem kleinen Gauner aus der Gegend, Handschellen anlegen würde. Das hatte sich der Maresciallo geschworen. Dieser Holzkopf hatte den Wagen des Bürgermeisters Totino Prestoscendo beschädigt. Und aus welchem Grund? Weil der den Antrag auf eine Erhöhung der Beihilfe für seine unglückliche Familie – seine Frau und einen Haufen Kinder, die in der Mehrzahl in den Waisenhäusern des Montanvalle untergebracht waren – abgelehnt hatte. Auf die begründete Absage des Sozialamtes hin, die Prestoscendos Unterschrift trug, hatte Mangiaracina Drohungen ausgestoßen, sich vor dem Rathaus in Villabosco angekettet, aber niemand hatte sich darum gekümmert. Also hatte er sich der Kälte wegen noch am gleichen Abend kleinlaut nach Hause verzogen. Da er die Schmach jedoch nicht hatte verwinden können, wartete er nun auf eine günstige Gelegenheit, es Prestoscendo heimzuzahlen. Eines Abends besuchte der Bürgermeister in Campolone eine Konferenz über *Zukunftsweisende Konzepte für den Tourismus im Montanvalle.* Peppino verkaufte dort Erdnüsse und geröstete Kichererbsen aus seinem verbeulten Kastenwagen. Da die alte Karre Öl verlor, hatte er im hinteren Teil des Fahrzeugs immer einen Ölkanister stehen, aus dem er ab und zu etwas nachfüllte.

An diesem Abend landete das Öl auf des Bürgermeisters nagelneuem Ford, einer herrlichen Limousine, die vierzig große Scheine gekostet hatte. Prestoscendo hatte ein Jahr auf den Wagen gewartet und sich vor Wut fast in den Hintern gebissen, weil der Händler, der bereits eine saftige Anzahlung kassiert hatte, den Termin immer weiter nach hinten verschob.
Porcufinu stellte sich so ungeschickt an, dass er bei der Tat gesehen wurde. Natürlich hatte Prestoscendo bei den Carabinieri ausführlich Strafanzeige erstattet, obwohl er von vornherein wusste, dass er vergeblich Schadensersatz forderte. Maresciallo Michelozzi, der Kommandant der Station von Campolone, war dafür zuständig und kümmerte sich um den Fall, aber der wütende Prestoscendo hatte Bonanno ebenfalls mit eingespannt. Der Bürgermeister machte ihn persönlich dafür verantwortlich, dass der Übeltäter noch nicht verhaftet war, und hatte seine politischen Referenten mündliche und schriftliche Beschwerden an Colonnello Eugenio Latella richten lassen, den Leiter des Provinzkommandos, auf dessen Beliebtheitsskala Bonanno gleich hinter chronischem Durchfall rangierte.
Bonanno mochte dem Bürgermeister noch sooft erklären, dass er Mangiaracina wegen dieses Verbrechens zwar beschuldigen, nicht aber in Haft nehmen konnte, da er ihn nicht auf frischer Tat ertappt hatte, es war einfach zwecklos. Der unbelehrbare Prestoscendo, dessen Kopf wie eine auf Hochglanz polierte Wassermelone aussah, verfolgte ihn einmal sogar bis in sein Büro. Er geiferte bei dem Gedanken an seinen schönen Wagen, der jetzt völlig ruiniert war, und spuckte in alle Richtungen. Bonanno versuchte vergeblich, dem feuchten Schwall auszuweichen.
Mangiaracina, ein einfacher kleiner Dieb, hatte zum Glück noch einige Rechnungen mit der Justiz offen. Als Bonanno einen Haftbefehl wegen alter Verfehlungen in die Finger be-

kam, gönnte er sich erleichtert erst mal drei großzügige Portionen eines Gerichts aus Kutteln, roten Bohnen und Tomaten, die mit Chili und reifem Pecorinokäse gewürzt waren. Endlich hatte er Gelegenheit, sich gleich zwei Nervensägen auf einmal vom Hals zu schaffen.

Porcufinu musste wegen einer Reihe früherer Vergehen noch fünf Jahre hinter Gittern verbüßen, nach den einzelnen Verfahrensstufen waren die Urteile rechtskräftig geworden. Doch er hatte Wind davon bekommen und nun war er untergetaucht.

Bonanno hasste seine Rolle als Leiter der Kompanie, die ihm als Dienstältestem zukam, und konnte das wiederholte Eindringen des aufgebrachten Bürgermeisters in sein Büro nicht mehr ertragen. Seit drei Monaten ging das schon so, und so waren ihm die Kutteln schließlich sauer aufgestoßen.

An diesem Märzabend jedoch, da war Bonanno sich sicher, war endlich der richtige Moment gekommen. Es war der Tag des »San Giuseppe« und traditionell wurde der heilige Tischler im Montanvalle mit großen Festessen gewürdigt. Peppino Mangiaracina würde schwerlich darauf verzichten, seinen eigenen Namenstag mit einem reichhaltigen Mahl zu feiern, und sich folglich in sein einsam gelegenes Haus schleichen, um sich dort mit verschiedenen herzhaften Leckereien vollzustopfen. Und zum Nachtisch würde er sich ein paar Stunden an den üppigen Rundungen seiner Ehefrau delektieren.

Da sie kein Aufsehen erregen wollten, hatten Steppani und Bonanno sich darauf verständigt, Zivil zu tragen, und sich dann in der Nähe des Hauses des Gesuchten postiert. Den Dienstwagen hatten sie deutlich sichtbar auf der Piazza in Villabosco geparkt, um zu verhindern, dass irgendein allzu aufmerksamer Freund Mangiaracina die verdächtige Anwesenheit der Bullen verriet.

Bonanno inhalierte den Rauch einer seiner zahllosen Zigaretten und sah auf die Uhr. Es war kurz vor Mitternacht. Steppani hatte recht: Die Böen des Nordwinds ließen einen vor Kälte erstarren. Da öffnete sich ein Fenster im ersten Stock des Hauses, fleischige Frauenhände schüttelten ein riesiges Tischtuch aus und säuberten es von den Resten eines opulenten Mahls.

Nina Favarò, Peppino Mangiaracinas Frau, hatte ihre beiden jüngsten Kinder – die einzigen, die noch bei ihr lebten – offenbar schon vor ein paar Stunden zu Bett gebracht. Die große Tischdecke, die sie zu so später Stunde ausgeschüttelt hatte, konnte nur eins bedeuten: Der Trottel war zu Hause. Eine Frau allein konnte nicht so viel essen. Auf diesen Beweis hatte Bonanno gewartet. Jetzt musste er nur noch hineingehen, den Kerl holen und hinter Gitter bringen.

Die Wohnräume lagen im ersten Stock von Mangiaracinas Haus. Damit sie die Überraschung nicht verdarben, hatte Bonanno Werkzeug mitgebracht, um die Haustür gewaltsam zu öffnen. Nach zahlreichen nutzlosen Versuchen und langen Minuten fiebriger Arbeit, die nur dazu führten, dass sich seine erstarrten Hände erwärmten, brummte Steppani:

»Darf ich es mal versuchen?«

Stumm verwünschte sich Bonanno dafür, dass er das Brecheisen im Wagen gelassen hatte, und machte gönnerhaft Platz. Dieser Grünschnabel wollte ihm also etwas beibringen.

»Kannst du haben«, sagte er erbost.

Steppani führte den gebogenen Haken ins Schloss ein, drehte ihn kurz, und dann hörte man ein Schnappen. Der Brigadiere verneigte sich demonstrativ und ließ seinem Vorgesetzten den Vortritt: »Nach Ihnen, Maresciallo.«

»Wie hast du das denn gemacht?«, fragte Bonanno verwirrt.

»Das erkläre ich Ihnen ein anderes Mal, jetzt gehen wir besser hinein.«

»Ich sage, das war ein Trick.«

»Und ich sage, Sie brauchen einen Schnellkurs in Einbrechen. Gehen wir?«
»Ja, ja, wir gehen ja schon, verdammt noch mal.«
Bonanno, der sich immer noch nicht damit abfinden konnte, dass Steppani die Tür so geschickt aufgebrochen hatte, sah ihn misstrauisch an und brummelte leise etwas vor sich hin, während er mit ihm die Stufen hinaufging. Als sie Mangiaracinas Wohnungstür erreicht hatten, bearbeiteten sie sie mit Faustschlägen. Nur dieses Stück Holz trennte sie noch von dem Gesuchten.
»Aufmachen, Carabinieri!« Von innen hörte man den Krach von umgeworfenen Stühlen und aufgeregte Stimmen.
»Wen suchen Sie noch so spät?«, fragte Mangiaracinas Frau durch die Tür.
»Macht auf oder wir schlagen die Tür ein«, drohte Bonanno mit dröhnender Stimme.
Er hatte seinen Satz noch nicht beendet, als Steppani bereits mit einem kräftigen Schulterstoß die Tür einrammte. Dabei schrie er: »Der entkommt uns!«, und katapultierte sich mit einem Salto in die Wohnung. Während er sich von dem gewaltigen Schlag erholte, den der Blitzangriff seines Untergebenen ihm versetzt hatte, und er schon an die zu bezahlenden Schäden dachte, folgte Bonanno Steppani. Der war flink wieder auf die Beine gekommen und trat jetzt Nina Favarò entgegen. Wild entschlossen hielt der Brigadiere die Pistole im Anschlag. Die Signora hatte einen hysterischen Anfall, die Angst löste ihr die Zunge: *»La porta mi jttadtivu nterra sbirri di merda, cosa fittusa, figghi di buttana«*, was nicht sehr charmant hieß: »Ihr Scheißbullen habt mir die Tür eingeschlagen, ihr verdammten Hurensöhne!«
»Wo ist Ihr Mann?«, fragte Steppani und schaute sich prüfend um. Bonanno fühlte sich zunehmend unwohl, wahrscheinlich hatte sich der Brigadiere am Vorabend bis spät in

die Nacht eine dieser amerikanischen Polizeiserien voller Action und Schießereien reingezogen.
»Sagen Sie uns sofort, wo er ist!«, meinte nun der Maresciallo und versuchte, Haltung anzunehmen. Zwar war von Peppino Mangiaracina nichts zu sehen, aber im Spülbecken standen ein Haufen schmutzige Teller, Schüsseln und Pfannen. Das wäre schon für den sechsten Sinn eines vollkommen Blinden eine Ohrfeige gewesen, ganz zu schweigen vom Bulleninstinkt des Maresciallo: Porcufinu hatte sich hier drinnen verkrochen.
Nina Favarò hörte nicht auf, mit den Händen zu fuchteln und zu schimpfen. Die Knöpfe ihres Nachthemds über dem üppigen Busen standen offen und durch den Spalt der angelehnten Schlafzimmertür sah man ein zerwühltes Ehebett.
Es war genau, wie sie angenommen hatten: Nach dem lukullischen Festmahl hatten Porcufinu und seine Frau beschlossen, die überschüssigen Kalorien mit ein wenig Bettgymnastik abzubauen, und sie, die lästigen Bullen, hatten ihnen den Spaß verdorben.
Um die unbefriedigten Hormone der Frau in Zaum zu halten und weil eins der Kinder aufgewacht war und sich nun durch lautes Schreien bemerkbar machte, beschloss Bonanno, zur Tat zu schreiten.
Nina Favarò rührte sich nicht vom Fleck, sie redete, provozierte die beiden Polizisten, ereiferte sich, aber sie blieb auf diesem abgetretenen Teppich stehen.
Bonanno betrachtete ihn genauer. Wann hatte man schon mal einen Teppich in der Küche gesehen?
»Steppà, schaff die Signora da runter«, befahl er.
»Die wiegt ja eine Tonne, Marescià!«
»Steppà, leg die Waffe weg und greif dir die Frau!«
»Warum tun Sie es nicht?«
»Weil ich dein unmittelbarer Vorgesetzter bin und es dir be-

fehle. Hol die Signora von dem verdammten Teppich runter, sage ich!«

Sein Ton erstickte jeden weiteren Einwand.

Steppani steckte die Dienstwaffe in seinen Halfter, packte Nina Favarò an den Armen und entfernte sie gewaltsam, dabei fing er sich einen Stoß mit dem Ellenbogen und einen Fußtritt ein. In Gedanken trug er beides mit Großbuchstaben in die Liste mit Vorfällen ein, für die der Maresciallo ihm einen Gefallen schuldig war.

Bonanno zog den Teppich weg. Volltreffer! Im Fußboden verbarg sich eine Falltür. Er hob sie an.

»Da unten ist nichts, gar nichts, Marescià, nur ein paar Mäuse«, sagte die Frau und errötete noch heftiger. Jetzt wirkte sie besorgt. Bonanno beachtete sie nicht weiter und machte Steppani ein Zeichen, er solle in die Versenkung hinabsteigen und das überprüfen, was er schon wusste. Der Brigadiere kletterte die wenigen Holzsprossen der abgetretenen Leiter hinunter und sah sich um. Der Raum war vollkommen dunkel, es war unmöglich, irgendetwas zu erkennen.

»Marescià, ich brauch eine Taschenlampe.«

»Und woher soll ich die nehmen?«

»Keine Ahnung, hier unten sieht man rein gar nichts.«

Bonanno fluchte stumm. Es war nicht daran zu denken, sich von der Signora eine Kerze oder eine Taschenlampe zu leihen. Inzwischen waren beide Kinder aufgewacht und weinten. Er musste das hier schnell zu Ende führen, denn Kinderweinen ertrug er nicht. Außerdem sollten die Kleinen nicht miterleben müssen, wie ihr Vater verhaftet wurde. Deshalb stieg er jetzt selbst in den Kellerraum, bedeutete Steppani, er solle still sein, und wartete, bis sich die Augen an die Dunkelheit gewöhnt hatten. Eine endlose Zeit. Sogar Nina Favarò sagte nichts mehr.

In der hintersten Ecke hatte jemand eine Matratze an die Wand gelehnt. Darunter sahen zwei nackte Füße hervor. Bonanno musste grinsen und um sich für all die Spuckorgien des Bürgermeisters zu rächen, beschloss er, sich einen Scherz mit Porcufinu zu erlauben.

»Hör mal, Steppani, weißt du was? Da die Signora drauf beharrt, dass hier unten nichts ist außer Mäusen, schieße ich jetzt mal auf diese alte Matratze, vielleicht treffen wir ein paar Mäuse, die sich dort verstecken.«

»Und ich helfe Ihnen dabei, Marescià«, sagte Steppani, der die Anspielung verstanden hatte, und zog seine Waffe. Bonanno schob eine Kugel in den Lauf. Steppani tat es ihm gleich.

Peppino Mangiaracina, genannt Porcufinu, der sich hilflos hinter der alten Matratze zusammengekauert hatte, erfasste die bedrohlichen Absichten dieser beiden Irren in Bullenuniform ganz genau. Seine Beine wurden weich wie Pudding und seiner ausgetrockneten Kehle entwand sich ein gellender Schrei: »Haaalt! Was fällt euch denn ein? Ich bin hier, nicht schießen, ich bin's doch, Peppino Mangiaracina persönlich, der Sohn von Vastiano, in meinem Haus gibt es keine Mäuse, ich bin sofort oben, ich ergebe mich, es gibt keinen Grund zu schießen, verhaftet mich!«

Als Bonanno seinen Kollegen in der Kaserne erzählte, wie er Porcufinu erwischt hatte, und ein paar pikante Details hinzufügte, bogen sich alle vor Lachen. Porcufinu war nicht grau wie eine Maus, sondern grün vor Schreck geworden. Bonanno tat ebenfalls so, als hätte er das Ganze lustig gefunden, aber es nagte dennoch ein Zweifel an ihm: Wenn durch seinen Geniestreich ein Schuss gefallen wäre, hätte der Vorfall nicht in Gelächter, sondern in einer Tragödie geendet.

Es war wirklich eine Tragödie. Der Maresciallo knabberte die Reste seiner angefressenen kurzen Nägel an den nervösen dicklichen Fingern ab: Was sollte er bloß in den Bericht schreiben?

Wie sollte er die genaue Entwicklung darlegen, die ihn dazu gebracht hatte, Porcufinu zu verhaften? Schon beim bloßen Gedanken daran geriet er in Rage und rauchte unvernünftig viel. Er hatte sich nie mit Papier und Bleistift anfreunden können, geschweige denn mit einem PC. Diesem Schreibkram hier hätte er Dutzende Observierungen in der Kälte oder unter sengender Sonne vorgezogen. Aber auch bei den Carabinieri erforderte die Bürokratie ihren Tribut an Schreibtischarbeiten. Daher beschloss er, mit gezinkten Karten zu spielen. Bonanno nahm den Hörer ab und befahl entschieden: »Cacì, schick mir Steppani ins Büro!«

Zufrieden lehnte er sich in seinem Stuhl zurück, verschränkte die Hände hinter seinem fleischigen Nacken und wartete auf Steppani, während er überlegte, wie er ihm die Sache schmackhaft machen sollte. Drei Minuten später war Steppani da und brachte ihm einen Espresso. Man wusste nie, was dem Maresciallo gerade einfiel. Ein schöner starker, gezuckerter Espresso war die beste Eintrittskarte in sein Büro.

»Sie haben nach mir gerufen, Maresciallo?«

»Setz dich, Steppani, mach es dir bequem. Du hast mir einen Espresso gebracht? Das wäre doch nicht nötig gewesen. Ich sage immer, von solchen wie dir könnten wir hier noch einige gebrauchen, damit alles so läuft, wie ich es will.«

Der Brigadiere riss ein Fenster auf, um Luft hineinzulassen. Er machte sich ernstlich Sorgen: Wenn der Maresciallo sich ohne erkennbaren Grund so freundlich und feierlich gab, musste man auf alles gefasst sein. Das letzte Mal hatte er ihn auf diese Weise dazu gebracht, sich fast eine Lungenentzündung zu holen, weil er sich drei Stunden dem eisigen Nordwind ausgesetzt hatte, um Porcufinu zu verhaften.

»Na, Steppani, ist der Bericht über Mangiaracina fertig?«, ließ der Maresciallo wie nebenbei fallen und nippte an seinem Espresso. Der war so schwarz und heiß, wie er ihn liebte.

Steppani riss die Augen auf: »Es steht Ihnen als Vorgesetztem zu, den Bericht zu schreiben.«
»Sollen wir uns jetzt wirklich um Kompetenzfragen kümmern, Steppani? Du weißt, wie viel Vertrauen ich in deine schriftlichen Fähigkeiten setze. Außerdem hast du an der Verhaftung mitgewirkt, deshalb ...«
Er beendete den Satz nicht und sah Steppani eindringlich an.
»Deshalb?«, fragte der.
»Ach, nichts weiter, Steppani. Ich wollte damit nur ausdrücken, dass du die Fakten kennst. Mach dich also ans Werk und schreib was hin, erklär, dass wir seit Tagen Beobachtungen und Kontrollen durchführten, um der Justiz einen gefährlichen flüchtigen Verbrecher zu überstellen.«
»Porcufinu soll gefährlich sein? Maresciallo, da lachen ja selbst die Hühner! An dem ist höchstens das Ding zwischen seinen Beinen gefährlich: Jedes Mal, wenn er es benutzt, zeugt er ein unschuldiges kleines Wesen.«
»Na gut, streich ›gefährlich‹ und schreib ›lästig‹. Also, Steppani, nimm mir das ab, ja? Allein bei dem Gedanken daran, was ich schreiben soll, kriege ich schon Bauchschmerzen. Sind wir uns einig?«
Steppani konnte Bonanno einen solchen Gefallen nicht abschlagen, seit langem setzte er alle Berichte auf, die der Maresciallo anschließend nur noch unterschrieb. Aber es gefiel ihm, diese Komödie abzuziehen, weil er einfach Spaß daran hatte, den Maresciallo schwitzen zu sehen und ihn sich jedes Mal neue Ausreden ausdenken zu lassen, um seine Abneigung gegen das Schreiben zu verhüllen.
Er nahm die Akte mit der Aufschrift *Mangiaracina Giuseppe* und ging. Er hatte schon immer Gefallen daran gefunden, seine Unternehmungen zu Papier zu bringen.
Bonanno fühlte sich deutlich besser, nachdem er sich diese Last von der Seele geschafft hatte. Er schloss das Fenster und

trank, ganz mit sich im Reinen, seinen Espresso aus. Dann steckte er sich noch eine Zigarette an und entspannte sich. Dies wäre also auch erledigt.

Nach seiner Verhaftung und den üblichen Formalitäten in der Zentrale hatte man Mangiaracina noch in der gleichen Nacht ins Gefängnis gebracht. Steppani hatte ihn höchstpersönlich begleitet, denn ihn reizte der Gedanke an die Kurven, die er schneiden konnte, wenn er auf der Fahrt nach Caltanissetta Gas gab wie ein Tornado. In der Nacht war so gut wie kein Verkehr auf den Provinzstraßen und Steppani konnte wieder einmal dem verkannten Rennfahrer in ihm freien Lauf lassen.

Der arme Kerl, der während der Überführung neben ihm saß, war ein junger Kollege, der erst seit zwei Wochen in der Kompanie diente. Diese Zeit hatte natürlich nicht gereicht, um mitzubekommen, wie mörderisch der Fahrstil des Brigadiere war. Mangiaracina merkte es jedoch bereits nach vierzig Minuten mit in wahnsinniger Geschwindigkeit geschnittenen Kurven. Als er erschüttert und grün im Gesicht am Ziel ankam, war wohl noch nie ein flüchtiger Verbrecher so froh gewesen wie er, die Schwelle eines Gefängnisses zu überschreiten. Alles war einer Fahrt mit diesem wahnwitzigen Bullen vorzuziehen.

Bonanno kannte die Autoleidenschaft seines Untergebenen genau und hatte keine Einwände wegen dieser außerplanmäßigen Formel-1-Tour erhoben. Allerdings ließ er sich diese Großzügigkeit mit einer kleinen Gegenleistung vergüten, einem schön mit der Maschine geschriebenen Bericht.

Während er seinen Überlegungen nachhing, klopfte es an der Tür.

»Herein!« Bonanno war guter Laune, weil er nichts runterkritzeln musste. Doch das Schicksal wollte es, dass sich seine freundliche Einstellung gegenüber seinen Mitmenschen an diesem Morgen schnell erschöpfen sollte.

»Zu Befehl, Maresciallo, Besuch für Sie«, sagte der Wachtposten und stand stramm.
»Wer ist es?«, fragte Bonanno.
»Sehr verehrter Maresciallo, mein Bester, sobald ich die gute Nachricht gehört habe, bin ich zu Ihnen geeilt, um Ihnen höchstpersönlich zu gratulieren, als Bürgermeister dieser Stadt werde ich Ihnen ein offizielles Dankschreiben zukommen lassen und ich bin mir sicher, obwohl das der wertvollen Arbeit, die Sie geleistet haben, um diesen Verbrecher zu verhaften, nicht gerecht wird, wird es Ihnen doch die Anerkennung und den Respekt der gesamten Stadtverwaltung von Villabosco deutlich vor Augen führen, der vorzustehen ich die Ehre habe«, sagte Totino Prestoscendo, ohne auch nur einmal Luft zu holen.
Bonanno fühlte sich überrumpelt und erdolchte den armen Wachtposten mit Blicken. Er entließ ihn mit einem »Stehen Sie bequem, Sie können gehen« und versuchte Totino Prestoscendos Begeisterung zu dämpfen, indem er ihn in der Tür aufhielt.
»Danken Sie mir nicht, Bürgermeister, das ist die Pflicht eines jeden einfachen Staatsdieners.«
»Seien Sie nicht so bescheiden«, antwortete der Bürgermeister, der sich nicht geschlagen gab und den ersten Stuhl belegte, den er fand.
»Ich bin sicher, wenn alle so pflichtgetreu wären wie Sie, hochverehrter Maresciallo, würden die Dinge in unserer heruntergekommenen Gemeinde richtig laufen, wie geschmiert, sage ich! Stattdessen müssen wir jeden Tag kämpfen, um die halbe Stadt zur Legalität, zum Respekt vor der Umwelt und den Mitmenschen zu erziehen. Wissen Sie, was die allseits bekannten Randalierer gestern in den Parkanlagen angestellt haben, die ich erst vor kurzem neu bepflanzen ließ? Sie haben drei Laternen beschädigt und eine dreihundert Kilo schwere Bank aus ihrer Verankerung ge-

rissen. Dreißig Millionen Lire hatte ich dafür ausgegeben! Ich frage mich ernsthaft, weshalb jemand einen Sinn darin sieht, öffentliches Eigentum zu zerstören.«

»Vielleicht weil darauf der Name Totino Prestoscendo steht und die Leute auf ihre Art protestieren«, dachte Bonanno, aber das sagte er natürlich nicht laut. Er half sich mit einem Satz, den er wie zufällig hinwarf: »Was wollen Sie, Bürgermeister, man muss doch nur sehen, was die mit den Telefonhäuschen anstellen.«

Bonanno hätte sich am liebsten auf die Zunge gebissen und bereute sofort, was er gerade gesagt hatte, denn Prestoscendo fühlte sich nun dazu aufgefordert, ohne Punkt und Komma zu reden, und er schien nicht die Absicht zu haben, so schnell wieder aufzuhören. Jetzt kamen die Lehrer dran, die nur ihre Gehälter verteidigten, anstatt sich den Schülern zu widmen, dann die bigotten Priester, die nur auf ihren eigenen Vorteil bedacht waren, die unaufmerksamen Eltern … Und am Ende die Hörner, die Prestoscendo auf dem Kopf trug, fügte Bonanno stumm hinzu. Er versetzte ihm einen Schlag unter die Gürtellinie, um sich aus dieser unangenehmen Situation zu befreien.

»Verzeihen Sie, Bürgermeister, aber haben Sie im Rathaus nicht ein Amt für soziale Angelegenheiten und sogar einen Assessor, der sich um die Probleme der Jugendlichen kümmert?«

Prestoscendo war wie vom Blitz getroffen. So einen hinterhältigen Angriff hatte er nicht erwartet. Als er wieder anfing zu sprechen, stotterte er heftig, ein Zeichen dafür, dass Bonanno ins Schwarze getroffen hatte. Da klingelte das Telefon.

»Maresciallo Bonanno, wer ist am Apparat?«

»Ich habe Ihnen nichts Bestimmtes mitzuteilen, aber wenn Sie schlau sind, dann nutzen Sie das Gespräch jetzt, um sich von dieser Nervensäge zu befreien, ich hole inzwischen den

Jeep«, schlug Steppani vor. Der gute Junge, man sollte ihn heiligsprechen.
Bonanno schaltete blitzschnell und sagte: »Ich komme sofort.«
Dann wandte er sich wieder Prestoscendo zu, der ihn verblüfft anstarrte, sah ihn zufrieden und heuchlerisch an und sagte: »Entschuldigen Sie mich bitte, Bürgermeister, aber die Pflicht ruft, mir wurde ein eiliger Einsatz gemeldet, ich muss Sie jetzt verlassen.«
»Natürlich, natürlich, ich halte Sie nicht auf und hoffe nur, dass es sich um nichts Schlimmes für unsere Gemeinde handelt«, antwortete Prestoscendo mit zusammengepressten Lippen. Es hatte ihm nicht gefallen, welche Wendung das Gespräch genommen hatte, und er wollte das ändern.
»Machen Sie sich keine Sorgen, es handelt sich nur um einen Routineeinsatz«, log Bonanno noch einmal, ohne rot zu werden.
»Dann auf Wiedersehen«, sagte der Bürgermeister und fügte noch hinzu: »Ach, ich vergaß, Ihnen eine gute Nachricht mitzuteilen: Ich habe mich entschlossen, bei den nächsten Wahlen noch einmal zu kandidieren.«
»Noch einmal?«, entschlüpfte es Bonanno. Ganz offensichtlich hatte er zu viel Erstaunen in seine Worte gelegt und zu deutlich gezeigt, wie sehr ihm diese Mitteilung missfiel, denn der Bürgermeister starrte ihm direkt in die Augen und fragte: »Wa… warum, stört Sie das?«
»Aber nein, ich hatte nur vermutet, nach Abschluss Ihres Mandats dächten Sie nicht mehr daran, noch einmal zu kandidieren, aber offensichtlich habe ich mich geirrt.«
»Genau«, fertigte ihn der Bürgermeister eisig ab.
Bonanno verzog sich schnell. Als er am Wachtposten vorbeikam, erdolchte er diesen mit Blicken. Dem verfluchten Bürgermeister gelang es doch stets aufs Neue, ihm die Laune zu verderben, und als ob das noch nicht reichte, dachte der

sogar daran, sich wieder zur Wahl zu stellen. Wenn er diesmal wieder gewann, hatte Bonanno fünf weitere schlimme Jahre vor sich.

»Fahr schnell los, Steppà, nichts wie weg«, sagte Bonanno.

»Zu Befehl«, antwortete Steppani, fuhr wie üblich mit quietschenden Reifen ab und ließ auf dem Asphalt zwei Finger breite Abriebspuren zurück.

»Was halten Sie davon, wenn wir eine Runde durch alle Kommandos im Montanvalle drehen?«, schlug der Brigadiere freudig vor, in Gedanken an Hunderte Kurven, Kehren und unbefestigte Wege, die sie fahren würden.

»Ich schmeiß dich nur nicht raus, weil ich dir noch was schuldig bin. Fahr direkt zur ersten Bar, wir gehen frühstücken, und fahr ordentlich, sonst lenke ich den Wagen auf dem Rückweg«, drohte Bonanno.

Der Maresciallo war doch so lästig wie eh und je.

In der Bar gönnten sie sich zwei köstliche Espressos und zwei genauso beachtliche Hörnchen. Als sie wieder in den Wagen stiegen, schien Bonanno wie vom Blitz getroffen. Er blieb plötzlich stehen und schnappte nach Luft. Rosalia Santacroce, wunderschön und ernst wie die Madonna der sieben Wunder, fuhr mit ihrem auffallenden Kleinwagen über die Hauptstraße. Dem Maresciallo stieg das Blut von den Fußsohlen hoch, den Hals hinauf und in den Kopf. Eine Hitzewelle schoss ihm die Wirbelsäule hinauf und verursachte ein ungewohntes Kribbeln im Unterleib. Die Sozialarbeiterin gefiel ihm ausgezeichnet.

Er winkte schüchtern, hin- und hergerissen zwischen den Komplexen, die er mit sich herumschleppte, und dem Wunsch, sich bemerkbar zu machen. Irgendein Heiliger war mit ihm: Als er schon glaubte, Rosalia hätte ihn nicht bemerkt und führe einfach weiter, stoppte sie ihren Y 10, bog elegant nach rechts ein und hielt auf dem Parkplatz. Dann stieg sie aus.

»Wie schön, dich hier zu treffen, Saverio«, sagte Rosalia lächelnd, während sie mit wiegenden Hüften, die sich bei jedem Schritt nach einer schmeichelnden Melodie zu bewegen schienen, auf ihn zukam. Dabei hingen ihre Arme weich am Körper herab und begleiteten schwingend den natürlichen Rhythmus ihrer Bewegungen. Vor lauter Verzückung verharrte Bonanno reglos und starrte sie einfach nur an. Steppani genoss dieses Schauspiel. Wenn der Maresciallo Rosalia Santacroce begegnete, brachte er kaum ein Wort heraus und seine Wangen liefen feuerrot an.

»Beinahe hätte ich dich nicht gesehen, Saverio. Wie geht es dir?«, sagte Rosalia, beugte sich vor und küsste ihn auf die erhitzte Wange.

»Jetzt besser.«

»Man hat mir erzählt, was letzte Nacht passiert ist. Endlich habt ihr diesen Kerl gefasst, es wurde auch Zeit.«

»Glaube schon.«

Bonanno brachte keine vollständigen Sätze heraus, so gebannt war er von dem reizenden Anblick. Sein Gesicht glühte.

»Nur nicht so bescheiden, du weißt doch, wie ich darüber denke: Bescheidenheit ist etwas für Leute, die auch hier oben beschränkt sind«, sagte Rosalia und deutete auf ihre Stirn.

Bonanno überkam eine Welle des Wohlbehagens, die schnell von einem Haufen kribbelnder, bissiger Ameisen abgelöst wurde. Das hätte ein grüner Junge besser gemacht. Er stellte sich sehr ungeschickt an.

Steppani, der immer noch am Steuer des Wagens saß, winkte Rosalia zu und genoss den Anblick des tödlich verlegenen Bonanno. Er konnte sich nur mühsam das Lachen verkneifen.

»Ich denke schon eine Weile daran, aber irgendwie war nie der passende Moment, es dir zu sagen. Was hältst du davon, wenn wir uns heute Abend treffen? Natürlich nur, wenn du Zeit und Lust hast. Dann könntest du mir alles erzählen. Also, was meinst du, gefällt dir mein Vorschlag?«

Und ob! Aber wie konnte er ihr das sagen, ohne dahinzuschmelzen?

»Ich weiß noch nicht, wie das mit meinem Dienst ist.«

»Dann rufe ich dich einfach am Nachmittag noch mal an. Jetzt musst du mich allerdings entschuldigen, ich muss nämlich wieder zurück an meine Arbeit«, sagte die Sozialarbeiterin, verabschiedete sich und ging. Sie war einfach wunderbar.

»Die Kleine ist eine Wucht«, meinte Steppani lässig.

Bonanno sah ihn unfreundlich an.

»Einer wie der, mit den Kurven am richtigen Fleck, laufen die Männer bestimmt scharenweise hinterher«, meinte Steppani provozierend.

Bonanno tat so, als wäre nichts, aber seine Hände bewegten sich ziemlich nervös. Wortlos bedeutete er dem Brigadiere, auf den Beifahrersitz umzusteigen, und setzte sich selbst ans Steuer.

»Ich fahre«, zischte er mit zusammengepressten Lippen.

Rosalia stieg in ihren Wagen und fädelte sich in den Verkehr ein. Aber vorher hatte sie ihn angelächelt, und solch ein Lächeln hätte die halbe Stadt erstrahlen lassen können.

»Dieses verführerische Lächeln, am liebsten möchte man sie anhalten, um sie einer Leibesvisitation zu unterziehen«, sagte Steppani und setzte sich neben Bonanno.

Bonanno sagte nichts, aber er fuhr mit quietschenden Reifen los. Steppanis boshafte Kommentare ärgerten ihn, umso mehr, weil der Maresciallo nur zu gut wusste, dass Steppani längst mitbekommen hatte, wie sehr ihm diese Frau gefiel. Das würde genug Gesprächsstoff für die nächsten Tage bieten.

## *Zwei*

Bonanno fuhr mehr als beschwingt, über ihm schwebte eine rosa Wolke, und er träumte sich in einen türkisfarbenen Himmel. Welch herrliches Gefühl! Er fühlte sich so leicht und unbeschwert, zu allem fähig.

Die gleiche Verwirrung hatte er empfunden, als er seinerzeit jenen unangenehmen Fall um einen Ring von Pädophilen abschloss, der als *Operation Wiedehopf* in die Akten eingegangen war. Damals hatte Rosalia ihm spontan zärtlich über die Wange gestrichen. Danach hatte es an Gelegenheiten für ein Wiedersehen gemangelt, die Arbeit, die Familie und tausend Alltagsprobleme hatten eine neuerliche Begegnung immer wieder vereitelt. Plötzlich verwandelte sich die rosa Wolke in eine dicke, düstere Gewitterwolke. Bonanno betrachtete sich voller Selbstmitleid, aber auch unbarmherzig und gnadenlos: ein Provinzpolizist, fast vierzig, übergewichtig, um nicht zu sagen dick, mit einer halbwüchsigen Tochter, einer Exfrau, die mit einem Trapezkünstler durchgebrannt war, einer gebieterischen Mutter, die sich – öfter als ihm lieb war – in sein Leben einmischte, und schließlich noch zwei schlecht erzogenen Hunden: Welche Hoffnungen konnte er da schon haben? Rosalia war eine umwerfende Frau. Wenn sie sich umsah, konnte sie tausend bessere Männer finden als ihn, da brauchte er sich gar nichts vorzumachen. Abgesehen davon hatten ihm Frauen in seinem bisherigen Leben immer nur Unglück gebracht.

Und doch keimte in seinem Herzen eine Hoffnung: Er hätte

beschwören können, dass in Rosalias Blicken und warmen Gesten mehr lag als offene Sympathie. Etwas, das er fürchtete und nach dem er sich gleichzeitig sehnte. Und die Einladung zum Abendessen war doch eine Tatsache. Er fing mit seinen Überlegungen von vorn an.

Die Wolke färbte sich noch einmal rosarot und er schwelgte in seinen Träumen, ohne auf den Verkehr und Steppanis spitze Bemerkungen zu achten. Bonanno war abwesend. Sein Blick verlor sich in einer Unmenge schwarzer Erdschollen, auf denen die Saat grünte und die Bergminze spross, zwischen Iris und Alraunwurzeln, die diesen weit entfernten, unergründlichen türkisen See säumten, der so friedlich dalag. Eine Klaue, die einst in einer mondlosen Nacht vom Himmel herabgefahren war, hatte ihn geschaffen.

Einer lang tradierten Geschichte der Hirten gemäß hatte man in einer Nacht vor jeder Zeitrechnung einen langen düsteren Schrei gehört. Schafe und Lämmer blökten laut und anhaltend. Als die Schäfer kamen, um nachzusehen, fanden sie nur mehr eine dunkle Spur, die sich auf der Oberfläche ausbreitete. Im Nu hatte das Nichts Felsen und Tiere verschlungen und aus diesem teuflischen Strudel war ein wunderschöner See entstanden. Bonanno hätte Rosalia gern dorthin gebracht und sich mit ihr ins sonnenwarme Gras gelegt. Er hätte ihr ein Bett aus wilden Orchideen bereitet, die dort in großer Zahl am Ufer des Sees blühten, und sie würden in aller Ruhe die Wolken betrachten und in ihnen Formen erkennen, die nur für ihre traumversunkenen Augen existierten.

Bonanno verlor sich in seinen schwelgerischen Gedanken und lächelte glücklich bei dieser Vorstellung, bis plötzlich vor seinen Augen in aller Deutlichkeit ein boshaftes Gespenst mit all seiner verheerenden Wirkung erschien: das Bild seiner Exfrau. Es quälte ihn und brachte ihn immer wieder aufs Neue dazu, sich schwach und hilflos zu fühlen.

Wie hätte er Rosalia von seinem Kummer erzählen können, immer angenommen, dass sie ihm tatsächlich Zuneigung entgegenbrachte? Wie sollte er sich von dem Stachel befreien, der solche Macht über sein Leben hatte?
Der Maresciallo löste sich aus diesen unangenehmen Überlegungen und konzentrierte sich lieber aufs Fahren. Er nahm die Südumgehung, um nach Villabosco zu gelangen. Neben dem Heiligtum der Madonna mit der Dornenkrone überwucherte eine wilde Mülldeponie weite Teile der Fahrbahn: recycelbare Rohstoffe, Reifenmäntel und alte Haushaltsgeräte schändeten und verschmutzten die Landschaft, die nach Villapetra hin abfiel.
»Warum befreit der Bürgermeister nicht lieber die Stadt von diesem Dreck, statt nur an seine Wiederwahl zu denken?«, setzte Bonanno seine Gedanken weiter fort.
»Weil die Politiker sich für solche Ärgernisse nicht interessieren. Sie kleben lieber mit dem Hintern am Sessel und verteidigen uns zum Trotz ihre Privilegien«, antwortete Steppani. Da merkte Bonanno, dass er laut vor sich hin gesprochen haben musste.
In der Ferne wurde der grüne Teppich der Felder von himmelblau schimmernden Hügeln begrenzt, die sich im Licht des Tages verloren und am Horizont die mächtige Silhouette des Ätna nachzeichneten, dessen Gipfel von Schnee bedeckt waren. Die Landschaft zog friedvoll an ihnen vorbei, während Bonanno innerlich fluchend zur Kaserne fuhr. Dort überzeugte er sich erst davon, dass Prestoscendo nicht mehr in der Nähe war, parkte dann den Wagen und erteilte Steppani klare Anweisungen, bevor er wieder in sein Büro ging. Er hatte nicht einmal Zeit, sich zu setzen, da war Cacici schon bei ihm.
»Guten Tag, Maresciallo, ich hab eine telefonische Nachricht für Sie höchstpersönlich entgegengenommen.«
Bonanno sah ihn erwartungsvoll an: Cacici sagte kein Wort.

»Cacì, hast du plötzlich eine Stimmbandlähmung oder muss ich diese blöde Botschaft etwa selbst lesen?«

»Nun, entschuldigen Sie, Maresciallo, wenn Sie wünschen, kann ich sie Ihnen natürlich hier und jetzt wiedergeben.«

»Ist sie nun für mich oder nicht?«

»Zu Befehl, für Sie persönlich, Maresciallo.«

»Dann lass dich nicht bitten, Cacici, das ist nicht der richtige Zeitpunkt.«

»Aber es ist doch nie der richtige Zeitpunkt und das beunruhigt mich.«

»Was heißt das?«

»*Mannaggia o' Vesuvio*, wenn Ihnen die Nachricht, die ich Ihnen ausrichten muss, nicht passt, bestrafen Sie bitte nicht mich dafür. Ich habe nämlich heute Abend schon was vor und möchte nicht die ganze Nacht Dienst schieben müssen. War das deutlich genug?«

»Cacì, wenn du mir nicht sofort sagst, wer angerufen hat, dann lasse ich dich Dienst schieben, bis du schwarz wirst.«

»Das war mir klar. Wie ich es hasse, in der Telefonzentrale zu arbeiten! Hier, ich hab's Ihnen auf einen Zettel geschrieben, dann muss wenigstens nicht der Bote dafür büßen«, beendete Cacici seinen Satz und übergab Bonanno ein mehrfach gefaltetes Blatt Papier. Danach suchte er schleunigst das Weite.

Bonanno verfluchte stumm alle bekannten und unbekannten Planeten, vor allem den verdammten Uranus, der seit einer Woche wieder in sein Zeichen eingetreten war und dessen ungünstige Wirkung direkt auf Villabosco ausstrahlte. Er war sich ganz sicher, dass er wieder einmal die gesammelte Ladung abbekam. Konnte es so weitergehen?

Auf dem Zettel stand in Schönschrift: »Anruf von Colonnello Latella. Er lässt ausrichten, Sie sollen ihn anrufen, sobald Sie zurück sind.«

Mit dem Provinzkommandanten der Carabinieri war Bo-

nanno nie so recht warm geworden. Ihre sporadischen Begegnungen waren eher von der offiziellen förmlichen Atmosphäre gekennzeichnet, wie sie zwischen Offizieren und Unteroffizieren herrscht.
Bonanno hob den Hörer ab. Cacici war sofort dran.
»Außer dem, was auf dem Zettel steht, hat dir der Colonnello nichts gesagt, Cacì?«
»Er fragte, wo Sie hin sind.«
»Und was hast du gesagt?«
»Dienstlich außer Haus.«
Manchmal wusste Cacici genau, was er zu tun hatte.
»Sehr gut, Cacici, verbinde mich in zehn Minuten mit dem Provinzkommando, mal sehen, was uns der Vormittag noch bringt.« Zehn Minuten später klingelte das Telefon. Aus dem Hörer schallte die Stimme Latellas: »Bonanno?«
»Zu Befehl, Signor Colonnello.« Wie er diese Unterwürfigkeit hasste.
»Genau mit Ihnen wollte ich sprechen. Ich habe heute Morgen unser Rundschreiben erhalten und es war mir besonders wichtig, Sie so bald als möglich anzurufen, um Ihnen für dieses herausragende Beispiel von Mut und Verachtung von Gefahr meinen lebhaftesten Beifall auszusprechen, dafür also, dass es zwei tapferen Angehörigen unserer Carabinieri nach langen, komplizierten Beobachtungen gelungen ist, einen gefährlichen Verbrecher mit Namen Mangiaracina Giuseppe zu fassen, der seit Monaten gesucht wurde.«
Der Colonnello redete wie ein Buch.
»Zu gütig, Signor Colonnello, Sie hätten sich doch nicht bemühen müssen.«
»Das war keine Mühe, Bonanno. Ehre, wem Ehre gebührt. Ich habe mich höchstpersönlich damit befasst, die Presseorgane von der vorgenommenen Festnahme zu unterrichten.«
Und so würde die traurige Geschichte Mangiaracinas, Spitz-

name Porcufinu, morgen mit Glanz und Gloria in der Zeitung stehen. Durch den Einfluss der Kommandatur und Prestoscendos.

»Noch einmal meinen Glückwunsch, Bonanno. Ich nehme dieses Gespräch zum Anlass, Sie davon in Kenntnis zu setzen, dass in den nächsten Tagen Ihr neuer Kommandant der Kompanie den Dienst antreten wird, dann können Sie ein wenig aufatmen. Es handelt sich um einen hochmotivierten pflichtbewussten Offizier, der wegen seines großen Verantwortungsgefühls und seiner ermittlerischen Fähigkeiten geschätzt wird. Ich bin sicher, ich kann auf Sie zählen, wenn es darum geht, ihn mit seinem neuen Verantwortungsbereich vertraut zu machen.«

Na endlich, hätte Bonanno am liebsten erwidert. Er war es leid, Dienstpläne aufzustellen und sich um all die anderen Verwaltungsaufgaben zu kümmern, die seit der Kündigung des letzten Kompaniekommandanten auf seinen Schultern lasteten.

»Ach, ehe ich es vergesse, noch ein Letztes: Ist Ihnen bekannt, ob Mangiaracina in der Zentrale irgendetwas Gesundheitsschädigendes geschluckt hat? Was weiß ich, Pillen oder Tropfen?«

»Bestimmt nicht. Warum?«

»Die pure Neugier: Gestern Nacht, nachdem er angekommen war, hat man ihn schnellstens auf die Krankenstation des Gefängnisses bringen müssen. Der hat eine unglaubliche Menge von sich gegeben. Der Direktor fragte sich, ob er vielleicht den Schlauen spielen wollte und deshalb etwas eingenommen hat, um die Haft hinauszuzögern.«

Nein, das waren weder Tabletten noch Tropfen gewesen. Bonanno wusste nur zu genau, was Mangiaracina hatte schlucken müssen: vierzig nicht enden wollende Kilometer voller Haarnadelkurven, Serpentinen und Kehren und das alles bei hundertzehn Stundenkilometern!

Nach dem Gespräch mit dem Colonnello fühlte Bonanno sich deutlich besser. Zur Feier des Tages genehmigte er sich eine Zigarette. Die Dinge wendeten sich zum Guten. Wenn der neue Capitano kam, würde Bonanno wieder seine gewohnte Aufgabe als Leiter der Carabinieristation übernehmen und wäre endlich die lästigen Verwaltungspflichten los.
Er stand auf, um sich die Beine zu vertreten. Dabei ging er ans Fenster und sah auf die Straße. Eine schwarze Katze, die in einem Müllcontainer wühlte, hob den Kopf und sah zu ihm herauf. Sie schien ihm direkt in die Augen zu starren. Ein schönes Tier, mit glänzendem Fell so dunkel wie Kaffeesatz. Schwarze Katzen machten Bonanno nervös. Er inhalierte den Rauch und behielt ihn lange in der Lunge. Die Katze saß immer noch reglos da.
»Du fieser Unglücksbringer«, sagte er und zielte mit dem zusammengeknüllten Zigarettenpäckchen auf die Katze.
Die sprang in einem eleganten Satz auf und entfernte sich mit erhobenem Schwanz. Sogar die Katzen, die als schlechtes Vorzeichen galten, mischten sich jetzt noch ein.
Um sich zu beruhigen, unterzog er eine Crackerpackung einer gründlichen Inspektion. Die Schachtel war ziemlich groß, aber Bonanno arbeitete sich mühelos in Rekordzeit durch. Und plötzlich nahm wieder wie selbstverständlich das Bild der schönen Rosalia vor seinem geistigen Auge Form an. Er genoss schon die Vorfreude auf das gemeinsame intime Abendessen und auf einmal wurde ihm ganz leicht ums Herz: Sie beide im verführerischen Licht einer Kerze, die verschwenderischen Köstlichkeiten, die ihn erwarteten, ein bisschen von dem guten Roten aus Montacino und dann … wer konnte schon sagen, wie sich der Abend danach entwickeln würde?
Bonanno sah auf die Uhr. Es war erst zehn vor elf. An Arbeiten war gar nicht zu denken, dazu war er zu aufgekratzt. Er wusste nicht, ob er seiner Neugier nachgeben sollte, da der

Abend so vielversprechend schien, doch endlich entschloss er sich, Uranus herauszufordern, und schaute in der Zeitung nach dem Horoskop für sein Sternzeichen. Er fuhr vom Stuhl hoch und wäre fast hingefallen. Zum ersten Mal, seit er Horoskope las, sagte man ihm keine Katastrophen voraus, vielmehr klang die Botschaft geradezu verheißungsvoll: *Legen Sie Ihre kommunikativen Fähigkeiten, mit denen Sie Sympathien gewinnen, in die Waagschale und nehmen Sie eventuelle unerwartete Einladungen ruhig an, wer weiß, ob nicht eine wichtige Begegnung dabei herauskommt. Doch Vorsicht, statt sich jetzt blind ins Abenteuer zu stürzen, lassen Sie es mit der nötigen Ruhe angehen.*

Sein Selbstvertrauen erreichte schwindelnde Höhen.

Er griff hastig nach dem Telefonbuch und wählte die Nummer des ersten Blumenladens, der ihm unterkam. »Blumen Verdefiore, guten Tag, was kann ich für Sie tun?«, fragte eine Stimme höflich.

»Guten Tag auch, ich möchte einen schönen Strauß langstieliger roter Rosen bestellen. Je länger, desto besser. Habt ihr welche?«

»Natürlich. Wie viele dürfen wir für Sie zusammenstellen?«

»Dreißig Stück.«

»Sollen wir die Lieferung übernehmen oder kommen Sie selbst vorbei?«

Was für eine verdammte Frage – und wie sollte er sich jetzt aus der Affäre ziehen? Sein Selbstvertrauen sank augenblicklich in den Keller.

Er ließ sich schwer auf den Stuhl fallen und versank erst mal in tiefes Schweigen. Sein Dilemma war beachtlich: Wenn er die Rosen vom Laden liefern ließ, würde in höchstens ein paar Stunden halb Villabosco wissen, dass der Maresciallo mit der Sozialarbeiterin anbandelte. Das Gleiche passierte, wenn er sich mit einem großen Rosenstrauß zu Rosalias Wohnung aufmachte. Rosalia liebte romantische Orte, fernab vom städtischen Trubel, und hatte eine Wohnung im historischen Zentrum von Villabosco gefunden, ganz in der Nähe der beeindruckenden kleinen Kirche Santa Lidia Purpuraria. Um dorthin zu gelangen, musste man ein gutes Stück zu Fuss laufen, da man diesen Bereich nicht mit dem Wagen befahren durfte.

Während er immer noch überlegte, was er tun sollte, wiederholte die höfliche Stimme am Hörer mehrfach: »Hallo, hallo, sind Sie noch dran?«

Er wollte es eigentlich nicht tun, es war eine feige, aber instinktive Bewegung. Bonanno legte den linken Zeigefinger auf die Gabel, drückte sie runter und unterbrach die Verbindung. Im gleichen Moment sah er die Lösung glasklar vor sich.

Er griff zu seinem Schreibblock. Ohne lange zu überlegen, schrieb er impulsiv mit ungelenken Buchstaben: »Für die, in deren Himmelsaugen sich das Meer spiegelt.« Verbarg sich unter der harten Schale des Bullen etwa ein Dichter?

Beflügelt von seiner poetischen Leistung riss er die Tür auf und brüllte: »Cacì!«

Der Erste Brigadiere Giovanpaolo Cacici, geboren und aufgewachsen am Fuße des Vesuv, bevor er sich bei den Carabinieri eingeschrieben hatte und auf die Insel versetzt worden war, eilte keuchend herbei.

»Tu mir einen Gefallen, Cacì, geh zum ersten Blumenladen, den du findest, und bestell dreißig rote Rosen, aber langstielige! Lass sie zu einem hübschen Strauß binden und sag, sie sollen mit diesem Brief an die Adresse geliefert werden, die draufsteht. Alles klar, Cacici?«, fragte Bonanno. Cacici starrte ihn verwirrt an.

»Hast du noch einen Lähmungsanfall?«, fragte Bonanno ernstlich erstaunt.

»*Mannaggia o' Vesuvio*, Maresciallo, also, was soll da schon klar sein? Sie schreien aus Leibeskräften nach mir, sodass ich fast eine Herzattacke kriege, beinahe hätte ich mir in der Eile noch alle Knochen gebrochen und, na, aus welchem Grund?«

In Cacicis Worten lag ein gewisser Vorwurf, und Bonanno konnte zugeben, wenn er im Unrecht war, besonders wenn er die Mitarbeit eines seiner Männer benötigte. Zumal es sich um eine »Angelegenheit allerhöchster Priorität« handelte, wenn auch eher um eine private.

»Ich bitte um Entschuldigung, Cacì, das war mir nicht bewusst«, rechtfertigte sich der Maresciallo und schloss die Tür. Jetzt hatte nämlich auch er bemerkt, dass sein Gebrüll die Aufmerksamkeit anderer Kollegen erregte.

»Haben wir uns verstanden, Cacì? Dreißig rote Rosen. Ach, das hätte ich fast vergessen: Also bitte, äußerste Diskretion, sprich mit niemandem darüber, das ist eine Sache zwischen uns beiden. Beim Blumenhändler darf auf keinen Fall mein Name genannt werden.«

»Und wer geht ans Telefon, während ich den Rosenkavalier spiele?«

»Darum kümmere ich mich schon«, fertigte Bonanno ihn ab und sah ihn finster an. Er gab ihm das Geld und den Brief, den er in einen sorgfältig zugeklebten Umschlag gesteckt hatte.

Bonanno setzte Brandi an Cacicis Platz und beschäftigte sich mit den weiteren Vorbereitungen für den Abend.

»Ist da die Konditorei ›Profumo di Cannoli‹? Hier ist Maresciallo Bonanno. Ich brauche Ihren Rat: Was für ein Dessert empfehlen Sie mir für ein Geburtstagsfest, wenn schon jemand anders die Torten mitbringt?«

»Das liegt ganz bei Ihnen: Sie könnten Cannoli mitbringen, Petit Fours, Plätzchen, eine Eistorte mit Schokoladenüberzug, Sahnetörtchen, Mandelparfait ...«

Schon beim Gedanken an all diese Köstlichkeiten hatte Bonanno das Gefühl, gleich vier Kilo zuzunehmen.

»Also dann das Mandelparfait. Wann kann ich es abholen?«
»Wie viel soll es denn sein?«
»Zwei Kilo genügen.«
»Kommen Sie, wann Sie möchten. Wir halten es für Sie bereit.«
Bonannos überzählige Kilos verdoppelten sich. Jetzt fehlte nur noch eine letzte Kleinigkeit, um seinen Abend mit Rosalia perfekt zu machen. Schwungvoll verließ er das Büro, stieg in seinen Punto und fuhr zu der neuen Parfümerie. Die Eigentümer kamen nicht von hier, er hatte sie erst einmal gesehen. Dort ließ er sich viel Zeit bei der Auswahl des Parfüms und begutachtete in aller Ruhe die vielen ausgefallenen Flakons.
Er war derart in seine Tätigkeit versunken, dass er schließlich Dutzende Düfte ausprobiert hatte und sein Kopf sich von allein zu drehen schien. Seine Wahl fiel auf eine elegante, amethystfarbene kleine Flasche, die eine gewagte, aber unwiderstehliche Essenz aus Limonenblüten, Sandelholz und Koriander enthielt. Er ließ sie sich als Geschenk einpacken und steckte sie ein. Jetzt war er gerüstet für das intime Abendessen. Als er wieder in die Kaserne kam, war Cacici ebenfalls zurück.
»Also, Cacici?«
»Alles in Ordnung, Marescià. Dreißig langstielige Rosen. Brief und Adresse habe ich übergeben.«
»Sehr gut, Cacici, bei dir ist alles in besten Händen.«
»Woher kommt dieser Gestank?«, fragte der Brigadiere und schnupperte.
»Was meinst du?«
»Wie Weiberparfüm«, sagte Cacici und starrte den Maresciallo misstrauisch an. Bonanno fühlte, wie er rot wurde.
»Kümmer dich nicht darum, das bildest du dir nur ein. Was du schon mit deiner Bullennase riechst! Also, wenn das alles ist …«

»Na, wenn ich so nachdenke, da war noch was«, antwortete Cacici kühl. »Als ich fragte, ob sie dreißig rote, langstielige Rosen haben, hat mich die Frau dort schräg angesehen und gefragt, ob ich vielleicht vorhin schon mal angerufen hätte.«

»O Gott. Und was hast du gesagt?«

»Was *hätte* ich denn sagen sollen? Bis eben wusste ich noch nicht mal, dass es dieses Blumengeschäft überhaupt gibt.«

»Weißt du noch, wie es heißt?«

»Natürlich. Verdefiore.«

Wenn er ihn direkt dorthin geschickt hätte, wäre Cacici nie in der Lage gewesen, das Geschäft zu finden. Konnte es wirklich sein, dass er sich unter den vielen Blumenläden ausgerechnet diesen aussuchen musste? Dieser verfluchte Uranus, einmal stand er günstig und dann wieder zehnmal schlecht. Nachdem er Cacici losgeworden war, ging Bonanno in den Waschraum, zog sich Jacke und Hemd aus und wusch sich gründlich, dann besprengte er sich mit reichlich männlich herbem Kölnischwasser, um die weiblichen Düfte aus der Parfümerie zu überdecken.

Erfrischt und duftend kam er in sein Büro zurück. Ohne Vorwarnung riss jemand die Tür auf und sagte mit schneidender Stimme: »Meinen Glückwunsch, jetzt verhaften wir sogar schon flüchtige Verbrecher, aber immer schön im Alleingang, warum sollten wir dabei um die Mitarbeit der Kollegen bitten? Zwei tapfere Mitglieder der Einsatztruppe, die Wind und Kälte trotzen, reichen doch völlig aus, um ihre Pflicht als Paradepolizisten zu tun. Also, ich gratuliere wirklich, großartige Arbeit, ich bin sicher, das Lob von oben für diese edle Tat wird nicht ausbleiben, oder wurde es bereits ausgesprochen? Aber, nur damit du es weißt, da draußen steht Signora Nina Favarò, Ehefrau des oben erwähnten Peppino Mangiaracina, genannt Porcufinu, in Begleitung ihres Anwalts, der gerade eine ausführliche Anzeige gegen dich erstattet, und zwar wegen Amtsmissbrauch und Nötigung mit Waffengewalt. Er erzählt eine Geschichte, die du dir gern mal anhören kannst, wenn du Lust hast«, sagte Bonannos Kollege Marcelli giftig. »Und lüfte mal dein Büro, man kommt sich hier ja vor wie in einem drittklassigen Puff«, fügte er noch provozierend hinzu.

Wäre Marcelli in diesem Moment mit Stummheit geschlagen worden, dazu mit ein paar Herzinfarkten und blutenden Hämorrhoiden, Bonanno wäre der glücklichste Mann in ganz Villabosco gewesen. Aber persönliche Wünsche oder auch nur die einfachsten Hoffnungen werden nicht immer erfüllt, deshalb musste er jetzt selbst auf die anmaßenden Vorwürfe eines Mannes reagieren, den er nicht respektierte, und zwar mit allen Waffen, die ihm zur Verfügung standen.

Das war Bonanno blitzschnell durch den Kopf gegangen, dann überlegte er, dass es doch nicht lohnte, sich für so eine Lappalie ins Unglück zu stürzen, indem er tätlich wurde, und setzte lieber sein Krokodilsgrinsen auf, um die Schlacht zu eröffnen: »Lieber Kollege, ich möchte Sie daran erinnern, dass dieses Büro eine Tür hat, und bevor man hier hereinkommt, haben alle, ich betone: *alle*, anzuklopfen. Habe ich mich klar ausgedrückt, Marcelli?«

»Ach, scher dich doch zum Teufel«, knurrte Marcelli und ging.

Der alte Groll kochte immer noch hoch. Obwohl er keinen Beweis dafür hatte, dass Marcelli ihm einst ausgedehnte Ermittlungen vermasselt hatte, war Bonanno absolut überzeugt davon, dass er irgendwie damit zu tun hatte, und das hatte er ihm nie verziehen.

Marcelli dagegen war stinksauer auf Bonanno, weil dieser kommissarischer Leiter der Kompanie geworden war und nicht er, Marcelli. Und das, wo er doch jünger war, intelligenter, gebildeter und besser aussah, ins Fitnessstudio ging

und leidenschaftlich gern Zeitschriften und Bücher las. Wie konnte man da nur den Oberbefehl an diesen grobschlächtigen Dickwanst Bonanno geben? Wo blieb da die Gerechtigkeit?
Der Neid zerfraß ihn, er konnte Bonanno nicht leiden, wollte sich einfach nicht damit abfinden, dass man sich ausgerechnet an Bonanno wandte, wenn ein Vorgesetzter wechselte oder eine befristete Auszeit nahm. Zwei Hähne im Hühnerhof waren immer einer zu viel, aber in diesem Moment wusste weder der eine noch der andere Maresciallo, dass sich ihre offenen Rechnungen in ein paar Wochen auf unerwartete Weise in Rauch auflösen würden.

## *Drei*

Jedes Kind hat zu allen Zeiten ein Recht auf seine Kindheit. Mishna verlor diese Unschuld an einem kalten Märztag unter einem fahlen Himmel voller Regen und Angst. Ein Donner zerriss die Stille des Morgens.

Eine neue Wahrheit erfüllte sein Herz, das Blut pochte heftig in seinen Ohren. Ein weiteres hartes Krachen durchschnitt die Luft, es klang, als zerkleinerte jemand trockenes Holz. Ein Maschinengewehr sang sein Ave-Maria und wirbelte dabei Staubwolken auf.

Inmitten des Kosovo, in der Nähe eines Hügels, schlachtete der Wahnsinn der Kriegstreiber ein weiteres unschuldiges Opfer ab.

Jemand schoss. Das Maschinengewehr, das auf Mishnas Vater gerichtet war, spie Blitz und Feuer. Ein serbischer Soldat, berauscht von Alkohol und Hass. Sein Bart war ungepflegt, unter der Mütze sahen zerzauste, verschwitzte Haare hervor.

Der Soldat war genauso alt wie Mishnas Vater Serge, er ähnelte ihm sogar körperlich und in seinen Bewegungen. Der Soldat fluchte, spuckte aus und grinste boshaft. Dann lachte er verächtlich und zielte.

Serge bewegt sich nicht, er ahnt die Gefahr. Der Soldat ist betrunken. Serge ist vorbereitet, jahrelange serbische Überfälle haben ihn gelehrt, sich zu schützen. Hinter dem Rücken verbirgt er ein scharfes Messer, er hat gelernt, wie er in dem Land, in dem er geboren und aufgewachsen ist, sein

Leben verteidigt. Diese Heimat, die seit Jahrhunderten von Kriegen und Toten gezeichnet ist. Diese Heimat, die heute nicht mehr ihm gehört.

Die Serben haben den Druck erhöht, um keinerlei Autonomieforderungen aufkommen zu lassen, denn sie haben nicht vor, den Albanern ein unabhängiges Kosovo zuzugestehen. Sie sind bewaffnet und zögern nicht zu morden.

Serge hat in den Augen des Soldaten eine tödliche Drohung gelesen. Er drängt Mishna weg. Der Soldat flucht.

Was schreit er? Mishna begreift es nicht. Der Stoß seines Vaters ist heftig, die Schulter tut ihm weh. Er fühlt, wie ihm Stiche die Nerven am Hals hinunterlaufen. Serge sucht seinen Blick, sein Sohn hat sich ein paar Meter von dem Soldaten entfernt. Aber er ist noch ziemlich nah. Zu nah. Serge sagt nichts, aber mit seinen Augen fordert er ihn auf zu gehen, denn gleich wird hier der Wahnsinn aus Schreien und Schüssen losbrechen.

Mishna, dreh dich einmal um dich selbst und verschwinde. Verteidige deine Kindheit. Du musst groß werden, Mishna. Lauf weg, bleib nicht stehen und schau hin, dreh dich nicht um, du sollst nicht zu schnell erwachsen werden. Tu es nicht, Mishna! Starr nicht deinen Vater an, der im Gras zusammenbricht, während das Dröhnen der Schüsse sich irgendwo verliert, schau diesen leblosen Körper nicht an, nicht die vielen roten Flecken auf seiner Brust.

Bleib nicht stehen, zögere nicht, Mishna, lass deine klaren Augen nicht auf dem Messer in der Hand deines Vaters ruhen, das er gezogen hat, um sich in äußerster Not zu verteidigen.

Auf seiner Flugbahn fängt das Messer für einen Moment einen Sonnenstrahl ein, der sich seinen Weg durch die Wolken bahnt, blendend helle Reflexe folgen der kurzen Bahn und verlieren sich zwischen Frühlingsregen, nassem Gras und blutrotem Lebenssaft. Unter jedem Himmel dieser

Erde hat Menschenblut die gleiche Farbe und den gleichen süßlichen Geruch, der die feine Grenze zwischen Leben und Tod bezeichnet. Der Mensch hat die natürliche Ordnung der Dinge erschüttert. Der wütende Biss des Hasses hat Gefühle und Taten in seine Gewalt gebracht. Kinder werden zu früh erwachsen.
Bleib nicht hier stehen, Mishna, lauf schnell weg und bring deine verletzte Kindheit in Sicherheit. Schau nicht zu, wie sich die Brutalität gegen einen toten Menschen entlädt, der sich nicht mehr wehren kann. Die ganze grausame Wirklichkeit ist in diesen Bildern eingeschlossen, sie werden dich nie mehr verlassen, auch jetzt nicht, während du davonläufst und um dich herum nur noch dunkle Schatten siehst, die dich mit scharfen Krallen packen.
Serge wird nicht mehr da sein, um dich vor den Ungeheuern zu beschützen, die in den Bergen wohnen und in den finsteren Nächten heulen. Sein kräftiger Körper kann dir nicht mehr beibringen, wie man das Land bestellt, damit es einem die notwendige Nahrung gibt. Du bist jetzt allein, allein mit deiner Angst.
Wie viele Gedanken finden in ein paar Sekunden im Kopf eines Kindes Platz, das allein durch die Gegend läuft und in dessen Herzen das Bild seines ermordeten Vaters eingebrannt ist. Das letzte Bild in Mishnas Kopf zeigt einen Mann in Uniform, der sich über Serge beugt und ihm die Stiefel auszieht.
Das ist der Moment: In Mishnas Ohren rauscht das Blut und er hört eine wütende Stimme: Eines Tages wirst du ihn rächen, Mishna, wirst die Stiefel deines Vaters aus diesen unreinen Pranken reißen und auf der Leiche seines Mörders tanzen.
Serge hatte ihm einmal gesagt: »Ohne seine Stiefel ist ein Mann nackt, mein Sohn. Erlaube niemandem, sie anzurühren.«

Eines Tages wirst du zurückkommen, Mishna, und wo auch immer dieser verdammte Soldat sich verstecken wird, du wirst ihn aufstöbern und dir die Stiefel zurückholen, die dir gehören.
Eines Tages wirst du dich rächen, Mishna.
Eines Tages wirst du den Kanun, das alte Recht des Skanderbeg, anwenden.

Bonanno hasste Gesetzestexte. Aus Avvocato Gandolfo Mazzarisis schmalem Gesicht starrten ihn zwei Schweinsäuglein an. Er hatte nur ein paar Haare auf dem Kopf, die er glatt nach hinten kämmte, seine Totenblässe erinnerte an die Farbe der Kerzen während der Maiprozession für die Madonna der sieben Wunder.
Bonanno hatte den Anwalt noch nie leiden können, und dass dieser jetzt Porcufinus Ehefrau vertrat, machte die Sache nicht besser. Er hatte zwar nichts zu befürchten und war sich seiner Sache sicher, aber er machte doch lieber einen Bogen um die Rechtsverdreher und Talare, die noch gerissener waren als der Teufel selbst und irgendwie immer eine Möglichkeit fanden, recht zu bekommen, indem sie Gesetze und Urteile anführten oder Evangelien und andere heilige Schriften zitierten.
Der Maresciallo war nicht daran gewöhnt, allzu komplexe Gedankengänge zu verfolgen, er liebte es klar und einfach und setzte dabei ganz spontan seine persönlichen Mittel ein: Seine Hände, um kleinen Gaunern und Gelegenheitsdieben, aber auch Mördern Handschellen anzulegen. Seine Ermittlungen konzentrierten sich üblicherweise auf kleine Delikte im lokalen Bereich. Manchmal jedoch musste er sein im Grunde mürrisches Wesen ablegen und Diplomatie walten lassen, sich mit Menschen unterhalten, für die er keinerlei Achtung empfand. Aus diesem Grund stand Bonanno jetzt halb von den Vorhängen verborgen in seinem Büro

und beobachtete aufmerksam, was auf der Straße passierte. Steppani schaffte es gerade noch, den Anwalt aufzuhalten. Der lief schon energisch auf seinen geparkten Wagen zu. Gandolfo Mazzarisi starrte Steppani an, der auf ihn einredete, schaltete die Diebstahlsicherung wieder ein, verabschiedete sich von Signora Favarò und folgte dem Brigadiere in die Kaserne.

Bonanno merkte, dass seine Hände vor lauter Nervosität verschwitzt waren, aber er achtete nicht weiter darauf und zündete sich eine Zigarette an. Kurz darauf klopfte es an der Tür. »Nur herein, die Tür ist offen«, sagte er und fügte sogleich hinzu: »Guten Tag, Avvocato, nehmen Sie doch bitte Platz. Zunächst einmal vielen Dank, dass Sie meine … Einladung angenommen haben. Möchten Sie vielleicht einen Espresso?«

»Also gut«, antwortete Gandolfo Mazzarisi. In seinen Mundwinkeln zeigte sich ein spöttisches Lächeln und die Schweinsäuglein blitzten triumphierend.

Das entging Bonannos routiniertem Bulleninstinkt nicht, und er wurde zunehmend ungehalten, besonders als der Anwalt ihm zuzwinkerte und hinzufügte: »Entschuldigen Sie, aber handelt es sich bei dem, was ich hier rieche, um ein etwas gewöhnliches Damenparfüm oder ein ziemlich aufdringliches Rasierwasser? Haben Sie hier etwas gefeiert oder vielleicht eine schöne Evastochter befragt?«

»Ich bitte um Verzeihung, Avvocato, wenn ich mir erlaube, Ihre Zeit in Anspruch zu nehmen«, schnitt Bonanno ihm das Wort ab. Er versuchte, sich zu beherrschen und das Gespräch von den verräterischen Düften abzulenken, die das Zimmer durchzogen. »Man hat mir gesagt, dass Nina Favarò, die Ehefrau von Peppino Mangiaracina, der gestern Abend infolge eines Gerichtsbeschlusses verhaftet wurde, gerade Anzeige gegen mich erstattet hat und dass Sie Ihre Mandantin ist. Wir sind doch alle erwachsene Menschen und deshalb möchte ich Ihnen eine einfache Frage stellen: Glauben Sie wirklich, dass die Anklagen der Signora auf irgendwelchen Tatsachen beruhen?«

»Seien Sie bitte nicht gekränkt, sehr verehrter Maresciallo, mit Verlaub, es handelt sich natürlich um nichts Persönliches, aber man muss die Angelegenheit unter anderen Gesichtspunkten betrachten, sonst werden Sie falsche Schlüsse ziehen. Es ist nicht wichtig, was ich denke, sondern nur das, was sich vor Gericht auch beweisen lässt, obwohl ich doch gern klarstellen möchte, dass dieses Gespräch zwischen mir als Verteidiger der Signora, die zudem nicht anwesend ist, und Ihnen als Beschuldigtem, sagen wir mal, ein wenig unorthodox ist.«

Bonanno war ziemlich gereizt. Was zum Teufel hatte das hier mit Religion zu tun? Das verstand er nicht. Seine schlechte Laune wuchs und daher bewegten sich seine Hände schneller.

»Haben Sie einen nervösen Tick?«, fragte der Anwalt heuchlerisch. Er hatte Bonannos Wut bemerkt und wollte sich ein wenig daran weiden. Bonanno platzte der Kragen: »Hören Sie, Avvocato …«, begann er entschlossen, um dann doch seinem hitzigen Temperament zu folgen und alle guten Vorsätze zu begraben. »Wenn ich mich dazu durchgerungen habe, Sie herzubestellen, gab es nur einen Grund dafür. Ich habe keine Ahnung von diesem ganzen Blödsinn, den Ihnen die Favarò erzählt hat, und von der Anzeige und daher …«

»Bitte, Maresciallo, beleidigen Sie nicht meine Intelligenz, in diesem Augenblick sind Ihnen die Anklagen gegen Ihre Person ganz genau bekannt«, fiel ihm der Anwalt ins Wort, der nicht wusste, welch gespanntes Verhältnis zwischen dem Maresciallo und seinem Kollegen Marcelli herrschte.

»Die Beschuldigungen einer gewissen Signora und das, was Sie denken, sind mir persönlich völlig egal«, explodierte Bonanno. Jetzt redete er ohne Rücksicht drauflos.

Die bleiche Gesichtsfarbe des Anwalts war in ein Blaurot übergegangen und er wäre beinahe an seinem eigenen Atem erstickt, der plötzlich wie ein Röcheln klang. Mit einem so heftigen Angriff hatte er nicht gerechnet. Spannung lag in der Luft und erfüllte das Büro mit Schwaden blanken Hasses. Steppani kam herein, er trug ein Tablett, auf dem eine schöne Zuckerdose aus brüniertem Stahl und zwei funkelnagelneue Espressotassen standen. Wenn er wollte, konnte der Brigadiere alles richtig machen.

»Hier ist der Espresso, im Eilservice, mit allen Schikanen«, sagte er.

»Danke, Steppà, stell ihn hierhin und geh wieder.«

»Zu Befehl«, antwortete der Brigadiere. Er sah, wie angespannt die Gesichter der beiden Männer waren, und verschwand lieber, bevor er noch seinen Teil abbekam.

»Wie viel Zucker möchten Sie?«, fragte Bonanno.

»Das kommt darauf an, wie viel Gift Sie noch verspritzen wollen«, antwortete der Anwalt.

»Reden wir Klartext, Avvocato, ich bin von Natur aus ehrlich, und ich sage Ihnen, ich habe keine Ahnung, was mir Ihre Mandantin alles unterstellt. Ich bitte Sie, glauben Sie meinen Worten, sonst werde ich nämlich richtig ungemütlich. Ich frage Sie also zum zweiten Mal: Wären Sie bitte so freundlich, mich aufzuklären, um welche Verleumdungen es dabei geht?«

»Nehmen Sie mich auf den Arm?«

»Bei der Seele meines verstorbenen Vaters, nein.«

»Das ist ja originell, ein ehrlicher Bulle, das muss man sich mal auf der Zunge zergehen lassen ...«

»Avvocato, also, übertreiben Sie nicht ...«

»Nehmen wir also mal an, Ihr Kollege hätte Sie nicht schon informiert und Sie bis zum letzten Komma über den Inhalt der Anzeige unterrichtet. Die Signora behauptet, sie sei von Ihnen mit einer Pistole bedroht worden, man habe sie weggestoßen, sodass sie Blutergüsse und einen schweren Schock davongetragen habe. Sie hat sich im Krankenhaus untersuchen lassen und ist im Besitz eines entsprechenden medizinischen Befunds. Und als ob das nicht reichte, haben Sie auch noch die Kinder in Angst und Schrecken versetzt, als Sie dem Vater vor ihren unschuldigen Augen Handschellen anlegten. Wie Sie genau wissen, handelt es sich bei Ihrem Vorgehen um die Tatbestände des Amtsmissbrauchs, der Körperverletzung und der Bedrohung mit Waffengewalt.«

»Meine Güte, was für Lügen«, war Bonannos Kommentar dazu.

»Lügen hin oder her, die Signora geht gerichtlich gegen Sie vor und hat mich als ihren Anwalt gewählt.« Er atmete tief ein, starrte Bonanno an und dann sagte er: »Und das ist noch nicht alles.«

Bonanno fühlte, wie sich alles in ihm verkrampfte, und kämpfte mit sich, um Ruhe zu bewahren. »Noch etwas! Was hat sie sich denn noch einfallen lassen?«

»Meine Mandantin behauptet – und dies bestätigt das Gutachten eines erfahrenen Handwerkers –, um sich Zutritt zu verschaffen, hätten Sie die Tür mit Schulterstößen bearbeitet, ohne ihr Zeit zu geben, selbst zu öffnen.«

»Also, wenn es nach der Signora ginge, hätten wir warten sollen, bis ihr reizender Ehemann über alle Berge ist, wie beim letzten Mal? Da Sie so freundlich waren, meine Einladung anzunehmen, Avvocato, will ich Sie aufklären, wie es wirklich gewesen ist: Es stimmt, wir haben die Tür eingeschlagen, aber im Übrigen erzählt Ihre … ehrenwerte Mandantin nur diesen Haufen Lügen, weil sie Porcufinu gestern Abend, als wir ihn gefasst haben, gerade das Fell gekitzelt hat, und da dieser Körperkontakt jäh gestört wurde, sah die Signora rot und wollte es den blöden Bullen heimzahlen. Deshalb hat sie das Ganze inszeniert.«

»Sagen wir mal, das ist Ihre Version der Tatsachen«, antwortete der Anwalt.

»Das ist doch eine geborene Hysterikerin. Eigentlich ist das, was die Signora und Porcufinu gestern Nacht taten, ihre Privatangelegenheit, die ich ursprünglich nicht im Bericht erwähnen wollte. Doch jetzt habe ich die Aufgabe, die Ehre der Uniform, die ich trage, zu verteidigen, und die der Carabinieri, denen ich seit zwanzig Jahren aufopferungsvoll diene, und ich erlaube niemandem, ich betone NIE-MANDEM, meinen Namen oder den eines meiner Untergebenen zu verleumden, weder so einem brünstigen Weibsstück noch irgendwelchen Winkeladvokaten, die sich zu solchen Merkwürdigkeiten hergeben.«

»Soll ich das als Drohung verstehen?«, entgegnete Mazzarisi wütend.

»Avvocato, es ist nicht meine Art, meinen Mitmenschen zu drohen, aber die Tatsachen sprechen doch für sich: Wenn Signora Favarò wirklich darauf beharrt, diese Komödie fortzusetzen, muss ich Vorsichtsmaßnahmen ergreifen und zum Gegenangriff übergehen. Das heißt, ich werde selbst Anzeige erstatten wegen Beleidigung, Verleumdung, Drohung und Widerstand gegen die Staatsgewalt.«

»Aha«, sagte der Anwalt. Seine Kehle war so rau wie ein Reibeisen.

»Außerdem werde ich sie anzeigen, weil sie die Flucht ihres Mannes begünstigt hat«, legte Bonanno nach.

Der Anwalt schwitzte sichtlich.

»Und ich wollte Ihnen nur sagen, falls die Mitarbeiter des Jugendamts mal einen Abstecher in dieses Rattennest machen, können Sie darauf wetten, dass sie die beiden Kleinen in ein Heim schicken werden, wenn sie die hygienischen Bedingungen geprüft haben. Nach der Vorgeschichte ist das fast sicher: Sie wissen ja sicherlich, dass von den sieben Kindern der Signora Favarò schon fünf auf diese Weise untergebracht sind.«

»Und ist das etwa keine versteckte Drohung? Wollen Sie jetzt sogar die Kinder mit hineinziehen?«
»Sie irren sich, Avvocato. Ich sage nur, wie es ist, und frage mich: Der Ehemann im Gefängnis, wie soll das gehen, ohne Arbeit und vielleicht sogar ohne die wirtschaftliche Unterstützung durch die Gemeinde? Sobald man die Kinder ins Heim gebracht hat, werden die monatlichen Schecks ausbleiben, die karitativen Organisationen wie die Damen von San Vincenzo und die Soldaten der unbefleckten Jungfrau werden sich zurückziehen. Wovon will Signora Favarò dann leben? Das wollte ich Ihnen sagen, aber das ist keine Drohung, Avvocato, sondern eine Darstellung der Tatsachen, damit eine gewisse Signora genau das Für und Wider abwägt und sich überlegt, ob es sich für sie lohnt, diese Komödie weiter fortzusetzen.«
Es war kurz nach eins. Das sagte ihm sein knurrender Magen, noch bevor er auf die Uhr schauen konnte. Bonanno überlegte, ob er daheim oder in der Kaserne zu Mittag essen sollte. Vanessa hatte ganztags Schule und das bedeutete, dass er zu Hause allein mit seiner Mutter am Tisch sitzen würde. Seit man bei ihr eine leichte Arthrose in der Wirbelsäule festgestellt hatte, war sie oft ausgesprochen übellaunig, weshalb Bonanno zu einer Entscheidung zugunsten der Kaserne tendierte.
Gandolfo Mazzarisi war vor mehr als einer halben Stunde gegangen, und Bonanno war zufrieden. Er hatte das deutliche Gefühl, dass die Anzeige zurückgezogen würde. Er kam sich sogar leichter vor, traute sich aber nicht, auf die Waage zu steigen, die er hinter dem Schrank versteckt hielt. Ihm reichte die Genugtuung, dass er Marcelli und dessen Image als ehrgeizigem Vorzeigemitarbeiter einen gehörigen Schlag versetzt hatte. Warum träumten die hohen Herren eigentlich nicht mal davon, dem tadellosen Marcelli die Aufgabe anzuvertrauen, die Station zu leiten, und Bonanno damit all

die Probleme zu ersparen, die ihm daraus erwuchsen? Was für eine Gerechtigkeit gab es denn im Leben?

Aber das war nicht der richtige Augenblick, um sich solchen Betrachtungen hinzugeben, auf ihn warteten andere Pflichten. Bonanno gab in der Telefonzentrale Bescheid, man solle Steppani für ihn suchen.

»Wie spät ist es?«, fragte ihn kurz darauf eine verschlafene Stimme.

»Sag mal, Steppani, wer kocht heute?«

Völlig erschöpft vom Nachtdienst hatte der Brigadiere sich schließlich hingelegt und war erst vor einer Viertelstunde eingeschlafen. Deshalb fragte er ungehalten: »Warum schauen Sie nicht in den Dienstplan auf Ihrem Schreibtisch?«

»Hast du geschlafen?«

»Aber nein, ich habe mich hingelegt, um mir von einer geilen japanischen Schlampe eine Shiatsu-Massage verpassen zu lassen«, versuchte der Brigadiere es im Dialekt.

»Na ja, aber jetzt, wo du sowieso wach bist, weißt du denn nun, wer heute kocht oder nicht?«

»Angelo Agliuzza, und ich hoffe bei der Madonna und allen Heiligen, dass er daran ersticken tut«, meinte Steppani in seinem Pseudosizilianisch und beendete das Gespräch.

»Der Junge ist aber nicht gerade freundlich«, befand Bonanno, aber er war zu glücklich, um beleidigt zu sein. Das letzte Mal, als der Obergefreite Angelo Agliuzza gekocht hatte, hatte Bonanno drei Wochen lang ein schlechtes Gewissen gequält. Angelo Agliuzza war nämlich kein einfacher Carabiniere, oh nein, er war Gottes verlängerter Arm. Allein der Anblick seiner Köstlichkeiten brachte Bonanno fast zum Weinen. Wie schmackhaft waren seine Maccheroncini mit Blumenkohl, ein Gericht, das der Obergefreite unter Zugabe von Anchovis, Tomatenmark, Sultaninen, Safran und Pinienkernen auf seine Art verfeinerte. Ganz zu schweigen von den Vermicelli mit Paprika und Auberginen oder dem in Weißwein marinierten und anschließend mit klein gehackten Möhren, Bleichsellerie, Knoblauch und einer Handvoll wildem Fenchel geschmorten Fleisch. Bonanno geriet ins Schwelgen und sein Entschluss stand fest: Er würde seine Entscheidung zugunsten dieser himmlischen Gaumenfreuen fällen. Nur einen Augenblick, als er in der Tür der Kantine stand, beschlich ihn kurz ein kleiner Zweifel, weil er an das Abendessen bei Rosalia dachte. Bestand nicht die Gefahr, dass er mit zu vollem Magen zu der Verabredung kam? Zu spät, die duftenden Aromen, die Agliuzzas Speisen entströmten, hatten ihn schon gepackt und warm eingehüllt, während seine Speicheldrüsen ihr Bestes gaben und ihm den Mund wässrig machten. Jeder Widerstand war zwecklos. Es gibt Gelegenheiten im Leben eines Mannes, die man beim Schopf packen muss, dachte er, und ging mit ausladenden Schritten an den Tischen vorbei, um dann neben Vito Cantara, Ernesto Giarratana und Ciccio Lacomare Platz zu nehmen. Seine Männer empfingen ihn begeistert.

Und er bereute nichts: Agliuzza hatte seiner unerschöpflichen Kreativität wieder einmal freien Lauf gelassen. Bonanno erwies den mit pikant eingelegten Anchovis und Mozzarella gefüllten Pilzköpfen die gebührende Ehre. Dann widmete er sich mit neuer Kraft einer doppelten Portion Ravioli mit Ricottafüllung, einem wahren Gaumenschmaus, und zum Abschluss verputzte er drei Zahnbrassen mit Safran, ein besonderes Rezept, bei dem die Fähigkeiten des Kochs schwindelerregende Höhen erreichten: Agliuzza hatte die fangfrischen Fische mit in Scheiben geschnittenen Kartoffeln, gewürfelter Paprika und zarten Bohnen gefüllt und anschließend mit Safran bestäubt, der dem Gericht seinen feinen Geschmack verlieh.

Manchmal hatte es schon seine Vorteile, den Carabinieri anzugehören, dachte Bonanno und massierte seinen Bauch. Für Schuldgefühle und strenge Diäten blieb später noch genug Zeit.

Er hätte es schwerlich geschafft, die Fressorgie und die Schuldgefühle zu verarbeiten, ohne sich im Anschluss einen ausgiebigen Spaziergang durch das Montanvalle vorzunehmen, das sich seinen Blicken an diesem Märznachmittag von einer seiner schönsten Seiten darbieten würde. An solchen Tagen erahnte man am Horizont den schneebedeckten Gipfel des Ätna.
Nach einem ausgezeichneten Espresso, so dunkel und stark, wie er ihn am liebsten mochte, war Bonanno in sein Büro gegangen und hatte sich das Gesicht mit viel kaltem Wasser gewaschen, um die Müdigkeit zu vertreiben. Dann war er in seinen Punto gestiegen und fuhr nun an seinen Lieblingsplatz, einen fast kahlen Hügel.
Er parkte neben dem hundertjährigen Johannisbrotbaum und stieg schwungvoll aus. Mindestens zehn Kilometer wollte er durch Felder und Täler wandern, um den Kalorienüberschuss zu verbrennen, und zur Kräftigung seiner erschlafften Muskeln hatte er sich hundert Armbeugen vorgenommen. Eigentlich genügte so wenig, um wieder schlank zu werden, ein bisschen guter Wille, täglich eine halbe Stunde Gymnastik und anschließend ein schöner Spaziergang, dachte er, während er sich bequem neben den Wagen legte, eine Zigarette rauchte und in aller Ruhe das Panorama bewunderte.
Die faszinierende Aussicht erinnerte ihn an die prächtigen Formen Rosalias. Vielleicht hatte die üppige Mahlzeit sein Blut in Wallung gebracht, auf jeden Fall geriet Bonanno ins Träumen. Er konnte es gar nicht erwarten, mit Rosalia zu essen, mit ihr zusammen zu sein, so nah, dass sich ihre Gesichter berührten, die Hände … und wenn Gott gnädig war,

so wie er sich jetzt fühlte, wusste er nicht, wo das enden würde.
Rosalia gefiel ihm teuflisch gut.
Und so hingebungsvoll, wie sie sich ihm gegenüber verhielt, schien diese Klassefrau, dieses herrliche Wesen nur auf ihn gewartet zu haben. Das Paradies stand ihm bevor...

Zwei Stunden später rüttelte ihn eine Hand energisch wach.
»Geht es Ihnen gut, Maresciallo?«
Verblüfft riss er die Augen auf. Er war eingeschlafen, ohne es zu merken. Bonanno wurde bewusst, dass ihn jemand aus den schönsten Träumen gerissen hatte, und ging instinktiv hoch wie eine Rakete.
»Wer zum Teufel sind Sie?«, fragte er unwirsch.
»Regen Sie sich nicht auf, ich habe geglaubt, der Schlag hätte Sie getroffen. Aber anscheinend habe ich mich geirrt, es war wohl nur ein Anfall von Müdigkeit«, sagte Vanni Lenticchio, der Leiter des Tierheims, scheinheilig. Bonanno hatte sich seinerzeit von ihm dazu überreden lassen, seinen Haushalt um zwei Hunde zu bereichern. Es waren jedoch vor allem seine Tochter Vanessa und seine Mutter, die die beiden Vierbeiner, Ringhio und Briciola, heiß und innig liebten.
»Dich soll der Schlag treffen, Lenticchio, verrat mir mal, was du hier oben machst?«
»Das ist ja toll, genau genommen sollten Sie mir erklären, warum Sie hier auf meinem Grundstück liegen«, antwortete der alte Mann amüsiert. Die beiden Hunde, die ihn begleiteten, liefen schwanzwedelnd herum und einer hob das Bein und bepinkelte einen Vorderreifen des Punto.
»Was tut dieses Vieh da? Es pinkelt meinen Reifen an!«, sagte Bonanno und sprang wütend auf.
»Nicht der Rede wert, so sind Hunde eben, sollte ich lieber zulassen, dass meine Kleine Sie durchnässt, während Sie schliefen? Wenn ich sie nicht rechtzeitig zurückgehal-

ten hätte, hätte Annuccia Sie mit ihrem Wasser geweckt«, meinte Lenticchio mit einem spöttischen Grinsen.
»Wer zu Teufel ist diese Annuccia?«, fragte Bonanno, der jetzt richtig böse war, und trat nach dem kleinen Hund, der schmerzerfüllt winselnd verschwand. Lenticchio starrte ihn finster an und hob die eine Hand, in der er einen Stock hielt: »Ich sage Ihnen das jetzt ein für alle Mal. Wenn Sie es noch einmal wagen, meine Hunde schlecht zu behandeln, dann, ich schwöre es bei der heiligen Maria vom Berge, Polizist hin oder her, dann schlage ich Ihnen mit diesem Stock den Schädel ein, ist das klar?«
»Bring lieber deine blöden Viecher dazu, nicht mehr an mein Auto zu pissen.«
»Und Sie mit Ihrem morschen Körper sollten sich weit weg von meinem Grundstück den Kopf einrennen!«
Auf einen Schlag büßte Bonanno Vanni Lenticchios Freundschaft ein und damit auch die Möglichkeit, sich an einem Ort zu entspannen, von dem er vor wenigen Minuten noch geglaubt hatte, er gehöre niemandem. Was für ein böses Erwachen.
Als er in seinen Punto stieg, war seine Laune so schwarz wie die Exkremente dieser verdammten Annuccia, die jetzt genau dort ihr Geschäft verrichtete, wo er eben noch friedvoll gelegen hatte. Lenticchio starrte ihn weiterhin an, als wollte er ihn mit seinem Blick vernichten. Verärgert presste er die Lippen aufeinander und die Bewegung, mit der er den Arm hob und die Hand zur Faust ballte, sprach für sich. Dann streckte er nur den Zeigefinger aus und bedeutete Bonanno, auf welchem Weg er schleunigst zu verschwinden hatte.
Wehe, jemand misshandelte einen Hund, das war Vanni Lenticchios Gesetz. Auch der heruntergekommenste und räudigste Köter, der im Montanvalle herumstreunte, war jedem noch so wohlriechenden menschlichen Wesen vorzuziehen. Bonanno fuhr wütend ab. Das sollte noch einer ver-

stehen, dieser alte Schwachkopf hatte dem verflohten Vieh sogar einen menschlichen Namen gegeben. Bonanno hielt an der ersten Bar. Dort trank er einen Kaffee, der wie Gift schmeckte, und zündete sich eine Zigarette an, die ihn noch mehr verbitterte: Er wollte sich nicht streiten, eigentlich achtete er Lenticchio, aber unter den gegebenen Umständen konnte niemand mehr Tiere erwähnen, ohne dass er rotsah wie ein Stier. Uranus wendete sich gegen ihn. Der kriecherische Barmann fragte: »Guten Tag, Maresciallo, wie geht es denn so mit Ihren beiden Hunden?«

Hätte man ihn mit glühenden Eisen misshandelt, wäre das in diesem Augenblick für Bonanno weniger schmerzhaft gewesen. Der unvorsichtige Barmann fing sich einen vernichtenden Blick und ziemlich böse Worte ein. Wenn ein Tag einmal schlecht begann, war das meistens nicht mehr zu korrigieren. So konnte er nicht in die Kaserne zurückfahren. Plötzlich musste er an Vanessa denken. Die hatte um vier Uhr Unterrichtsschluss, also in knapp zehn Minuten. Heute würde sie nicht den Schulbus nehmen, er brachte sie nach Hause.

Er parkte vor der Schule. Kurz darauf kam Vanessa aus dem Gebäude, und er rief nach ihr. Sie begrüßte ihn liebevoll: »Ciao, wo kommst du denn her?«

»Überraschung«, log er dreist. Konnte er ihr etwa von Vanni Lenticchio, Annuccia und all dem, was ihm gerade widerfahren war, erzählen?

»Steig ein, wir fahren zusammen nach Hause«, sagte er noch.

Vanessa sah ihm direkt in die Augen. Mit den Jahren stellte Bonanno immer mehr Ähnlichkeiten zwischen seiner Tochter und Donna Alfonsina fest. Und das betraf nicht nur ihr Äußeres, man musste nur sehen, wie die Großmutter ihre Enkelin erzog. Sie gab ihr ihren eigenen Charakter hundertprozentig mit.

»Was war in der Schule?«, fragte Bonanno, um sich von seinen nicht gerade erbaulichen Gedanken abzulenken.
»Nichts Besonderes, wir haben über den Balkankrieg und die Bombardierung von Belgrad gesprochen. Die Lehrerin hat uns erklärt, die NATO will die Serben dazu zwingen, mit ihren Ausschreitungen aufzuhören. Und als Hausaufgabe sollen wir mit unseren Eltern über das Thema diskutieren und unsere Gedanken dazu aufschreiben, über die Flüchtlinge und das alles. Ich wette, als Maresciallo der Carabinieri weißt du alles über diesen Krieg.«
Bonanno erstarrte, auf solche Fragestellungen war er nicht vorbereitet.
»Ich weiß, was jeder weiß, Vanessa.«
»Und, was ist nun, hilfst du mir oder soll ich meiner Lehrerin erzählen, dass mein Vater nicht mehr Ahnung davon hat als unser Hausmeister?«
»Das wäre ja noch schöner.«
Vanessa sah ihn hinterlistig an, aber Bonanno tat, als interessiere er sich nur dafür, in welche Richtung der Wind wehte, der weiche Kumuluswolken davontrieb, und dabei fluchte er stumm gegen alle Kriegstreiber dieser Welt.

## *Vier*

Schwere Wolken ballen sich am Himmel zusammen und verdecken die letzten blauen Stellen. Zmitra erkennt kaum ihren Sohn Mishna, der schwankend näher kommt, als sei er betrunken. Da krampft sich ihr Herz zusammen und im gleichen Moment ahnt sie, dass sie jetzt allein ist. Serge wird nicht mehr mit seinem kräftigen Körper den hellen Horizont verdunkeln und sie in seinen warmen Atem einhüllen, wird nicht mehr ihren gespannten Körper beim Liebesspiel reizen, während er sie zärtlich an den weichen Hüften hält und fliegen lässt.

Wie oft hatte ihr Serge, wenn sich die Bäume im Wind der Abenddämmerung wiegten, voller Stolz die Stadt gezeigt, aus der seine Familie stammte: das schöne Shkodra mit der venezianischen Zitadelle, dem Christenviertel und dem der Moslems, den Holz- und den Tabakfabriken und den fruchtbaren Ebenen, die nach Süden hin abfallen, und dem See, in den sich alle Farben des Himmels mischen.

Als Kind hatte Serge mit seinem Vater Shkodra besucht und auch als er heranwuchs, hatte er die Stadt nie vergessen, in letzter Zeit sprach er besonders häufig von ihr. Auch für Leute wie sie, einfache Bauern, die sich nur um die Bewirtschaftung ihres Landes kümmern, ist der militärische Druck der Serben unerträglich und gefährlich geworden. Serge, Zmitra und Mishna leben auf ihrem Hof in der Umgebung von Peć, einer kleinen Stadt im Kosovo an den Grenzen zu Serbien und Montenegro.

Jetzt tobte der Krieg beinahe vor ihrer Haustür. Serge wollte, dass sein Sohn fern von Hass und Gewalt aufwuchs. Er träumte davon, seinen Hof zu verkaufen und zu seinem Bruder Jan zu ziehen, der in Sicherheit in Shkodra lebt, in Albanien, jenseits der Grenze.
Beim Gedanken an diese hoffnungsvollen Worte und den warmen Atem ihres Mannes, wenn er ihr Liebesworte zuflüsterte, hämmert Zmitras Herz unruhig. Angst ist eine scharfe Klinge, sie zerfleischt die Gedanken und den Körper.
Jetzt rennt Zmitra. Sie fliegt über die spitzen Steine auf den Jungen zu, der sich verwirrt und entsetzt nähert, dem das Grauen buchstäblich ins Gesicht geschrieben steht.
Zmitra rennt auf ihren Sohn zu, um ihn zu umarmen und fest an sich zu drücken, wie sie es getan hat, als er noch klein und schutzlos war und sie ihn mit Zärtlichkeiten und Küssen überhäufte, damit er einschlief.
Zmitra rennt, die Entfernung zwischen ihnen scheint sich unendlich auszudehnen und die Zeit stillzustehen, das Leid zu unterbrechen, das so brutal und zerstörerisch die Umarmung zwischen Mutter und Sohn bestimmt, die in der flehenden Frage endet: »Wo ist dein Vater, Mishna? Wo ist Serge?«
Manche Fragen brauchen keine Antwort.
Zmitra hat es geahnt. Sie hat es befürchtet. Ihre Tränen fallen zu Boden wie salzige Blütenblätter aus einer zerrissenen Knospe. Dann die gefürchtete Bestätigung. Welche Farbe hat der Hass einer Frau, der man den Gefährten nimmt, mit dem sie ihr Leben zu teilen gedachte?
Welche Farbe hat der Groll im Herzen eines Kindes?
Zmitra und Mishna wissen es nicht, sie kennen nur den salzigen, bitteren Geschmack dieser Tropfen, die in ihren Augenwinkeln glitzern, ohne sich lösen zu können.

Zmitra und Mishna brechen nach Shkodra auf. Dort erwartet sie Serges Bruder Jan.
Serge! So verletzlich wird man angesichts der kalten Umarmung des Todes. Wie verkrampft ihr junger, stattlicher Körper jetzt wirkt! Zmitra hat sich nicht überzeugen lassen, sie hat nicht auf die wohlmeinenden Ratschläge der Leute gehört, die ihr gesagt haben, sie solle die Vergangenheit hinter sich lassen und an die Zukunft denken.
Diese Vergangenheit trägt den Namen ihres Mannes. Sie haben sehr früh geheiratet und mit Begeisterung das Land bewirtschaftet, das Serges Vater ihnen vererbt hatte. Vier Jahre später wurde Mishna geboren. Ihre Begeisterung wuchs und mit ihr die Hoffnung auf ein besseres Leben, das sie sich mit Mühe und Arbeit aufbauen wollten. Eines Tages würden sie weggehen, nach Albanien, in die Stadt, aus der Serges Familie stammt. Eines Tages würde sich ihr Leben ändern.
Träume sind wohltuend, sie helfen die alltäglichen Ängste zu vergessen, wärmen das Herz in einsamen, angstvollen Nächten, wenn man aus der Ferne dumpfes Donnergrollen hört und genau weiß, das ist kein Gewitter. Da wird geschossen und irgendjemand wird den nächsten Morgen nicht mehr erleben. Wie sanft und kühl die Luft sich anfühlt, die aus den Bergen kommt.
Im Lauf der Jahre haben sich Serge und Zmitra entschieden, keine Kinder mehr zu bekommen. Zu unsicher war die Zukunft in diesem Land, das von Leidenschaften zerrissen wurde, die sie nicht begriffen und die immer öfter Zusammenstöße auslösten, zwischen denen, die ein unabhängiges Kosovo für sich forderten, das größtenteils von Albanern bewohnt wurde, und denen, die dies hartnäckig ablehnten.
Was bedeutet es schon einem Bauern zu wissen, zu welchem Land das Stück Erde gehört, das er bewirtschaftet? Das hatten sich Serge und Zmitra oft gefragt und sie hat-

ten immer die gleiche Antwort darauf. Das Wichtigste ist die Ernte, und sie beteten zu Gott, dass es ein gutes Jahr würde.

Niemand wird in diesem Sommer die Ähren mähen, die schon schwer im Morgenwind schwanken, sich leicht zur Seite neigen, wie Menschen es tun, wenn der Schmerz über ihre Ohnmacht sie befällt.

Zmitra hat nicht auf die Leute gehört, die ihr davon abgeraten haben, die Leiche ihres Mannes zu holen. Sie muss Serge dort unten in den Feldern begraben, wo sie Mais und Getreide angebaut haben, auf ihrem Besitz, zwischen den Pflaumenbäumen. Dort, wo sie in einer verzauberten Nacht miteinander geschlafen haben, als der Mond am sternenhellen Himmel zu tanzen schien.

Sie ist ganz allein zu der Stelle gegangen, die Mishna ihr beschrieben hat, und hat die Kraft gefunden, den Leichnam des geliebten Mannes auf einen Karren zu laden, auf dem sie sonst Getreide transportiert haben. Dann hat sie ihn gewaschen, hat ihm das geronnene Blut aus dem Gesicht entfernt, seine Brust gesäubert. Sie hat die dunklen Flecken von den mit Blut und Erde beschmutzten Fingern gewischt, hat Serge wieder angezogen, ihn geküsst und hat geweint. Später hat sie eine Grube ausgehoben.

Mishna beobachtet sie schweigend aus der Ferne. Er sieht zu, wie seine Mutter den Vater beerdigt. Schmerz reißt seine Brust mit spitzen Krallen auf, Eiseskälte breitet sich in ihm aus. Das Leid ist unerträglich, es packt ihn irgendwo zwischen Zwerchfell und Nabel und schüttelt ihn ohne Unterlass. Mishna zittert und weint, er würgt Flüche gegen Gott und die Menschen hervor und mit jedem Würgen verwurzelt sich der Hass in ihm noch tiefer.

Zmitra hat ihre Sachen gepackt und Kontakt zu Jan aufgenommen. Der Schwager erwartet sie. Er würde sie gern selbst nach Albanien bringen, aber das ist zu gefährlich. An

der Grenze wimmelt es nur so von Soldaten. Der Krieg ist eine reißende Bestie, die ständig frisches Blut braucht, um ihren Durst zu stillen.
Sie müssen sehr vorsichtig sein. Möge Gott mit ihnen sein. Denn die Soldaten verschonen weder Frauen noch Kinder, sind zu blutrünstigen Bestien in Uniform geworden.

»Du hast Vanessa abgeholt? Warum denn? Ist etwas passiert?«, fragte Donna Alfonsina misstrauisch, als sie ihren Sohn und ihre Enkelin gemeinsam nach Hause kommen sah. Das passierte wirklich selten.
»Gar nichts, Mamma, ich konnte mich früher freimachen und deshalb bin ich an der Schule vorbeigefahren, um sie mitzunehmen«, antwortete Bonanno. Vanessa hatte ihm schnell einen dicken Kuss auf die Wange gegeben, dann war sie in ihr Zimmer verschwunden und hatte die Erwachsenen ihren Problemen überlassen.
»Also«, seufzte Donna Alfonsina.
»Was heißt also?«
»Ich finde das seltsam.«
»Was meinst du damit?« Bonanno ging sofort in Verteidigungsstellung.
»Ach nichts, aber ich erinnere mich, dass du früher zuerst deine Mutter angerufen hast, bevor du dir irgendwelche Überraschungen einfallen ließest.«
»Äh, na ja, diesmal hab ich es eben vergessen.«
»Ja, dieses Mal! Und das letzte und das vorletzte Mal auch. Du hast mich nicht einmal angerufen, um zu fragen, wie ich mich fühle, mit dieser Arthrose, die mich bei lebendigem Leib auffrisst.«
»Und wie geht es dir?«
»Wie soll es mir schon gehen? Wie unser Herrgott will. Mir ist schwindelig und übel, sogar jetzt, während ich mit dir rede, und dann muss ich mich hinlegen und die Decke anstarren.«

»Lass dich von einem Arzt untersuchen.«
»Ich hab schon einen Termin bei einem Spezialisten vereinbart. Denn wenn ich da auf meinen Sohn warten würde, wäre ich verloren.«
»Na, also, jetzt übertreibst du aber.«
»Wer übertreibt hier? Wo du mir nicht mal gesagt hast, dass du nicht zum Mittagessen kommst?«
»Das habe ich vergessen. Wie heißt denn dieser Spezialist?«, fragte Bonanno, um das Thema zu wechseln, denn er wusste genau, wie sehr seine Mutter es liebte, mit ihren Krankheiten Schuldgefühle in ihm zu wecken. Donna Alfonsina konnte jedoch hartnäckig sein, und wenn sie wollte, klebte sie lange an einem Thema. Und heute hatte sie nicht die Absicht, so schnell damit aufzuhören.
»Ein guter Mann, der zweimal im Monat hier in der Nähe praktiziert, aber lenk jetzt nicht ab. Warum hast du die Kleine abgeholt, ohne deiner Mutter ein Wort zu sagen? Glaubst du, das ist richtig so?«
»Na ja, es kommt halt vor, dass man nicht nachdenkt. Musst du denn immer aus einer Mücke einen Elefanten machen?«
»Wenn du grob wirst, heißt das, das Gespräch gefällt dir nicht. Die Wahrheit ist, dass du gedanklich in diesen Tagen nicht auf der Höhe bist. Dem Herrn Maresciallo spuken ganz andere Dinge durchs Hirn«, fuhr die alte Frau fort. Ein kleines Vögelchen musste ihr gezwitschert haben, dass er und die wohlgeformte Sozialarbeiterin sich am Morgen getroffen hatten. Bonanno konnte es nicht beschwören, aber er ahnte, worauf seine Mutter mit diesen Worten hinauswollte. Das verwirrte ihn und er beschloss, das Ganze so schnell wie möglich zu beenden.
»Du hast ja recht, nur falls du es vergessen haben solltest: Mit diesem Hirn bringe ich mein Gehalt nach Hause, von dem wir leben. Aber weißt du was, lassen wir es jetzt gut sein, sonst streiten wir uns noch.«

»Jaja, wenn dir ein Thema nicht passt…«, sagte seine Mutter und ließ den Satz absichtlich unbeendet.
Wenn seine Mutter versuchte, ihm seine Fehler vorzuwerfen, wurde Bonanno sonst so laut, dass bei dem Gebrüll die Fensterläden bebten und Ringhio und Briciola sich im Keller verkrochen. Heute war jedoch ein besonderer Tag, deshalb beschloss Bonanno, sich zurückzuziehen und ihr das Feld zu überlassen. Wenigstens für den Augenblick.
»Weißt du, Mamma, da ich mich schlecht benommen habe, gehe ich jetzt am besten allein in mein Zimmer, gut so?« Mit diesen Worten verschwand er und ließ Donna Alfonsina verärgert und unbefriedigt zurück.
Bonanno seufzte und drehte den Schlüssel dreimal um, dann warf er sich auf sein Bett und wählte eine Telefonnummer, die er inzwischen auswendig konnte.
»Hallo, Rosalia?«, sagte er leise und schaltete den CD-Player ein, um seine Worte mit dem Lied *Die Ballade von Turiddu Carnevale* zu untermalen.
Es erzählte die Geschichte eines jungen Sozialisten, den die Mafia 1955 in Schiara mit Schüssen ins Gesicht getötet hatte. Sein guter Freund, der Bänkelsänger Nonò Salomone, hatte es komponiert.
»Bist du es, Saverio?«
»Ja. Ich … Störe ich?«
»Aber nein, was redest du denn da? Wie sieht es denn aus mit heute Abend? Konntest du dich von deinen Verpflichtungen freimachen? Ich freue mich nämlich schon sehr auf unser Treffen.«
Genau aus diesem Grund rief Bonanno an, aber da Rosalia anscheinend so froh war, dass er zum Abendessen kam, spielte er instinktiv den Schwierigen. Wenn er das tat, mutierte er zu einer patentierten Nervensäge.
»Also, eigentlich wäre ich tatsächlich unabkömmlich, wir haben einen Haufen Arbeit, der Colonello hat uns eine In-

spektion angekündigt, und dann müssen wir uns auf die Ankunft des neuen Capitano vorbereiten, und ich muss auch noch Vanessa dabei helfen, einen Aufsatz über den Kosovokrieg zu schreiben.«

»Und all diese Dinge musst du ausgerechnet heute Abend erledigen? Erzähl mir doch keinen Unsinn. Wenn du nicht mit mir essen willst, dann red nicht um den heißen Brei herum und sag es klar und deutlich.«

So viel Ehrlichkeit traf Bonanno unvorbereitet und er konnte nur noch stottern: »Also, äh ... Das wollte ich eigentlich nicht sagen. Versteh mich bitte nicht falsch, äh ...«

»Nun, dann lass dich nicht so lange bitten, mein schöner Maresciallo«, meinte Rosalia noch. Diese Worte sagte sie so sanft, dass ihm beinahe der Hörer aus der Hand gefallen wäre. Rosalias Stimme klang so melodisch wie Glockentöne, und sogar auf die Entfernung schaffte sie es, ihn zu entflammen wie einen trockenen Holzblock.

»Wir sehen uns also heute Abend«, sagte Bonanno und dachte schon darüber nach, welche Ausrede er seiner Mutter auftischen konnte, damit er sich verdrücken konnte, ohne die Strafpredigten dieses weiblichen Zerberus ertragen zu müssen, der ihn immer noch behandelte wie einen Schuljungen. Währenddessen sang Nonò Salomones schneidende Stimme die Zeilen, die Bonanno so liebte:

*Lu maresciallu fici un passu avanti*
*Dissi la Liggi chistu lu cunzenti*
*Turiddu cci rispusi sull'istanti*
*La vostra è liggi di li prepotenti*
*Ma ccè na liggi chi non sbaglia e menti*
*E dici pani a li panzi vacanti*
*Robbi a li nudi, acqua all'assitati*
*E a cu travagli onuri e libertati*

Der Maresciallo trat vor
Und sagte, das Gesetz lässt dies zu.
Turiddu antwortete ihm sogleich:
Euer Gesetz ist das der Mächtigen.
Aber es gibt eins, das nicht irrt und betrügt,
Und das heißt Brot für die leeren Bäuche,
Kleidung den Nackten, Wasser den Durstigen
Und dem, der arbeitet, Ehre und Freiheit.

Hier ging es um Land und Unterdrückung, um Kampf und Armut und wahrscheinlich auch darum, dass die Carabinieri in dieser Zeit auch gegen die *viddrani*, die sizilianischen Bauern, gekämpft hatten. Carabinieri wie er, die Nonò Salomones schneidende Stimme nicht gerade sympathisch zeichnete.

Agatina Piditella, man nannte sie »die Catanisa«, weil sie aus der Nähe von Catania kam, lebte im ehemaligen Palazzo Caronia, der nach der gleichnamigen lokalen Adelsfamilie benannt war. Ihr Mann, Professore Cristenzio Ficalora, hatte ihn in heruntergekommenem Zustand erworben und wieder in altem Glanz erstrahlen lassen, dabei aber den Grundriss und die ursprünglichen Proportionen unberührt gelassen. Der prächtige Bau aus dem siebzehnten Jahrhundert erhob sich neben der Kirche Santa Lidia Purpuraria, genau gegenüber von Rosalia Santacroces Wohnung.
Das historische Zentrum von Villabosco war ein Kleinod mittelalterlichen Städtebaus. Steinhäuser mit beeindruckenden Türen, Straßen aus dunklem Lavagestein und Flusskieseln, Kirchen aus der Zeit der Renaissance und des Barock, kleine Plätze, von denen steile Treppen in schmale Gassen führten. In neuerer Zeit aber hatten die Menschen die Fassaden mit leuchtenden Farben überzogen und so die

Tradition und vor allem den guten Geschmack mit Füßen getreten.
Agatina Piditella, vor zweiunddreißig Jahren in einem kleinen Nest an den Ausläufern des Ätna geboren, war eine attraktive Frau: Kurze, feuerrote Haare betonten ihre scharf geschnittenen Gesichtszüge und ließen ihre forschenden, durchdringenden Augen und die Stupsnase, die dazu geschaffen schien, ihre sinnlichen, üppigen Lippen zu betonen, kaum weicher erscheinen.
Agatina war schlank, dabei aber wohlproportioniert. Trotzdem war es ihr nicht gelungen, die – in letzter Zeit zunehmend lustlosen – sexuellen Bemühungen ihres Gatten in einen lebendigen, rosigen Erben zu verwandeln.
Sie sehnte sich mit aller Kraft nach einem Sohn, aber die Jahre vergingen, ohne dass etwas geschah. Trotz aller Arztbesuche und obwohl sie den Beischlaf nach den fruchtbaren Tagen ausrichteten, blieb Agatinas Bauch flach und glatt, keine Wölbung verschönte ihre zarte Taille.
Nach elf Jahren kinderlosem Eheleben hatten sie aufgegeben und jeder hatte sich ein eigenes Leben geschaffen, wobei sie einander respektierten.
Cristenzio unterrichtete an der örtlichen Oberschule und verbrachte seine Freizeit damit, eine von den Schülern herausgegebene Kulturzeitung mit dem Namen *La voce della scuola* zu leiten. Außerdem gehörte ihm ein Landgut am Rand von Villabosco an der Straße nach Villapetra, dem er viel Zeit widmete.
Agatina besuchte ab und zu die Pfarrgemeinde, widmete sich ehrenamtlicher Arbeit, kümmerte sich um das Haus und war sonst nicht gerade schüchtern und bescheiden.
Aber in den letzten Monaten war etwas geschehen, was nicht hätte sein dürfen, und die monotone Ruhe in der Beziehung zwischen Mann und Frau war dahin.
Agatina bebte vor Zorn und starrte unentwegt auf den me-

tallisch glänzenden Lauf der Waffe. Der Kamin zischte, während er das Holz verschlang. Die abgelagerten Holzscheite verglühten zu hohen Flammen und wärmten den angrenzenden Bereich. Sie spiegelten sich im brünierten Metall der Waffe Kaliber neun, die auf dem handgestickten Kissen lag.

Eine schöne Pistole, klein und elegant.

Agatina Piditella lief im großen Wohnzimmer auf und ab und ließ die Waffe dabei nicht aus den Augen. Sie war völlig außer sich und grübelte darüber nach, wie sie ihren undankbaren Ehemann quälen konnte. Eine grausame Unruhe peinigte sie, eine Feindseligkeit, deren alleiniger Ursprung in der Tatsache lag, dass sich diese miese Schlampe zwischen sie und ihren Ehemann gedrängt hatte. Seit Monaten ging das schon so. Was fand ihr verblödeter Ehemann nur an dieser Kuh, die zu dumm war, den Boden zu roden?

Es ist einfach so, dass gewisse Männer nicht mehr klar denken können, wenn sie Frauenhaare sehen, und erst recht nicht, wenn dieses Ding zwischen ihren Beinen ins Spiel kommt, das allzeit bereit ist, sich aufzurichten, sobald die Lage es erfordert. Aber was zu viel ist, ist zu viel, sagte Agatina sich.

Die Unruhe der Catanisa war wie ein tollwütiger Hund, sie ließ sich nicht bezähmen. Die Frau näherte sich der Waffe, sah sie wie in Ekstase an, nahm sie wieder und prüfte, wie sie in der Hand lag, dann schob sie das Magazin hinein. Das kalte Metall in ihrer Hand jagte ihr Freudenschauer über die Haut, sie bewunderte sich wieder im Spiegel, streckte die Hand mit der Waffe aus, die in einem dunklen Auge endete. Dieser Gegenstand erinnerte sie an etwas, es war weiblich und gierig, und dabei sprühten ihre Augen Funken. Ihr schöner Mund verzog sich zu einer harten roten Linie und im Geiste gab sie Schuss auf Schuss ab, Schlag auf Schlag. Irgendwie würde sie schon mit den beiden abrechnen, ihr fehlte nur noch eine Kleinigkeit an ihrem Plan, ein Ereignis von außen, das das Gerüst ihres Mordplans untermauerte, damit er den zahlreichen Verdächtigungen standhielt, mit denen man sie natürlich überhäufen würde, wenn sie sich nicht davor schützte.

Bonanno hatte hin und her überlegt, doch schließlich erschien ihm seine Ausrede überzeugend, und wenn Donna Alfonsina Schwierigkeiten machte, war er daran ja schon gewöhnt. Forsch kam er aus seinem Zimmer, frisch rasiert, die dichten Haare nach hinten gekämmt und seine Flusspferdbrust in den Anzug für besondere Anlässe gezwängt.

»Wo willst du denn hin?«, fragte Donna Alfonsina und musterte ihn aufmerksam.

»Ach, das habe ich dir ja gar nicht erzählt: Die Schule in Vallevera hat eine Konferenz über die Probleme der Jugendlichen organisiert und da muss ich hin.«

»Und was haben die Probleme der Jugendlichen von Vallevera mit dir zu tun?«

»Vielleicht hast du es vergessen, aber bis zum Beweis des Gegenteils hat dein Sohn den Oberbefehl über die Carabinieri von Villabosco und deshalb ...«

»Hör mir gut zu, Savè: Auch wenn mich die Arthrose bei lebendigem Leib auffrisst, bin ich doch noch nicht verkalkt. Deshalb erzähl diesen Unsinn wem du willst, aber nicht deiner Mutter.«

»Was für einen Unsinn?«

»Erinnerst du dich an diese Worte? *L'abito non fa il monaco.* Das Kleid macht nicht den Mann.«

»Was meinst du damit?«

»Es ist nicht nötig, dass du dich so auftakelst, um wen auch immer zu beeindrucken. Denn sosehr du es auch versuchst, die Wahrheit kommt stets ans Licht.«

»Na gut, darüber reden wir ein anderes Mal«, beendete Bo-

nanno das Gespräch, das unangenehm zu werden drohte, während er zusah, dass er die Tür erreichte.
Sichtbar enttäuscht schüttelte Donna Alfonsina den Kopf, aber sobald Bonanno ihren Blicken entschwunden war, stahl sich ein mütterliches Lächeln auf ihre Lippen.
»Oma, er geht zu der Sozialarbeiterin, oder?«
»Du verschwindest jetzt sofort in dein Zimmer, schaltest den Computer aus und machst deine Hausaufgaben fertig, kleines Fräulein«, sagte Donna Alfonsina.
»Komm, sag schon, er geht doch zu ihr? Ich habe sie gesehen, sie ist hübsch. Sie heißt Rosalia.«
»Was weißt du denn darüber?«
»Ich habe sie in der Schule gesehen. Was meinst du, Oma, gibt es bei ihr und Papa Hoffnung? Ich finde aber, du müsstest ihn erst noch ein bisschen auf Diät setzen.«
»Hör genau zu, was ich dir sage, mein Mädchen: *Quannu l'amuri tuppulia, nun lu lassari nmezzu la via.* Wenn die Liebe an die Tür klopft, lass sie herein.«

Bonannos Nerven waren schon durch den Streit mit Donna Alfonsina gereizt – konnte seine Mutter sich nicht einfach um ihre eigenen Angelegenheiten kümmern? – und allein bei der Suche nach einem Parkplatz in der Nähe des historischen Zentrums hatte er bereits drei Zigaretten weggeraucht und mindestens vierzig bekannte Heilige verflucht. Er war mehrmals um die Masse abenteuerlich geparkter Autos herumgefahren, ohne Erfolg. Es schien, als hätte sich ganz Villabosco hier verabredet, um ihn zu ärgern. Nachdem er sich angesichts der hoffnungslosen Parkplatzsituation bis zur Heiligen Jungfrau durchgeschimpft hatte, stellte er seinen Wagen schließlich im Halteverbot ab.

Als er endlich aus dem Punto sprang und einen Blick auf die Uhr warf, sah er mit Bedauern, dass er sich um einiges verspäten würde. Unter seinem blauen Mantel trug er den dunklen Anzug, von dem sich seine meergrüne Seidenkrawatte mit karminroten Rändern, auf die er sehr stolz war, deutlich abhob. Die Schuhe aus hochwertigem Leder waren brandneu, versetzten ihm aber bei seinem flotten Gang schmerzhafte Stiche, die er gern an seinen lästigen Kollegen Marcelli weitergegeben hätte.

Als sollte Bonanno dafür bestraft werden, dass er seinen Schirm im Wagen gelassen hatte, setzte auf halber Strecke ein heftiger Schneeregenschauer ein. Mehrere eisige Flocken glitten in seine Halsgrube und da er keine Hand frei hatte, konnte er nichts tun, um es zu verhindern: In der rechten Hand hielt er ein stattliches Behältnis mit zwei Kilo Mandelparfait, in der anderen trug er ein elegantes Tütchen mit dem Parfümflakon.

Er lief ziemlich schnell, das Licht der Straßenlaternen hing zitternd über der Gasse, die aus breiten Stufen bestand. Der schöne rechteckige Kirchturm von Santa Lidia Purpuraria erhob sich genau gegenüber. Der Schnee spuckte Bonanno weiterhin seine Kälte ins Gesicht. Noch etwa hundert Meter, dann hatte er es geschafft.

Agatina Piditella war nervös: Am liebsten hätte sie ihrem Ehemann, diesem Schurken, bei lebendigem Leib die Haut abgezogen. Sie lief ruhelos durchs Haus, blickte immer wieder lauernd aus dem Fenster. Sie konnte es kaum erwarten, mit Cristenzio abzurechnen und auf ihre Weise ihrem Taufnamen Ehre zu machen, der auf Griechisch »die Gute« bedeutete.

Sie warf noch einmal einen Blick auf die Straße, um zu sehen, ob der Verräter kam. Trotz der Wut, die ihre Gedanken beherrschte und ihr das Warten vergiftete, kräuselten sich ihre Lippen plötzlich zu einem kleinen Lächeln. Der Anblick war wirklich zu komisch: Ein bulliger Kerl, der sich in seiner zur Schau gestellten Eleganz offensichtlich nicht wohlfühlte, kam angehüpft wie ein hüftlahmer Gorilla. Er trug Schuhe, die bei diesem Wetter lächerlich wirkten, und da er so voll bepackt war, konnte er sich nicht mit den Händen vor dem Schnee schützen, der ihm ins Gesicht und in den Kragen seines Mantels fiel. Ein hungriger Streuner näherte sich, er hatte wohl einen Leckerbissen gewittert, den der Mann anscheinend in dem riesigen Behältnis bei sich trug. Der Kerl versetzte dem Hund einen Fußtritt. Bei dieser Bewegung hob er sein Gesicht in den Lichtkreis der Laterne.

Da erkannte Agatina Piditella den Mann, es war Maresciallo Bonanno. Und mit einem Mal wusste sie: Das war das Signal von außen, auf das sie gewartet hatte. In ihrem Kopf explodierte ein Licht, ihre Augen zogen sich zu schmalen Schlitzen zusammen und auf ihren Lippen erschien ein boshaftes Lächeln. Was sie gerade gesehen hatte, war nicht mehr allein komisch, sondern plötzlich überaus interessant. Sie blieb stehen, um es bis ins Letzte auszukosten, während ihr Gehirn auf Hochtouren arbeitete und ein Plan immer deutlichere Formen annahm.

»Nimm dich in Acht, Cristenzio«, sagte sie schließlich und grinste. Sie hatte einen Weg gefunden, um ihre blutigen Pläne umzusetzen. Agatina Piditella war eine entschlossene Frau.

Die kleine Kirche Santa Lidia Purpuraria stammte aus dem fünfzehnten Jahrhundert. Von sechzehnhundert bis etwa achtzehnhundert hatte sie die Bruderschaft der *Porporini* beherbergt. Nachdem immer mehr Menschen aus dem historischen Zentrum weggezogen waren und die Religion vielen gleichgültig wurde, hielt man in der Kirche keine Gottesdienste mehr ab. Die wertvollen Stuckarbeiten mit den floralen Mustern, welche die Fensterrahmen, die Nischen, die Apsis und die Decke schmückten, hatte man jedoch noch vor einiger Zeit restauriert. Sie wurden der Schule des berühmten sizilianischen Bildhauers Giacomo Serpotta zugeschrieben.

Bonanno ließen Stuck und Kapellen völlig kalt, er wusste nur, wenn er die Kirche Santa Lidia Purpuraria erreicht hatte, lag Rosalias Wohnung gleich um die Ecke. Er klingelte kräftig, war blaurot angelaufen und fror. Als Rosalia die Tür öffnete, hatte er das Gefühl, dass sich augenblicklich eine glühende Hitze in seinem Innern ausbreitete. Er vermochte sich kaum zu rühren, seine Beine waren steif wie zwei Billardstöcke. Das lange Haar fiel Rosalia offen über die Schultern, sie hatte ihren weichen Körper in ein eng anliegendes, verführerisches rotes Kleid gehüllt.

»Wenn du nicht demnächst hereinkommst, erfrieren wir noch beide«, sagte Rosalia lächelnd und nahm ihm das Gefäß mit dem Parfait ab.

Bonanno kam herein und ihm verschlug es die Sprache: Die angenehme Wärme, die ihn an der Tür befallen hatte, wurde nun durch intensive Düfte von leckeren Gerichten überlagert, die der besten Kochkunst eines Angelo Agliuzza würdig gewesen wären. Rosalias Wohnung war einladend. Warm und gemütlich.

»Du siehst sehr elegant aus«, meinte Rosalia und stellte das Gefäß auf den schön gedeckten Tisch.

»Es ist vielleicht besser, wenn du das in den Kühlschrank stellst«, sagte Bonanno schließlich.

»Bei dieser Kälte soll ich das Dessert in den Kühlschrank stellen?«

»Ich wusste wirklich nicht, was ich nehmen sollte, da habe ich mir von diesem gedankenlosen Konditor etwas empfehlen lassen, der mir bei diesem schlechten Wetter ein … Parfait aus sizilianischen Mandeln gab, aber wenn ich den erwische …«

»Was für eine reizende Idee, das ist nämlich mein Lieblingsdessert!«
»Tatsächlich? Ich sagte ja, der Konditor ist ein großartiger Mann, deshalb läuft sein Geschäft so hervorragend.«
Rosalia musste erst einen Teil ihres Kühlschranks leeren, aber schließlich gelang es ihr doch, das riesige Gefäß dort unterzubringen. Sie kam mit zwei Aperitifs zu Bonanno zurück. Der hatte sich inzwischen den Mantel ausgezogen.
»Oooh, das steht dir aber wirklich sehr gut!«, sagte sie bewundernd und würdigte seine ausgewählte Kleidung.
Bonanno freute sich, der Aperitif mit der Zitronenscheibe schmeckte köstlich. Rosalia hatte Klasse, sie verstand ihn sofort und wusste ihn zu nehmen.
»Eine Kleinigkeit für dich«, sagte er und hielt ihr das kunstvoll verpackte Parfüm hin.
»Noch ein Geschenk? Du hättest dir doch nicht solche Umstände machen sollen, Saverio. Was ist es?«
»Mach es auf«, antwortete er und schaute sich weiter um. Wo hatte sie nur die langstieligen Rosen hingestellt? Konnte es sein, dass sie nicht angekommen waren? Daran war bestimmt dieser verblödete Cacici schuld. Sobald er ihn in die Finger bekam, würde er ihm Dienst bis zum Jüngsten Gericht aufbrummen.
»Ach wie schön, riech mal, wie hast du nur meinen Geschmack erraten? Es ist wunderbar, auch die Flasche, ein Prachtstück, ein Kunstwerk, ich liebe diese Farbe zwischen Indigo und Veilchen.«
Bonanno lächelte verlegen und wusste nicht, was er sagen sollte. Was zum Teufel hatten Veilchen mit der Flasche zu tun? Aber er hatte keine Zeit, sich diese Frage zu beantworten: Rosalia küsste ihn auf die frisch rasierte Wange. Ihre Lippen waren samtweich und das Parfüm auf ihrer warmen Haut ... Bonanno musste sich zusammenreißen, um diese liebevolle Berührung nicht allzu stürmisch zu erwidern.

»Saverio, du bist ein Schatz. Aber jetzt zu Tisch, ich habe dir ein Abendessen gekocht, nach dem du dir die Finger lecken wirst.«
Die Türklingel überraschte beide.
»Erwartest du noch jemanden?«, fragte Bonanno. Es war ihm peinlich.
»Ich nicht. Aber weiß vielleicht jemand in der Kaserne, dass du heute Abend bei mir isst?«
»Das fehlte noch«, antwortete Bonanno.
»Wer kann das sein?«, fragte sich Rosalia und ging zur Tür. Sobald die Tür geöffnet wurde und dort ein Rosenstrauß in Mannshöhe auftauchte, hätte Bonanno am liebsten aufgeschrien. Dieser unfähige Cacici hatte wirklich etwas angerichtet! Costantino Scarnazza, Ehemann der Besitzerin des Blumenladens Verdefiore, kam mit einem riesigen Strauß roter Rosen herein. Bonanno konnte sich eigentlich nicht beklagen, die Rosen waren tatsächlich schön langstielig, aber da war auch dieser neugierige Kerl, der ihn jetzt herzlich begrüßte. Übertrieben freundlich nahm er den Hut ab, während seine Augen vom reich gedeckten Tisch zum Parfümfläschchen bis zu Rosalias Kleid wanderten, das an den richtigen Stellen gut ausgefüllt war.
»Ich grüße Sie, Maresciallo, was für eine unverhoffte Freude, Sie hier zu treffen. Ist etwas passiert ... oder kamen Sie aus einem anderen Grund?«
»Um deine Schwester zu taufen«, wollte Bonanno antworten, aber er hielt sich zurück und sah Scarnazza nur böse an. Costantino Scarnazza weidete sich an Bonannos Verlegenheit. »Wie elegant, Maresciallo, und diese Krawatte, sehr geschmackvoll. Gibt es etwas zu feiern?«, fragte er und zwinkerte Bonanno zu.
Zuerst würde er sich Cacici so vorknöpfen, dass er nicht einmal mehr ein Stoßgebet sprechen konnte, und gleich darauf würde er sich Costantino Scarnazza widmen und ihm

ein riesiges Loch in seine boshafte Zunge bohren. Donna Alfonsina war nichts gegen den Kerl. Morgen würden ganz Villabosco und Umgebung wissen, dass er bei der Sozialarbeiterin zu Abend gegessen hatte. Rosalia brachte alles wieder ins Lot.

»Würden Sie mir sagen, wie ich Ihnen helfen kann?«

»Diese Rosen soll ich Signorina Rosalia Santacroce bringen und wenn mich meine Augen nicht täuschen, müssen Sie das sein.«

»Lassen Sie mal sehen«, sagte Rosalia und nahm den beigefügten Brief. »Wer schickt mir das?«

»Bis vor fünf Minuten hatte ich keine Ahnung, wer Ihr heimlicher Verehrer ist, und auch jetzt kann ich es nicht mit Sicherheit sagen. Aber eine Vermutung hätte ich wohl schon«, sagte Scarnazza und sah den Maresciallo bedeutungsvoll an.

Bonanno überlegte es sich anders. Ja, er würde auch Scarnazza zwischen die Augen schießen, zuerst ihm und gleich danach Cacici.

»Sie sind sehr zuvorkommend, da nehmen Sie, für Ihre Mühe«, sagte Rosalia, gab ihm einen Fünfer und brachte ihn lächelnd zur Tür.

Costantino Scarnazza begriff, dass es an der Zeit war, sich zu verabschieden.

»Sehr freundlich, Signorina, danke ... Und viel Vergnügen. Einen schönen Abend, Maresciallo, bis bald ...« Und dann fügte er noch ganz leise hinzu: »Amüsieren Sie sich gut.«

Kaum war Scarnazza gegangen, fuhr Bonanno auf: »Den lass ich verhaften, morgen lasse ich seinen Saftladen durchsuchen, dass er sich vor Angst in die Hosen macht, und veranstalte so ein Durcheinander, dass der nie wieder den Witzbold spielen wird.«

Rosalia öffnete den Brief und las ihn. Ein Anflug von Rührung zeigte sich auf ihrem Gesicht.

»Für die, in deren Himmelsaugen sich das Meer spiegelt«, wiederholte sie laut den Inhalt des Briefs. Wie schön die Worte aus ihrem Mund klangen, die Bonanno heute Morgen so impulsiv hingeschrieben hatte.

»Ich wusste doch, dass du Sinn für Poesie hast«, sagte sie und sah ihn zärtlich an.

»Das fiel mir einfach so ein, ganz spontan«, stotterte Bonanno. Rosalias Duft verwirrte ihn, und ihre verträumten Augen drangen in seine geheimsten Gedanken. Rosalia war ein außergewöhnlicher Mensch.

»Setzen wir uns, sonst wird noch alles kalt«, sagte Rosalia. Sie hatte Bonannos Verwirrung bemerkt, ihr ging es genauso und sie wollte jetzt keinen Fehler begehen.

»Ich habe dir eine meiner Lieblingsvorspeisen gemacht, koste und sag mir, wie es dir schmeckt«, sagte sie und tat ihm eine reichliche Portion *cazzilli*, typisch sizilianische Kartoffelkroketten, gebratene Oliven und Bohnen mit Minze auf.

Die Vorspeise roch tatsächlich verführerisch. Bonanno kostete von den Kroketten und seine Geschmacksknospen sandten lauten Beifall aus: Rosalia hatte die zerdrückten Kartoffeln mit gehacktem Knoblauch und Petersilie vermischt und dann gesalzen und gepfeffert, bevor sie die Mischung in Öl ausgebacken hatte. Eine Vorspeise wie diese – und Uranus konnte aufhören, seine Runden am Himmel zu drehen. Rosalia schenkte ihm Wein aus Pachino, seinem Geburtsort, ein, der pure Nektar, Ambrosia, die man einer Gottheit auf Erden aus dem Glas gestohlen hatte. Nach der Vorspeise, die allein ihn schon glücklich gemacht hätte, kam das Hauptgericht und auch diesmal überraschte ihn Rosalia. Es gab Spaghetti *picchi pacchiu*, mit einer pikanten Soße aus reifen Tomaten, Knoblauch und Basilikum, über die sie kräftigen Pecorinokäse gestreut hatte. Bonanno verschlang alles und leckte sich die Lippen, um dann mit kräftigen Schlucken das Chilifeuer der Soße zu löschen. Danach vertilgte er eine große Portion gebratene Leber mit Essig und Zwiebeln, Spinat und drei gegrillte Würstchen. Und zum Abschluss gab es geröstete Mandeln.

Er fühlte sich großartig, während er all diese Köstlichkeiten auf dem festlich gedeckten Tisch verschlang. Seine Gefühle für Rosalia gingen von Wertschätzung über Verehrung in tiefe Anbetung über. Noch nie hatte ihn eine Frau so gut bekocht. Was konnte er mehr vom Leben erwarten?

»Möchtest du einen Espresso?«

»Vor dem Parfait?«

»Oh je, das Parfait hatte ich ganz vergessen«, antwortete Rosalia.

Auch dabei erwies Bonanno seiner Statur Ehre und aß die Hälfte des üppig bemessenen Desserts. Es war ausgezeichnet, der Konditor verstand sein Handwerk.

Jetzt kam der entscheidende Moment, das war ihnen beiden klar. Was sie einander am Tisch nicht schon mit Blicken und Lächeln angedeutet hatten, ließ sich jetzt, wo sie einander in bequemen Sesseln gegenübersaßen und keine Teller mehr vor sich hatten, nicht mehr aufschieben.

Bonanno starrte Rosalia an und sie ließ es geschehen. Rosalia erregte ihn und er ließ es sich gefallen. Porcufinus Verhaftung, der Vorwand für die Einladung, kam gar nicht erst zur Sprache, schließlich gab es andere Dinge, die in der Luft lagen. Doch vorher musste Bonanno sich noch von einer Last befreien: Er musste ihr von seiner Exfrau erzählen. Doch wo sollte er beginnen?

»Ich habe gehört, du warst verheiratet«, begann Rosalia das Gespräch und errötete leicht.

Auf einmal fühlte er sich in die Ecke gedrängt. Wie kam er da bloß wieder raus?

»Ja, früher ... Das ist so lange her ... Ich erinnere mich kaum daran ...«

»Und ich weiß, dass du eine wunderbare Tochter hast, die Vanessa heißt. Frag mich aber bitte nicht, woher ich das weiß, denn das werde ich dir nicht sagen.«

»Na komm, du arbeitest doch bei der Gemeinde ... Du wirst eine Menge wissen ... Ich wette, du könntest sogar einen Aufsatz über den Krieg schreiben.«

»Welchen Krieg?«

»Den im Kosovo.«

»Was für eine Tragödie, sprich nur nicht davon. Auf unserer unglücklichen Erde gibt es kein friedliches Eckchen mehr, ein Verrückter genügt, und alle folgen ihm. Die Menschen sind wie Schafe, niemand entfernt sich von der Herde«, sagte Rosalia traurig.

»Was willst du, so ist das Leben.«

»Red keinen Unsinn, diese Resignation klingt nach Komplizentum und du bist nicht der Mensch, der dieser Zerstörung zustimmt. Erinnerst du dich an Michelino? Und an die perversen Kerle, die ihn missbraucht haben? Das Leben kann nicht nur aus dieser Barbarei bestehen. Ich kann einfach nicht glauben, dass wir nichts anderes fertigbringen, als einander niederzumetzeln. Es muss noch etwas anderes geben, was die Menschen gemeinsam haben, etwas, das tiefer in uns verwurzelt ist und wofür es sich zu leben lohnt. Etwas, das ganz plötzlich entsteht, im gleichen Augenblick, in dem ich dir mein Herz ausschütte. Glaubst du nicht, dass es so sein könnte?«

Rosalia sah ihn unverwandt an. Bonanno fühlte, wie er innerlich zu Asche verglühte, und das lag nicht am Chili oder am Espresso und auch nicht an seiner Zigarette. Er streckte die Hand nach Rosalia aus, wollte sich nur noch an dieser begehrenswerten Frau berauschen.

Rosalia saß ihm direkt gegenüber, sie duftete süß und schien zu allem bereit ... Er war ihr jetzt so nah, dass er ihre Wärme spürte, nur noch einen Augenblick, und er würde sein Schicksal mit dem Rosalias vereinen, nur ein Augenblick und …

… da zerriss ein scharfer Knall die Stille. Danach hörte man einen wilden Schrei. Instinktiv legte Bonanno die Hand an die Waffe.

Ganz in der Nähe hatte jemand geschossen. Der Zauber des Abends war gebrochen.

## *Fünf*

In klaren Nächten, wenn die fruchtbare Erde duftete und der Mond sein Licht über die fernen Berge ausgoss, die schon zu Albanien gehörten, wurde Serge gerührt und erzählte seinem Sohn von Skanderbegs legendären Taten.
Dann drückte er ihn fest an sich, als wolle er ihn vor einer unmittelbaren Gefahr beschützen, und während seine Augen sich im Mondschein verloren, erzählte er leise und sanft von den ruhmreichen Abenteuern des furchtlosen jungen Mannes, ihres Nationalhelden.
Zmitra beobachtete ihre beiden Männer zufrieden. Mishna wuchs heran, er war wirklich ein hübscher Junge. Eigentlich brauchte man so wenig zum Glück: ein Stück Land zum Bebauen und die Liebe von Menschen, die einem teuer sind. Wäre da nur nicht dieser hämmernde Albtraum, diese Serben, die ihren Druck auf das Kosovo erhöht haben.
Mishna war noch ein Kind und begriff nicht viel von der komplizierten Welt der Erwachsenen. Damals war alles schön, der Duft der Weinberge und der herbe Geschmack der noch unreifen Pflaumen, nach denen er sich hochreckte, um sie zu pflücken. Abends setzte sich Mishna mit Serge zwischen die Pflaumenbäume und hörte ihm zu, während der Wind in den Ähren rauschte, die schon zu einem grünen Meer herangewachsen waren. Eines Tages würde aus ihnen Mehl und Brot entstehen. In den Ebenen um Peć wuchs viel Korn und Mais.

Serge erzählte und vermischte dabei historische Ereignisse und Legenden, verklärte Skanderbegs Taten, jene Geschichten, die in seinem Sohn seine Zugehörigkeit zu dem antiken Volk verankern sollten, von dem sie abstammten. Dem Volk der Illyrer. Einem stolzen, glücklosen Volk, das durch tausend Kämpfe hindurch immer seine Unabhängigkeit gesucht hatte.

Ihr tapferster Vorkämpfer war Giorgio Castriota gewesen, geboren um 1403 in Krujè und gestorben 1468 in der Nähe von Lesh, der Sohn des Fürsten Giovanni Castriota.

In Serges wohlwollender Fantasie werden Giorgio Castriotas Fähigkeiten von Mal zu Mal außergewöhnlicher; er reichert seine Erzählungen mit immer wieder neuen Ideen an, einschließlich der Geschichte von den Stiefeln, die man Skanderbeg in einer dunklen Nacht gestohlen hatte. Diese Nacht stellt Mishna sich mondlos vor. Der Dieb war ein dunkler Schatten. Später stellte sich heraus, dass der Himmel ihn gesandt hatte.

Diese Episode war frei erfunden, aber sie faszinierte Mishna und er hat sie nie vergessen.

Serge erzählte: Giorgio Castriota wurde als Junge von seinem Vater Sultan Murad II. als Geisel gegeben, um zu verhindern, dass die Türken Albanien zerstörten. Der kleine Giorgio wurde nach dem Islam erzogen und entwickelte sich schließlich zu einem sehr geschickten Krieger, der sich schnell in den Kämpfen gegen die Serben, Ungarn und Venezianer hervortat, die Krieg gegen das Osmanische Reich führten, um das Christentum zu verteidigen.

In diesen Schlachten hatte der wagemutige Hauptmann Giorgio Castriota seinen Beinamen »Skanderbeg« erhalten, was »Fürst Alexander« bedeutete.

»Aber selbst ein so stolzer Mann musste dem gebieterischen Ruf des Blutes folgen und als Skanderbeg vierzig Jahre alt war und die Türken eine schwere Niederlage durch die Christen

erlitten hatten, passierte die Sache mit den Stiefeln …«, erklärte Serge träumerisch.
Seine Augen schweiften bewundernd in die Ferne und er begann zu erzählen: »Fürst Skanderbeg schlief in seinem Lager. Er hatte die Angewohnheit, sich mit seinen Stiefeln schlafen zu legen, um bei Gefahr gleich auf den Rücken seines Hengsts springen und den Krummsäbel gegen den Feind schwingen zu können. Über dem osmanischen Heer lag dunkle Nacht, Wolken verdeckten den Mond. Skanderbeg erhob sich unruhig, er hatte das seltsame Gefühl, ihm fehle etwas, ein Teil von ihm.
Zuerst merkte er es nicht, aber dann sah er, dass seine Stiefel verschwunden waren. Jemand hatte sie ihm ausgezogen, während er schlief. Wie konnte dies nur geschehen? Wer es auch war, er würde ihm beide Hände abhacken, und dann würde er ihn pfählen und ihm eigenhändig den Kopf abschlagen.
Während er noch überlegte, welche Qualen er dem Schändlichen zufügen würde, der so viel gewagt hatte, bemerkte er eine dunkle Gestalt mit schimmernden Umrissen, die verstohlen durch das Lager schlich. Dieser Schatten hielt seine Stiefel in der Hand.
Skanderbeg machte sich sofort an die Verfolgung, aber der Schatten bemerkte ihn und lief davon. Skanderbeg war schnell und ausdauernd, doch das war auch der Schatten, und die Jagd dauerte lange. Als sie nun in die Nähe einer Ebene kamen, die Skanderbeg noch nie gesehen hatte, schaute er sich auf der Suche nach dem Schatten atemlos um, aber da war niemand, nur sein eigenes Keuchen durchbrach die schweigende Dunkelheit.
Da teilten sich plötzlich die Wolken, ein Mondstrahl traf Skanderbegs Stiefel und ließ sie in der Nacht erglänzen. Sie lagen auf einem seltsam geformten Felsen. Der Stein sah aus wie ein Kreuz.«

»Niemand weiß genau, was in jener Nacht geschah oder wer dieser Schatten gewesen ist«, fuhr Serge fort. »Aber am folgenden Tag bekannte sich Skanderbeg wieder zum christlichen Glauben, verließ das osmanische Lager und schwor, gegen die Türken zu kämpfen, um sein Vaterland zu befreien. Er plante den Gegenangriff und schlug mit einer Schar Männer zuerst Murad II. und dann Mohammed II.

Vor jeder Schlacht erinnerte sich Skanderbeg an das, was ihm geschehen war, und pflegte deshalb seinen Männern zu sagen: ›Denkt daran, ein Mann ist nichts ohne seine Stiefel. Brüder, holen wir uns das Land zurück, das uns gehört.‹ Hast du die Worte genau verstanden, Mishna? Ein Mann ist nichts ohne seine Stiefel.«

Diese Geschichten erzählte Serge seinem Sohn und als Mishna zehn Jahre alt war, schenkte er ihm ein wunderschönes Paar Stiefel aus handgenähtem Kalbsleder. Diese Stiefel traten jetzt auf Felsen und Steilhänge, abgebrochene Sträucher und harte Erde, sie liefen über versteckte Wege, um nach Albanien zu gelangen und dieser Hölle zu entfliehen.

Von seinem Vater blieben Mishna nur die schönsten Erinnerungen, die Liebe, die er ihm bewiesen hatte, als er ihm die Stiefel schenkte. Er würde Serges Stiefel zurückholen, um jeden Preis würde er sie von den Füßen des Mörders in Uniform zerren und sein Herz würde jubeln, wenn er ihm das Herz aus der Brust riss.

Gewalt erzeugt neue Gewalt, Hass nährt sich an anderem Hass.

Blanker Hass. Cristenzio Ficalora drückte sich das Taschentuch an die Schulter, um den Blutfluss zu stillen, und sah seine Frau ungläubig an. Purpurrote Tropfen rannen über seinen Handrücken, über das Handgelenk bis zum Ellenbogen, ehe sie dann auf den Teppich fielen.

Agatina hielt die Waffe, aus der sich immer noch ein scharf

riechender Rauch verbreitete, fest in der Hand. Sie starrte ihren Mann mit flammenden Augen an, die heißer waren als die Lava des Ätna. Ihre verächtlich zusammengepressten Lippen blieben stumm. Ganz ruhig zielte sie noch einmal, das rauchende Auge der Waffe spie eine Flamme aus und der bestialische Schrei ihres Ehemanns hallte durch das gesamte Viertel. Die Flamme war das Letzte, was Cristenzio sah, bevor er in seinem eigenen Blut zusammensank.

Bonanno rannte ohne Mantel auf die Straße. Die Kälte traf ihn wie ein brutaler Fußtritt. Rosalia war bei ihm.

»Saverio, was ist hier los?«

»Da wurde noch einmal geschossen, es muss irgendwo hier in der Nähe sein.«

»Oh Madonna, wer kann das gewesen sein?«

»Irgendein verdammter Kerl, der uns den Abend verderben wollte.«

Auch die wenigen anderen Nachbarn hatten die Revolverschüsse gehört. Neugierig standen sie am Fenster oder an der Tür, zum Teil nur halb bekleidet, und fragten Bonanno oder Rosalia, was dieser Lärm bedeute. Nur in einer Wohnung zeigte sich niemand am Fenster, obwohl dort Licht brannte.

»Wer lebt in diesem Haus?«, fragte Bonanno Rosalia.

»Die Familie Ficalora. Er ist Lehrer, und seine Frau kommt, wenn ich mich nicht irre, aus der Umgebung von Catania. Warum interessiert dich das?«

»Weil die beiden entweder vergessen haben, das Licht auszuschalten, oder sie haben sich etwas in die Ohren gesteckt. Oder das ist die Wohnung, aus der die Schüsse kamen.«

»Oh Gott, Saverio, was sollen wir tun?«

»Wir gehen der Sache auf den Grund«, sagte Bonanno und lief entschlossen mit der Waffe in der Hand auf die Haustür zu. Er klingelte, aber niemand antwortete.

»Ist das nicht Maresciallo Bonanno?«, fragte eine alte Frau und rückte sich das schwarze Tuch auf ihrem Kopf zurecht. Sie stand mitten in der Tür und versperrte ihrem nachlässig gekleideten Ehemann, der hinter ihr stand, die Sicht.
»Ja, ich glaube, das ist er. Was macht der denn hier? Und warum zum Teufel hat er die Waffe in der Hand? Hat er geschossen?«
»Bist du denn schon total vertrottelt? Siehst du nicht, wie elegant er angezogen ist?«
»Ist das nicht die Sozialarbeiterin, die bei der Gemeinde angestellt ist?«
»Ja, genau, das ist sie, hast du's jetzt begriffen?«
»Aha, ein Techtelmechtel.«
Beinahe gleichgültig nahm Bonanno zur Kenntnis, dass seine Verabredung mit Rosalia jetzt in aller Munde war. Er klingelte weiter Sturm.
»Oh Gott, Saverio, da antwortet niemand, es muss etwas Schlimmes passiert sein, was machen wir jetzt?«, fragte Rosalia beunruhigt.
»Ruf die Zentrale an und die Feuerwehr, wenn die da drinnen nicht reagieren, müssen wir die Tür einschlagen.«
»Glaubst du, dass …«
»Ich glaube überhaupt nichts und ich stelle mir auch nichts vor, ehe ich es nicht mit eigenen Augen sehe. Aber wenn sie nicht öffnen, müssen wir irgendwie ins Haus gelangen, um festzustellen, was passiert ist. Hast du eine Leiter in Reichweite?«
»Wofür brauchst du denn eine Leiter?«
»Um bis zum Balkon im ersten Stock zu gelangen, die Fensterscheibe einzuschlagen und ins Haus zu kommen.«
Rosalia starrte ihn fasziniert an. Bonannos sonst so friedliches, rundes Gesicht wirkte wie verwandelt: Bei aller Behäbigkeit, die sein Übergewicht mit sich brachte, war Saverio Bonanno doch eine echte Kämpfernatur, ein richtiger Mann,

den weder Kälte noch Gefahr schrecken konnten. Am liebsten wäre Rosalia ihm um den Hals gefallen.
»Ich hole sie sofort«, sagte sie. Rosalia hatte sich kaum ein paar Schritte entfernt, als die mächtige Holztür sich mit einem dröhnenden Geräusch öffnete. Jemand hatte von innen den automatischen Türdrücker betätigt.
»Oh Gott, Saverio, und was tun wir jetzt?«
»Wenn die Tür aufgeht, heißt das, dort drinnen ist jemand. Du bleibst hier, ich gehe und überprüfe das.«
Bonanno verschwand in der geräumigen Vorhalle, die über eine kunstvoll verzierte Marmortreppe mit aufwendig geschnitztem Holzgeländer in den ersten Stock führte. Bonanno ging vorsichtig vorwärts, alarmbereit und die Pistole im Anschlag. Die vielen Jahre bei den Carabinieri hatten seine Sinne geschärft und seine Bewegungen für den Ernstfall elastisch gehalten, trotz seiner überzähligen Pfunde. Sein Bulleninstinkt kribbelte wie verrückt, er hätte schwören können, dass die Schüsse in diesem Haus gefallen waren. Als er den ersten Stock erreichte, spitzte er die Ohren, bereit, das kleinste Anzeichen von Gefahr aufzunehmen, dann drehte er sich um und bemerkte Rosalia, die ihm ungeachtet seiner Ermahnungen gefolgt war.
»Geh zurück ... das ist nichts für Frauen«, flüsterte der Maresciallo ihr zu.
Rosalia ihrerseits antwortete ihm mit einer beredten Geste. Sie führte den Finger an den Mund und bedeutete ihm, er solle schweigen, und mit der anderen Hand machte sie ihm ein Zeichen weiterzugehen. Bonanno erstarrte: Was für ein Sturkopf! Doch er beschloss, fürs Erste nichts dagegen zu unternehmen, presste sich gegen die Wand des Flurs, atmete tief durch und rief dann: »Ist jemand zu Hause? Ich bin Maresciallo Bonanno und sage jedem, der sich hier aufhält, dass ich bewaffnet bin und bereit, meine Pistole auch zu gebrauchen.«

»Entschuldigen Sie, dass wir erst jetzt öffnen, aber hier gab es … einen kleinen Unfall«, antwortete Cristenzio Ficalora gequält und hielt sich die Schulter. Seine Stimme klang zögernd und er war totenblass. Wäre da nicht der rote Fleck auf seinem Cardigan gewesen, wo das Blut weitertropfte, hätte man geglaubt, er sei schon verblutet.

»Er ist verletzt und verliert Blut«, sagte Rosalia zitternd.

»Ich würde sagen, die Signorina hat recht. Bitte, setzen Sie sich doch. Auch wenn die Umstände ein wenig außergewöhnlich sind, soll das nicht heißen, dass man hier Gäste nicht anständig behandelt«, sagte Ficalora zur Überraschung der beiden. Er sah aus, als würde er jeden Moment ohnmächtig werden.

Bonanno ließ sich von dem verbindlichen Verhalten Ficaloras nicht weiter beeindrucken, möglicherweise hatte er ja irgendwo eine Waffe versteckt. Mit seinem aufmerksamen Polizistenblick schaute er sich genauestens um, wobei er Ficalora nicht aus den Augen ließ.

»Würden Sie mir nun bitte erzählen, was passiert ist und wer geschossen hat?«

»Ach, darum geht es? Ein lächerlicher Unfall, wirklich nicht der Rede wert«, antwortete der Lehrer und verzog schmerzerfüllt sein Gesicht.

»Ich sehe, wie Sie sich vor Lachen geradezu ausschütten«, antwortete Bonanno.

»Meine Ehefrau, sie ist ja so ungeschickt. Während sie die Waffe reinigte, hat sich ein Schuss gelöst. Wenn Sie wüssten, was für einen Schreck sie bekommen hat. Sie ist da drüben und steht noch unter Schock, bringt kaum ein Wort heraus.«

Bonanno und Rosalia folgten Ficalora vorsichtig, bereit, jeder Tragödie zu begegnen. Möglicherweise hatte dieser Verrückte gerade seine Ehefrau um die Ecke gebracht und wollte jetzt nur Zeit gewinnen.

»Da sehen Sie, wie ich gesagt habe, sie ist am Boden zerstört«, sagte Ficalora und zeigte auf seine Frau. Anzunehmen, Agatina Piditella stünde unter Schock oder empfände auch nur einen Hauch von Mitleid für ihren Mann, war bestimmt ebenso wahrscheinlich wie zu glauben, Vanni Lenticchio würde es genießen, seine Hunde zu foltern, indem er ihnen die Augen herausriss und ihnen Ohren und Schwänze abschnitt. Das dachte Bonanno, während er mit erfahrenem Blick die Frau musterte, die sich in dem weißen Sessel rekelte und nicht gerade wie die Schmerzensmutter wirkte. Vielmehr rauchte Agatina ganz gelassen eine Zigarette. In ihrer Nähe lag die Waffe und daneben ein Taschentuch, das mit dem frischen Blut ihres verletzten Ehemanns besudelt war. Beides bezeugte, dass in diesem Zimmer ein zumindest … feuriger Streit stattgefunden hatte.

Bevor er sich noch fragte, was an dem Gesamtbild nicht stimmte – die Waffe, die jemand mit voller Absicht wie zufällig auf den Teppich neben das Taschentuch gelegt hatte, Ficaloras verbindliches Verhalten oder das wesentlich dreistere und provozierende seiner Frau –, hob Bonanno die Pistole mit einem Taschentuch auf, umwickelte sie sorgfältig damit und steckte sie ein.

»Es ist völlig unnötig, dass Sie all diese Vorsichtsmaßnahmen ergreifen, Maresciallo. Wenn Sie wissen wollen, wer geschossen hat, müssen Sie nicht erst die Pistole überprüfen lassen. Sie brauchen nur zu fragen. Sie werden meine Fingerabdrücke auf der Waffe finden, ich habe geschossen«, sagte Agatina und blies ihm einen Mund voll Rauch entgegen.

»Das hat mir der hier anwesende Herr schon mitgeteilt. Würden Sie mir denn bitte sagen, warum Sie geschossen haben?«, fragte Bonanno und steckte die Dienstwaffe Kaliber neun in sein Halfter zurück.

»Wie ich bereits sagte, es war ein Missgeschick, Maresciallo. Meine Frau saß dort im Sessel, wo sie jetzt sitzt. Während sie die Waffe reinigte, löste sich plötzlich ein Schuss, als ich an ihr vorüberging. Und der traf mich an der Schulter. Es war ein Unfall, einfach nur ein Unfall«, erklärte Ficalora und hielt sich die Schulter. Dabei sah er seine Frau an, die boshaft zurücklächelte.
Bonanno öffnete Ficaloras Cardigan und den Pullover und machte sich daran, das Blut zu stillen. »Wenn sich die gnädige Frau dann von ihrem Anfall erholt hat, könnte sie mir vielleicht freundlicherweise sagen, wo sie Wasserstoffperoxid und Watte aufbewahrt?«, wandte sich der Maresciallo ungehalten an Agatina.
Die Frau blieb ganz gelassen und sagte nur: »Im Badezimmerschränkchen finden Sie alles, was Sie brauchen.«
Agatina Piditella war wirklich ein unverschämtes Luder.
»Wir müssen einen Krankenwagen rufen, Saverio«, sagte Rosalia beunruhigt, weil immer noch viel Blut aus der Wunde floss.
»Ach was, Krankenwagen, das ist doch nur ein kleiner Kratzer. Ein bisschen Desinfektionsmittel und ein anständiger Verband und alles kommt in Ordnung«, protestierte Ficalora.
»Sie haben die Wahl: Entweder Sie gehen freiwillig zur Notaufnahme oder Sie werden von uns dorthin gebracht«, erklärte Bonanno, nachdem er die Wunde desinfiziert und genauer betrachtet hatte.
»Es ist für alle am besten, wenn du das von den Ärzten anschauen lässt, dann sehen wir wenigstens, aus welchem Holz du geschnitzt bist«, sagte Agatina spöttisch zu ihrem Ehemann und musterte ihn.
»Also gut, aber ich gehe nicht ins Krankenhaus, sondern zu meinem Hausarzt.«
»Das kommt nicht infrage, ich kümmere mich darum«, ant-

wortete Bonanno. Er griff zum Telefon und rief das Krankenhaus an.

»Hier ist Bonanno, der Maresciallo der Carabinieri, ich brauche sofort einen Krankenwagen im Viertel Santa Lidia, in das Haus direkt neben der Kirche. Ja, natürlich weiß ich, dass man dort nicht mit dem Krankenwagen hinkommt. Also schickt mir ein paar kräftige Männer mit einer Trage, denn wenn mir der Verwundete hier draufgeht, ist das eure Sache, dann zeige ich euch wegen unterlassener Hilfeleistung an und stecke euch ins Gefängnis. Jawohl, es handelt sich um jemanden mit einer Schussverletzung, das Blut läuft wie Wasser aus einem kaputten Klo und der blassen Gesichtsfarbe nach zu urteilen ist der Puls des Verwundeten im Keller. Also, beeilt euch, wenn ihr nicht wollt, dass der mir von einem Moment zum anderen umkippt«, sagte Bonanno in der Hoffnung, dass seine Übertreibungen die gewünschte Wirkung zur Folge haben würden.

»Auch das noch«, sagte Ficalora und ließ sich mit schmerzverzerrtem Gesicht in einen Sessel fallen.

Die alte Frau mit dem Ehemann, der Ohrstöpsel trug, und die anderen Bewohner der umliegenden Straßen waren nach und nach die Treppe hinaufgekommen und standen jetzt alle im Vorraum. Von dort aus ließen sie sich nicht das kleinste Detail dieser Sondervorstellung entgehen.

Als er die Menschenmenge bemerkte, hob Bonanno warnend die Hand und forderte sie unmissverständlich auf, geordnet den Rückzug anzutreten: »Wenn ihr nicht abzieht, nehme ich euch alle als Zeugen mit aufs Revier«, drohte er. Das Haus leerte sich augenblicklich.

»Nun, Dottore, was können Sie mir sagen?«, fragte Bonanno den Chirurgen, der Ficalora kurz zuvor untersucht hatte.

»Dieser Mann kann wirklich froh sein, er sollte barfuß zur Madonna der sieben Wunder pilgern. Die Kugel ist ein- und ausgetreten, ohne größeren Schaden anzurichten, nur ein Schlüsselbeinbruch, ein wahrer Glückstreffer«, antwortete der Chirurg Jachinu Pillitteri.

»Es handelt sich nur um einen einzigen Schuss?«

»Wie viele wollen Sie denn noch, Maresciallo?«

»Schon gut, das habe ich nur so gesagt … aber Sie haben doch die Wunde untersucht. Können Sie mir sagen, ob der Schuss von unten oder von oben abgefeuert wurde?«

»Weder noch.«

»Was soll das heißen?«

»Nichts anderes, als dass man aus dem Eintritts- und dem Austrittskanal der Kugel, die beide auf gleicher Höhe liegen, ganz klar schließen kann, dass der Schuss auf Manneshöhe abgegeben wurde, und zwar geradeaus und von hinten.«

»Könnten Sie etwas deutlicher werden?«

»Wollen Sie mich auf den Arm nehmen?«

»Aber nein, was glauben Sie. Aber wenn es Ihnen nichts ausmacht, könnten Sie dann bitte im medizinischen Gutachten genau erklären, was Sie mir gerade gesagt haben. Ich meine, dass der Schuss nicht von unten oder von oben, sondern aus einer Höhe von, sagen wir mal, ein Meter fünfzig abgegeben wurde, während der Mann der Waffe den Rücken zuwandte und die Schussbahn geradeaus verlief, wie der Eintritts- und der Austrittskanal beweisen.«

»Wenn Sie es so gut verstanden haben, warum soll ich es Ihnen denn noch einmal erklären?«

»Nur, um keinen Bock zu schießen.«

Das kreischende Geräusch einer Vollbremsung und knallende Autotüren auf dem Vorplatz der Notaufnahme ließen bei Bonanno die Alarmglocken schrillen. Er drehte sich um und sah, wie Steppani und ein frischgebackener Kollege rasch auf ihn zukamen.

»Was machen Sie denn hier, Maresciallo?«, fragte Steppani reichlich verblüfft.

»Ich schnappe frische Luft«, antwortet Bonanno.
»Man hat uns per Funk mitgeteilt, es habe eine Schießerei mit einem Verletzten gegeben. Sind Sie in Ordnung? Weshalb sind Sie so stinkfein angezogen?«, fragte Steppani und musterte Bonannos eleganten Anzug mit unverhohlener Neugierde.
»Ich habe jemanden hergebracht.«
»Aber diese tolle Frau mit den Kurven am richtigen Fleck hat natürlich nichts damit zu tun, stimmt's?«, traute Steppani sich zu sagen und sah Bonanno spöttisch an, denn er erinnerte sich genau an Rosalias Einladung am Vormittag.
»Steppà, halt gefälligst die Klappe, hol dir den medizinischen Bericht vom diensthabenden Arzt und dann hau ab. Morgen früh um Punkt acht in meinem Büro!«, brüllte der Maresciallo. Steppani lächelte zufrieden. Der Maresciallo war wirklich hochgegangen.

Bonanno lief im Flur der Unfallchirurgie auf und ab. Man hatte den Verwundeten eingeliefert, um seinen Schlüsselbeinbruch zu behandeln. Bonanno rauchte und grübelte über lauter Vermutungen nach.
Als er Ficaloras Wunde versorgte, war ihm aufgefallen, dass etwas an dem, was der Lehrer erzählt hatte, nicht stimmen konnte. Denn da hatte er bereits bemerkt, dass der Eintritts- und der Austrittskanal der Kugel auf gleicher Höhe waren. Also hatte Ficalora gelogen, als er erzählte, dass seine Frau gesessen hatte, als sie die Waffe reinigte. Wäre die Kugel von unten nach oben abgefeuert worden, wie er ihm einreden wollte, dann wäre die Flugbahn des Projektils ganz anders verlaufen. Auch die Entfernung stimmte nicht, ganz zu schweigen davon, dass die Kugel von hinten eingedrungen war, wo das Loch kleiner war. Das bewiesen das Eintritts- und das Austrittsloch der Kugel, die dabei gegen das Schlüsselbein geprallt war.

Ficaloras Erzählung stimmte hinten und vorne nicht; diesen Blödsinn konnte er einem Anfänger erzählen, aber nicht ihm. Deshalb hatte Bonanno darauf bestanden, ihn ins Krankenhaus bringen zu lassen. Um seine Annahmen zu beweisen, brauchte er einen offiziellen Bericht. Bonanno war sich ziemlich sicher, dass die Catanisa absichtlich auf ihren Mann geschossen hatte. Hier ging es um versuchten Mord. Aber warum schützte er sie?

»Oh Gott, bin ich blöd!«, sagte er laut und schlug sich mit der Hand gegen die Stirn. Zwei Patienten sahen ihn an, als käme er von einem anderen Stern. Er hatte sich an ein Detail erinnert, das für sich genommen zwar wenig besagte, im Gesamtbild aber durchaus bedeutsam war: Die beiden versuchten, ihn für dumm zu verkaufen. Aber sie wussten noch nicht, mit wem sie es zu tun hatten, dachte Bonanno und drückte mit der Spitze seines unbequemen Schuhs die Zigarette aus, die er sich gerade erst angezündet hatte.

Der Verwundete hatte den Gipsraum verlassen und nun brachten ihn zwei Pfleger in den Krankensaal. Ficalora wollte nach Hause, doch die Orthopäden ließen das nicht zu und schlossen ihm noch zwei Blutkonserven an, um keine Missverständnisse aufkommen zu lassen. Der Verwundete verlangte, in ein Einzelzimmer verlegt zu werden, was dann auch geschah. Mit Einwilligung des Oberarztes betrat Bonanno das Zimmer, schloss die Tür und setzte sich neben Ficalora, der noch halb in Narkose war: »Hören Sie mich, Professore?«

»Wer sind Sie?«, fragte Ficalora.

»Maresciallo Bonanno.«

»Oh Gott, Sie sind ja eine richtige Plage. Ich danke Ihnen sehr für Ihre Bemühungen und für das, was Sie für mich getan haben, aber was wollen Sie denn immer noch von mir?«

»Ich möchte nur wissen, warum Ihre Frau auf Sie geschossen hat und warum Sie sie schützen, obwohl Sie an der Schulter verletzt wurden. Das nächste Mal wird sie besser zielen und Sie endgültig erledigen.«

»Maresciallo, Sie haben eine krankhafte Fantasie. Ich habe Ihnen doch gesagt, wie es abgelaufen ist. Uund jetzt würde ich gern schlafen, wenn Sie nichts dagegen haben.«

»Aber natürlich, ich lasse Sie schlafen. Erklären Sie mir nur noch das eine: Wie kommt es, dass die Kugel Sie von hinten traf und an der Brust herauskam? Hatten Sie mir nicht erzählt, Sie wären vor Ihrer Frau vorbeigegangen?«

»Ich muss mich geirrt haben. Was wollen Sie, man erinnert sich nicht hundertprozentig an alles, wenn man gerade von einer Kugel getroffen wurde.«

»Sie sagten auch, Ihre Frau habe in dem gleichen Sessel gesessen, in dem ich sie vorfand.«

»Ich wiederhole, Maresciallo, ich erinnere mich nicht an all die Einzelheiten, ich weiß nicht, ob Agatina saß oder stand, und jetzt fühle ich mich schwach und verwirrt.«

»Wollen Sie Ihre Aussage widerrufen?«

»Hören Sie nun endlich auf, mich zu quälen, oder muss ich die Krankenpfleger rufen? Mir geht es schlecht, ich habe eine Narkose und eine Operation hinter mir, meine Schulter brennt wie Feuer und wenn Sie nichts dagegen haben, würde ich jetzt wirklich gern schlafen.«

»Na gut, ich lasse Sie in Ruhe, aber ich möchte Ihnen trotzdem noch etwas sagen, nur damit wir uns nicht falsch verstehen. Sperren Sie die Ohren auf und hören Sie mir aufmerksam zu, Signor Ficalora: Ein Schuss mag durchaus versehentlich losgehen – ich tue mal so, als würde ich Ihre hübsche Geschichte glauben–, aber zwei Schüsse in unwesentlichem Abstand müssten sogar Ihnen fragwürdig erscheinen. Und ich habe mit meinen eigenen Ohren zwei Schüsse gehört. Außerdem fehlen zwei Kugeln im Magazin.

Das habe ich schon überprüft. Auf Wiedersehen, Signor Ficalora, schonen Sie sich.«

Das Funkgerät krächzte.

»Hier Brigadiere Steppani. Over.«

»Steppà, beweg deinen Hintern, geh zu Ficaloras Wohnung im Viertel Santa Lidia und schaff mir diese Signora Agatina Dingsbums her.«

»Es ist schon nach zehn Uhr, Marescià!«

»Und ich gebe dir zehn Minuten, um meinen Befehl auszuführen und sie hierher zu bringen. Ich erwarte dich in meinem Büro. Und falls sie sich weigert, sag ihr, sie werde des versuchten Mordes beschuldigt. Ach, Steppani, und noch etwas: Schau genau im Wohnzimmer nach, dort müssen zwei Patronenhülsen liegen. Such sie und bring sie mit in die Zentrale«, sagte Bonanno. Ficaloras Lügen konnte er nicht schlucken, er wollte Klarheit haben.

Die Ankunft der Carabinieri brachte Agatina keineswegs aus der Fassung.

»Darf ich jemanden anrufen?«, fragte sie Steppani ironisch.

Bonanno war verblüfft, als Avvocato Gandolfo Mazzarisi in der Kaserne auftauchte.

»So sieht man sich wieder, Maresciallo.«

»Offensichtlich. Darf ich fragen, was Sie hier tun?«

»Vor kurzem hat mich meine Mandantin, Signora Piditella, angerufen. Sie wollten sie wegen des leidigen Unfalls mit ihrem Mann befragen. Sie erzählte mir, vor gut einer Stunde hätten sich aus einer offiziell angemeldeten Pistole in ihrem Haus zufällig zwei Schüsse gelöst, während sie die Waffe mit einem Tuch reinigte. Die Signora hatte nicht bemerkt, dass die Pistole geladen war, und verletzte den armen Cristenzio, zum Glück nicht allzu schwer. Gemäß den Worten der Signora wurden diese Tatsachen von dem unmittelbar

Beteiligten, sprich ihrem Ehemann, bestätigt. Da die Fakten also für sich sprechen, fragen sich meine Mandantin und ich gleichermaßen, warum Sie sie so dringend einbestellt haben. Diesmal müssen Sie wirklich gute Gründe haben, Maresciallo, sonst werden wir vor Gericht darüber reden müssen«, sagte der Anwalt abschließend.

Diese Catanisa war einfach ein niederträchtiges Luder.

## *Sechs*

Sie sind seit Stunden unterwegs, Mishna hat keine Ahnung, wie lange genau. Die Kälte, die ihm in die Haut schneidet, und seine schmerzenden Füße haben ihm jedes Zeitgefühl geraubt.

Als sie Serge im aufgeweichten Bauch ihres kleinen Stücks Land begraben hat, ist Zmitra verwelkt wie eine Pflanze, die all ihren Lebenssaft an einem einzigen Tag verströmt. Sie hat jegliches Interesse am Leben verloren, nur die Liebe zu ihrem Sohn hält sie noch aufrecht. Zmitra hat beschlossen, alles aufzugeben, um zu ihrem Schwager Jan zu gehen, jenseits der Grenzen des Kosovo Rettung zu suchen, fern von diesem gemarterten Land, wo das Zusammenleben zwischen einer verschwindend kleinen serbischen Minderheit und der albanischen Mehrheit so unerträglich geworden ist, dass sich ein blutiger Krieg entwickelt hat, der Europa und die USA involviert hat, wo ein Einmarsch der Russen droht und man immer öfter den bitteren Geruch menschlicher Körper wahrnimmt, die in ihren Häusern verbrannt werden.

Langsam und frierend schleppen sie sich vorwärts, sie müssen sehr vorsichtig sein, denn die Grenzen werden bewacht. Sie können niemandem trauen. »Vertrau keinem Fremden, Mishna«, hatte Zmitra ihrem Sohn befohlen. »Mein Sohn, wir dürfen nur auf uns selbst bauen.«

Sie müssen die Grenze überwinden und den großen See von Shkodra erreichen, von dem ihr Ehemann so oft geträumt

hat. Als kleiner Junge ist er gern dort hineingesprungen und hat zuckende glatte Fische gefangen.
Dir bleibt keine Zeit für Erinnerungen, Zmitra, du musst weiter nach Albanien und die Teile des Lebens wieder aufnehmen, die der Krieg dir entrissen hat, um deinem Sohn eine Zukunft zu verschaffen und vielleicht sogar dir. Aber welche Zukunft kann jemand schon haben, der den Tod im Herzen trägt?
Wie viel Leid muss der Mensch ertragen?
Was kann der Grund für all diese Qualen sein?, fragt sich Zmitra. Sie ist eine starke Frau, keine dreißig, aber jetzt kostet sie jeder Atemzug Mühe. Dieses Leben ist ein Messer, das ihren Körper und ihre Seele zerfleischt und ihr Leid, das niemand je ermessen kann, in den Wind hinausschreit. Zmitras Qual wird niemand jemals sehen, ihr Leidensweg ist in Mishnas Augen verschlossen.
Die Soldaten sind zu viert, drei sind jung, der älteste ist ihr Anführer. Sie unterhalten sich auf Serbisch und lachen höhnisch. Starren Zmitra mit anzüglichen Blicken an. Ihre vom Wind gerötete Haut, auf der Schweiß liegt, verströmt den Duft zarten Fleisches.
Der Geruch wehrloser Opfer lockt Raubtiere an.
Hier braucht man keine Worte, es gibt Augenblicke, in denen Blicke und Stimmen alles sagen: Gleich werden die Soldaten ihren Spaß haben, da ist eine albanische Hure, mit der sie alles machen können.
Ihre Gesichter verschwimmen zu einem Ganzen. Mishna nimmt nur das Lachen wahr, das sich augenblicklich in seinen Kopf, seinen Körper und seine Seele einbrennt. Das gleiche Lachen, das seinen Vater getötet und ihm die Stiefel gestohlen hat. Er packt einen großen Stein und stürzt sich auf den ältesten der Männer.
Der hat diesen Angriff nicht erwartet, der spitze Stein trifft ihn am Mund, man hört einen Zahn brechen und sein Mund

füllt sich mit heißem Schmerz. Das eigene Blut schmeckt einem nie.
Der Mann schlägt heftig zu. Mishna landet auf dem Boden, der Mann packt ihn am Genick, aber die Zähne des Jungen sind spitze Waffen, sie bohren sich in den Handrücken des Mannes, reißen Stücke aus dem behaarten, verschwitzten Fleisch. Mishna hört nicht die Schreie des Soldaten, er fühlt nicht einmal die Schläge, die auf ihn niedergehen, er spürt überhaupt nichts mehr, ihn umhüllt ein dunkler Abgrund, in dem sein Leid versinkt.
Brutale Hände packen Zmitra, pressen ihre Brüste zusammen, heben den langen Rock hoch und enthüllen schmale Schenkel. Mit gierigen Fingern zerreißen sie den Stoff, der ihre dunkle Scham bedeckt, und öffnen lachend die Schlitze der Militärhosen.
Ein warmer Strahl bringt Mishna zur Besinnung. Der älteste Soldat hat ihm in sein zerschlagenes Gesicht gepisst. Er grinst und sagt etwas zu ihm. Zeigt ihm, wo er hinschauen soll.
Mishna dreht sich um und was er sieht, verbrennt ihn innerlich wie glühendes Pech. Mishna schreit und das heizt die tierische Lust der Soldaten noch an, die abwechselnd den gepeinigten Körper besteigen, der nichts mehr von seiner Mutter hat, diesen Körper, der auf einem dreckigen Lager in einer verlassenen Hütte liegt.
Zmitra fühlt nichts, sie bemerkt nicht einmal, wie der ältere Soldat einen aus seiner Meute herbeiruft. Der Kerl gehorcht sofort, er stellt seinen Stiefel auf die Brust des Jungen und macht ihn so wehrlos, während sich der Anführer wie ein Aasgeier auf den gemarterten Frauenkörper stürzt.
Wie lange dauert dieser Schrecken?
Was bleibt einer Frau, der man auch noch die Würde nimmt, indem man sie den unschuldigen Augen ihres Sohnes preisgibt, außer der Erinnerung an glückliche Zeiten?

Zmitra taucht ein in Erinnerungen. Serge ist bei ihr, er lächelt sie an, drückt ihre Hand, flüstert ihr Zärtlichkeiten zu, streichelt sie. Gemeinsam mit Serge läuft sie an einem schönen Sommerabend über das Land, das wächst und blüht, in ihren jungen Körpern pocht das Blut heiß, und sie berühren sich zärtlich und vergessen alles, während die Sonne die Höhen im leuchtenden Gold des Sonnenuntergangs entflammt.

Jetzt riecht es weder nach Serge noch nach Feldern, nun stinkt es nach säuerlichem Schweiß und verfaultem Atem. Blendend helles Licht trifft sie, purpurrote Blitze durchbohren ihre Augen, die Dunkelheit mit ihren Schatten aus Fleisch und Blut fällt dicht und ekelerregend auf sie herab. Wie viel Zeit wohl vergangen ist?

Zmitra wird es nie erfahren. Ihre weit aufgerissenen Augen sehen das ganze Ausmaß des Schreckens, sich selbst, die brutal vergewaltigt wurde, und diesen erstarrten Jungen, der stumm neben ihr sitzt. Nur die salzigen Rinnsale, die ihm aus den Augen quellen, künden von Mishnas Leid. Er weint stumm.

Wie soll sie ihm das erklären? Was kann sie ihm sagen, ohne dass sie selbst bei jedem Atemzug vor Scham stirbt?

Zmitra traut sich nicht einmal mehr, Mishna anzusehen. Die Vergewaltiger haben ihr nicht nur die Ehre, sondern alles geraubt, was sie noch besaß. Sie spürt ihren gedemütigten Körper nicht mehr, sie achtet nicht auf ihre Verletzungen, den Bauch, der wie Feuer brennt, die blutigen Striemen, die sich über Busen und Schenkel ziehen. Mühsam und schwankend zieht sie sich hoch, sie muss weiter, bevor die Last der Einsamkeit sie erdrückt und sie sich in das Unabänderliche fügt.

Mutter und Sohn wirken wie zwei Fremde, sie reden nicht miteinander, sehen sich nicht an noch berühren sie sich. Zmitra geht vor, Mishna folgt ihr in kurzem Abstand. Sie laufen Stunde um Stunde, während die Nacht hereinbricht, die Sonne aufgeht, die abendliche Dunkelheit wiederkehrt und sie einhüllt, als sie irgendwann, völlig erschöpft, in der Ferne einen See glitzern sehen. Ihre grauenvolle Reise nähert sich dem Ende. So wie Zmitras Weg.

Bonanno war mit seiner Geduld am Ende. Er fluchte stumm. Das Geschwätz des Anwalts rauschte über ihn hinweg und hämmerte in seinen Ohren. In anhaltend scharfem Ton ließ Gandolfo Mazzarisi mit grünlicher Gesichtsfarbe Gesetzestexte und Verfahrensfehler auf ihn einprasseln, unterstellte ihm hemmungslosen Missbrauch seiner militärischen Funktion und der Uniform, die er trug. Wie konnte er sich nur von diesem unerträglichen Geschwätz des Anwalts befreien, der ihm mit seinen Beschwerden unentwegt auf den Nerven herumtrampelte?

Der Versuchung, ihm eine Granate in den Hintern zu pflanzen, konnte er nicht nachgeben, was also sollte er tun? Bonanno hatte eine Schwäche: Wenn sein von Haus aus kleiner Vorrat an Geduld aufgebraucht war, bewegten sich seine Hände wie von selbst, als wollte er Violine spielen, und dann geschah, was geschehen musste. Das Klingeln des Telefons rettete ihn.

»Wenn Sie erlauben, Avvocato, ich müsste rangehen, aber fahren Sie ruhig fort, Ihre Lunge zu trainieren, während Sie auf Ihre Mandantin warten.« Gandolfo Mazzarisi erwiderte nichts darauf. Er war richtig wütend. Jetzt schrie er sich schon seit zehn Minuten heiser und dieser ebenso überhebliche wie übergewichtige Maresciallo hatte seine Proteste keiner Antwort gewürdigt. Nun ließ er ihn auch noch mitten auf dem Flur stehen wie einen vergessenen Regenschirm. Er starrte ihn mit zusammengekniffenen Augen an, aus denen der blanke Hass sprühte. Bei der nächstbesten Gelegenheit würde er ihn mit Freude über die Fußangeln des Gesetzes stolpern lassen, die gleichen Paragrafen, die Bonanno fröhlich mit Füßen trat. Niemand konnte Gandolfo Mazzarisi diese Genugtuung nehmen, er würde es dem Maresciallo schon zeigen, es war nur eine Frage der Zeit.

Eine samtweiche Stimme hüllte ihn ein: »Wie geht es dir, Saverio? Alles in Ordnung?«
Wie verführerisch Rosalias Stimme klang, wenn er sie am Telefon hörte, schmolz er geradezu dahin, vergaß all seine Ängste und es schien ihm, als segelte er auf dem offenen Meer entlang, wo sich kein Schatten zwischen ihn und die Sonne schieben konnte.
Rosalias Stimme brachte ihn auf den Boden der Tatsachen zurück: »Wie geht es Signor Ficalora?«
»Wie es jemandem geht, auf den geschossen wurde. Man hat seine gebrochene Schulter versorgt. Die Kugel hat keine schweren Schäden angerichtet. Und was hast du mir zu erzählen? Was gibt es von der fürsorglichen Ehefrau zu berichten?«
»Das ist ja ein Herzchen, hast du das bemerkt? Die hat nicht im Traum daran gedacht, ihren Ehemann ins Krankenhaus zu begleiten. Und weißt du, was die Leute erzählen?«
»Was sagt die Gerüchteküche, Rosalia?«
»Dass die Catanisa absichtlich geschossen hat, damit er nicht mehr in Versuchung kommt. Es geht das Gerücht, in letzter Zeit würde sich der Professore verstärkt dem Gartenbau widmen, auf seinem Gut außerhalb von Villabosco.«
»Hat er plötzlich einen Tick für das Land entwickelt?«
»So wie es aussieht, unterstellt man, er ginge aufs Land, um andere kleine Laster auszuleben.«
»Was meinst du damit?«
»Du lieber Himmel, Saverio, kommst du wirklich nicht darauf? Man sagt, der Professore habe eine kleine Freundin, die anscheinend nicht von hier stammt. Und da die Catanisa es

satthatte, von ihm Hörner aufgesetzt zu bekommen, habe sie, temperamentvoll, wie sie ist, aus Eifersucht auf ihn geschossen.«

Das anhaltende Bremsgeräusch eines Wagens, der seinem Fahrer dankbar ist, dass er endlich geparkt wird, sagte Bonanno, dass Steppani gerade gekommen war. Zwei Minuten später stürzte Agatina Piditella mit flammenden Blicken herein. Ihre leuchtend roten Haare schienen im Widerschein des Feuerzeugs zu glühen, mit dem sie sich zitternd vor Wut eine dünne Zigarette anzündete.

Mazzarisi ging ihr entgegen, sie lächelte ihn erleichtert an. Bonanno hätte beschworen, dass die Frau ein ausgewachsenes Luder war: Sie hatte mit Vorsatz auf ihren Ehemann geschossen und jetzt besaß sie auch noch die Unverfrorenheit, die Polizei herauszufordern. Betrogen oder nicht, bis zu diesem Augenblick war sie aber im Vorteil. Und als ob das nicht reichte, hatte sie auch noch diesen Winkeladvokaten ins Spiel gebracht, der mit einem einzigen Satz alles so hindrehte, wie er wollte.

Aber wenn dieses männermordende Weibsstück glaubte, sie könne ihn für dumm verkaufen, irrte sie sich gewaltig. Sie hatte einen Riesenfehler begangen, ihren Ehemann mit Blei vollzupumpen, während Bonanno sich in der Nähe aufhielt. Er war kein Schoßhündchen und ließ einen Knochen nicht so leicht wieder los, wenn er ihn einmal zwischen den Zähnen hatte. Das würde die Catanisa schon noch merken.

»Verzeihen Sie bitte die späte Stunde, Signora, aber in Anbetracht der schwerwiegenden Vorkommnisse hielt ich es für angebracht, nicht noch mehr Zeit vergehen zu lassen, sondern stattdessen zu versuchen, die Ermittlungen so schnell wie möglich abzuschließen.«

Agatina antwortete nicht, aber sie warf ihm einen mörderischen Blick zu, der zwischen Neugierde, Amüsement und Erwartung schwankte. Sie schien die Situation zu genießen. Gemeinsam saßen sie in Bonannos Büro. Der Maresciallo trug Steppani auf, Anwalt Mazzarisi in den Warteraum zu führen und ihn dort zu bewachen. Zunächst wolle er von Angesicht zu Angesicht mit der Catanisa reden.

Der Anwalt protestierte, aber Agatina Piditella gab ihm ein Zeichen, und er stimmte widerwillig zu.

»Nun, Signora, wollen Sie mir vielleicht jetzt erzählen, was genau vorgefallen ist?«

Agatina rauchte eine Zigarette nach der anderen, spielte den Unschuldsengel und beachtete ihn gar nicht. Bonanno begann sich zu ärgern: »Signora Piditella, reden wir Klartext: Wenn Sie mit uns zusammenarbeiten, können Sie heute Abend nach Hause zurück. Aber wenn Sie auf Ihrem arroganten Gehabe bestehen, dann sage ich Ihnen nur, wir haben unten eine Zelle, die für Leute bestimmt ist, die ernsthaft des versuchten Mordes verdächtigt werden, und dann führen wir eben eine vorläufige Festnahme seitens der Kriminalpolizei durch. Haben Sie mich verstanden?«

Agatina sah interessiert der letzten Rauchwolke nach, die sich im Zimmer verteilte, und schlug seelenruhig die Beine übereinander. Dann blickte sie Bonanno mit gespielter Überraschung an und ihren halb geöffneten Lippen entrang sich ein »Uii, wissen Sie eigentlich, wie gut Ihnen dieser Anzug steht? Mein Kompliment an den Designer, wirklich todschick. Verraten Sie mir doch bitte, Maresciallo, führen Sie all Ihre Verhöre im Kommunionanzug oder machen Sie da für mich eine Ausnahme?«.

Die Frau musterte ihn spöttisch. Ihm wurde klar, dass er bei ihr schwerere Geschütze auffahren musste. Deshalb griff er in die Hosentasche und legte die Pistole Kaliber neun auf die Schreibtischplatte. Er wickelte sie aus dem Taschentuch und platzierte zwei Kugeln daneben, die Steppani im Wohnzimmer der Wohnung Ficalora sichergestellt hatte. Eine der Kugeln war mit Blut verschmiert.

»Erkennen Sie die wieder?«

»Beenden wir diese Komödie. Wenn Sie mich kommen ließen, um zu erfahren, wer geschossen hat, hätten Sie nicht solche Umstände zu machen brauchen. Ich habe Ihnen doch ohnehin schon gesagt, dass ich das war. Und mein Ehemann hat erklärt, dass es ein Unfall war. Darf ich erfahren, was Sie da jetzt noch von mir wollen? Die Pistole ist offiziell angemeldet, das können Sie gern überprüfen.«

»Diese Märchen können Sie Ihrem Anwalt erzählen, ich möchte nur die Wahrheit hören. Aus diesem Schmuckstück hier wurden zwei Schüsse abgegeben, wollen Sie mir das erklären?«

»Warum sollte ich? Ein oder zwei Schüsse, was wollen Sie eigentlich, das passiert eben, wenn man zum ersten Mal eine Waffe in die Hand nimmt.«

»Und da ist noch etwas. Wo befanden Sie sich genau, als sich die Schüsse aus der Pistole lösten?«

»Verzeihen Sie meine Kühnheit, Maresciallo, aber wenn Sie wirklich annehmen, ich hätte meinen Mann umbringen wollen, warum verhaften Sie mich dann nicht? Legen Sie mir Handschellen an und bringen Sie mich in die Zelle, übernehmen Sie die Verantwortung. Von jetzt an sage ich kein Wort mehr ohne meinen Anwalt, ja, ich bereue schon, dass ich ihn gehen ließ. Sie haben kein Recht, mich zu verhören. Ich habe nichts getan.«

Agatinas Reaktion traf ihn überraschend. Bonanno errötete vor Zorn, dann stand er auf, drehte ihr den Rücken zu und steckte sich eine Zigarette an. Dieses verdammte Weibsbild war zu selbstsicher, bei der musste er die Zügel straff anziehen. Und doch war es besser, wenn er sie nicht zu hart anging, sonst könnte ein allzu penibler Richter das möglicherweise noch gegen ihn verwenden.

Als er sich zu ihr umdrehte, wusste er genau, wo er seinen Tiefschlag ansetzen musste.

»Stellen wir eines gleich klar, das hier ist kein Verhör, sondern ein informelles Gespräch unter vier Augen, ohne weitere Zeugen oder Ihren Anwalt. Aber da Sie offensichtlich nicht mit mir zusammenarbeiten wollen, behalte ich mir vor, eine formelle Anklage auszusprechen, sobald ich den Richter informiert habe. Ich werde persönlich dafür sorgen, sie Ihnen zuzustellen, und mit Ihrer Erlaubnis, muss ich Sie jetzt zu einem Lokaltermin nach Hause begleiten. Ach, nur damit wir uns da nicht missverstehen: Wenn Sie nicht anständig mit mir zusammenarbeiten, kommen Sie heute Nacht noch in die Zelle, dann nehme ich Sie eben vorläufig fest und man wird sehen, was dabei herauskommt.«

Zum Teufel mit Anwälten und Richtern, was sein musste, musste sein.

Agatina starrte ihn unverschämt an, ihre Augen sprühten Funken. Sie flüsterte etwas, was er nicht genau verstand. Die Catanisa schien ihre Arroganz einzubüßen. Als Bonanno sein Büro verließ, stürzte sich Avvocato Mazzarisi auf ihn und drohte ihm mit schlimmen Konsequenzen und Strafanträgen.

Es war die Sache eines Augenblicks: Bonanno verlor die Beherrschung, er stürzte sich wütend auf den Anwalt, trieb ihn mit seinem Bauch auf die Wand zu, dabei zischte er ihm ins totenbleiche Gesicht: »Sie gehen mir gewaltig auf die Nerven, ich sage Ihnen jetzt zum letzten Mal, wagen Sie es nie wieder, mich so anzugreifen, sonst zeige ich Sie wegen Nötigung und Beleidigung im Amt an. Statt mir dankbar zu sein, dass ich Sie zu so später Stunde überhaupt in die Kaserne lasse, wagen Sie es noch, sich mir zu widersetzen? Was glauben Sie eigentlich, mit wem Sie es zu tun haben? Klären wir das ein für alle Mal, Avvocato, führen Sie sich anständig auf, dann tue ich das Gleiche, und mischen Sie sich nie wieder in meine Ermittlungen ein, verstanden?«

Er ließ den wie vom Donner gerührten Anwalt stehen und ging zu Agatina Piditella, die die Szene verfolgt hatte und ihn spöttisch ansah. Dieser Blick ließ ihm das Blut zu Kopf steigen, und ohne nachzudenken, sagte er entschieden: »Es gibt eine kleine Änderung im Programm, ich muss Sie hier in der Zentrale behalten, die Anklage lautet versuchter Mord, dafür können Sie sich bei Ihrem Anwalt bedanken.«

Agatina sagte kein Wort. Ihre Blicke wünschten ihm so viel Unglück an den Hals, dass ein einziges Leben dafür nicht reichte. Avvocato Mazzarisi brüllte: »Das ist Amtsmissbrauch! Sie haben keinen Grund, meine Mandantin zu verhaften.«

»Hier wird niemand verhaftet, wir halten sie nur vorläufig fest. Sie brauchen einen Grund?«, sagte Bonanno und sah ihn finster an. »Ich nenne Ihnen so viele Gründe, wie Sie möchten: Zum Ersten gibt es einen offensichtlichen Tatbestand und zum Zweiten geht es hier um versuchten Mord, nicht um irgendeinen Unfall. Ich sage Ihnen, wie es passiert ist: Die Signora schoss zunächst auf ihren Ehemann, während er ihr den Rücken zukehrte, und als er sich umdrehte, schoss die Signora noch einmal. Dass die Kugel ihn nicht traf, war Zufall, sie landete in der Wand, wo mein Assistent sie gefunden hat. Professore Ficalora schrie wie am Spieß und das war's.«

Agatina wurde totenbleich. Steppani sagte kein Wort. Avvocato Mazzarisi griff Bonanno an: »Sie haben keinen Beweis, das sind nur Ihre Vermutungen!«

»Sie möchten einen Beweis? Der steht vor Ihnen, höchstpersönlich. Ich war nur zehn Meter von dem Haus entfernt, und habe die Schüsse ganz deutlich gehört, zuerst einen und dann den zweiten, und erst danach fing der arme Mann an zu schreien. Wie erklären Sie sich das? Brauchen Sie noch einen

Beweis? Die Flugbahn der Kugeln: Hätte die Signora im Sessel gesessen, wie sie und ihr Ehemann behaupten, hätte die Kugel von unten nach oben eintreten müssen, dann hätte sie andere Schäden angerichtet, aber die Entfernung und die Flugbahn passen nicht zusammen, ganz zu schweigen vom Rest. Die Geschichte stinkt einfach zum Himmel.«

Der Anwalt schnappte nach Luft, er wusste nicht, wie er seinen heftigen Zorn zügeln sollte. Über diese Details hatte Agatina ihn nicht informiert.

»Alles Unterstellungen! Warum sollte ihr Mann denn behaupten, es handele sich um einen Unfall? Und das Motiv? Welches Motiv hätte meine Mandantin dafür, auf ihren Mann zu schießen?«, wiederholte der Anwalt energisch und suchte nach triftigen Gründen.

»Das müssen Sie schon Ihre Mandantin fragen, und dann fragen Sie sie doch am besten auch gleich noch, warum sie Sie zu so später Stunde unbedingt anrufen musste, wenn sie ein reines Gewissen hatte«, sagte Bonanno noch.

»Ich erkläre Ihnen, warum. Vor gewissen Machos, die glauben, wenn sie eine Uniform tragen, seien sie der Herrgott persönlich, muss man sich in Acht nehmen, die behalten sich vor, dich grundlos in eine Zelle zu sperren. Deshalb habe ich meinen Anwalt angerufen, der jetzt ein wertvoller Zeuge für Ihren Amtsmissbrauch ist. Und nur um es einmal klarzustellen: Ich habe ebenfalls gesehen, wie übel Sie gerade meinen Anwalt behandelt haben, und auch ich kann eine gute Zeugin abgeben«, sagte Agatina und schaute von Bonanno zu Mazzarisi.

»Sperr sie ein, Steppani«, brüllte Bonanno und verschwand wütend. Er ahnte schon, dass er sich das Leben schwer machen würde, wenn er sich diese Genugtuung verschaffte.

Steppani fuhr vorsichtig. Wenn der Maresciallo so gereizt war, ging man besser keine unnötigen Risiken ein, damit er nicht angesichts einer schlecht geschnittenen Kurve die Geduld verlor.

»Das war bestimmt schwer zu verdauen, zwei Feinde auf einen Schlag, sind Sie wirklich sicher, dass …«

Bonanno wandte sich zu Steppani um und sah ihn so böse an, dass dieser augenblicklich verstummte. Er war völlig außer sich. In dieser ganzen Geschichte passte zu viel nicht zusammen, ein unangenehmes Gefühl kitzelte seinen Bulleninstinkt, und wenn Bonanno das spürte, folgte das Unheil gleich auf dem Fuß. Er rauchte wie ein Schlot und überlegte.

Wenn Agatina ihren Ehemann ermorden wollte, warum zum Teufel hatte sie ihn dann beim zweiten Schuss aus nächster Nähe verfehlt? Konnte es wirklich sein, dass sie ihn zu Hause umlegen wollte, um sich dann verhaften zu lassen und ihre Tage im Kittchen zu beschließen?

Das überzeugte ihn nicht.

Und dieser Ehebrecher, warum beschützte er seine Frau, wenn er sich doch mit einer anderen amüsierte? Brachten ihn Schuldgefühle dazu, solch einen Blödsinn zu erzählen, oder hatte er gelogen, damit außerhalb der Familie keine schmutzige Wäsche gewaschen wurde? Wenn einer mit dem Schwanz denkt, wird alles kompliziert.

Aber wenn Agatina nichts zu befürchten hatte, warum hatte sie dann so eilig ihren Anwalt herbestellt? Wem wollte sie diese Sache mit dem Macho einreden? Sie war doch eine resolute Frau, die sich von niemandem einschüchtern ließ, schon gar nicht von ein paar Dorfpolizisten. Irgendetwas stimmte da nicht, aber was?

Der Wagen fuhr in Richtung Santa Lidia Purpuraria und hielt am Wendeplatz, der bereits von anderen Autos zugestellt war. Es war schon spät, der Mond leuchtete am wolkenverhangenen Himmel, der eisige Windstöße auf ihre Köpfe aussandte. Die Luft roch nach Schnee.

»Das ist das Haus«, sagte Bonanno.
»Ich weiß, Maresciallo«, antwortete Steppani.
Bonanno brummte unwillig.
»Ich war vor einer Stunde hier, um unsere Revolverheldin festzunehmen. Denen geht es nicht schlecht, haben Sie den tollen Palazzo bemerkt?«
»Bitte, Steppà, nicht auch noch du, mein Kopf explodiert beinahe und diese verdammten Schuhe drücken mich bei jedem Schritt.«
»Darf ich Sie etwas fragen, Maresciallo?«
Bonanno sah ihn böse an.
»Schon gut, dann ein anderes Mal«, meinte Steppani. Er traute sich nicht, Bonanno nach seinem Abend mit Rosalia zu fragen. Als sie vor dem beeindruckenden Palazzo ankamen, öffnete Steppani die Haustür geschickt mit einem Dietrich und sie gingen hinein. Vorher warf Bonanno noch einen liebevollen Blick auf die honigfarbene Tür des Hauses gegenüber, in dem seine Angebetete wohnte. Er stellte sich vor, wie Rosalia aufräumte, und fühlte, dass ihm eine Blutwelle in die Brust schoss. Er konnte sich gerade noch bremsen, sie anzurufen und ihr einen Überraschungsbesuch abzustatten.
Musste es Agatina denn ausgerechnet an diesem Abend einfallen, ihren Ehemann mit Blei vollzupumpen? Hätte sie nicht einen anderen Zeitpunkt wählen können, um ihre Rache als betrogene Ehefrau zu nehmen?

»Sehen Sie, Maresciallo, hier ist das Einschussloch. Die Kugel war hier stecken geblieben, ich musste sie mit einem Schraubenzieher herausholen. Die andere lag dort, ich habe die Stelle mit Kreide markiert. Wie Sie gesehen haben, war sie blutbefleckt, das ist die, die Ficalora sich einfing. Auf der anderen ist nur ein wenig Ruß, kein Blut«, erklärte Steppani.

Wie er angenommen hatte, war das Loch ungefähr anderthalb Meter über dem Boden. Wenn man bedachte, dass Agatina Piditella etwas über einen Meter siebzig groß war und den Arm mit der Pistole gestreckt hielt, stimmte die Höhe. Es gab keinen Zweifel, sie hatte absichtlich geschossen. Aber selbst wenn sie ihn verfehlt hatte, als sie ihn umbringen wollte, warum hatte sie nicht noch einmal auf den armen Kerl geschossen, der schon so übel zugerichtet war wie der heilige Sebastian? Sie hatte so viele Kugeln im Magazin, dass sie damit einen Deckstier hätte zu Fall bringen können. Was steckte hinter diesem Theater?

Fragen über Fragen, die er nicht beantworten konnte.

Vielleicht würde Agatina nach einer Nacht im Kittchen ihre wahren Gründe gestehen, aber sehr wahrscheinlich war das nicht. Wenn er sich in dieser Geschichte um Ehebruch und Familienstreitigkeiten zurechtfinden wollte, musste er Cristenzio Ficalora bearbeiten. Vor allem musste er herausfinden, wer dessen Geliebte war.

»Steppà, such im Arbeitszimmer des Professore, ob du irgendwelche interessanten Briefe findest.«

»Was meinen Sie mit interessant?«

»Frauengeschichten.«

»Zu Befehl«, antwortete Steppani.

Während Steppani suchte, stellte Bonanno sich die Szene zwischen dem Ehepaar vor, aber wie er es auch drehte und wendete, er kam immer wieder zum gleichen Schluss. Eine Stunde später waren sie noch nicht weiter. Müdigkeit machte sich breit, es war schließlich schon nach ein Uhr nachts.

»Was meinst du, machen wir morgen weiter?«, sagte Bonanno.

»Eine gute Idee.«

»Also los, gehen wir.«

Als sie rauskamen, froren sie ziemlich, die Schneeflocken fielen nun weiß und dicht. Eine Nacht wie diese hätte Bonanno lieber hinter der honigfarbenen Tür verbracht, als auf der Suche nach Beweisen für Ehebruch und absichtlich abgefeuerte Schüsse in den erbärmlichen Familiengeheimnissen von Ficalora und Gattin herumzustochern. Wenn er für einen Moment die Augen schloss, konnte er sogar das Parfüm riechen, das er Rosalia geschenkt hatte. Gemischt mit dem zarten Duft ihrer Haut, die sich an ihre weichen, festen Rundungen schmiegte. Ein paar Tropfen dieses Duftes hatte Rosalia sich auf die Haut gesprüht und jetzt, während ihm der Schnee ins Gesicht peitschte, stellte Bonanno sich vor, wie sie müde in ihrem warmen Bett lag. Er war sich sicher, dass Rosalia so schlafen ging, wie Mutter Natur sie geschaffen hatte, nämlich nackt, und trotz der Kälte überlief es ihn bei diesem Gedanken heiß. Ohne dass er es merkte, fluchte er laut, weil ihm ein verheißungsvoller Abend verdorben worden war. Steppani sah ihn verblüfft an, sagte aber lieber nichts. Dafür war Bonanno ihm dankbar.

Er konnte nicht einschlafen. Wälzte sich unruhig im Bett. Gedanken bohrten sich wie spitze Nadeln in sein Hirn, nur ungern entfernte er sich von Rosalias Bild, um sich dann wieder auf Agatina zu konzentrieren. Als er sie auf den Grund eines dunklen, wasserlosen Brunnens verbannte, erschien Cristenzio, ein Christus am Kreuz, aus dessen verletzter Schulter Blut heraussprudelte, und predigte immer noch brüderliche Vergebung.

Bonanno befreite sich auch von Cristenzio, und plötzlich fiel ihm dieser Anwalt ein: An diesem Tag hatte er zweimal das Pech gehabt, mit ihm zu tun zu haben. Er kam einfach nicht zur Ruhe. Deshalb stand er auf, lief geradewegs in die Küche, wo er zwei Gläser kaltes Wasser herunterstürzte, um seine ausgedörrte Kehle zu befeuchten, und steckte sich die x-te Zigarette an diesem Tag an. Dann ging er ins Wohnzimmer, öffnete den Barschrank, holte die erstbeste

Flasche heraus, die ihm in die Hände fiel, und goss sich ein Glas Brandy ein.

Hinter ihm raschelte es leise. Er drehte sich ruckartig um.

»Es reicht dir wohl nicht, zu dieser späten Stunde noch zu qualmen. Fängst du nun auch wieder mit dem Saufen an?«

Donna Alfonsina trug eine Stola, die sie vor zwanzig Jahren selbst gestrickt hatte. Graue Wolle, mit einem Rand aus rosa Spitze. Sie legte sie sich nur selten um, unter anderem dann, wenn sie ihre mütterliche Autorität unterstreichen wollte. Das weiß gewordene Haar fiel ihr offen über die Schultern. Ihre Miene wirkte besorgt, verhieß aber zugleich scharfe Zurechtweisungen. Bonanno kannte sowohl die Stola als auch diesen Blick.

»Muss ich jetzt etwa um Erlaubnis fragen, bevor ich mir ein Schlückchen genehmige?«, erwiderte er und fühlte sich dabei ein wenig unbehaglich.

»Du bist dein eigener Herr und kannst sogar die gesamte Flasche hinunterschütten. Aber weil ich deine Mutter bin und dich kenne, weiß ich genau, dass irgendetwas nicht stimmt, wenn du um diese Zeit rauchst und trinkst. War was mit der Sozialarbeiterin?«

Bonanno hatte das Gefühl, plötzlich von tausend Ameisen gebissen zu werden. Er schaute seine Mutter mit flammendem Blick an.

»Was weißt du darüber?«

»Savè, ich bin doch nicht von gestern.«

»Wäre ich doch nicht an diesem erbärmlichen Fleck hier aufgewachsen, wo jede Maus weiß, wie oft der Nachbarskater in den Garten geschissen hat.«

Donna Alfonsina seufzte und presste die Lippen aufeinander.

»Was ist los, Saverio?«, fragte sie.

»Nichts, Mamma, lass mich einfach in Ruhe.«

Donna Alfonsina seufzte noch einmal demonstrativ. Sie

würde ihren Sohn nie ändern: So groß und breit er auch war, er benahm sich doch immer noch wie ein Kindskopf.

»Weißt du was, ich koche uns jetzt einen schönen Kamillentee, der wird uns beiden guttun.«

»Ich mag keinen Kamillentee.«

»Das macht nichts, dann koche ich ihn eben nur für mich.«

Wenn Donna Alfonsina sich auf eine Sache versteift hatte, konnte man ihr nicht entkommen, und jetzt war sie offensichtlich wild entschlossen, ihren Sohn tüchtig auszuquetschen. Bonanno hätte ihr im Übrigen auch gern alles erzählt: Wie sehr sein Herz für die schöne Rosalia schlug, von dem gerissenen Luder Agatina Piditella und ihren Schießübungen auf den Ehemann, die ihm den Abend verdorben hatten. Vielleicht wusste seine Mutter ja etwas über Ficaloras Flamme. Aber er hatte keine Lust, sich mit seiner Mutter herumzustreiten, denn er war sich sicher, dass sie ihm am Ende irgendwie die Schuld zuschieben würde.

»Na, gut, dann kochst du dir einen Kamillentee und ich gehe ins Bett«, sagte Bonanno.

»Gute Nacht, Savè, aber erinnere dich an die Worte deiner Mutter: Drei Dinge kann man nicht verbergen: Liebe, Schönheit und Geld.«

»Das war doch klar, dass du wieder eins deiner üblichen Sprichwörter auskramst.«

»Alte Weisheiten erschöpfen sich nie, mein lieber Sohn.«

»Na, dafür bin ich total erschöpft und muss jetzt schlafen. Gute Nacht.« Mit diesen Worten entfloh er Donna Alfonsinas forschenden Blicken. Ganz bestimmt hatte er seinen Bulleninstinkt von ihr geerbt.

Eigentlich hatte seine Mutter ja recht. Er trank ganz selten Schnaps, nur wenn er nicht schlafen konnte.

Tief in seinem Innern wusste er genau, dass es weder Erschöpfung war, die ihn vom Schlaf abhielt, noch der verdorbene Abend mit Rosalia. Nein, wenn er jetzt einschlief, bildete er sich vielleicht etwas ein, das er trotz Rosalias erklärter Zuneigung und seines dadurch neu erstarkten Selbstbewusstseins kaum in die Tat umsetzen konnte. Er hatte sich zu weit aus dem Fenster gelehnt, war seinem Temperament gefolgt, und nur um diesen Winkeladvokaten zum Schweigen zu bringen, hatte er die Catanisa in eine Zelle ohne jeden sanitären Komfort eingebuchtet. Bei einer Inspektion hätte er Probleme bekommen. Deshalb fand er keinen Schlaf. Bonanno wusste genau, wie hinterhältig der Anwalt war, und er traute ihm alles zu, einschließlich einer Anzeige.

Gelang es ihm aber, Cristenzio Ficaloras Geliebte zu finden, war das ein eindeutiger Beweis für das Motiv und seine Hypothesen wären schlüssig. Schaffte er das nicht, wartete eine Menge Ärger auf ihn. Daran dachte er jetzt lieber nicht. Zuerst musste er herausfinden, wer Ficaloras Geliebte war und so den Ehebruch beweisen. Nur dann konnte er Gandolfo Mazzarisis rechtlichen Winkelzügen entgegentreten. Aber wer zum Teufel konnte Ficaloras Flamme sein? Bonanno hatte nicht die leiseste Ahnung. Ob er sich am folgenden Morgen mit Rosalia treffen sollte, um seine Gedanken zu ordnen? Die Aussicht auf ein Wiedersehen tröstete ihn und er beschloss, wieder schlafen zu gehen. Als er sein rundliches Gesicht auf das Kissen bettete und noch einen kurzen Blick auf den Wecker warf – mittlerweile war es drei Uhr –, bemerkte er auf dem Nachttisch einen Zettel mit winzigen Buchstaben, der auf einem größeren Blatt lag. Bonanno setzte sich im Bett auf, nahm beides zur Hand und begann zu lesen.

»Lieber Papa, das ist mein Aufsatz über den Krieg. Kannst du ihn noch mal durchsehen, wenn du zurückkommst? Muss ihn morgen abgeben. Ciao, Vanessa.«

Mist! Er war so sehr mit seinen eigenen Problemen beschäftigt gewesen, dass er ihren Aufsatz komplett vergessen hatte.

Während er ihn las, schmolz sein Herz zu einer kleinen Kugel zusammen. Seine Tochter schrieb über »intelligente Bomben« und arme Menschen, die nicht einmal genug Brot hatten, um ihren Hunger zu stillen, über die Dummheit der Menschen, verwundete Kinder und Waisen, die Brutalität der Soldaten und Tausende Flüchtlinge, die Zuflucht in Italien, Mazedonien und Albanien suchten. Der Krieg lebte und starb mit dem Menschen, dachte Bonanno und ein kalter Schauer schüttelte ihn. Nun schämte er sich. Er beschäftigte sich nur mit banalen Kleinstadtproblemen und vergaß dabei völlig das große Drama, das das Herz Europas in Blut tauchte. Als er wieder unter seine Decke schlüpfte, fühlte er sich wie ein Stück Dreck.
Albträume quälten ihn im Schlaf. Er sah Flugzeuge, die tonnenweise Bomben auf die serbische Hauptstadt abwarfen, ausgemergelte Gesichter von Flüchtlingen, die ihr Leid in den Wind hinausschrien. Als er sich auf die andere Seite drehte, träumte er von bis an die Zähne bewaffneten Soldaten und alten Leuten, die auf klapprigen Wagen ihre Heimat für immer verließen, von vergewaltigten Frauen und abgeschlachteten Männern. Über allem erhoben sich die kleinen Schatten von Kindern mit mageren ernsten Gesichtern. Ihre Augen hatten den Schrecken gesehen, eine Welt des Grauens, in der es keine Hoffnung gab.

## *Sieben*

Die Sterne funkeln kalt und klar. Zmitra hat ein Feuer gemacht, sie röstet darin etwas, legt es dann daneben und geht. Mishna kommt heran, nimmt die heißen Kartoffeln und die Maiskolben und stillt seinen Hunger, dann legt er sich hin und rollt sich unter einer zerrissenen Decke zusammen.
Er beobachtet seine Mutter. Sie sitzt mit angezogenen Knien da, schaukelt hin und her und schaut auf das silbern glänzende Wasser des Sees in der Ferne, als wollte sie ihren Schmerz in den Schlaf wiegen, sich im Schoß der Welt verkriechen, in den schützenden Mutterleib zurückkehren.
Der See ruft nach ihr.
Ein stummer Schmerz schreit tausendmal lauter in ihrem Herzen.
Mishnas Träume sind voller Hass, das Erlebte ruft Fragen hervor, auf die es keine Antwort gibt: Wie kann es ehrenvoll sein, einen Menschen zu vergewaltigen? Wer kann die Abgründe menschlicher Niedertracht ermessen?
Eine bleiche Sonne weckt Mishna. Er sucht seine Mutter. Zmitra sitzt noch immer so da, sie hat ihre Angst die ganze Nacht hindurch bewacht, damit sie nicht einschläft, noch nicht.
Als sie sieht, dass Mishna wach ist, steht sie auf. Zwischen ihnen fallen keine Worte, es gibt nichts mehr zu sagen, Zmitra hat nichts mehr, was sie ihm geben kann.
Wortlos drückt sie ihn lange und fest an sich, dann löst sie sich brüsk, legt ihm einen Umschlag in die Hand, auf dem

ein Name und eine Adresse stehen. Sie gibt ihm den Rucksack und stößt ihn vorwärts, fordert ihn auf, zu gehen. Vor ihnen liegt Shkodra, dort wird Mishna seinen Onkel Jan finden, Serges Bruder, und damit ein besseres Leben.

Dort wird Mishna eine Zukunft haben.

Zmitra sieht ihrem Sohn fest in die Augen. Ihr Schmerz ist kein Ganzes, er hat tausend Facetten und jede bohrt sich wie ein Dolch in ihre Seele. Die Frau senkt den Blick und geht auf den See zu, Mishna begreift, rennt ihr hinterher und hält sie am Rock fest.

Sie befreit sich und stößt ihn weg, Mishna folgt ihr, Zmitra jagt ihn wieder weg, aber er bleibt beharrlich.

Sie packt ihn an den Schultern, schüttelt ihn kräftig, dreht ihn um sich selbst in Richtung Shkodra und stößt ihn von sich. Mishna stampft mit den Füßen auf, er will nicht gehen, darauf versetzt ihm Zmitra zwei kräftige Ohrfeigen. Mishnas Wangen brennen wie Feuer, aber er gibt nicht nach.

Zmitra jagt ihn weg, sie wirft Steine nach ihm, aber Mishna weicht keinen Schritt zurück. Er kann nicht zulassen, dass seine Mutter ihrem Leben selbst ein Ende setzt.

Die Frau läuft auf den See zu, der friedlich das Licht des neuen Tages widerspiegelt, dieses glatte Wasser, in dem sie ihr Leid ertränken will, ihre Befreiung sucht.

Mishna läuft ihr nach, er wird ihr folgen, koste es, was es wolle, aber etwas hemmt seinen Lauf, er stolpert über einen Felsvorsprung, stürzt und schlägt sich den Kopf an. Plötzlich dreht sich alles, der Himmel fällt auf ihn herab und wieder wird es dunkel um ihn.

Zmitra sieht, dass ihr Sohn hinfällt und wie tot liegen bleibt, ihr Herz zuckt zusammen, sie eilt zu ihm und beugt sich über ihn. Mishna ist nicht tot, er hat nur eine oberflächliche Wunde an der Stirn, er ist ein kräftiger Junge und wird überleben. Sie küsst ihn, drückt ihn noch einmal an sich, dann legt sie ihm den Rucksack unter den Kopf, damit er darauf

ausruhen kann, streichelt ihn sanft und bleibt neben ihm sitzen, um über ihn zu wachen.
Nun atmet Mishna wieder gleichmäßig, seine kleinen Finger bewegen sich, er wird bald aufwachen.
Zmitra weiß, dass es Zeit ist, zu gehen. Die Sonne steht schon hoch am Himmel. Ein leichter Windstoß zerzaust ihre Haare, wühlt sanft in ihren Locken, wie Serge es getan hat. Bei der Erinnerung an ihren Ehemann überkommt sie eine Welle des Schmerzes. Der Wind hat sich in einen Sturm verwandelt, er zerrt an ihren Haaren, die Misshandlungen sind alle in ihrem Herzen verankert. Niemand kann ihr Serge zurückbringen, sie beschützen, die Schande auslöschen, die sie gebrandmarkt hat.
Sonnenlicht fällt auf ihre mageren Schultern. Ein letztes Mal umarmt sie ihren Sohn, dieses kleine Wesen, das der Krieg schon so grausam geprüft hat.
Dann läuft sie dem Nichts entgegen.
Als sie das kalte Wasser berührt, erschauert sie und die Versuchung ist stark umzukehren. Sie könnte weiter in den Süden nach Tirana gehen, statt zu Jan, und dort einen Ausweg für sich und für Mishna finden. Eine Möglichkeit, diesem Albtraum erhobenen Hauptes zu entkommen.
Das Wasser des Sees umspült ihre Knie.
Aber wie könnte sie sich mit der grausamen Wahrheit abfinden, die sie schon ahnt? Sie fühlt sich schmutzig und unrein. Ihr fruchtbarer Leib hat es nicht geschafft, sich dem erbärmlichen Feuer zu verschließen und sich damit dieser letzten Schande zu entziehen, die sich in ihrem Fleisch eingenistet hat, dort keimt, wächst und gedeiht. Eine schreckliche Wahrheit: Zmitra weiß, dass sie schwanger ist. Lieber sterben. Tausendmal lieber.
Nun schlägt der See an ihre geschändeten Brüste, bedeckt ihre Schultern.
Einst hat Zmitra Mishna das Leben geschenkt. Bei dem Ge-

danken daran spürt sie noch ihr gepeinigtes Fleisch, wie die Muskeln in dieser äußersten Anstrengung, ihn zur Welt zu bringen, nachgaben. Schon einmal hat Zmitra ihm ihr Blut gegeben, heute wird sie ihm eine letzte Hoffnung, eine andere Zukunft schenken.

Stechend trifft das Wasser ihren Hals, es umspült ihr Kinn, sein Rauschen hallt in ihren Ohren wider.

Ihr Tod ist der Preis, den sie bezahlen muss, um Mishna von seinen unsichtbaren Fesseln zu befreien, von der Erinnerung an verschwitzte, grausame Körper, die auf ihrem Bauch lagen. Zmitra weiß, jedes Mal wenn Mishnas und ihre Blicke einander begegnen, wird er diese Bestien nicht vergessen können, die ihre Gier an ihrem Körper gestillt haben.

Mishna, geh in die Welt hinaus, entdecke das Leben, mein Sohn, unsere gemeinsame Zeit soll dir eine teure Erinnerung bleiben. Geh und vergiss die Ungeheuer, die unsere Familie zerstört haben. Geh, Mishna, werde erwachsen und dann pflücke für mich eine blaue Blume und verzeih mir, wenn du kannst.

Das Wasser des Sees schwappt gegen sie und stößt sie zurück, aber es ist machtlos gegen ihre Entschlossenheit. Und in dem Augenblick, als Zmitra zum letzten Mal Atem holt, füllt das Wasser ihre Lungen. Ein Funke blitzt in den dunklen Gedanken auf, ihr Unterbewusstsein erinnert sich, sie hat einmal umgeben von Flüssigkeit im Mutterleib gelebt, hat zusammengekrümmt das Leben aus der schützenden Gebärmutter gesogen.

Zmitra geht in ihre glückliche Kindheit zurück, sie gleitet hinab in einen magischen Strudel, ihre Gedanken verwandeln sich in bunte Schmetterlinge und jetzt öffnet sich der Mutterleib gütig und einladend. Lass dich treiben, Zmitra, lass dir die Lebenskräfte rauben, lass dich leblos und weich dahingleiten. Aber auf der anderen Seite gibt es weder Licht noch ein Leben. Das weiß Zmitra und während die bunten Schmetterlinge erschrocken wegfliegen, versteht sie, dass ein See kein Mutterleib ist und in dem Moment, in dem sie es versteht, gibt es Zmitra nicht mehr.

Es ist dunkel. Mishnas Augen haben keine Tränen mehr, sie starren vor sich hin, ohne etwas zu erkennen.
Er sieht die Vergangenheit wie durch einen grauen Ring. Serge ruft ihn aus der Ferne und Mishna rennt auf ihn zu, will diesen starken, schwitzenden Mann umarmen, der in der Hand ganz behutsam einen Vogel hält, dessen Herz unter dem schützenden weißen Federkleid schlägt. Zmitra empfängt sie freudig, im Ofen backt ein Kuchen. Mishnas Augen und die Zukunft: Ein dunkler, verschwommener Kreis, die Gesichter der liebsten Menschen sind verschwunden, dafür sieht er furchteinflößende Schatten, die ihn anbrüllen, höhnisch grinsen, und hört unterdrücktes Weinen.
Die Zukunft ist ein Abgrund aus Schmerz.
Dort vor ihm ist die Wirklichkeit, lässt sich treiben und entfernt sich auf dem klaren Wasser des Sees. Der Körper seiner Mutter wird wie ein trockener Zweig von der ruhigen Bewegung des türkisblauen Sees gewiegt. Die Gegenwart überfällt ihn mit verheerender Wucht. Mishna ist wie versteinert, seine Augen können sich nicht von dem Anblick lösen, der in seiner Reglosigkeit so zart und gleichzeitig so schmerzlich ist.

•

»Verdammt noch mal!«, jammerte Bonanno und blieb nach der ruhelosen Nacht auf dem zerwühlten Bett sitzen. Heftige Kopfschmerzen peinigten ihn vom Nacken bis hin zur Stirn. Vielleicht war das üppige Mahl am Abend vorher daran schuld oder noch wahrscheinlicher seine innerliche Unruhe, für die die Catanisa verantwortlich war. Als er schließlich für ein paar Stunden Schlaf fand, der Tag brach

schon heran, hatte er nur von Krieg, Zerstörung und Morden geträumt.
Na, das kann ja heiter werden, dachte er bei sich und verließ das Bett, um ins Bad zu gehen. Er wusch sich mit kaltem Wasser und rasierte sich, wobei er versuchte, die schlechten Vorzeichen durch den Abfluss zu schicken. Dunkle Augenringe lasteten auf seinem gutmütigen Hundegesicht. Er zog seine Uniform an, die ziemlich knapp saß, und schleppte sich in die Küche. Dort hielt Donna Alfonsina trotz der frühen Stunde schon wie immer Kaffee für ihn bereit. Diesmal hatte sie ihn in einer feinen Porzellantasse serviert, die auf einem bestickten Untersetzer stand.
»Hallo, Mamma«, sagte er vorsichtig.
»Guten Morgen. Hast du gut geschlafen, Savè?«
»Großartig!«
»Hmm, und woher kommen die Augenringe?«
»Ärger.«
»Aha. Hat das zufällig mit den Schüssen von gestern Abend zu tun?«
Natürlich hatte sich der Dorfklatsch in Windeseile verbreitet. Seufzend trank Bonanno den Kaffee, den seine Mutter nach alter Tradition bereitet hatte. Sie hat die ausgewählte Mischung in der Kaffeerösterei an der Piazza gekauft und sie grob mahlen lassen, damit sich in der Kaffeemaschine eine dichte, dunkle Crema bildete. Er war so stark, dass er jemandem, der nicht daran gewöhnt war, ein Loch in den Magen brennen konnte. Bonanno liebte den Kaffee seiner Mutter.
»Du erzählst mir also nichts?« Donna Alfonsina ließ nicht locker.
»Was soll ich dir noch erzählen, wenn du sowieso schon alles weißt?«
»Ich weiß nur, was die Leute sagen. *Ich* habe keine Informationen aus erster Hand«, betonte sie.
»Nur so aus Neugier, wer hat dir davon erzählt?«

»Die Marchesa hat mich angerufen.«
»Welche Marchesa?«
»Ich kenn nur die eine.«
»Na, die hat mir gerade noch gefehlt!«
Marchesa Mariolina Concialossa di Torre Manfreda lebte in der Altstadt von Villabosco. Dort besaß sie in der Nähe der Hauptkirche einen vornehmen Palazzo mit Garten. Sie wohnte keine zweihundert Meter vom Haus des Ehepaars Ficalora–Piditella entfernt. Seit langer Zeit war sie mit Bonannos Mutter befreundet, die der gleichen Pfarrgemeinde angehörte, in der auch die Kirche Santa Lidia Purpuraria lag. Schon zwanzig Jahre stand eine gewisse Pinuzza in Diensten der Marchesa, eine gute Freundin des Apothekers Tonio, der wiederum ein Freund Bonannos und zudem ein großes Klatschmaul war. So erklärte sich die anonyme Informationsquelle seiner Mutter.
Der Maresciallo stürzte den restlichen Kaffee hinunter und widerstand der Versuchung, sich sein Horoskop anzusehen. Seine Mutter wartete immer noch auf eine saftige Neuigkeit, die sie der Marchesa erzählen konnte, um das Klatschkonto auszugleichen. Bonanno hatte keine Lust, sich da mit hineinziehen zu lassen, deshalb sagte er brüsk: »Das nennt man Berufsgeheimnis, Mamma, die Ermittlungen laufen noch und ich darf mit niemandem darüber sprechen, ich betone, mit niemandem.«
»Stimmt es, dass du die Catanisa verhaftet hast? Hat sie wirklich aus Eifersucht auf ihren Ehemann geschossen? Hat er eine andere?«
Bonanno entzog sich dem Kreuzverhör und ließ die Frage Donna Alfonsinas offen. Ganz offensichtlich war ihre schöne Inszenierung des Morgenkaffees umsonst gewesen.

Bonanno stieg in den Punto und fuhr mit quietschenden Reifen los. Er stellte den Wagen an einem zu dieser Uhrzeit freien Parkplatz außerhalb der Altstadt ab und ging mit festem Schritt durch die engen Gassen des historischen Viertels, ohne auf die Kälte und die neugierigen Blicke der Leute zu achten, die hinter den halb geschlossenen Fensterläden der alten Häuser hinausspähten. Es war sieben Uhr dreißig morgens. Nach ein paar Hundert Metern stand er vor Rosalias Haus. Er wollte schon klingeln, als ihm bewusst wurde, dass er ihr seinen frühmorgendlichen Besuch gar nicht angekündigt hatte. Das hatte er aufgrund seines hastigen Aufbruchs von zu Hause – um sich weiteren peinlichen Fragen seiner Mutter zu entziehen – völlig vergessen. Und wenn Rosalia nun seinen Mangel an Anstand übel aufnahm?

»Was bist du doch für ein ungehobelter Klotz geworden«, warf er sich vor und machte kehrt. Konnte er etwa unangemeldet in die Wohnung einer Dame platzen? In der Nähe des Parkplatzes hatte er eine Telefonzelle gesehen. Er musste aus Höflichkeit wenigstens vorher anrufen. Bonanno drehte sich auf dem Absatz um und hatte erst wenige Meter zurückgelegt, als er hörte, wie ihn jemand rief: »Saverio, was machst du denn hier?« Rosalia lehnte am Fenster im ersten Stock und wirkte wie eine blühende Rose in der frischen Morgenluft.

»Ich, äh, bin dienstlich hier, ich muss etwas überprüfen, aber dann, hmm, habe ich mich an etwas noch Wichtigeres erinnert und deshalb bin ich hier«, stotterte Bonanno verlegen und starrte zu ihr hinauf. Für ihn war Rosalia so schön wie eine Marmorstatue von Michelangelo.

»Möchtest du einen Kaffee? Ich habe noch eine Viertelstunde Zeit, bevor ich zur Arbeit muss.«

Manchmal hatte der Maresciallo eben auch Glück. Er ließ sich nicht lange bitten. Rosalias Kaffee war ganz ausgezeichnet, und Bonanno fragte sich, welches Geheimnis ihre gesegneten Hände wohl verbargen.

»Was suchst du hier um diese Zeit? Gibt es etwas Neues in der Sache von gestern Abend?«

Was für eine Stimme, und was für ein hübsches Kleid sie trug!

»Ich habe eigentlich gehofft, du könntest mir etwas Neues erzählen. Ich bin überzeugt, dass die Catanisa mit Absicht auf ihren Ehemann geschossen hat, alle Anzeichen deuten darauf hin. Aber Ficalora bleibt dabei, es handele sich um einen Unfall, und dieses Luder sagt kein Wort. Wenn das stimmt, was du mir am Telefon angedeutet hast, würde ich gern Genaueres erfahren«, sagte er, nippte am Kaffee und genoss Rosalias Anblick. Er fühlte sich stark und fest wie ein Fels und gleichzeitig unbeholfen wie ein kleines Kind. Die Gesellschaft dieser schönen Frau verwirrte ihn.

»Wenn du Ficaloras angebliche kleine Freundin meinst, weiß ich nicht, was ich dir sagen soll. Ich habe gestern Abend das erste Mal davon gehört, ein Gerücht. Du weißt doch, Saverio, ich bin nicht aus Villabosco, warum sollte ich mich da für die Privatangelegenheiten der Leute hier interessieren? Ja sicher, Agatina hat sich seltsam verhalten. Nachdem die Sanitäter ihren Mann weggebracht hatten und du mit ihnen gefahren bist, ging ich zu ihr, um sie zu trösten. Ich weiß nicht, wie ich es dir erklären soll, nenn es weiblichen Instinkt, aber in ihren Augen blitzte ein seltsames Leuchten auf, sie glühten wie Feuer. Ich glaube, du hast recht, sie hat absichtlich geschossen. Ich habe versucht, das Terrain ein wenig zu sondieren, aber keine Chance, Agatina ist schlau.«

»Rosalì, ich brauche deine Hilfe, sonst stecke ich ziemlich in der Patsche. Ohne Beweise und genaue Zeugenaussagen schlägt die Dame unsere Vermutungen in den Wind. Was kannst du mir noch über Ficaloras Flamme erzählen?«

»Fast nichts, ich habe dir alles gesagt, was ich weiß. Agatina und ihren Ehemann kenne ich nur, weil wir Nachbarn sind, aber ich weiß nicht viel über ihr Leben. Nicht einmal im Rathaus habe ich irgendeinen Klatsch über sie gehört, und dein plauderiger Freund Tonio hat mir das letzte Mal, als ich in der Apotheke war, auch nichts darüber erzählt.«

»Um Himmels willen, Rosalia, wieso musstest du dann gestern Abend solche Vermutungen anstellen?«, brach es aus Bonanno heraus. Er fühlte sich verloren.

»Da war die Signora Gesuina, sie redete mit ihrem schwerhörigen Ehemann, und da sie ihn immer anschreien muss, habe ich mitbekommen, wie sie sagte, man hätte ja von dieser Fremden, die allen Männern schöne Augen machte, nichts anderes erwarten können, als dass sie früher oder später eine Dummheit begehen würde.«

»Und wer ist jetzt wieder diese Signora Gesuina?«

»Eine alte Frau, die mit ihrem Ehemann zwei Häuser weiter wohnt.«

»Hast du sonst wirklich nichts gehört?« Bonanno wurde langsam angst und bange. Wenn er keinen deutlichen Hinweis auf Ficaloras Geliebte fand, ging das Motiv Leidenschaft zum Teufel, und um zu rechtfertigen, dass er Agatina Piditella ohne wirklichen Beweis über Nacht in die Zelle gesperrt hatte, obwohl ihr Ehemann zu ihren Gunsten ausgesagt hatte, würde er sich ganz gehörig aufs Glatteis wagen müssen.

»Ich muss mit der Signora reden«, sagte Bonanno.

»Pass auf, Saverio, Signora Gesuina ist kein junges Mädchen mehr, sie ist schon vierundachtzig und ihr Kopf will nicht mehr so recht. Sie hat mit ihrem Ehemann, dem Cavaliere Giovanni, über Ficalora getratscht und darüber, dass der immer länger seinem Zuhause fernblieb. Sie meinte, die Geschichte mit der Arbeit auf dem Land sei eine Ausrede. Die Catanisa schaue sich nach anderen um, warum sollte der Ehemann es ihr also nicht gleichtun dürfen? Aber sie nannte keine Namen. Das sind die Gerüchte, die ich dir gestern Abend erzählt habe. Aber wenn man es recht bedenkt, würde das alles erklären: Sie schießt aus Wut, der Ehebrecher bekommt die Kugeln ab, aber da er im Unrecht ist, sagt er nichts und beschützt seine Frau und vielleicht auch seine Freundin. Kannst du dir den Skandal vorstellen? Ganz zu schweigen von der Presse und dem Fernsehen: Untreuer Lehrer wird von eifersüchtiger Ehefrau verwundet. Jetzt nimm noch an, na ja, es ist keine Geliebte, sondern womöglich ein Geliebter, oder es handelt sich um eine im Licht der Öffentlichkeit stehende Frau, die vielleicht ebenfalls verheiratet ist – das würde doch durchaus erklären, warum Professore Ficalora schweigt. Was meinst du, Saverio, klingt das nicht schlüssig?«

»Ich glaube, nun geht deine Fantasie ein wenig mit dir durch. Wie auch immer, es ist acht Uhr und du musst zur Arbeit gehen. Ich werde jetzt mal ein Schwätzchen mit Signora Gesuina halten. Hoffentlich meint es der Schutzheilige der verkalkten alten Leute gut mit mir.«

Mit nichts in der Hand als dem Gerede einer halb verblödeten Rentnerin und Rosalias Fantastereien glaubte sich Bonanno schon auf Gnade und Ungnade Agatina Piditella und ihrem Anwalt ausgeliefert. Wenn er kein starkes Motiv für seine Vermutungen fand, das von soliden Beweisen gestützt wurde, steckte er jetzt wirklich in Schwierigkeiten.

Als Bonanno an Gesuina Aricòs Tür klingelte, brachte sie das keineswegs aus der Fassung.

»Meine Verehrung, Signora, ich bin Maresciallo Bonanno und würde Ihnen gern ein paar Fragen stellen, wenn es keine Umstände macht.«

»Nicht doch, Maresciallo, Sie stören nicht. Möchten Sie eine Tasse kochend heißen Milchkaffee?«

»*Gesuì, cu iè?* Wer ist denn gekommen?«, fragte eine laute Stimme.

»Verzeihen Sie, Maresciallo, das ist mein Mann, der wissen will, wer gekommen ist. Er ist ein wenig harthörig geworden, da braucht man Geduld. Bitte setzen Sie sich doch, es dauert nur eine Minute.«

Gesuina Aricò war als Kind zu den Nonnen in die Schule gegangen und hatte dort sticken gelernt. Die unzähligen Deckchen, die Sofas und Sessel überzogen, Vasen und Bilderrahmen zierten, waren richtige Kunstwerke.

Signora Gesuina wirkte jünger, als sie war, ihre Bewegungen waren immer noch flink. Bonanno hörte, wie ihre schmetternde Stimme wie ein Peitschenhieb auf ihren Ehemann niederfuhr, als sie ihm befahl, er solle im Bett bleiben und still sein. Als sie zurückkam, trug sie ein Tablett, die Tassen mit der Milch und dem Kaffee dampften einladend. Auf einem Tellerchen hatte sie köstliche Butterkekse ausgebreitet, die Bonanno sonst mied wie der Teufel das Weihwasser: Jeder dieser Kekse aus Milch, Honig, Marzipan und Gelée royale war eine Kalorienbombe. »Sie hätten sich doch keine Umstände machen müssen«, sagte er und biss in den ersten Keks. Einfach köstlich. Beim dritten Bissen war es Bonanno völlig egal, ob er sich die Arterien mit Cholesterin verstopfte.

»Alles Gottesgaben, Maresciallo, essen Sie nur. An diesem eisigen Morgen muss man sich das bisschen an Gesundheit erhalten, das einem geblieben ist. Sehen Sie, was für ein Wetter? Bei dieser Kälte fallen ja bald die Vögel tot von den Bäumen.«

»Signora Gesuina, ich wollte Sie etwas über Ficalora und seine Frau fragen.«

»Heilige Rita von den Dornen, hilf mir! Fragen Sie mich bloß nicht. Ich kümmere mich ja sonst nur um meine eigenen Angelegenheiten, aber diese Frau taugt nichts, eine Fremde, der die Arbeit nicht schmeckt. Für die Hausarbeit kommt zweimal in der Woche eine Putzfrau, eine arme Person mit vielen Kindern, die sich halb totarbeitet, und die Catanisa speist sie mit einem Almosen ab. Die Dame ist immer unterwegs, mal beim Friseur oder einkaufen, dann spielt sie in der Kirche San Giuseppuzzu die Büßerin und frisst dabei die jungen Männer mit den Augen auf wie ein Straßenmädchen. Lieber Maresciallo, diese Frau ist, auch wenn sie kein Geld dafür nimmt, eine Dirne, das sage ich Ihnen, eine verkalkte alte Frau. Wenn man bedenkt, dass der Professore es ihr an nichts fehlen lässt, und sie schießt zum Dank auf ihn. Liebe heilige Rita, verzeih mir, aber das musste doch mal gesagt werden.«

»Warum glauben Sie, hat die Signora auf ihn geschossen?«

»Na, Maresciallo, wenn im eigenen Haus etwas nicht stimmt, das sticht mehr als ein ganzer Dornbusch. Je tiefer man da die Hand hineinsteckt, desto übler zugerichtet kommt sie heraus, wie Christus am Kreuz, voller Dornen.«

»Sie glauben nicht an die Sache mit dem Unfall?«

»Ach, alles ist möglich. Als man Ciccio Savitteri, Gott hab ihn selig, mit gebrochenem Genick fand, hat man auch gesagt, es war ein Unfall, er sei aus dem vierten Stock gefallen. Aber dann stellte man fest, dass ihn zwei Kumpane gestoßen hatten, denen er einige Millionen Lire schuldete. Es ging um Glücksspiele und Frauen.«

»Signora Gesuina, ist Ihnen vielleicht in letzter Zeit etwas Seltsames aufgefallen? Ich weiß nicht, vielleicht irgendwelche Männer, die hier ein und aus gingen, ein junger Kerl, der kam, wenn Ficalora nicht zu Hause war«, fuhr Bonanno fort und klammerte sich an eine neue Idee: Vielleicht ging es hier ja gar nicht um Ficalora. Vielleicht hatte Agatina einen Liebhaber und der Lehrer schämte sich und wollte die Sache mit den Schüssen deshalb geheim halten.

»Mein lieber Maresciallo, manche Dinge treibt man im Verborgenen, heutzutage, wo unseren jungen Leuten das Geld fehlt, um das zu tun, was sie möchten. Die ist nicht dumm,

glauben Sie, sie hätte sich ihren Zeitvertreib nach Hause gebracht?«
»Was für einen Zeitvertreib?«
»O heilige Rita von den Dornen, den Freund natürlich, den Liebhaber oder wie nennt ihr Helden so was denn heute?«
»Wissen Sie etwas über diesen Freund?«
»Maresciallo, ich kümmere mich nur um meine Angelegenheiten, ich sehe nichts und höre nichts, die heilige Rita ist meine Zeugin.«
»Um Himmels willen, Signora Gesuina, gibt es diesen Freund nun oder gibt es ihn nicht?«
»Woher soll ich das wissen? Alles, was ich sagen kann, ist, dass Ehemann und Ehefrau sich jeden Tag, den der liebe Herrgott werden lässt, in die Haare gerieten. Sie schrie ihn an, und er versuchte, sie zu beruhigen. Die Schlampe wollte auch noch recht behalten und sagte, dass ihr der Professore nicht einmal ein Kind machen könne. Und der lenkte sich ab, indem er auf anderen Äckern pflügte.«
Nach diesem letzten Satz hielt sie sich erschrocken die Hand vor den Mund und blieb vor dem großen Bild der Madonna stehen.
»Was meinen Sie damit? Dass der Professore vielleicht an jemand anderem interessiert war?«
Signora Gesuina bekreuzigte sich nur und schwieg. Sie betete im Flüsterton ein Vaterunser und ein Ave-Maria. Bonanno wurde langsam ungehalten. Er wollte die nette, alte Frau nicht schockieren, aber die Versuchung war groß, aufzuspringen, Stühle und Tische zu zertrümmern, sie an ihrem runzligen Hals zu fassen und zu schütteln, bis sie endlich diese einfachen Worte ausspuckte, auf die er jetzt schon eine geschlagene halbe Stunde wartete: Wer zum Teufel war Agatinas Freund oder Ficaloras Freundin, mal angenommen, es gab sie wirklich? Bonanno zwang sich dazu, Ruhe zu bewahren, stand auf und steckte seine Hände, die

sich nervös bewegten, als wolle er Geige spielen, in die Taschen. Er änderte seine Taktik.
»Wissen Sie, Signora Gesuina, Sie haben eine sehr schöne Wohnung, und das meine ich ehrlich. Leben Sie schon lange hier?«
»Seit meiner Geburt.«
»Und Sie hängen sehr an ihr?«
»Was für eine Frage, Maresciallo, hängen Sie nicht an Ihrem Besitz?«
»Sie haben recht, zu dumm, aber ich habe mich eben gefragt: Wenn der Professore diesen schönen großen Palazzo hier gekauft hat, heißt das doch, er mag die Altstadt von Villabosco. Warum nur ist er dann in letzter Zeit immer seltener zu Hause?«
»Sie wissen doch, wie das ist, wenn man so pflügt, dann landet man schon mal in der Nähe einer schönen Artischocke, kennen Sie unsere großen Artischocken? Außen voller Dornen, aber das Innere ist eine wahre Köstlichkeit. Die Catanisa mochte diese Artischocke nicht, nein, die lag ihr schwer im Magen.«
»Signora Gesuina, haben Sie Mitleid, mir schwirrt der Kopf, ich habe heute Nacht schlecht geschlafen und halte mich nur mit Mühe aufrecht. Sagen Sie mir nur eins: Hatte Professore Ficalora, nennen wir es mal, Freundschaften außer Haus?«
»Ich kümmere mich nur um meine Angelegenheiten, Maresciallo, die heilige Rita ist meine Zeugin, alles andere interessiert mich nicht.«
Bonannos Anspannung wuchs, er presste die Hände in den Taschen zusammen, zwang sich zu einem Lächeln und sagte dann: »Signora, sagen Sie mir nur noch eines: Aus welchem Grund hat die Catanisa Ihrer Meinung nach auf ihren Ehemann geschossen?«
»Weil diese Schlampe gern Hörner aufsetzt, aber sie selbst nicht tragen will.« Nach diesen Worten bekreuzigte Ge-

suina Aricò, verehelichte Sciacchitano, sich dreimal und hob die gefalteten Hände gen Himmel. Bonanno verabschiedete sich knapp und verließ die Wohnung. Jetzt stand er wieder am Anfang. Als er wütend zu seinem Wagen zurücklief, hatte er größte Mühe, sich wieder einigermaßen zu beruhigen. Während er aufgrund eines Gerüchts zunächst beschlossen hatte, nur in eine Richtung zu ermitteln, fand er sich jetzt inmitten eines Chaos wieder, und statt ihm da hinauszuhelfen, hatte die unselige Signora Gesuina ihn mit Artischocken und zu pflügenden Äckern traktiert. Was zum Teufel meinte sie bloß mit all diesen Andeutungen?
Wenn Ficalora eine Geliebte hatte, warum redete diese verblödete Alte dann so lange um den heißen Brei herum?
Bonanno fühlte sich, als hätte man ihn an den Haaren gepackt und seine Haut auf eine Trommel gespannt. Er wusste nicht, wie er sich entscheiden sollte, und schob die Fahrt in die Zentrale auf, denn eine Auseinandersetzung mit Agatina Piditella war im Moment das Letzte, wonach ihm der Sinn stand. Er versuchte, seinem schlechten Gewissen zu entkommen, obwohl sein Bulleninstinkt ihm bedeutete, er sei auf dem richtigen Weg.
Aber was für ein verdammter Weg sollte das wohl sein? Wohl eher eine Sackgasse, beklagte er sich in Gedanken. Blitzartig ließ er die Kupplung los und der Punto schoss vorwärts wie ein Pfeil. Ein Hund bellte ihm wütend nach, aber Bonanno hörte es nicht.

Sein Schlafmangel machte sich bemerkbar. Als Bonanno sich im Rückspiegel betrachtete, traf ihn beinahe der Schlag. Er sah völlig bleich und übernächtigt aus, und den Knoten seiner Krawatte hatte er auch nicht ordentlich gebunden. Das klappte nie so, wie es sein sollte, zwanzig Jahre bei den Carabinieri, und immer noch mühte er sich jeden Morgen fluchend mit dem Binden seiner Krawatte ab.

Angespannt fuhr er durch den morgendlichen Verkehr. Er überlegte, ob er seinen Freund Tonio besuchen sollte, konnte sich aber nicht recht dazu entschließen. Gerüchte hatte er heute schon genug gehört, und was er brauchte, waren Beweise, kein Dorfklatsch. Während er an der einzigen Ampel Villaboscos darauf wartete, dass es Grün wurde, traf er eine Entscheidung: Er musste Cristenzio Ficalora in die Enge treiben und ihn dazu bringen, seine Verfehlungen einzugestehen. Also fuhr er auf die Umgehungsstraße in Richtung Krankenhaus und beschleunigte. Doch nach ein paar Hundert Metern fuhr er rechts ran und war eher verwirrt als überzeugt, das Richtige zu tun.
Und was soll ich ihn fragen? Ob er eine Geliebte hat? Es kommt noch so weit, dass mich halb Villabosco verklagt. Wenn Ficalora erfährt, dass ich seine Frau eingesperrt habe, trifft ihn wahrscheinlich der Schlag. Diesen Besuch verschiebe ich wohl besser, beschloss er. Langsam fuhr er wieder los, mit seinem von Müdigkeit benebelten Hirn dachte er nach und beschimpfte sich. Er hätte sich nicht mit einer solch demonstrativen Geste in Schwierigkeiten bringen müssen. Was interessierte es ihn eigentlich, ob eine Ehefrau aus persönlichen Gründen auf ihren Mann geschossen und ihm eine Schulter durchlöchert hatte? Wenn es ihnen Spaß machte, einander mit Blei vollzupumpen, was ging ihn das denn an? Sein Bulleninstinkt hatte ihn schon oft in Schwierigkeiten gebracht, aber diesmal war es schlimmer als sonst. Er konnte schon den Ärger riechen, der auf ihn zukam, und versuchte, dem feige zu entfliehen.
In Gedanken versunken zündete er sich eine Zigarette an und schlug dann den Weg zu dem kahlen Hügel ein. Er hoffte, dass er wenigstens diesmal nicht das Unglück haben würde, dort Vanni Lenticchio und seiner räudigen Hündin zu begegnen. Auf halbem Weg bog er nach rechts ab und erreichte seinen Lieblingsplatz. Er lehnte sich an die Motor-

haube und ließ seine Augen über die Schönheiten des unter ihm liegenden Tales schweifen. Ein weißer Nebelschleier bedeckte Straßen und Hügelkuppen, nur die höchsten Gipfel ragten mit ihren grauen Spitzen hervor. Der Himmel war mit türkisblauen Streifen überzogen, aus der Ferne leuchtete es indigoblau und man erahnte das ungetrübte Meer vor Agrigent. Bonanno rauchte noch eine Zigarette. Er konnte keinen klaren Gedanken fassen.

Unter diesem endlosen Himmel kam er sich so klein vor. Ein Strohhalm drehte wenige Meter von ihm entfernt seine verrückten Pirouetten. Dieses Naturschauspiel nannte man im Montanvalle *U mazzamauriddu*. Kleine Sturmwirbel, Windhosen, die plötzlich aufkamen und Strohhalme, Zweige, Blätter und Altpapier in sich aufsaugten. Eigentlich ähnelte doch das ganze Leben diesem Strohhalm. Irgendwann erfasst einen die Strömung und zieht einen mit sich fort. Was nützte es da schon, sich wegen eines Quäntchen Glücks zu quälen? Gab es das überhaupt?

Wenn die Dinge nicht so liefen, wie sie sollten, wurde Bonanno von kleinen Anfällen von Depression heimgesucht und er stellte sich existenzielle Fragen, die letztlich stets unbeantwortet blieben. Aber diesmal, während ihn die Fragen quälten, betrachtete er eine Wolkenformation, die der Wind aufgerissen hatte, sodass die Sonnenstrahlen das Land erhellten. Bonanno beobachtete die Wolken und entdeckte in ihnen einen weichen Frauenkörper, der sich am Himmel ausstreckte. Anscheinend hatte es ihn ziemlich erwischt, wenn er Rosalia jetzt schon inmitten der Wolken sah, er musste aufpassen. Schließlich war er kein grüner Junge mehr, er war achtunddreißig und hatte eine Tochter. Bevor er sich nun Hals über Kopf in etwas hineinstürzte, was unglaublich aufregend zu werden versprach, sollte er wohl doch hin und wieder ein wenig Vernunft walten lassen.

Bonanno musste wieder an das gestrige Abendessen denken, an Rosalias Spiel mit Blicken und aufreizenden Bewegungen – was für eine Frau! –, an all das, was hätte geschehen können, wäre da nicht diese verdammte Agatina gewesen. Plötzlich fiel ihm etwas ein, das seine umherschweifenden Gedanken bremste. Es hatte mit ihm, Agatina und mit den Hunden zu tun, aber er sah noch nicht völlig klar, worum es sich handelte. Eines wusste er aber ganz genau: Es war richtig gewesen, die Catanisa einzusperren.
Bonanno stieg wieder in seinen Wagen, ließ ihn an und legte den Gang ein. Er hatte seine Entscheidung getroffen. Nicht mit Ficalora, mit der arroganten Agatina musste er sich jetzt auseinandersetzen. Wenn er wollte, konnte Bonanno ein ausgebuffter Bulle sein, und diese Frau hatte die schlimmsten Instinkte in ihm geweckt. Sie hatte ihn auf seinem eigenen Terrain herausgefordert, sowohl als Mann als auch als Polizist. »Eine Nacht in der stinkenden Zelle wird sie weichgekocht haben«, dachte er, während er schnell und entschlossen zur Carabinieristation fuhr. Es war fast zehn Uhr. Er hatte gar nicht bemerkt, wie die Zeit verging. Trotz seiner Kopfschmerzen fühlte er sich besser. Jetzt konnte er Agatina Piditella furchtlos entgegentreten.
Als er in der Zentrale ankam, parkte er sein Auto in der Garage und ging hinauf. Steppani fing ihn sofort ab und fragte: »Wo waren Sie denn? Ich suche Sie schon seit zwei Stunden. Hier müssen Entscheidungen getroffen werden. Entweder kaufen Sie sich endlich ein Handy oder ich schenke Ihnen eins, so kann es jedenfalls nicht weitergehen.«
»Steppà, halt die Luft an und nuschel mich nicht an, das regt mich nämlich auf. Brennt die Kaserne?«
»Sehr witzig, unser Maresciallo. Hier bringt sich jemand fast um, um ihn zu finden, und statt zu fragen, aus welchem verdammten Grund wir ihn so verzweifelt gesucht haben, macht er nur fröhlich seine Bemerkungen, als ob nichts wäre.«

»Bitte, Steppà, ich habe furchtbares Kopfweh und meine Gedanken wirbeln wild durcheinander, hör auf damit und erzähl endlich.«

»Was denn?«

»Vom Liebhaber deiner Schwester. Fang du jetzt nicht auch noch an, den Blöden zu spielen. Also, was ist los?«

»Na, Gott sei Dank, endlich fragen Sie mich danach. Ach nichts, ich wollte Ihnen nur erzählen, dass heute Morgen der Colonnello gekommen ist, um Ihnen höchstpersönlich einen Besuch abzustatten, er sitzt oben und wartet auf Sie.«

»Das fehlte mir gerade noch, er hat mir doch schon zu Porcufinus Verhaftung gratuliert, was musste er denn jetzt noch mal herkommen?«

»Falsch, Maresciallo, der Colonnello ist nicht wegen Peppino Mangiaracina hier.«

»Und warum dann?«, fragte Bonanno.

Steppani atmete lange und kräftig durch, wich Bonannos Blick aus und sagte: »Die Gründe haben zwei Namen und heißen Agatina Piditella und Avvocato Gandolfo Mazzarisi.«

»Verd…«, sagte Bonanno, und ihm war vollkommen klar, dass der Besuch des Provinzkommandanten für ihn unter keinem guten Stern stand.

## *Acht*

Mishna starrt auf das Sonnenlicht, das sich im Wasser spiegelt. Er hört Geräusche, die aus irgendeinem entlegenen Teil seines Körpers kommen, in der Brust aufsteigen, sich an die Adern seines jungen Halses klammern und die Kehle hinaufklettern. Sie brechen sich gewaltsam Bahn, reißen seine zusammengepressten Lippen auseinander und dann schreit er der Gottheit des Sees seinen Schmerz entgegen.

Ich bitte dich, Fee dieses Sees, gib mir meine Mutter zurück, ich werde gut zu ihr sein, bitte, Fee. Ich bin schuld, ich war zu laut, ich bin schuld, denn ich habe nicht aufgepasst, sie hatte mir doch gesagt, ich muss still sein, nur meinetwegen haben die Soldaten uns gefunden.

Bitte, Fee dieses Sees, nimm sie nicht mit, ich habe doch niemanden, gib mir meine Mutter wieder, erwecke sie mit einem Kuss auf die Stirn wieder zum Leben, sag ihr, ich warte auf sie. Ich werde nicht weggehen, ehe sie nicht wieder aufsteht und mich bei der Hand nimmt. Mach, dass sie wieder aufsteht, Fee, bitte, sag ihr, ich habe sie lieb und es tut mir leid. Ich bin schuld, ich wollte nicht ungehorsam gegen Papa sein, es ist meine Schuld, wenn der Soldat geschossen hat, ich hätte nicht weglaufen sollen. Wo bist du, Fee? Warum antwortest du mir nicht? Fee, so hilf mir doch, ich bitte dich.

Eine alte Frau läuft schnell herbei, sie ist reich an Jahren und an Erinnerungen. In ihrem Gesicht spiegeln sich harte Zeiten und ein schweres Leben. Ihre Augen sind wie verloschene Kerzen, sie haben zu viel Schrecken gesehen, um noch leuchten zu können. Schweigend nähert sie sich Mishna, streckt ihren knochigen Arm aus und legt ihn um seine Schultern.

Der Junge zittert, dreht sich um und sieht sie an. Er wusste nicht, dass Feen so alt und knochig sein können. Der Junge schweigt, zeigt nur mit dem Finger auf einen dunklen Punkt am Horizont, den die weichen Konturen des Sees verschwimmen lassen, hält den Rock der alten Frau fest und sieht sie flehend an.

Die nickt, sie hat die Tragödie von ihrer Hütte aus beobachtet. Hat Mishnas Schrei gehört. Sie wollte sich nicht einmischen, die Erfahrung hat sie gelehrt, dass man am besten den Dingen ihren Lauf lässt und die Entscheidungen anderer Menschen respektiert. Sie weiß, was es bedeutet, hier eine Frau zu sein, und was Hoffnungslosigkeit ist. Die Kinderaugen bitten um eine Hilfe, die sie nicht geben kann. Verzweifelt krallen sich seine Finger in den Stoff ihres Kleids.

Sie heißt Ana. Sie hat sie überlebt, die eigene Trauer, und sie lebt weiter, während sie jeden Moment ihres Lebens mit der Erinnerung an den Tod begleitet, der in einem großen Baum wohnt. Sie hat viele Bronzeglöckchen an die Zweige der üppig wachsenden Eiche neben ihrer Hütte gehängt. Jedes Glöckchen trägt einen Namen, der zu einem lieben Menschen gehört, der nicht mehr lebt.

Diese Eiche hat ihr Vater gepflanzt, als sie geboren wurde. Gemeinsam mit dem Baum ist sie groß geworden, ist auf ihm herumgeklettert, liebte seinen Schatten. Eines Tages, das weiß sie genau, wird sie neben dem Baum sterben, in dessen Krone nicht einmal mehr die Vögel nisten, weil sie das ständige Klingeln der Glöckchen ängstigt.

Ana hatte einen Mann, Söhne und Enkel, hatte ein Leben, bevor es von dem großen Nichts verschlungen wurde. Jetzt ist sie allein, nur noch zwei alte Kühe, ein paar Schafe und ein Hund leisten ihr Gesellschaft, und die Hühner, die gackernd vor den Hähnen weglaufen. An den Zweigen klingeln die Glöckchen, sie sind Früchte ohne Fleisch, Dornen ohne Rosen. Und jedes bohrt sich wie ein Stachel in Anas Seele. Hier am See schweigt der Wind nie, er bläst und streichelt die Glöckchen, schüttelt sie und ihre Stimmen klingen nach Tränen und Erinnerung. Sie klingen nach einer fernen Brise und verstummen nie, mischen sich unter die Windstöße über dem See. Ana hat ihre Toten buchstäblich an den Lebensbaum gehängt.

Unter der Eiche liegt auch ein Glöckchen mit ihrem Namen. Eines Tages wird sie es dort aufhängen und sich forttragen lassen, eines Tages, wenn die warme Umarmung der Sonnenstrahlen es nicht mehr schafft, das kalte Licht der Nächte zu verjagen, und die Zeit in der Sanduhr ihrer Tage vergangen sein wird.

Mishna wiegt nicht viel, er ist ein dünnes, knochiges Kind. Ana ist eine kräftige Frau, deren Seele früher gealtert ist als ihr Körper. Sie ist noch keine sechzig, aber sie wirkt, als sei sie jahrhundertealt. Die Zeit kann ein furchtbarer Feind sein, wenn das Leben nur noch daraus besteht, das Echo der Stimmen zu hören, die der Wind mit sich forträgt, ehe sie sich im Wasser des Sees verlieren, dort jenseits der Hügel, wo die Grenze so viele Tote gesehen hat, wie Steine in der Sonne glänzen.

Ihr Mann kam nicht mehr aus den Bergen wieder, wo er seine Herde weidete, ihre Söhne … wie viele Söhne hat sie zum Abschied geküsst und gesegnet und sie fortziehen sehen. Nur einer ist zurückgekommen, mit Frau und Kindern, drei Kleine mit Augen so hell wie die Sonne und so blau wie der Himmel. Aber die Dunkelheit hat auch sie verschlungen.

Ana legt Mishna auf den Strohsack. Das Kind ist ohnmächtig geworden, aus der Verletzung an seiner Stirn rinnen Blut und Wundflüssigkeit. Das Fieber ist schnell gestiegen, hat

seine Wangen gerötet und den Körper erhitzt. Seine Hand umklammert einen Zettel, darauf stehen ein Name, eine Stadt, eine Straße. Zmitra hat Mishna den richtigen Weg gezeigt, bevor sie sich umgebracht hat.
Plötzlich begreift Ana, warum der Wind das Signal noch nicht über dem See erklingen ließ, das Signal dafür, dass ihre Zeit um sei. Auch als alte Frau kann man wieder ins Leben hinaustreten. Sie wird den Jungen durch die Wälder und über die Hügel an sein Ziel bringen, und dann geschehe alles nach Gottes Willen.

Sie laufen nun schon seit Stunden – die schweigenden Wälder, die Maisfelder und die unregelmäßigen Hügel sind mittlerweile verschwunden – und erreichen schließlich eine Ebene und einen großen See, an dessen gegenüberliegendem Ufer Montenegro liegt. Während sie gehen, ruht das Sonnenlicht auf den knochigen Schultern einer alten Frau und eines Kindes.
Ana hält Mishnas Hand. Der Junge ist kräftig, er hat sich gut erholt. Drei Tage und drei Nächte lang hatte er hohes Fieber und fantasierte. Sie hat über ihn gewacht, ihn mit heißer Milch und frisch gesammeltem Honig gepflegt. Dann ist das Fieber gesunken, die Wunde auf seiner Stirn ist vernarbt, und er hat seine Kräfte wiedererlangt. Aber so liebevoll sie ihn auch gepflegt hat, die Wunden in seinem Herzen konnte sie nicht heilen.
Schreckgestalten haben Mishnas Träume bevölkert und ihn geängstigt. Wird er eines Tages vergessen und seinen Frieden wiederfinden können und jene Stiefel zurückbekommen, die ihm so viel bedeuten? In den Stunden, in denen sie über ihn gewacht hat, hat Ana Mishnas Tragödie gesehen, sie hat seine Angstträume gesammelt und die Teile zusammengesetzt und erahnt nun die schrecklichen Ereignisse, die ihn gezeichnet haben.

Jetzt kennt sie Serge, weiß, dass er sein junges Leben geopfert hat, um Mishna zu retten, sie hat von Skanderbeg und seinen Stiefeln gehört. Sie weiß auch von Zmitra und hat erfahren, wie sehr der Schmerz Mishnas kleines Herz gefangen hält.

Mishna muss zu Serges Bruder Jan gelangen. Der Onkel und seine Familie leben in der schönen Stadt Shkodra, und jetzt ist sie mit Mishna dorthin unterwegs und läuft Kilometer um Kilometer.

Ana ist eine einfache Bäuerin, sie hat nicht verstanden, wer Skanderbeg ist und was seine Stiefel mit Mishnas Leben zu tun haben.

Wenn man nicht weiß, was man sagen soll, kann man ein Gespräch auch mit einfachen Fragen beginnen. Ana ist nicht mehr daran gewöhnt, sich mit Menschen zu unterhalten. Seit Jahren spricht sie nur noch mit Tieren und den Glöckchen, die in Doppelreihen an der Eiche hängen. Sie weiß, wie sie einen Menschen pflegen muss, aber nicht, wie man mit ihm redet.

»Was musst du denn mit den Stiefeln von diesem Skanderbeg machen?«, fragt Ana.

Mishna sieht sie an. Er weiß genau, dass er dieser Frau sein Leben verdankt, aber er hat keine Lust, darüber zu sprechen. Er muss seine Geheimnisse bewahren, seinen Schmerz festhalten, er will nicht vergessen. Sie sind das Einzige, was ihm von Serge und Zmitra geblieben ist, von seiner Familie und seinem glücklichen Leben. Wenn er dieser Frau, die so gar nichts von der Fee hat, die er am See angefleht hat, sein Herz ausschüttet, bedeutet das für ihn, er wird Wut und Hass herauslassen, und das wird er sich nicht gestatten.

»Ich kenne niemanden, der so heißt«, antwortet er deshalb. Man wird schnell erwachsen, wenn die Großen einem die Kindheit rauben.

»Aber im Schlaf hast du doch immer wieder von ihm und

seinen Stiefeln gesprochen. Willst du mir wirklich nicht davon erzählen?«
»Da gibt es nichts zu erzählen«, sagt Mishna knapp. Ana sieht in seinen Augen die Entschlossenheit eines Erwachsenen und versteht, dass es nutzlos wäre, weiterzufragen.
Resigniert und traurig senkt sie den Kopf: Nie hat einer meiner Männer, egal ob Kind oder Erwachsener, auf mich gehört. Vielleicht ist es mir bestimmt, anderen zuzuhören, ohne dass sie auf mich hören. Hätte doch nur mein Adrian auf mich gehört, dann wäre er an jenem Tag nicht mit den Kühen und den Ziegen in die Berge gegangen, dann wäre dieses Unglück nicht geschehen, wir hätten unsere Söhne noch, und jetzt wäre ich eine ältere Frau, deren Haare schon leicht grau werden und deren Körper langsam verwelkt, aber ich würde für meine Enkel sorgen können. Stattdessen lebe ich wie ein Tier unter Tieren und warte nur noch darauf, dass mein Herz zum letzten Mal schlägt.
Wie sehr muss dieses arme Kind gelitten haben. Mit dem Krieg ist es schon seltsam: Alle sagen, sie wollen nichts mit ihm zu tun haben, und dann suchen die Männer ihn und führen ihn leidenschaftlich … So habe ich vier Söhne verloren, vier junge Leben, auch der jüngste hat mich mit seiner Familie für immer verlassen. Jedes Wesen wird mit seinem Schicksal geboren. Der eine trägt eine Krone aus Gold und Diamanten, der andere eine aus Dornen. Wir tragen eine steinerne Krone, die so schwer wiegt, dass wir mit jedem Schritt immer weiter im menschlichen Unglück versinken, das aus Leere, Einsamkeit und so viel Leid besteht.

Plötzlich sieht man die Stadt, die sich wie ein Säulenmeer aus dem grünen Herzen der Ebene erhebt. Ihre Silhouette spiegelt sich im See. Shkodra, die Albaner nennen sie Shkodër, erhebt sich am Seeufer. Eine Stadt mit achtzigtausend Einwohnern, darunter auch Mishnas Onkel Jan, seine Tante

Verja und die Cousins Florian und Argjan. Wie werden sie sie finden?
Mishnas Verwandte wohnen im neuen Viertel, jenseits der venezianischen Zitadelle, dem Teil der Stadt, der noch an die Italiener erinnert. Nachdem sie Shkodra im fünfzehnten Jahrhundert zurückeroberten, verteidigten sie es gegen die lange Belagerung durch die Türken, die es schließlich 1479 einnahmen und zu ihrer Provinzhauptstadt machten. Dreihundert Jahre später wurde aus Shkodra ein unabhängiges Fürstentum. Während der Balkankriege erlitt die Stadt schwere Schäden, danach kam sie zu Montenegro und schließlich 1913 nach der Konferenz von London zu Albanien.
Serge stammte aus Shkodra. Wenn der Krieg nicht gewesen wäre, hätte Mishna hier geboren werden sollen.
Kurz vor Sonnenuntergang erreichen sie die Stadt. Ana liest den Straßennamen, den Zmitra mit zitternder Hand geschrieben hat, und fragt sich durch. Sie sollen geradeaus gehen, dort hinter diesen Kuppeln, aber es würde gleich dunkel, sie sollen sich lieber beeilen, erklären ihnen die Passanten.
An der Ecke hockt ein Bettler. Der Mann ist von Geburt an blind, er lebt von der Mildtätigkeit der Leute, ihn quälen Flöhe und Wanzen.
Doch sein Gehör ist sehr gut entwickelt, er hört Anas Stimme und spürt Mishnas Schweigen. Deshalb kommt er näher und sagt: »Ich weiß, wo Jan Meksi wohnt. Für zwanzig Lek führe ich euch zu seinem Haus, aber ihr müsst euch beeilen. Ich habe gehört, er will wegziehen.«
Mishna zuckt zusammen. Er heißt Meksi mit Nachnamen. Dann greift er in die Tasche und gibt dem Mann die zwanzig Lek. Der Blinde wird sie führen.
Die Wasserfläche des nahen Sees erglüht, während sie die letzten Strahlen der untergehenden Sonne in sich aufnimmt.

Eine alte Frau, ein Kind und ein zerlumpter Blinder suchen sich zwischen den Häusern Shkodras ihren Weg.

Colonnello Eugenio Latella empfing Bonanno mit einem höflichen Lächeln, das seine Augen nicht erreichte. Neben ihm saß diese verdammte Nervensäge Marcelli.

»Guten Tag, Bonanno, endlich sind Sie da«, begann sein Vorgesetzter.

»Entschuldigen Sie, Colonnello, aber ich war verhindert. Wie komme ich zu der Ehre dieses Überraschungsbesuchs?«, fragte er vorsichtig. Dabei ließ er Marcelli keinen Moment aus den Augen, immer bereit, dessen Angeberei und Strebertum zuvorzukommen. Seltsamerweise hielt Marcelli sich aber zurück und Bonanno glaubte sogar eine gewisse Solidarität zu spüren.

»Das ist kein Überraschungsbesuch, sondern ein Notfall: Avvocato Mazzarisi hat mehr Freunde, als man zunächst vermuten würde. Das ist der Grund für den Überraschungsbesuch, wie Sie ihn nennen.«

»Dieser verfluchte Bastard …«

»Tun Sie mir den Gefallen, Maresciallo, vermeiden Sie in meiner Anwesenheit Ihre Vulgärsprache.«

Wenn man Wörter sagte, die er nicht sofort verstand, regte Bonanno sich furchtbar auf, dagegen konnte er nichts tun. Auf seinem Gesicht erschienen rote Flecken und seine Hände bewegten sich dann von allein. Was in aller Welt bedeutete diese »Bärsprache« oder was zum Teufel der Colonnello gesagt hatte? Am besten ignorierte er es einfach.

»Fühlen Sie sich nicht wohl, Maresciallo? Ihr Gesicht verheißt nichts Gutes.«

»Aber Ihres auch nicht, Colonello, wenn ich das so sagen darf. Würden Sie mir bitte mitteilen, warum Ihr Besuch so dringlich war?«

»Ganz ruhig, Maresciallo, setzen Sie sich zu uns. Sie wissen sehr gut, sobald man eine Uniform trägt und bereit ist, Befehle zu geben und auszuführen, wird man ein Werkzeug in den Händen der Gerechtigkeit. Manchmal können Egozentrik, überzogene Zornesausbrüche, ganz zu schweigen von übertriebenem Formalismus zu einer zweischneidigen Waffe werden, besonders wenn wir uns unklaren Fakten minderer Bedeutung gegenübersehen, verstehen Sie mich?«

Der Colonnello zog das Ganze in die Länge. Bonanno war erfahren genug, um zu wissen, wenn der Wind so wehte, wurde bald ein Sturm daraus. Er konzentrierte sich weiterhin auf Marcelli. Seinem Kollegen schien es die Sprache verschlagen zu haben.

»Wenn ich Sie recht verstanden habe, Signor Colonnello, haben Sie sich wegen diesem Scheißdreck von gestern Abend hierher bemüht oder irre ich mich?«

Der Colonnello tat nichts, um seinen aufkeimenden Ärger zu verbergen: »Nehmen Sie es mir nicht übel, Maresciallo, aber ich möchte wirklich darauf bestehen, dass Sie sich der Uniform entsprechend benehmen, die Sie tragen. Vermeiden Sie also bitte diese Vulgärausdrücke. Kommen wir zur Sache. Ich hatte Gelegenheit, höchst-per-sön-lich« – Latella betonte laut jede einzelne Silbe – »die Vorfälle von gestern Abend zu überprüfen, und wenn ich ehrlich sein soll, sind Sie da entschieden zu weit gegangen. Es bestand keine Notwendigkeit, Signora Piditella festzuhalten, und schon gar nicht, sie in dieses übel riechende Loch zu stecken. Sie wissen genau, dass die zuständige Staatsanwältin ganz neu ist, ich habe sie heute Morgen kontaktiert und sie hat eine sofortige Freilassung verfügt. Keine Sorge, ich habe Ihre Gründe verteidigt, aber jetzt, hier und unter uns, sollten wir ehrlich sein. Was zum Teufel haben Sie sich eigentlich dabei gedacht?«

»Ich habe nur meine Pflicht als Polizist getan. Die Piditella

hat wie wild auf ihren Ehemann losgeballert, beinahe hätte sie ihn getötet, und ich habe sie festgenommen, weil ich sie dazu bringen wollte, zu gestehen, was tatsächlich vorgefallen ist. Deshalb war ich der Meinung, eine Nacht in der Zelle wäre vielleicht das Beste. Heute Morgen hätte ich sie vielleicht nur noch einmal befragen müssen, aber da sind Sie ja mit Ihrer Kavallerie gekommen, und die lacht mir und Ihnen jetzt ins Gesicht, genauso wie ihr sauberer Herr Anwalt. Eine schöne Gerechtigkeit, der wir da dienen!«
Der Colonnello erstarrte.
»Etwas mehr Respekt, Bonanno. Wie ich herausgefunden habe, handelt es sich um einen häuslichen Unfall, bei dem der Ehemann von Signora Agatina Piditella, Professore Ficalora, ein angesehener Mann, zufällig leicht verletzt wurde. Außerdem hat er selbst bestätigt, dass es ein Unfall war.«
»Das war nie im Leben ein Unfall. Der schweigt, weil es besser für ihn ist, aber wenn wir ihn jetzt vernehmen, bei Gott, dann bringe ich ihn dazu, dass er singt wie ein Kanarienvogel«, brüllte Bonanno.
Verärgert schlug der Colonnello mit der flachen Hand auf die Schreibtischplatte.
»Werden Sie nicht laut, Maresciallo, und vergessen Sie Kanarienvögel, Meisen und Pirole. Hier, sehen Sie sich Professore Ficaloras Version an, die Ihr Kollege vor einer Stunde im Krankenhaus aufgenommen hat. Ich möchte hier keine Lobeshymnen auf Ihren Kollegen Marcelli anstimmen, aber Professore Ficalora hat seine erste Aussage Wort für Wort bestätigt, er spricht von einem simplen Unfall und die Signora hat sich der Erklärung ihres Ehemanns angeschlossen. Sie, Maresciallo, kommen da mit bloßen Vermutungen, mit denen Sie die Carabinieri in eine kompromittierende Lage gebracht haben. Gestern habe ich Ihnen gratuliert, aber heute muss ich Sie tadeln. Wie können Sie sich auf solche Lappalien versteifen, bei all der Arbeit, die auf unseren Schultern

lastet? Sagen Sie mir lieber, wie weit wir mit der Untersuchung über die Autodiebstähle sind. Und worauf warten Sie noch, um endlich die Razzia gegen die Drogenkriminalität durchzuführen? Ich habe von Ihnen immer noch keinen Bericht über den Rauschgiftkonsum im Montanvalle erhalten. Ich muss Ihnen sagen, dass ich überhaupt nicht glücklich über die Vorfälle von gestern Abend bin, Maresciallo, ganz und gar nicht. Die Richterin wollte gegen Sie vorgehen und ich konnte sie nur mühsam davon überzeugen, es nicht zu tun. Aber wenn die Signora und ihr Anwalt Anzeige erstatten, weiß ich wirklich nicht, wie ich Ihnen da noch helfen kann.«

Bonanno fand keine Worte. Er starrte den Colonnello an und wusste nicht, ob er eine Tonne Sprengstoff in dessen Nacken anbringen sollte, damit er seine Meisen und Piloten, oder wie die auch immer hießen, selbst vom Himmel holen konnte. Oder sollte er ihn so lange mit Fußtritten bearbeiten, bis er den Mund hielt? Und was zum Teufel bedeutet denn bloß »Lobeshündin auf Marcelli« oder was in aller Welt der Colonnello da gefaselt hatte? Bonanno antwortete auf seine Weise und setzte sich damit weiter in die Nesseln. Wenn er stur auf etwas beharrte, konnte er verheerender als eine Naturkatastrophe sein.

»Ich hab keine Ahnung, was die Ihnen erzählt haben, Signor Colonnello, und mich interessiert nicht die Bohne, was Ihnen durch den Kopf geht, aber ich garantiere höchstpersönlich dafür, dass die Signora absichtlich auf ihren Mann geschossen hat. Und inzwischen kenne ich vielleicht auch das Motiv«, sagte Bonanno und streckte den kleinen Finger und den Zeigefinger nach oben, zum Zeichen, dass man jemandem Hörner aufgesetzt hatte.

»Ehebruch?«, fragte der Colonnello.

»Jawohl, ich weiß ja nicht, wie das bei Ihnen ist, aber hier bei uns ist das ein sehr guter Grund, um jemanden mit Blei vollzupumpen. Das war nie im Leben ein Unfall. Oder hat man je erlebt, dass eine Frau ihren Mann versehentlich verletzt und dann nicht mal das Bedürfnis hat, ihn ins Krankenhaus zu begleiten?«

Der Colonnello zögerte, Bonannos heftige Reaktion hatte ihn beeindruckt. Marcelli erstarrte zu Eis, jetzt wirkte sein sonst eher bissiger Blick wie versteinert.

»Was für ein Ehebruch?«, bedrängte der Colonnello Bonanno, fasziniert von dessen Beweisführung.

»Genau das wollte ich mit der Piditella klären, aber dann kamen Sie mit Ihrem Unsinn dazwischen und mein Plan hat sich zerschlagen.«

So war Bonanno eben, er redete drauflos und verspielte damit gleich wieder das bisschen Ansehen, das er gerade bei seinem Kommandanten gewonnen hatte. Der schlug erneut mit der Hand auf den Schreibtisch. Dann sprang er von seinem Stuhl auf und beugte sich drohend über Bonanno.

»Jetzt habe ich Ihr flegelhaftes Benehmen aber satt! Lassen Sie das und führen Sie sich anständig auf. Das hier ist immer noch eine Kaserne der Carabinieri und kein Außenposten für Ihre persönlichen Rachefeldzüge, ist das klar? Wie oder ob Sie vermeintlich Verdächtige festhalten oder verhaften, das stimmen Sie mit Ihren Vorgesetzten ab, in diesem besonderen Fall mit mir persönlich, und von der nächsten Woche an mit dem neuen Capitano. Habe ich mich verständlich ausgedrückt? Ihr arrogantes Auftreten gefällt mir nicht, und ich kann Ihre Vorgehensweise nicht dulden. Ab jetzt übernimmt Marcelli den Fall. Sie können gehen. Und schicken Sie mir so bald wie möglich den Bericht, den ich von Ihnen haben wollte.«

Colonnello Latella sollte Herzrhythmusstörungen bekommen, begleitet von einem epileptischen Anfall. Den sollte der Schlag treffen, damit er mal nachdachte. Bonannos Gesicht war wutverzerrt, alle Halsmuskeln angespannt, bereit, eine böse Tirade loszulassen, als Marcelli ihn plötzlich am Arm packte und energisch mit sich fortzog, ohne ihm Zeit für seine Antwort zu lassen. Der Colonnello merkte nichts. Er hatte ihnen missgestimmt den Rücken zugewandt und betrachtete nun interessiert das Foto des Generalkommandanten an der Wand.

»Bitte, Savè, mach es nicht noch schlimmer, das Chaos ist schon heftig genug«, flüsterte Marcelli. Bonanno schwieg überrascht. Marcelli sorgte sich um ihn? Was für ein Spiel spielte dieser verdammte Sohn einer Schweizer Kuh? Es dauerte nur ein paar Augenblicke, da befreite er sich aus Marcellis Griff und beschimpfte ihn: »Wann lernst du endlich, dich um deinen eigenen Mist zu kümmern?«

Sie standen im Flur. Der Colonnello blätterte düster in Akten und Berichten, er achtete nicht mehr auf sie, aber sie waren noch in Hörweite.

»Savè, hör auf, dich wie der letzte Arsch zu benehmen und begreif endlich: Es ist nicht, wie du denkst, das erkläre ich dir später. Alles läuft schief. Der Colonnello hat dich heute Morgen tatsächlich gegen die Staatsanwältin verteidigt. Du hättest das Gebrüll hören sollen. Sie wollte wirklich gegen dich vorgehen, begreifst du das? Der Anwalt hält die Hunde bereit, um sie auf dich zu hetzen. Verdammt noch mal, sei vorsichtig! Wann lernst du endlich, dich selbst zu schützen, anstatt dich immer so weit aus dem Fenster zu lehnen? Sind dir deine Tochter und deine Mutter so egal? Für dich sieht es übel aus, deshalb hör auf mit diesem arroganten Gehabe und benimm dich endlich mal wie ein fähiger Dorfpolizist.«

Bonanno zögerte. So hatte Marcelli noch nie mit ihm geredet, ganz im Gegenteil. Hätte Bonanno am Rande des Abgrunds gestanden, wäre Marcelli sonst doch der Erste gewesen, der ihm den nötigen Stoß versetzt hätte, damit er im Staub landete. Da war er sich hundertprozentig sicher. Was war hier eigentlich los?

»Hol dir einen Kaffee, ich kümmere mich inzwischen um den Colonnello. Dann reden wir beide, ganz in Ruhe, aber eins rate ich dir: Kein Wort mehr über Hörner und Ehebruch, wenn du über Ficalora sprichst, nein, am besten erwähnst du die beiden nicht einmal mehr. Der betreffende Fall ist abgeschlossen, zu den Akten genommen, da steckt nichts dahinter, es war nur ein Unfall, ein unglücklicher Zufall, habe ich mich klar ausgedrückt?«

Eine Alarmglocke schrillte in Bonannos Schädel. Also hatte er es erraten. Bettgeschichten waren der Grund dafür, dass dieses niederträchtige Luder, die Catanisa, die Waffe in die Hand genommen hatte. Aber wer war der Betrogene und wer der Betrüger? Auf diese Frage musste Bonanno sofort eine Antwort finden, er war nicht bereit, zu warten, und Marcelli hatte längst die Antwort zur Hand. Völlig unvermutet packte Bonanno ihn am Knoten seiner Krawatte, mit der anderen Hand stieß er die Tür zu seinem Büro weit auf und trieb ihn mit seinem Bauch dort hinein.

»Du kommst nicht eher von hier weg, bevor du mir nicht alles genau erklärt hast«, brüllte Bonanno und die Augen schienen ihm aus dem Kopf zu treten. Sein Gesichtsausdruck konnte einen wirklich das Fürchten lehren.

Dieser plötzliche Angriff ließ Marcelli keine Zeit, sich zu verteidigen, aber jahrelanges Training im Fitnessstudio hatte seine Muskeln gestählt und Karate seine Reflexe geschärft. Während Bonanno noch quasselte, drehte er sich halb um sich selbst, befreite sich aus dem Griff und mit einem Tritt, der sogar einen Stier flachgelegt hätte, traf er Bonanno in die Magengrube und versetzte ihm dann noch einen Schlag. Bonanno bekam keine Luft mehr, er ließ los und fiel auf die Knie, sein Gesicht lief blau an, er rang krampfhaft nach Luft, die in alle Richtungen zu fliehen schien, und das Zimmer drehte sich um ihn.

Marcelli bekam einen Schreck, er sah Bonanno endlos lange

an, ohne genau zu wissen, was er tun sollte. Zwischen ihnen hatten sich zu viele Dinge zu schnell entwickelt. Bonanno lag völlig kraftlos auf dem Boden und rang immer noch nach Luft. Schließlich streckte Marcelli ihm eine Hand entgegen.
»Entschuldige, Saverio, das wollte ich nicht, der Tritt war ein Reflex, ich hatte nicht vor, dich zu treffen.«
»Da gibt es nichts zu entschuldigen«, keuchte der atemlos. »Du Mörder, sobald ich wieder fit bin, breche ich dir das Genick.«
In diesem Moment kam Steppani herein und sah Bonanno auf dem Boden liegen und Marcelli vermeintlich drohend über ihn gebeugt. Ohne zu zögern, stürzte er sich auf Marcelli und wollte ihn kräftig verprügeln. Aber er musste seine Flugbahn falsch berechnet haben, denn bevor er es überhaupt merkte, fand er sich mit einer gewaltig schmerzenden Schulter neben Bonanno auf dem Boden wieder. Marcelli hatte den vierten Dan, den schwarzen Gürtel in Karate. Er machte Steppani mit dem Knie bewegungsunfähig und drückte ihm zugleich mit den Fingern auf den Adamsapfel.
»Versuch das nicht noch einmal, mein Junge, wenn du dir nicht wirklich wehtun willst«, zischte Marcelli und warf Steppani einen drohenden Blick zu.
An Bonanno gewandt sagte er: »Wir sehen uns später. Ich werde jetzt versuchen, den Colonello loszuwerden. Und ihr seht am besten zu, dass ihr wieder auf die Beine kommt. Wenn jemand jetzt ins Zimmer kommt, könnte er Schlimmes vermuten«, sagte Marcelli, ließ Steppani los und ging hinaus.
Bonanno hatte sich wieder einigermaßen erholt, während Steppani mit vor Wut hochrotem Kopf aufstand.
»Sobald ich dem wieder begegne, knöpf ich ihn mir vor.«
»Du solltest lieber einen Bogen um ihn machen, Steppani«, keuchte Bonanno. »Oder du gehst vorher ins Fitnessstudio. Auf jeden Fall danke ich dir.«

»Lassen Sie stecken, Marescià, aber ich schwöre Ihnen, dem zahle ich es heim. Sich mit einem wie Ihnen so anzulegen!«
Bonanno sah ihn böse an.
»Was meinst du damit, Steppani? Habe ich vielleicht eine ansteckende Krankheit?«
»Verstehen Sie mich nicht falsch, Marescià, aber wenn jemand den Angeber spielen will, sollte er jemanden von ähnlicher Statur aussuchen.«
Bonanno starrte ihn feindselig an: Die Anspielung auf seinen dicken Bauch hatte ihm nicht gefallen. »Das sagt der Richtige«, zischte er mit zusammengepressten Lippen.
»Entschuldigen Sie, ich wollte Sie nicht beleidigen, aber können Sie mir bitte erklären, warum Marcelli Sie verprügelt hat?«
»Steppani, weißt du eigentlich, warum ich dich nicht auf der Stelle umbringe?«
»Hab verstanden, wir reden lieber nicht mehr davon. Was halten Sie davon, weit weg von diesem Chaos hier einen Kaffee zu trinken? Diesmal fahre ich aber, und wagen Sie es ja nicht, mir die Schlüssel abzunehmen.«
Bonanno deutete ein Lächeln an, das heftige Stiche in der Magengegend in eine schmerzliche Grimasse verwandelten. »Dieser Gorilla soll Halsschmerzen bekommen wie eine algerische Giraffe«, fluchte er und hielt sich den schmerzenden Magen. Das nächste Mal würde er es sich dreimal überlegen, bevor er auch nur einen Finger gegen Marcelli erhob. Verdammt, dieser Aufschneider teilte Tritte aus wie ein Maulesel.

Der Kaffee war schlecht, vielleicht lag es auch daran, dass Bonanno sich genauso fühlte. Auf einem der kleinen Tische sah er eine Tageszeitung. Er holte sie sich und schaute kurz in das Horoskop, während Steppani zahlte. Bonanno bereute es sofort und verfluchte seine Neugier: *Sie sind nervös und regen sich auf. Es stört Sie, dass nicht Sie bestimmen, wo es langgeht. Geben Sie auf und akzeptieren Sie die Situation so, wie sie ist. Es wird sehr anstrengend sein, diesem Tempo zu folgen, da Sie im Augenblick nicht viel Kraft haben.*

Nur seine Laune war noch düsterer als das, was er gerade gelesen hatte. Müdigkeit lastete schwer auf ihm, packte ihn schubweise. Plötzlich fielen ihm die Augen zu und in seinem Kopf drehte sich alles.

»Steppani, tu mir einen Gefallen und bring mich nach Hause.«

Steppani sah ihn verwirrt an. Bonanno machte einen angespannten Eindruck und seine Augen glänzten. Er wirkte müde und niedergeschlagen, das Horoskop hatte ihm die letzten Kräfte geraubt. Jetzt war ihm alles egal, er wollte sich nur noch hinlegen und vergessen, richtig ausschlafen und alle und alles zum Teufel jagen. Der Ruf über Funk traf ihn so unvermutet wie ein Torpedo.

»Zentrale an Steppani, antwortet, over.«

»Steppani an Zentrale, was ist los? Over.«

»Eine dringende Nachricht für Maresciallo Bonanno, *Tele Alto Platani* will ein Interview von ihm und Erklärungen, er soll sofort in die Kaserne kommen, Befehl vom Colonnello, over.«

Steppani sah Bonanno an. Der Maresciallo wurde wütend, seine Müdigkeit war plötzlich wie weggeblasen. Was zum Teufel wollten die von ihm? Am besten machte man einen weiten Bogen um Presse und Fernsehen, er mochte weder die Schreiberlinge noch die Nachrichtensprecher, die immer nur schlechte Meldungen brachten, wie er sagte. Deshalb bedeutete er Steppani, ihn zu verleugnen und dann weiterzufahren.

»Der Maresciallo ist nicht bei mir, ich habe ihn vor einer Viertelstunde abgesetzt, over.«

»Geben Sie Ort, genaue Koordinaten und Adresse an, over.«

»Wer hat denn da heute bloß Dienst in der Telefonzentrale?«, fragte Bonanno.
»Kollege Vito Cantara.«
«Und wer hat dem verdammt noch mal beigebracht, so zu reden?«
»Was soll ich tun, Maresciallo?«, erkundigte sich Steppani. Er hatte den Jeep auf die Hauptstraße von Villabosco gelenkt und war jetzt in die erste Querstraße eingebogen, die aus dem Zentrum hinausführte.
»Sag ihm, du hättest mich vor dem Friedhof abgesetzt, ich wollte dort einen verstorbenen Freund besuchen. Da ich mich nicht wohlfühlte, nachdem ich eine Weile mit den Toten geredet hatte, wäre ich allein nach Hause gegangen.«
»Steppani an Zentrale, betreffender Ort ist der städtische Friedhof von Villabosco, Viertel Macchia d'Olivo, Adresse Via della Pace, Hausnummer habe ich mir nicht aufschreiben können. Cantà, soll ich dorthin zurückfahren oder soll ich dich hinbringen? Over.«
Cantara fasste sich abergläubisch dahin, wo Männer sich üblicherweise hinfassen, und antwortete: »Dich soll der Schlag treffen, ich berichte den Vorgesetzten davon, over und Ende.«
»Was glauben Sie, was das Fernsehen will, Maresciallo?«
»Was glaubst du denn? Ein bisschen Geschrei um die Geschichte mit der Catanisa machen.«
»Woher wissen die denn davon?«
»Die sind schlimmer als hundert Teufel zusammen. Aber diesmal verwette ich sogar all das, was ich gar nicht habe: Das hat denen dieser Mistkerl von einem Anwalt in den Kopf gesetzt.«
»Sollten Sie dann nicht lieber mit denen reden? Wer weiß, was die sich sonst einfallen lassen, um Sie ans Kreuz zu nageln.«
»Hast du nicht gehört, was Cantara gesagt hat? Der Colon-

nello ist in der Zentrale, und so wahr ich Saverio Bonanno heiße, du kannst darauf wetten, dass unser Freund Marcelli mehr von der Sache weiß, als du denkst. Das sollen die schön unter sich ausmachen.«

»Aber, Maresciallo, bei allem Respekt, Sie riskieren Ihren Arsch.«

»Wenn die es auch nur versuchen, geht das übel aus. Keine Sorge, Steppani, erinnerst du dich an das Sprichwort: *›Wo Rauch ist, ist auch Feuer‹*? Wenn Mazzarisi sich so vehement für die Catanisa einsetzt und einen solchen Wirbel veranstaltet, heißt das nur eins: Ich habe recht, sie hat absichtlich geschossen und hinter dem Ganzen steckt eine Ehebruchgeschichte.«

»Aber warum haben die sich dann ans Fernsehen gewandt? Sie hätten Sie doch einfach anzeigen können und Schluss.«

»Also erstens verwette ich mein letztes Paar Socken, dass die sehr bald ihre Anzeige erstatten, vielleicht heute noch. Zweitens, wenn die Journalisten sich auf den Wirbel um meine Person und die Haft der Signora konzentrieren, lenken sie die Aufmerksamkeit von der Tat selbst ab. Sie hat geschossen? Egal, es war ein Unfall, jetzt zählt nur noch, dass ein sturer Bulle eine angesehene Dame grundlos einsperren ließ. Tu mir einen Gefallen, Steppà, bring mich hin, wo ich hinmöchte, dann fahr in die Zentrale zurück und informiere Marcelli, er soll mich holen, sobald sie diese Reporter losgeworden sind.«

Steppani gehorchte nur ungern. Er brachte Bonanno zu dem kahlen Hügel und auf dem Rückweg tobte er sich auf seine Weise aus: Die mächtigen Räder des Offroadfahrzeugs krallten sich in die unbefestigte Straße, Staubwolken stiegen auf und überzogen den dunklen Lack des Jeeps, der pfeilschnell zwischen Brombeersträuchern, Stechginster, Olivenbäumen und Feigenkakteen hindurchbrauste. Auf dem angrenzenden freien Feld grasten friedlich Pferde und Kühe. Ein streunender Hund wäre ihm beinahe vor das Auto gelaufen. Selbst ein Rennfahrer hätte Schwierigkeiten gehabt, Steppani zu folgen.

»Wissen Sie was, Maresciallo? Früher oder später bricht der sich noch den Hals und wenn er das nicht selbst schafft, dann brenne ich ihm bei der nächsten Gelegenheit höchstpersönlich ein Loch in den Pelz.«

Bonanno drehte sich um, die Stimme kannte er. Vanni Lenticchio hielt sein Gewehr im Anschlag und sah dem davonrasenden Jeep nach. Seltsam war nur, dass keiner seiner Hunde schwanzwedelnd um ihn herumlief.

»Ach, du bist es? Du hast mir einen ziemlichen Schreck eingejagt.«

»Und warum? Ich bin doch hier auf meinem eigenen Grund und Boden.«

»Lentì, wegen der Sache von gestern Nachmittag muss ich mich bei dir entschuldigen. Keine Ahnung, was mich da geritten hat, du weißt ja, ich mag Hunde eigentlich, aber wenn sie mich plötzlich überfallen, gehen die Nerven mit mir durch.«

Vanni Lenticchio starrte ihn böse an. Er wedelte nervös mit dem schussbereiten Gewehr.

»Erklär mir mal, Lentì, warum hast du deine Hunde nicht mitgebracht, wenn du jagen willst? Diese Annuccia, so heißt doch deine Hündin, scheint ein schönes Tier zu sein, die hat sicher einen feinen Riecher.«

Bonanno versuchte, mit dem alten Mann ins Gespräch zu kommen. Er fühlte sich schuldig, weil er gestern ein armes Tier mit Füßen getreten hatte, aber Vanni Lenticchio war weit weg mit seinen Gedanken, etwas schien ihn sehr zu quälen. Er tat Bonanno leid.

»Was ist los, Lentì?«

»Um die Bestie aus ihrem Bau zu jagen, die ich fangen muss, brauche ich keine Hunde, da genügt mir das Gewehr hier«,

sagte der alte Mann und seine Augen wurden feucht.
»Was ist das für ein Tier?«, fragte Bonanno.
»Ein Tier wie Sie und ich, es läuft auf zwei Beinen, quasselt zu viel und wenn es glaubt, keiner sieht es, bringt es meine Hunde mit vergifteten Fleischködern um.
Gestern sind drei gestorben, drei wunderschöne Tiere, und auch Annuccia ist übel dran, aber sobald ich den Mistkerl kriege, der unschuldige Tiere vergiftet, dann pumpe ich ihn mit Blei voll. Bei Gott, diese Genugtuung kann mir keiner nehmen, das ist ein Killer, ein Serienmörder«, sagte Lenticchio, der in letzter Zeit ein paar Krimis mit Serienmördern im Fernsehen gesehen hatte.
»*Mamma mia*, das fehlte gerade noch«, sagte Bonanno und nahm ihm mit einer raschen Handbewegung die Flinte ab.
»Was soll das heißen, Maresciallo?«
»Das fragst du mich noch? Du läufst mit einer Waffe herum, erzählst mir, du willst den Menschen ermorden, der deine Hunde vergiftet, als wäre das die natürlichste Sache der Welt. Ich sage dir, was das heißen soll: Ich beschlagnahme dein Gewehr. Komm heute Nachmittag in die Kaserne, dann nehmen wir eine schöne Anzeige auf, klären, wer das getan hat, suchen nach den Fleischködern, überwachen das Gelände und du wirst schon sehen, wenn irgendjemand seinen Spaß daran hat, deine Hunde zu vergiften, dann kriegen wir ihn und zeigen ihn an. Aber wenn es keine Beweise gibt, Lentì, dann sind uns die Hände gebunden, das ist was anderes als die Jagd nach einem Serienkiller.«
»Und wie nennen Sie das hier?«, brüllte Vanni Lenticchio und hielt ihm ein Fleischbällchen vor die Nase. Jemand hatte ein geruchsneutrales Gift in Pulverform ins Hackfleisch gemischt. Ein vergifteter Köder. Der alte Mann verschwand, dabei stieß er tödliche Drohungen aus und schwor, das Ganze sei noch nicht zu Ende. Bonanno versuchte, ihn zurückzurufen, doch Lenticchio tat so, als hörte er ihn nicht.

Einsam und gebeugt ging er über die hügeligen Wege und verschwand bald hinter einem Steilhang.
Bonanno stand mit dem Gewehr in der Hand und haderte mit seinem Schöpfer. Seit zwei Tagen hatte er den Eindruck, jemand dort oben habe ganz fest vor, ihm das Leben schwer zu machen. Er setzte sich auf einen Felsblock und betrachtete das unter ihm liegende Montanvalle. Der Nebel hatte sich gelichtet, grüne Büsche zeigten sich zwischen den Oliven- und Mandelbäumen, wurden zart von einem gewundenen himmelblauen Wasserstreifen durchteilt, der sich ins Tal grub. Dort graste eine Herde Schafe, die von oben wie kleine weiße Flecken auf dem Grün aussahen. Bonanno rauchte. Eine, zwei, drei Zigaretten. Er rauchte wie ein Schlot. Nie zuvor war sein Leben ein solches Chaos gewesen.
Stimmte das wirklich?
Manchmal sollte ein Mann nicht mit sich selbst rechten, oft verblassen bittere Erinnerungen im Laufe der Zeit und man behält nur die angenehmen im Gedächtnis, die man sentimental verklärt. Das kommt davon, wenn man älter wird. Schmerzliche Erinnerungen verwandeln sich in Bedauern, manchmal in Nostalgie, man idealisiert die Vergangenheit und gibt ihr eine andere Bedeutung. Aber mitunter kommt auch Reue auf.
»Könnte ich doch noch einmal von vorn anfangen und den vielen Mist ungeschehen machen, den ich in meinem Leben gebaut habe«, überlegte Bonanno und noch während er seinen Erinnerungen nachhing, hörte er das Geräusch eines näher kommenden Jeeps. Zwei Minuten später sah er ihn. Am Steuer saß Marcelli.
Bonanno ging auf ihn zu, das Gewehr fest im Griff. Marcelli hielt mit dem Jeep vor ihm und hatte kaum Zeit, die Tür zu öffnen, als Bonanno ihn schon anfuhr: »Wir beide müssen reden.«

## Neun

»Warum sagt das Kind nichts?«, fragt der Blinde.
»Es hat nichts zu sagen«, antwortet Ana.
»Ich spüre seine Wut, sie ist stärker als der Schmerz, ich spüre sie sogar in deinen Worten.«
»Es ist schwer, Menschen zu finden, die nicht vom Leid gezeichnet sind«, erwidert Ana. Sie blickt traurig zu Boden.
»Du sagst die Wahrheit, Frau, aber wenn Kinder leiden, muss ihr Schmerz einen Weg nach außen finden. Du musst ihm helfen, wenn du einen Mann aus ihm machen willst«, sagt er leise und drückt ihren Arm.
»Das tue ich doch schon«, meint Ana verärgert. »Ich bringe ihn zu seinem Onkel ins neue Viertel von Shkodra. Du hast dein Geld bekommen, führ uns hin und misch dich nicht ein.«
»Ich kenne Jan Meksi, ich weiß, wo er wohnt, aber das meinte ich nicht, Frau, das weißt du genau.«
Der Blinde wendet sich an Mishna, nimmt seine Hand, als könne er sie sehen, und sagt zu ihm: »Da nimm, Kleiner, ich will dein Geld nicht. Folgt mir.«
Der Blinde hat einen Hund, eine Promenadenmischung, die er irgendwo aufgesammelt haben muss. Der Hund ist sein Führer und sein einziger Freund. Er heißt Argo, der Blinde heißt Idrizay.
Sie gehen eine halbe Stunde lang. Keiner sagt ein Wort. Argo, den Idrizay an der Leine hält, läuft voraus. Ana und Mishna folgen ihm. Die gespannte Atmosphäre in der Stadt ist spür-

bar, das verraten die hastigen Bewegungen der Passanten, die schnellen Schritte der Frauen, die sich fest in ihre Kleidung hüllen. Aus dem Kosovo hört man ständig von Massakern, diese Nachrichten haben die ersten Menschen mitgebracht, die vor der Wut der Serben geflohen sind.

Mishna hat gehört, dass Idrizay mit Ana flüstert, er ist ja nicht dumm. In ihm reift eine schreckliche Gewissheit: In seiner Heimat nimmt man auf niemanden Rücksicht, nicht auf Männer oder Frauen, nicht mal auf Alte oder Kinder wie ihn. Und er ist voller Hass auf alles, was serbisch ist.

Mishna wird schon erwachsen, er sieht nur noch wie ein Kind aus, aber er spricht schon die entschiedene Sprache eines Erwachsenen, der genau weiß: Er wird die Stiefel seines Vaters zurückholen, er muss sie finden. Mishna ist hart geworden, auf seinem Herzen liegt eine schwere Steinplatte, um sich herum nimmt er nur Hass wahr, mit jedem Schritt lässt er seine Kindheit hinter sich, um sich in einen Mann zu verwandeln. Sein kleines Herz birgt zu viele schreckliche Erfahrungen.

»Wie heißt der Hund?«

»Na, du kannst ja sprechen«, sagt der Blinde. »Das ist Argo, ich heiße Idrizay und wie heißt du?«

»Mishna.«

»Und die Frau bei dir?«

»Sie heißt Ana, das reicht für dich«, sagt Mishna. Wieder übernimmt die zu schnell gewachsene Härte die Oberhand. Seine Hand, die eigentlich Argo streicheln wollte, weicht zurück, er zieht die mageren Schultern hoch, dann läuft er schnell mit stolzem Blick weiter. Er kann seine Traurigkeit gut verbergen.

Mishna hat die Heimat seines Vaters erreicht und die Skanderbegs, sein Albanien. Eines Tages wird er seinen Vater Serge und seine Mutter Zmitra rächen. Eines Tages wird er alles Unrecht wiedergutmachen, das an seinen Leuten begangen wurde.

Idrizay lässt sich nicht entmutigen. In den dunklen Tagen, die sein Leben für immer begleiten, hat er gelernt, den Menschen direkt in ihre Herzen zu sehen und zu begreifen, was sie quält. Ana und Mishna sind anders, sie verbergen entsetzliche Geheimnisse.

»Warum wollt ihr zu Jan Meksi?«

Schweigen. Ana umklammert Mishnas Hand noch heftiger und lächelt ihn schüchtern an.

Mishna presst die Lippen noch fester aufeinander.

»Bei Argos Flöhen, hat man euch etwa die Zunge rausgeschnitten? Geht zum Teufel, ich habe keine Lust mehr, euch zu führen. Ja, es stimmt, ich kann nicht sehen, aber mit diesen Ohren höre ich sehr gut, und ich kann euch versichern, ihr seid schlimmer als verwelkte Zweige, die können einen wenigstens noch wärmen, wenn es kalt ist. Eure Seelen sind tot und ich führe keine Toten. Ich gehe nicht einen Schritt weiter. Zurück, Argo, wir gehen nach Hause.«

Nach seinem Wutausbruch tut Idrizay so, als wolle er gehen. Aber er will sie nur aus der Reserve locken.

»Du verlauster Blinder«, beleidigt ihn Ana. »Du lässt uns allein, wenn es dunkel wird?«

»Ich lebe seit meiner Geburt in der Dunkelheit und trotzdem habe ich mich in der Stadt nie verirrt, da solltet ihr wohl auch zurechtkommen.«

»Wag es ja nicht, wegzugehen«, droht ihm Ana, aber Idrizay hat sich schon mit Argo auf den Weg gemacht. Er will dieses Kind aufrütteln, das zu Eis erstarrt ist. Was ist geschehen, um es so zu verwandeln?

Er geht ein paar Meter, die nächste Straßenecke ist nicht weit, wenn er dort ankommt, hat er seine Wette verloren. Er läuft langsam wie ein Blinder. Mishnas Stimme durch-

schneidet klar die Nacht, die schon ihre dunklen Schatten über die venezianische Zitadelle legt.
»Ich werde meinen Onkel auch ohne dich finden, aber es geht schneller, wenn du mir hilfst. Ana ist müde, sie ist alt und sollte die Nacht nicht in der Kälte verbringen.«
Ana sieht Mishna liebevoll an.
Mishna erwidert den Blick nicht, er befreit seine Hand aus ihrem Griff und geht auf Argo zu.
»Bring mich zu meinem Onkel«, sagt er entschieden und legt Idrizay die zwanzig Lek in die Hand.
»Wir müssen uns beeilen, ich habe gehört, sie wollen nach Italien«, sagt der Blinde und gibt ihm das Geld zurück.

Jan ist jünger als Serge. Als Mishna ihn sieht, durchzuckt ihn der Schmerz wie ein Messer. Er erkennt ihn schon von weitem, der Onkel läuft genauso wie sein Vater und sieht ihm sehr ähnlich. Jan erkennt seinen Neffen nicht, er hat ihn nur einmal gesehen, als Mishna noch ganz klein war.
Sie gehen in sein bescheidenes Haus. Dort lebt Jan mit seiner Frau und den beiden Söhnen. In einer Ecke sind ihre Sachen aufgestapelt, sie sind bereit zur Abreise. Der Blinde hat die Wahrheit gesagt.

Verja, Jans Frau, kümmert sich um Mishna, sie bieten dem Blinden eine Gemüsesuppe an. Eine knappe Stunde später verlässt Idrizay Jans Haus. Argo erwartet ihn schon und läuft schwanzwedelnd auf ihn zu. Idrizay gibt ihm einen Teil des kümmerlichen Essens, das er zusammengebettelt hat, streichelt ihm über den mageren Kopf. Seine Hand verharrt auf den Ohren, die andere Streuner schon zerfetzt haben. Hund frisst Hund, Mensch den Menschen.
Argo frisst aus seiner Hand, Idrizay lässt sich zu Boden gleiten und bleibt sitzen. Er wartet.
Ana erklärt Jan, was geschehen ist. Der Junge ist sein Neffe,

er hat niemanden mehr auf der Welt. Sie erzählt ihm von Serges und Zmitras tragischen letzten Stunden, die sie aus Mishnas Fieberträumen rekonstruiert hat, diesen schrecklichen Rückblenden der drei Tage, die Mishna mit hohem Fieber und seinen Erinnerungen gekämpft hat. Ihre Worte sind so verletzend wie spitze Steine, wie scharfe Klingen und züngelnde Flammen.

Jan beweint seine Toten. Wortlos, wie ein Mann. Dann bedankt er sich bei Ana für alles, was sie für Mishna getan hat, und erzählt ihr, dass sie morgen abreisen werden. Sie gehen nach Italien, weil sie hier nicht länger ein kümmerliches Dasein fristen wollen. In zwei Tagen werden sie in Berat ihren Kontaktmann treffen, er wird sie an einen sicheren Ort bringen, wo sie darauf warten können, nach Valona zu kommen. Von dort werden sie in eine sichere Zukunft aufbrechen.

Ana sieht Jan an. Und Mishna?

Jan spürt die Unruhe der alten Frau und beruhigt sie: »Wir nehmen ihn mit.«

Es ist Nacht, Ana kann nicht schlafen. Stunden steht sie schon neben Mishna, sieht ihn an und verfolgt dabei die Strahlen des Mondlichts, die sein schmales Gesicht beleuchten, sie streichelt ihn mit ihren Augen. Genauso alt wären ihre Enkel jetzt, wenn sie den Wahnsinn der Erwachsenen überlebt hätten. Hätte ihr kleiner Nura beim Schlafen auch die Lippen ein wenig geöffnet? Und wovon hätte die kleine Lirjie geträumt?

Wahrscheinlich bildet sie es sich ein, aber in diesem Moment hört Ana ganz deutlich zwei Glöckchen, die der Nachtwind zum Klingen bringt.

Draußen in der Dunkelheit der Nacht hat Argo sich zu Idrizays Füßen zusammengekauert, aber auch der Blinde kann nicht schlafen. Gedankenversunken sitzt er im Schein des

Monds und wartet. Lange hatte er nicht mehr so viel Hoffnung wie heute.

Jan ist ein anständiger Mann und ein fähiger Tischler, er hat sein hart erarbeitetes Geld beiseitegelegt und wird es nicht schwer haben, in Italien Arbeit zu finden. Er will nach Kampanien gehen, nach Salerno, dort lebt ein entfernter Cousin. Jan will dem Krieg und der Armut entkommen, vor Elend und Unrecht fliehen und sich eine neue Zukunft aufbauen, ein paar Monate ohne Papiere, dann wird er schon einen Weg finden, eine Aufenthaltserlaubnis zu bekommen, damit seine Familie anständig leben kann. Das hofft er zumindest.

Von wie viel Hoffnung die Träume der Menschen sich nähren.

Im Schlaf umarmt Verja ihre Söhne Florian und Argjan – und Mishna. Jetzt hat sie drei Söhne, sie hat Mishna aufgenommen, als wäre sie seine Mutter. Beschützend legt sie einen dünnen Arm über die knochigen Schultern der drei.

Ana hebt den Kopf und lauscht. Argo bellt. Diesen Ruf hat sie erwartet. Ein letztes Mal streichelt sie Mishna, küsst ihn und verschwindet dann lautlos in die Nacht. Ihr Schritt ist leicht, der Mond scheint wundervoll hell. Ana bleibt einen Augenblick stehen, um ihn zu bewundern, sie fühlt sich so klein und nutzlos und fragt sich, wie Menschen unter einem so schönen Himmel weiter so grausam sein können.

»Ich habe dich erwartet«, sagt Idrizay zu ihr.

»Ich weiß«, antwortet Ana. »Du hast gelogen, du bist allein, so allein wie ich.«

»Das stimmt nicht, ich habe ja Argo«, sagt Idrizay.

»Ich habe auch Schafe und Kühe, aber niemanden, mit dem ich reden kann.«

»Darf ich mit dir kommen?«, fragt Idrizay.

»Ich bin aber keine freundliche alte Frau.«

»Ich bin auch nicht gerade sehr umgänglich.«

»Dann komm, mein Sohn«, sagt Ana und streckt schüchtern den Arm aus. Während der bleiche Mond die Stadt schweigend in sein Licht taucht, verschwinden der blinde junge Mann und die alte Frau gemeinsam in der Nacht. Ein magerer Hund läuft ausgelassen hinter ihnen her.
Manchmal ist Einsamkeit so quälend und man glaubt sie nicht ausfüllen zu können. Und mit einem Mal bemerken zwei Menschen, dass sie das Gleiche sagen und in ihren Herzen die gleiche verzweifelte Hoffnung lebt, und das macht ihre Einsamkeit ein wenig erträglicher.
»Was ist mit Mishna?«, fragt Idrizay.
»Er schläft.«
»Was muss der arme Junge erlebt haben. Es wird sehr lange dauern, bis er das vergisst.«
»Die Hölle haben die Menschen zum Leben erfunden, sie machen nicht einmal vor Kindern Halt. Mishna ist jetzt in guten Händen, seine Tante wird sich um ihn kümmern.«
»Ich und Argo werden uns dafür um dich kümmern«, sagt Idrizay.
»Und ich mich um euch«, sagt Ana.
Shkodra liegt schon weit entfernt, ihre Schatten, die sich bewegen, spiegeln sich im See und verschwimmen leicht auf der Wasseroberfläche. Wortlos packt Ana Idrizay am Arm, um sich zu stützen und ihn zu führen. Bei der rauen Berührung erschauert Idrizay. Sein Herz brennt wie Feuer.

Jans Kontaktmann in Berat ist ein Kahlkopf mit den Kräften eines Stiers. Eigentlich heißt er Admir, aber alle nennen ihn Samson.
Jan findet ihn am vereinbarten Treffpunkt. Sie werden drei Tage warten müssen, am vierten werden sie mit anderen Illegalen nach Valona aufbrechen. Dort wartet ein großes, sehr schnelles Schlauchboot auf sie. Ein paar Stunden später werden sie in Italien an Land gehen.

Jan sagt, sie hätten noch einen Passagier, ein Kind.
»Kein Problem, aber dann verdoppelt sich der Preis«, antwortet Samson.
Jan sagt nichts, er senkt nur wortlos den Kopf. »In Ordnung«, sagt er leise und ergeben. Samson handelt nicht, er verkauft Hoffnung zu einem hohen Preis.
In der Nacht der Überfahrt weht ein eisiger Wind. Das Wasser ist windgepeitscht und trägt Schaumkronen. Schweigend besteigen sie das Boot, keiner hat Lust zu reden, es gibt nie viel zu sagen, wenn man nichts besitzt. Der beißende Seewind lässt sie erschauern.
Die Männer, die mit der Hoffnung Geschäfte machen, lächeln hart und bewegen sich schnell. Zwei Riesenkerle stellen sich ans Steuer des Schlauchboots, die anderen drei überwachen die vor Kälte starren Reisenden und zielen mit Kalaschnikows über ihre Köpfe.
Sie setzen die Männer und die größeren Kinder auf eine Seite, die Frauen und die Kleinen auf die andere. Mishna kauert zwischen Jan und seinem gleichaltrigen Cousin Argjan. Jetzt fängt ein neues Leben an, denkt er, diese Männer bringen uns in die rettende Freiheit, aber warum tragen sie Waffen? Sind sie denn nicht Albaner wie wir? Stammen sie nicht vom großen Skanderbeg ab?
Verja wiegt den schlafenden kleinen Florian, er ist kaum zwei Jahre alt. Die Reise dauert nur ein paar Stunden. Man hört allein das Dröhnen des kräftigen Motors, er überdeckt sogar das Geräusch der Wellen, die sich an den Seiten des Schlauchboots brechen. Dutzende gerötete, geschwollene Augen öffnen sich gegen eine leuchtende Oberfläche, die nach Freiheit schmeckt. Nach Wind und nach Salz.
Alles geht ganz schnell: Der Lichtstrahl verschwindet plötzlich, man hört eine metallische Stimme, die den dröhnenden Motor übertönt. Ein Patrouillenboot der italienischen Küstenwache hat sie abgefangen.

Die metallische Stimme befiehlt, sie sollten den Motor abstellen und beidrehen.
Die Männer, die mit der Hoffnung Geschäfte machen, haben nicht die Absicht, den Befehlen zu folgen, sie brechen nach rechts aus, bringen den kraftvollen Motor auf Höchstgeschwindigkeit. Das Schlauchboot hebt sich plötzlich auf die Spitze und schlingert vorwärts, durchpflügt die Wellen, die sich teilen und einen Schwall eiskalten Wassers auf die Insassen des Bootes gießen. Die Flüchtlinge haben Angst, der kleine Florian wacht auf und wimmert verängstigt. Verja tröstet ihn und bittet ihren Mann mit Blicken stumm um Hilfe. Jan will aufstehen, aber einer der Männer bedroht ihn mit seiner Kalaschnikow.
Das Motorboot ist direkt hinter ihnen, leuchtet ihnen praktisch den Weg, die metallische Stimme klingt immer drohender. Das Patrouillenboot fährt sehr schnell. Der Abstand zwischen den Booten wird immer kleiner. Die Männer, die mit der Hoffnung Geschäfte machen, sind angespannt wie Bogen, die gleich giftige Pfeile schleudern werden, sie drehen sich um und fluchen schrecklich, worauf die Kinder anfangen zu weinen. Florian stöhnt und erbricht die getrunkene Milch. Der stinkende Strahl beschmutzt einen der Schleuser. Der wütende Kerl hat ein Gesicht zum Fürchten, in seinen Augen sprühen Flammen.
Die Bilder verschwimmen, die Laute verstummen, Mishna erlebt einen neuen Albtraum. Der Schleuser, an dem das Erbrochene klebt, reißt Florian brutal aus Verjas Armen, hebt den unschuldigen Kleinen in die Luft, wo er einen Augenblick lang von einem Lichtstrahl getroffen wird, dann fliegt er über Bord ins Wasser.
Verja bleibt fassungslos sitzen, ihr Schoß ist leer. Jan erholt sich als Erster, mit einem unmenschlichen Schrei stürzt er sich ins Wasser und versucht wie ein Wahnsinniger, das nasse Bündel zu packen, das schon unterzugehen droht. Jan

schwimmt mit der Kraft der Verzweiflung, er versucht, Florian zu erreichen und ihn vor einem schrecklichen Tod zu bewahren. Salz brennt in seinen hellen Augen, der Schaum der Wellen überspült ihn. Jetzt würde er gern beten, aber er hat vergessen, wie man das macht.

Verja kommt zu sich, sie stürzt sich auf den Mann, der mit der Hoffnung Geschäfte macht, und verletzt ihn mit den einzigen Waffen, die sie hat, ihren Fingernägeln. Ein brutaler Schlag trifft sie. Der Kolben des Maschinengewehrs ist hart und reißt ihr die Stirn auf. Der Schmerz breitet sich vom Nacken über die Schulterblätter aus, bis er sich zu einem stechenden Knoten verdichtet, der ihre Gedanken zerreißt. Sie bricht ohnmächtig zusammen.

Jetzt dröhnen die Stimmen wieder wild in Mishnas Ohren, die menschlichen Körper sind nicht mehr nur verschwommene Umrisse. Über Verjas Gesicht läuft die gleiche Flüssigkeit, die Serge besudelt hat, als man ihm die Stiefel abnahm. Mishna beobachtet sich selbst dabei, wie er sich gegen den Mann wirft und seinen Kopf in den weichen Bauch rammt, er hört einen Schrei, dann bricht der Himmel über ihm zusammen und die Dunkelheit hüllt ihn ein. Der Schleuser hat hart zugeschlagen.

Die Männer haben erreicht, was sie wollen. Das Wachboot hat angehalten, um das Kind und den Mann aus dem Meer zu fischen, der Abstand zwischen den Booten wird größer, der Lichtstrahl entfernt sich immer weiter.

Als Mishna wieder zu sich kommt, weiß er, dass er in Italien ist. Verja und Argjan sitzen neben ihm. Sie haben keine Ahnung, was mit Jan und Florian geschehen ist.

Es ist ihnen egal, ob man sie ausweist und sie nach Albanien zurückkehren müssen. Jetzt zählt nur, dass sie Jan und Florian wiederfinden. Leben sie noch? Sie werden es erfahren, sobald sie die nächste Polizeistation erreichen, behauptet Verja entschieden, und das ist das Letzte, was aus ihrem

Mund kommt, ehe eine dreckige Hand ihn verschließt und Verja mit Gewalt in einen Transporter geladen wird. Mishna und Argjan werden ebenfalls zu Gefangenen. Starke Arme fesseln und knebeln sie. Rücksichtslos wirft man sie in einen versteckten Hohlraum in der Mitte des Fahrzeugs, schließt die Falltür, legt eine Gummimatte darüber und füllt den oberen Stauraum mit Säcken.

Die beiden Albaner, die sie entführt haben, heißen Alija und Ekren. Alija ist der Bruder des Mannes, den Mishna in den Bauch getroffen hat. Der Schleuser hat die Männer informiert, dass die drei Ausschussware sind, die man verschieben kann, herrenlos.

Ekren und Alija sind auch Händler, aber sie handeln mit Menschen. Verja ist jung und hübsch, Mishna und Argjan sind im richtigen Alter für andere Tätigkeiten. Man wird sie gut für die Ware bezahlen.

Verja wird im ältesten Gewerbe der Welt Geld bringen, aber auch für die Kinder gibt es Nachfrage aus Sizilien. Dorthin ist der Transporter unterwegs. Die Männer fahren zufrieden durch die Nacht, sie zünden sich Zigaretten an und stecken sie zwischen die gelben Zähne und die zusammengepressten Lippen. In den goldenen Scheinwerferlichtern der anderen Fahrzeuge, die in dieser Nacht unterwegs sind, sieht man ein boshaftes Grinsen auf ihren Gesichtern und ihre dunklen Schatten fallen durch die Seitenfenster auf die Leitplanken.

Es dämmert schon, als sie sich einschiffen, um nach Sizilien überzusetzen. Ekren und Alija haben echte Aufenthaltsgenehmigungen bei sich und falsche Papiere.

»Du bist falscher als eine Hure nach der Schönheits-OP«, brüllte Bonanno.

»Glaub, was du willst, und lass alles raus, aber das wird nichts ändern: Es ist so, wie ich es sage«, antwortete Marcelli.

Um die beiden Marescialli breitete sich ruhig und unbeeindruckt die Landschaft aus. Ein smaragdgrünes Meer nahm Bonannos und Marcellis Gebrüll in sich auf, das einander überlagerte und an den Rücken der Kühe abprallte, die faul grasten und sich nicht darum kümmerten, welche Leidenschaften die beiden Männer bewegten.

»Jetzt pass mal gut auf, hier kann es nur einen Idioten geben und das bin sicher nicht ich! Deshalb hör endlich auf und spuck schon aus, warum verteidigst du die Catanisa so hartnäckig? Bist du vielleicht völlig verblödet? Mich interessiert überhaupt nicht, was du und dieser nette Colonello im Fernsehen gesagt haben, ich will jetzt die Wahrheit hören, also raus damit!«

Bonannos Augen verhießen nichts Gutes.

»Na gut, zum Teufel, wenn du es wirklich wissen willst, du hast recht: Die Catanisa hat geschossen, weil sie vor Eifersucht kochte. Cristenzio Ficalora hat eine ›kleine Freundin‹ und deswegen hat die Piditella ihm ein Loch in den Buckel geschossen. Bist du nun zufrieden?«

»Überhaupt nicht, ich hatte mir schon gedacht, dass da eine Geliebte dahintersteckt. Aber jetzt erklär mir bitte noch, aus welchem verdammten Grund du meine Beschuldigungen nicht unterstützt hast, sondern ihr auch noch zu Hilfe geeilt bist, wenn du doch alles genauso siehst wie ich.«

»Ich habe niemanden verteidigt, ich habe nur versucht, den guten Ruf der Carabinieri zu schützen.«

»Was zum Teufel haben die denn damit zu tun?«, fragte Bonanno, die Augen traten ihm aus dem Kopf und seine Hände bewegten sich ruhelos.

»Halt mal die Luft an, Savè, rauch eine und sperr die Ohren auf. Weißt du eigentlich, wer die Freundin deines hochverehrten Ficalora ist?«

»Nein, natürlich weiß ich das nicht, sonst würde ich jetzt nicht meine Zeit mit einem Idioten wie dir verschwenden.«

»Zu viel der Ehre.«
Marcelli holte tief Luft. Sein mächtiger Brustkorb schien die Uniform zu sprengen, er drehte Bonanno den Rücken zu und ließ den Blick in die Ferne schweifen, an einen weit entfernten Punkt in den türkisblauen Bergen des Montanvalle.
»Na, sagst du vielleicht endlich mal was?«, forderte ihn Bonanno auf.
Marcelli wirkte plötzlich um zehn Jahre gealtert, seine Stimme klang gepresst und äußerst besorgt.
»Sie heißt Domitilla, Domitilla Dolcemascolo«, sagte er schließlich.
Bonanno hätte nicht überraschter wirken können, wenn man ihm in diesem Augenblick glühende Kohlen zwischen die Zehen gesteckt hätte.
»Und darf ich vielleicht auch erfahren, wer diese Domitilla Dolcemascolo ist?«
Marcelli wirkte tatsächlich betroffen, das merkte man nicht nur seiner Stimme an. Als Bonanno sich zu ihm umdrehte, spürte er, wie der andere litt. Das durfte man nicht auf die leichte Schulter nehmen. Wenn ein Teufelskerl wie Marcelli wie ein geprügelter Hund wirkte, musste noch etwas anderes dahinterstecken. Bonanno bekam sofort die Bestätigung. Sein Bulleninstinkt kribbelte wie verrückt, da kündigten sich Probleme an, die noch gefährlicher waren als die Fleischbällchen, mit denen man Vanni Lenticchios Hunde vergiftete.
»Dolcemascolo ist ihr Mädchenname, jetzt heißt Signora Domitilla mit Nachnamen Vitellaro und ist die rechtmäßige Ehefrau von Nenè Vitellaro.«
Bonanno fühlte sich wie ein Fisch, den man gepackt und gegen einen Felsen im Meer geklatscht hatte. Er riss den Mund weit auf, seine Finger umkrampften die Zigarettenpackung, die er in der Hand hielt, er fand keine Worte.
»Verdammt! Bist du sicher?«, fragte er nach einer Ewigkeit.

»Lieber Kollege, ich habe sie mit meinen eigenen Augen gesehen.«
»Sprechen wir von *dem* Nenè Vitellaro?«
»Ja, von unserem Appuntato.«
»Kann das sein?« Bonanno zweifelte noch. Er war nicht sicher, ob er richtig gehört hatte, denn so etwas schien ihm undenkbar. Die Ehefrau eines so korrekten, untadeligen Carabiniere wie Nenè Vitellaro, der seit zwei Jahren in Villabosco stationiert war, sollte etwas mit einem armseligen, kleinen Lehrer haben? Das konnte nicht sein. Das war einfach nicht möglich.
»Savè«, fing Marcelli wieder an, »wenn ich mir nicht hundertprozentig sicher wäre, würde ich es doch nicht wagen, die Ehre eines so anständigen Bullen, wie unser Nenè Vitellaro einer ist, mit Dreck zu bewerfen. Doch die Uniform kann dich weder vor der Liebe noch vor Verrat beschützen.«
»Was ist mit Vitellaro?«, fragte Bonanno.
»Ich glaube, der weiß von nichts. Kannst du dir vorstellen, was es sonst für Schläge hageln würde? Die betrogenen Ehemänner erfahren doch immer zuletzt, dass man ihnen Hörner aufgesetzt hat.«
Bonanno ließ sich mit seinem gesamten Gewicht auf einen großen Stein fallen. Jetzt war ihm alles klar. Deshalb hatte sich Marcelli so stur gestellt und bereitwillig die bequeme Version akzeptiert, die ihm Professore Ficalora geliefert hatte. Es nutzte allen, diese Pistolenschüsse als häuslichen Unfall durchgehen zu lassen.
Deshalb war die Catanisa den Carabinieri gegenüber so unverfroren aufgetreten. Und natürlich hätte es Ficalora, obwohl er verwundet war und blutete, nicht gewagt, seine Frau zu beschuldigen, denn dieser schon ein wenig reifere Liebhaber wollte seine Affären nicht in aller Öffentlichkeit breittreten. Wenn er seine Ehefrau beschuldigte, musste er

die Gründe für ihren Zorn nennen und damit sein Techtelmechtel zugeben. Unglaublich! Ficalora hatte etwas mit der Frau eines Bullen, der Frau eines ihrer Kollegen! Natürlich konnte er nicht reden, lieber fing er sich eine Kugel ein und schwieg.

»Woran denkst du, Savè?«

»An den ganzen Mist auf dieser verkommenen Welt«, antwortete Bonanno.

»Was willst du jetzt tun?«

»Keine Ahnung.«

»Ich weiß, es fällt nicht leicht, diese Wahrheit zu akzeptieren, aber so etwas passiert eben im Leben, ob wir es wollen oder nicht, nur ist das jetzt keine Frage von häuslicher Moral mehr, die Angelegenheit ist komplizierter: Die da schießt auf ihren Mann, und du hältst dich ausgerechnet an diesem Abend nur ein paar Schritte entfernt auf, und mit deinem Sturkopf möchtest du es natürlich genau wissen. Du bleibst hart und gibst nicht auf, bis die Catanisa hinter Schloss und Riegel sitzt. Da hast du einen schönen Schlamassel angerichtet.«

»Na, jetzt kommt es noch so weit, dass ich an allem schuld bin, nur weil ich dort war, als geschossen wurde? Die anderen betrügen und ich bin der Blöde. Was für ein Durcheinander! Aber bist du *wirklich* sicher, dass die beiden was miteinander haben?«

»Polizistenehrenwort. Ein Freund hat mir von der Geschichte erzählt. Sonst kümmert er sich nur um seine Angelegenheiten, aber er hatte die üble Angewohnheit, selbst während der größten Sintflut rauszugehen, um Schnecken zu suchen. An diesem Tag goss es wie aus Eimern, und wen sieht er da? Ficalora, der mit einer Signora in sein Landhaus schlich. Und rate mal, wer die Dame war?«

»Diese verdammte Schlampe.«

»Genau. Er fand keine Ruhe, bis er es mir erzählt hat. Ich

kenne Nenè Vitellaro schon eine Weile, er ist ein anständiger Kerl, und das Gleiche glaubte ich von seiner Frau.«
»Von wegen«, erklärte Bonanno.
»Ich behielt sie im Auge, besonders wenn Vitellaro seinen Dienst antrat. Schon der Verdacht, einem meiner Männer würden Hörner aufgesetzt, ließ mir keine Ruhe, und deshalb gibt es keinen Zweifel, Savè. Ich habe sie vor einem Monat erwischt. Die beiden sind vorsichtig, sie treffen sich immer erst spät am Abend, wenn es dunkel ist, aber das Ganze läuft schon seit einem halben Jahr. Die Catanisa hat es herausgefunden und hat, aufbrausend wie Rothaarige eben sind, deshalb auf ihren Ehemann geschossen. Ehrlich gesagt arbeite ich schon an Vitellaros Versetzung, ich wollte einen Skandal vermeiden und hatte es beinahe geschafft, aber dann überschlugen sich die Ereignisse, und jetzt ist alles so kompliziert, besonders für dich.«
Den letzten Satz sagte er ohne jede Genugtuung. Änderte sich etwas in Marcellis Verhältnis zu ihm oder bildete er sich das nur ein?
»Was meinst du damit?«, fragte Bonanno.
»Avvocato Gandolfo Mazzarisi hat gerade zwei Anzeigen erstattet: eine in seinem Namen wegen Misshandlung, Drohung und Beleidigung, die andere in Agatina Piditellas Namen, wegen der Sache von gestern Abend, als du sie eingelocht hast, und er hat sogar damit gedroht, noch eine für Signora Favarò zu präsentieren, Porcufinus Frau.«
Bonanno sagte kein Wort, auf seinen Schultern türmte sich der Ärger tonnenweise.
»Und das ist noch nicht alles. Auch die bei *Tele Alto Platani* kennen die ganze Geschichte, der Anwalt hat ihnen alles aus seiner Sicht erzählt. Der Colonnello und ich haben zwar versucht, dein Vorgehen zu rechtfertigen, aber ich weiß nicht, was dabei herauskommt. Eine halbe Stunde später haben andere Reporter angerufen, die an der Geschichte interes-

siert sind. Eine schlimme Sache, Savè, nun weißt du, was wirklich los ist. Jetzt musst du entscheiden: Entweder beschmutzen wir den guten Namen der Carabinieri und stürzen einen anständigen Kerl und guten Polizisten wie Vitellaro in Verzweiflung, indem wir die Liebschaft zwischen Ficalora und seiner Frau öffentlich machen, Anklage gegen die Catanisa erheben, oder …«

»Oder?«

»Das ist deine Angelegenheit.«

Bonanno kannte Nenè Vitellaro gut, er war ein freundlicher, redseliger Untergebener, der gut und engagiert arbeitete. Vor nicht allzu langer Zeit hatten sie mal zusammen in der Kantine vor einem einladenden Teller Rigatoni mit Blumenkohl, Tomaten und Peperoncini gesessen, und da hatte Vitellaro ihm anvertraut, er liebe seine Frau so sehr wie ein Delfin das Meer. Die schöne Domitilla war alles für ihn. Um sie glücklich zu machen, hatte er sich bei den Banken verschuldet und sich einen Kredit mit zwanzig Jahren Laufzeit aufgehalst, nur damit er für sie ein Haus in ihrer Heimatstadt bauen konnte. Dorthin würden sie umziehen, wenn er in Pension ging. Bonanno wusste aus eigener Erfahrung, wie weh es tun konnte, betrogen zu werden, ohne vorher das Geringste geahnt zu haben.

Vitellaros Augen hatten aufgeleuchtet wie Sterne in der Nacht, als er von seiner Frau erzählte, und die Linien um seinen Mund vertieften sich zu verträumten Grübchen, während er Domitillas Vorzüge pries und mit den Händen ihre weiblichen Formen beschrieb. Ein einziger dunkler Fleck trübte ihr Glück, sie hatten keine Kinder, aber Vitellaro verzweifelte nicht, früher oder später würde es sicher klappen. Domitilla hatte sich vielen Untersuchungen unterzogen, die ergeben hatten, dass sie in der Lage war, Kinder zu bekommen. Es war nur eine Frage der Zeit. Vitellaro, ein treuer Anhänger von Padre Pio, hatte sich entschlossen, gemeinsam mit Domitilla nach San Giovanni Rotondo zu pilgern.

»Domitilla, wie konntest du nur deinen Ehemann betrügen und mich in dieses Chaos stürzen?« Bonanno quälte sich, er war unschlüssig, ob er die Liebschaft der beiden bekannt machen und offenbaren sollte, warum Agatina Piditella wirklich zur Waffe gegriffen hatte. Damit hätte er beweisen können, wie begründet sein Verdacht gewesen war. Oder sollte er alles ertragen, die Welle von Anzeigen, die Arroganz des Anwalts und der Catanisa, ohne sich zu verteidigen? Mit all den Konsequenzen für ihn. Was für eine Wahl!

Mühsam stand er auf und sah Marcelli an. Der Kollege erwiderte den Blick. Voller Bitterkeit holte Bonanno tief Luft, aber in seinem Herzen hatte er sich schon entschieden.

»Vitellaro wird innerhalb von zwei Wochen versetzt. Über ihn und seine ehebrecherische Frau möchte ich kein Wort mehr hören. Finde du einen Weg, aber halt mir diese Schlampe vom Leib«, sagte er.

»Was ist mit den Anzeigen?«, fragte Marcelli.

»Ich werde eine Lösung finden, den Anwalt und die Catanisa dazu zu bringen, sie zurückzuziehen.«

»Und was machen wir mit der Presse?«

»*La vurpi vecchia nu 'ncappa 'ntra lu lazzu.* Alte Füchse gehen nur schwer in die Falle.«

»Du und deine Volksweisheiten. Und der Colonnello? Der weiß nämlich noch nichts von den Anzeigen, aber du kannst darauf wetten, dass der Anwalt eine umfassende Presseerklärung abgeben wird.«

Bonanno sah ihm direkt in die Augen, reichte ihm das Gewehr, das er Vanni Lenticchio abgenommen hatte, und sagte nur: »*La gaddrina ca camina torna sempre cu la vozza china.* Eine Henne, die herumläuft, kommt immer mit vollem Bauch heim. Zuerst lösen wir mal das Problem Vitellaro. Jetzt tu mir einen Gefallen, gib Vanni Lenticchio das Ge-

wehr zurück und lass zwei Männer unauffällig die Gegend um sein Hundeasyl überprüfen. Irgendein Mistkerl bringt seine Tiere mit vergifteten Fleischbällchen um.«
Marcelli sah ihn und sagte: »Du kannst ja ein richtiger Bulle sein, wenn du willst.«
»Ich bin nur der letzte Idiot«, war Bonannos Antwort.

Mimmo Carnemolla verstand sein Handwerk. Der erfahrene Reporter hatte sich nach Villabosco zurückgezogen, dort ein Lokalradio gegründet und dann in den kleinen, aber beliebten Privatfernsehsender *Tele Alto Platani* umgewandelt.
Der Bericht über die Schüsse im Hause Ficalora ging in der ersten Nachmittagsausgabe auf Sendung. Bonanno war zu Hause, Donna Alfonsina sah ihn besorgt an und Vanessa, die kein Wort zu sagen wagte, verschwand mit der Ausrede, sie müsse mit einer Freundin lernen. Bonanno hatte keinen Bissen angerührt. Unter dem Zwerchfell krampfte sich ein Klumpen aus Nerven zusammen und schnürte ihm den Magen zu.
Als ihre Enkelin verschwunden war, ging Donna Alfonsina zum Angriff über.
»Geht es dir gut, Savè?«
»Göttlich.«
»Und warum hast du dann nichts gegessen?«
»Ich bin satt.«
»Hast du auswärts gegessen?«
»Nein.«
»Ja und?«
»Ich habe keinen Hunger. In Ordnung?«
»Überhaupt nichts ist in Ordnung, wenn du nichts isst, hast du etwas und wenn du was hast, hat deine Mutter das heilige Recht, es zu erfahren.«
Bonanno seufzte. Nichts als Stress.

»Du willst wissen, was los ist? Dann setz dich hin und warte, ich werde dir zeigen, was los ist«, sagte er wütend.

Donna Alfonsina kniff die Lippen zusammen, ihre Augen blitzten auf, aber sie sagte kein Wort. Ringhio und Briciola merkten, dass ein Gewitter im Anzug war, und verzogen sich durch die Hintertür in den Garten. Bonanno schaltete den Fernseher ein. Er legte eine neue Videokassette in den Rekorder, stellte den richtigen Sender ein und bewaffnete sich mit der Fernbedienung.

»Also?«, sagte Donna Alfonsina.

»Warte, du wirst schon sehen!«

Donna Alfonsina setzte sich hinter ihren Sohn auf das Sofa in der Küche. Fünf Minuten später kündigte die Titelmelodie die Nachrichtensendung von *Tele Alto Platani* an. Die Bilder flimmerten über den Bildschirm. Bonanno brach der eiskalte Schweiß aus. Zuerst wurde das Haus der Ficaloras gezeigt, ein Schwenk durch das alte Viertel bis zur Kirche Santa Lidia Purpuraria, dann das Krankenhaus und schließlich eine Aufnahme von Agatina Piditella, auf der sie wirkte, als könnte sie kein Wässerchen trüben. Schließlich sah man die Kaserne der Carabinieri.

Bis zu diesem Augenblick hatte Mimmo Carnemolla sich an die Fakten gehalten und die Geschichte im Allgemeinen rekonstruiert: die Schüsse, Professore Ficalora, der ins Krankenhaus gebracht wurde, die Aussagen der Nachbarn, die Ehefrau, die wegen Klärung des Tatbestands in der Kaserne festgehalten und schließlich die ganze Nacht in eine Zelle gesperrt wurde. Der Reporter hatte den Colonnello interviewt, um die Festnahme zu klären: Sie hatte in Polizeikreisen Erstaunen hervorgerufen.

Der Provinzkommandant hatte Bonannos Entscheidung begründet und darauf hingewiesen, dass im Hause Ficalora zwei Schüsse gefallen waren. Ebenso hatte er die mutmaßliche direkte Schussbahn erwähnt und das kühle distanzierte

Verhalten der Signora betont. Sämtliche Beweise hatten zu der Vermutung geführt, es handele sich um versuchten Mord. Diese Rekonstruktion der Tatumstände hatte sich jedoch aufgrund der Aussagen der Beteiligten als unbegründet erwiesen, aber die Carabinieri mussten ihre Pflicht tun, ermitteln und sich genau an die Fakten halten. Marcelli, der hinter dem Colonnello stand, hatte kein einziges Wort gesagt. Dann folgte der Beitrag Avvocato Mazzarisis, der Bonanno buchstäblich in Stücke riss.

»Es gibt keine Indizien, die gegen die Aussagen zweier angesehener Zeugen standhalten«, brüllte Avvocato Gandolfo Mazzarisi auf dem Video. »Maresciallo Bonanno waren die Tatsachen ganz genau bekannt, aber er hat aus persönlichem Groll gehandelt, er war verärgert, weil er auf sein kleines Privatvergnügen verzichten musste. Professore Cristenzio Ficalora wurde zufällig verletzt, und das hat er dem Maresciallo sofort berichtet. Dieser war als Erster am Tatort, weil er sich im Nachbarhaus aufhielt, wie aus dem Ei gepellt für sein Rendezvous. Ficalora hat deutlich gesagt, es habe sich um einen Unfall gehandelt, und das auch im Krankenhaus wiederholt. Aber der ehrenwerte Maresciallo hatte Lust, ganz groß rauszukommen, und deshalb wollte er nichts davon hören. Ihm genügte auch nicht, dass meine Mandantin, Signora Agatina Piditella, Professore Ficaloras Worte bestätigte. Meine Mandantin litt sichtlich darunter, dass sie indirekt für die Qualen des geliebten Ehemanns verantwortlich war, und trug einen so furchtbaren Schock davon, dass sie ihn nicht einmal ins Krankenhaus begleiten konnte. Und was hat Maresciallo Bonanno da getan? Statt meiner Mandantin moralische und ärztliche Unterstützung anzubieten, hat er sie hinterrücks in einem stinkenden Loch eingeschlossen. Meine Mandantin hat weiterhin ihre Unschuld beteuert und ich habe gegen diese Inquisitionsmethoden protestiert. Daraufhin hat der verehrte Vertreter der Carabinieri die Hände gegen mich erhoben und mich vor Zeugen bedroht. Heute Morgen haben dann zum Glück eine anständige und nicht durch Vorurteile beeinflusste Richterin und ein mitfühlender Colonnello meine Mandantin sofort auf freien Fuß gesetzt. Solche Fälle von Amtsmissbrauch dürfen jedoch nicht toleriert werden. Deshalb haben wir beschlossen, dementsprechende Anzeigen zu erstatten, um Gerechtigkeit zu erlangen und damit sich solche Vorfälle nicht noch einmal ereignen. Der Maresciallo überschreitet nicht zum ersten Mal seine Kompetenzen. Jetzt ist der Zeitpunkt gekommen, dem ein Ende zu setzen.«

An dieser Stelle hinderte Mimmo Carnemolla den Anwalt am Weiterreden, indem er das Mikrofon ausschaltete. Er dankte ihm und beendete seinen Bericht, wobei er betonte, dass es ihm nicht gelungen sei, den direkt Betroffenen, das hieß Bonanno, zu finden, um seine Version der Ereignisse zu hören. Carnemolla war ein kluger Junge.

Sobald der Bericht zu Ende war, rief Marcelli an.

»Hast du es gesehen?«

»Ich hab's sogar aufgenommen.«

»Das war schwer zu verkraften.«

»Ich habe Schlimmeres erwartet.«

»Das kommt morgen, wenn die Zeitungen erscheinen. Eine Katastrophe. Stehst du nach wie vor zu deiner Entscheidung?«

»Tust du mir einen Gefallen, Marcè? Kümmerst du dich um alles, ich bin todmüde und möchte mich nur noch hinlegen.«

»Sehen wir uns morgen?«

»Wenn ich nicht vorher verhaftet werde«, sagte Bonanno und legte auf.

»*Sacco vacanti non sta in piedi.* Bei leerem Magen wiegen alle Übel doppelt schwer. Also, bevor du wieder deine Depressionen kriegst, iss lieber das, was ich für dich gekocht habe, und dann erzählst du mir alles«, meldete sich Donna Alfonsina zu Wort. Ihr Tonfall ließ keine Widerrede zu. Bonanno entdeckte in den Augen seiner Mutter stummen Zuspruch, und das Herz ging ihm auf, als sie ihm eine Hand auf die Schulter legte und ihn aufforderte: »Also, was will die Catanisa, dieses Luder, von dir?«

Bonanno entspannte sich und erzählte seiner Mutter die ganze Geschichte. Vom Abend mit Rosalia, den Schüssen, der Auseinandersetzung mit dem Anwalt, wie er die Catanisa in eine Zelle sperren ließ, bis zu dem Besuch des Colonello. Er verschwieg ihr nur, wer Professore Ficaloras Geliebte war, jene Domitilla Dolcemascolo, die mit einem seiner Kollegen verheiratet war.

»Jetzt setz dich hin und iss, dann wird sich schon wieder alles einrenken.«

Wenn er es recht bedachte, hatte sich der Klumpen, der seinen Mageneingang versperrte, tatsächlich langsam gelöst, während er sich alles von der Seele geredet hatte. Und nun hatte er Hunger. Donna Alfonsina hatte für ihn Gulasch mit Kartoffeln, Fleischbällchen in Soße und einen halben Kochtopf voll ausgebackener Bohnenkerne mit Zwiebeln und wildem Fenchel beiseitegestellt. Der Duft dieser Gerichte konnte Tote zum Leben erwecken. Außerdem sah er noch vier Cannoli, die vom Vortag übrig geblieben waren. Als er mit dem Essen fertig war, fackelte er nicht lange, nahm das Tablett in die Hand und verputzte das Gebäck mit wenigen Bissen. Dabei hing er pechschwarzen Gedanken nach, während Donna Alfonsina die Küche aufräumte und sich ununterbrochen fragte, wer Ficaloras Geliebte war.

Bonanno stürzte drei Gläser jungen Wein hinunter, einen Roten, der einem schon beim Ansehen das Blut erhitzte, dann rauchte er eine, trank noch ein viertes Glas Roten und legte sich endlich hin. Er war überzeugt, er würde sofort einschlafen, erschöpft und betrunken, wie er war. Aber der Schlaf entfloh ihm wie eine glitschige Kugel. Jedes Mal, wenn er sich hinkniete, um sie zu fassen, entglitt sie seinen Händen, als würde sie an einem unsichtbaren Faden gezogen, und all seine Anstrengung war umsonst. Er wälzte sich herum, wollte an nichts denken und fühlte, dass seine Gedanken wie gedämpft im Wein schwammen. Er versuchte, sie weit von sich wegzuschieben, aber seine Sorgen warteten nur darauf, dass er sich mit ihnen beschäftigte. Bonanno rang mit sich, er wollte nicht in seine einsamen Grübeleien verfallen, aber es war vergeblich.

Jetzt reicht es aber!, fluchte er innerlich und setzte sich schließlich im Bett auf. Er hatte Angst, das Ganze war nicht komisch, er hatte sich wirklich in eine üble Lage hineinmanövriert und wusste nicht, wie er da wieder rauskommen sollte. Zwar gab es durchaus eine Möglichkeit, aber lieber hätte er sich eine Hand abhacken lassen, als das zu tun, was Marcelli gesagt hatte, und sich auf diese Weise gegen die Anklagen wegen Amtsmissbrauchs zu verteidigen. Avvocato Mazzarisi benutzte das Recht, so wie es ihm passte, und fand beinahe immer eine Möglichkeit, die Richter mit seinen eigenen Beweisen zu überzeugen. Jetzt hatte er etwas gegen ihn in der Hand, sogar die Presse befasste sich mit dem Fall. Und was tat er, Bonanno? Statt sich zu verteidigen, verkroch er sich zu Hause wie ein Kaninchen in seinem Bau, ließ sich von seiner Mutter bemitleiden, betrank sich und legte sich ins Bett. Warum? Wo war sein männlicher Kampfgeist geblieben? Wo war der wahre Saverio Bonanno?

Die Antwort lag in seinen ungelösten Problemen, in den tiefen Verletzungen, die seine Frau ihm zugefügt hatte, als sie ihn damals wegen eines muskulösen Trapezkünstlers verlassen hatte. Domitilla Dolcemascolos Betrug an ihrem freundlichen, ruhigen Mann Nenè Vitellaro hatte diese vernarbte Wunde in seiner Seele wieder aufbrechen lassen. Seine Exfrau war ihm völlig egal, obwohl sie ihm eine

Tochter geboren hatte, er wusste nicht einmal, wo sie jetzt war. Und doch hatte sich sein männlicher Stolz nie erholt, als hätte ihm eine grausame Hand nicht nur alle Gefühle, sondern auch seine Männlichkeit und seinen Stolz genommen. Er schämte sich seiner, wollte sich nicht mit anderen vergleichen, weil er etwas wusste, was allen anderen verborgen geblieben war. Als seine Ex ihn verlassen hatte, hatte sie ihm die nackte Wahrheit ins Gesicht gesagt: Sie verlasse ihn, weil er ein langweiliger Bulle ohne Mumm in den Knochen sei, ein dickwanstiger Schlappschwanz.

Wie oft hatte er in der ersten Zeit daran gedacht, sich eine Kugel in den Kopf zu schießen. Wie oft hatte er lange Minuten neben Vanessas Wiege gestanden, die zarten Händchen seiner Tochter beobachtet, ihre unschuldigen Kinderaugen, und mühsam den Mut gefunden, das weiterzuleben, was von seinem Leben noch übrig geblieben war. Er hatte sich nach Villabosco versetzen lassen, so konnte seine Mutter sich um Vanessa und um ihn kümmern. Mit der Zeit waren die furchtbaren Erinnerungen verblasst und hatten sich schließlich in ihm verloren wie in einem tiefen Ozean. Manchmal kamen sie jedoch wieder an die Oberfläche wie stinkende Leichen vom Meeresboden. Das geschah, wenn er einen Grund für seine Depressionen brauchte. Auch jetzt fühlte Bonanno sich machtlos, wie ein halber Mensch, der Kummer hatte Oberwasser bekommen. Er legte sich wieder hin, zog die Decke über sich, vergrub sein Gesicht in den Kissen und weinte schließlich.

## *Zehn*

Argjan weint verzweifelt. Heiße, salzige Tropfen rinnen an seinem schmalen Gesicht herunter, seine kleinen Augen schauen sich um und treffen auf eine Dunkelheit, die so tief ist wie sein Schmerz.

Mishna möchte ihm helfen, sagen, er solle nicht weinen, aber der Knebel in seinem Mund hindert ihn daran. Beide haben begriffen, was los ist.

Sie haben keinerlei Orientierung, wissen nicht, dass der Transporter die Autobahn verlässt, ein Wäldchen erreicht und jetzt querfeldein fährt. Sie haben gehört, wie das gedämpfte Motorengeräusch des Wagens leiser wird, Schritte über ihren Köpfen. Als die Falltür hochgeklappt wird, blendet grelles Licht ihre Augen, die sich an die Dunkelheit gewöhnt hatten.

Gierige Hände packen Verja, vulgäres Gelächter bricht über die beiden Kinder herein, dann schließt sich die Falltür mit einem dumpfen Knall, und es ist wieder still. Diese Stille schreit lauter in ihnen als der stumme Schmerz Verjas, die sich nicht gegen die schändliche Gewalt wehren kann.

Verja ist jung und hat einen weichen, duftenden Körper. Ekren und Alija kosten immer die Ware, bevor sie sie an den berüchtigten Ramiz Lukaci verkaufen, den brutalen Bandenchef, der alle dunklen Geschäfte im Süden der Insel kontrolliert.

Verja ist erstklassige Ware, versichern sie einander immer

wieder, während ihnen der Speichel über die behaarten Hälse läuft und sie Verja vergewaltigen. Das Licht in ihren Augen wird grell und kalt, scharf wie ein Rasiermesser. Verja hört auf zu denken.

Mishna macht sich nichts vor, auf sie wartet eine traurige Zukunft. In seinem Kinderherzen ist der Hass gewachsen, größer als der Baum mit dem gewaltigen Stamm, der in der Nähe eines Sees steht und an dem die Glöckchen klingen, die eine verrückte alte Frau, die das Leben kennt, sorgsam an den Zweigen aufgehängt hat, während sie auf ihren Tod wartet. Wenn das Leben nur aus Einsamkeit besteht, kann es sein, dass man den Tod als Begleiter herbeisehnt.

Mishna fleht verzweifelt, aber niemand hört seine stummen Bitten, wütend beißt er in den Knebel, er kämpft und windet sich, um sich von den Schnüren zu befreien, die seine Hand- und Fußgelenke fesseln, er kämpft um seine Freiheit. Ein vergeblicher Kampf, seine Kraft reicht nicht aus, um die Knoten zu lösen, die eine starke Hand geknüpft hat, die körperliche Anstrengung steigert seinen Sauerstoffbedarf, sein Herz schlägt schneller, die Luft reicht nicht mehr aus und plötzlich wird ihm schwarz vor Augen.

Er wird geweckt von dem durchdringenden Gestank nach Blut und Schweiß, vermischt mit säuerlichem Angstschweiß und dem Geruch jener Raubtiere, die Verja besudelt haben, dem gleichen Geruch, den er auf dem geschändeten Körper seiner Mutter Zmitra wahrgenommen hat.

Verja liegt reglos neben ihnen, sie sehen in der Dunkelheit nur ihre Umrisse, nicht ihre leeren Augen und das geschwollene Gesicht. Mishna weiß, was passiert ist, und in seinem Herzen breitet sich erneut der Hass aus.

Wo wird Mishna ein Meer finden, in das er sich mit seinem

ganzen Zorn hineinstürzen kann, wenn Männer seines eigenen Volkes sich so an ihnen vergehen? Die Reise geht weiter. Noch mehr qualvolle Stunden, in denen sie auf der holprigen Straße durchgeschüttelt werden, eingepfercht in dem stinkenden Loch, in das Ekren und Alija sie gesteckt haben. Wohin fahren sie?
Als die Falltür wieder gehoben wird, sind sie völlig erschöpft, ihre Kleidung ist mit ihrem eigenen Kot verschmiert.
In den zu Schlitzen zusammengezogenen Augen des Mannes offenbart sich grenzenlose Brutalität, in ihnen liegt kein Funke Menschlichkeit. Er heißt Ramiz Lukaci und ihm gehören sie jetzt. Sie werden ihn rasch kennen und fürchten lernen.
Ramiz Lukaci hat sich in dem Geschäft schnell seinen Ruf erworben. Als sein einziger Bruder Mejka sich ihm einmal offen widersetzte, hat Ramiz Lukaci nicht gezögert, ihm mit einem zerbrochenen Bierkrug die Kehle aufzuschlitzen. Und während sein Bruder noch versuchte, das Blut zu stillen, schnitt Lukaci ihm den Kopf ab und zeigte ihn stolz vor, nicht zuletzt als Warnung für alle anderen.
Auch seine Frauen wissen, was sie riskieren, wenn sie ihm nicht blind gehorchen. Die arme Mensura wurde vor einem Jahr aus dem Kosovo entführt. Ekren und Alija haben sie an Ramiz Lukaci verhökert wie jetzt Mishna. Mensura wollte sich nicht verkaufen, lieber ertrug sie Schläge, Qualen und Vergewaltigung.
Ramiz Lukaci vergewaltigte sie immer und immer wieder, ließ sie von seinen Männern missbrauchen, benutzte ihre Achseln und Arme als Aschenbecher, ließ sie kahl scheren und drohte, ihre Familie auszulöschen. Mensura blieb stark: Mit geschwollenem Gesicht, Brandwunden und am Körper völlig zerschlagen, versuchte sie, in der ersten Nacht, die man sie auf die Straße stellte, zu fliehen. Mit ihrer Unbeugsamkeit stellte Mensura Lukacis Stellung innerhalb seiner

Bande infrage. Das begriff er und ermordete sie noch in der gleichen Nacht brutal.
Das ist also Ramiz Lukaci, dem Ekren und Alija an diesem Abend ihre Ware verkaufen. Mishna starrt ihn lange an, um sich seine Gesichtszüge einzuprägen. Aufmerksam betrachtet er die riesigen Hände, die langen Beine. Eine Tatsache lenkt ihn ab: Ramiz Lukaci trägt schwere Stiefel, die gleichen wie sein Vater, die gleichen, die ihm jemand mit Gewalt entrissen hat.
Jetzt weiß Mishna, wem er die Stiefel seines Vaters abnehmen wird.

Bonanno erhob sich so unsicher wie schon lange nicht mehr. Am vergangenen Nachmittag war er schließlich irgendwie eingeschlafen, in ein tiefes, schwarzes Loch gefallen und hatte sechzehn Stunden durchgeschlafen. Er erinnerte sich nur noch daran, dass seine Augen feucht gewesen waren, bevor er in Besinnungslosigkeit gesunken war. Er hatte auch nicht die leiseste Ahnung, dass Donna Alfonsina mehrfach nach ihm gesehen hatte, weil sein langer Schlaf sie beunruhigte, und dass sie ihn dabei jedes Mal zugedeckt hatte wie ein Kind. Normalerweise verschloss Bonanno seine Tür, wenn er schlief, nicht wissend, dass seine Mutter vorsorglich von jedem Schlüssel ihres Sohnes zwei Kopien hatte anfertigen lassen. Sie lagen an einem sicheren Ort, denn man konnte ja nie wissen. An diesem Morgen war Donna Alfonsina wie sonst früh aufgestanden, hatte Vanessa geweckt und war dann zum Bäcker gegangen, um dort ihr Brot backen zu lassen. Obwohl sie nicht mehr jung war und über ihre Wehwehchen jammerte, war sie eigentlich eine zupackende Frau und liebte es, für ihren Sohn und ihre Enkelin zu sorgen. Brot zu backen und es dann noch warm und knusprig auf den Tisch zu bringen war eine Gewohnheit, die sie nie abgelegt hatte.
Bonanno ging in die Küche. Dort saß Vanessa vor einer gro-

ßen Schale Milch mit dunklen Klümpchen und verfolgte fasziniert einen Trickfilm im Fernsehen.

»Guten Morgen, kleines Fräulein.«

»Ciao.«

»Oma ist nicht da?«

»Nö.«

»Und wo ist sie hin?«

»Brot backen.«

»Umso besser, heute Morgen hatte ich auch keine Lust auf ein Verhör«, sagte Bonanno, der genau wusste, dass die Anwesenheit seiner Mutter einen kleinen morgendlichen Schlagabtausch begünstigt hätte. Vanessa führte einen gehäuften Esslöffel mit diesem dunklen Zeug zum Mund, das sich mit Milch vollgesogen hatte. Bonanno konnte sich nicht zurückhalten.

»Was isst du da für einen Mist?«

»Cerealien mit Schokolade.«

»Mit Milch? Und was für Cerealien sind das?«

»Weizen, Reis und so weiter.«

»Und was für ein Schnickschnack ist dieser Körnerfraß? Zu meiner Zeit weichte man altes Brot in Milch ein, und Körner fraßen nur die Hühner und Puten.«

»Ist schon gut.«

»Nichts ist gut, Vanè, dieser Mist kostet viel Geld und schadet dir noch, denn das Zeug ist weder naturrein noch hausgemacht. Die Werbung verdirbt euch junge Leute, da gibt es gar nichts.«

»Ich mag kein Brot in Milch eingeweicht!«

»Na dann nimm eben irgendwelche Kekse!«

»Mensch, Papa, was für ein Stress am frühen Morgen. Wenn Oma nicht da ist, dann fängst du an. Lass mich doch in Ruhe essen.«

»Wer will dir das denn verbieten? Aber ich sage dir schon mal, von morgen an wird das anders.«

»Ja, ja, ist gut.«
»Dieser Schweinefraß macht deinen Magen kaputt. Willst du das nicht begreifen?«
»Warum denkst du nicht lieber an deinen eigenen Magen?« Bei diesen Worten sah Vanessa anzüglich auf Bonannos recht ausgeprägten Bauch.
»Was bringen sie euch eigentlich in der Schule bei, Vanessa? Antwortet man so seinem Vater?«
»Du hast angefangen.«
»Ich glaube, wir lassen das jetzt besser«, sagte Bonanno und trank seinen Kaffee aus, der für ihn nun bitter wie Gift schmeckte. Die Anspielung seiner Tochter hatte ihm nicht gefallen. Ganz im Vertrauen gesagt hatte er noch nie ein gutes Verhältnis zu einer Personenwaage gehabt.
»Ich bringe dich in die Schule.«
»Das ist nicht nötig, der Autobus fährt doch hier vorbei.«
»Na, dann sei vorsichtig und denk daran, was ich gesagt habe.«
»Ja gut.«

Eine halbe Stunde später betrat Bonanno die Kaserne.
Von den Sorgen des vorigen Tages war wenig geblieben. Es passierte ihm oft, dass er sich in den Schlaf flüchtete, wenn er ungelöste Probleme hatte. Auf diese Weise begrub er die unbeantworteten Fragen tief in sich und machte sich vor, er könne sie lösen, ohne sie anzupacken. Allem Anschein nach waren die Ergebnisse nicht zu verachten. An diesem Morgen blitzte in den Augen des Maresciallo eine Entschlossenheit auf, die seine Männer gut kannten. Steppani bemerkte das als Erster, er informierte die Kollegen und daraufhin betraten Cacici, Torrisi und Lacomare schweigend Bonannos Büro. Sie setzten sich und sahen ihn abwartend an.
Bonanno musterte forschend einen nach dem anderen und

die Männer senkten beinahe unterwürfig den Blick. Dieses ungewöhnliche Verhalten machte Bonanno misstrauisch.
»Willst du mir vielleicht erklären, Steppà, was zum Teufel dieser Schweigemarsch am frühen Morgen zu bedeuten hat?«
Steppani reichte dem Maresciallo drei Zeitungen: *La Voce Provinciale* und zwei weitere regionale Tageszeitungen. Sie berichteten alle über die Schießerei und Agatina Piditellas unbegründete, überfallartige Festnahme. Das hatte er erwartet. Er zündete sich die erste Zigarette an diesem Morgen an, und ein paar Minuten lang hörte man in diesem Büro nicht einmal eine Fliege summen. Seine Männer sahen einander nur wortlos an. Wenn Bonanno las, unterbrach man ihn besser nicht.
Nachdem er auch den dritten Artikel durchgelesen hatte, gab er die Zeitungen an Steppani zurück. Wenn er mit dem Inhalt eines Artikels nicht einverstanden war, hatte der Maresciallo seine ganz spezielle Methode, dagegen zu protestieren: Er knüllte die entsprechende Seite zusammen und warf sie aus dem Fenster. Mit den ersten beiden Zeitungen tat er nichts dergleichen. Die Artikel waren nicht beleidigend, sie berichteten ziemlich oberflächlich über die Ereignisse, ohne sich allzu sehr mit der Festnahme und Freilassung Agatina Piditellas zu beschäftigen, ein Zeichen dafür, dass Marcelli sich ins Zeug gelegt hatte. Nur in dem dritten Beitrag vermutete man Übereifer, der sich als unbegründet herausgestellt hatte. Und nur dieser Artikel nahm ein böses Ende.
»Macht ihr euch über diesen Blödsinn Sorgen?«, fragte Bonanno und knüllte die entsprechende Seite zusammen, die in seinen Händen knisterte.
»Natürlich nicht, Maresciallo, wir sind doch die netten Aufmerksamkeiten der Presse gewöhnt«, witzelte Steppani und riss das Fenster weit auf.
»Dann wollen wir mal was tun. Steppani und Torrisi, ihr

beide übernehmt einen heiklen Fall, ihr müsst herausfinden, wer Vanni Lenticchios Hunde vergiftet«, sagte Bonanno und warf die zusammengeknüllte Zeitung aus dem Fenster.
»Bei allem Respekt, Maresciallo, mit dem fahre ich nicht mit, außer Sie geben mir schriftlich, dass ausschließlich ich am Steuer sitzen darf«, protestierte Torrisi.
»Davon kann ja wohl kaum die Rede sein«, mischte sich Steppani ein und wies Torrisis Forderung sofort zurück.
»Dann werden sich eben Torrisi und Cacici um Vanni Lenticchios Hunde kümmern. Passt gut auf, ich möchte alles darüber wissen: Was für ein Gift hat der Täter benutzt? Wo und wann sind die Hunde gestorben? Es ist eine Sache, ein Tier zu vergiften, das dich angreift und beißt, aber drei oder vier Hunde in ein paar Tagen oder an einem Tag ... Aus welchem Grund, frage ich mich, will jemand Lenticchios Hunde ausrotten?«
»Vielleicht um Lenticchio etwas anzutun oder sich an ihm zu rächen«, vermutete Cacici.
»Schon möglich, aber warum hat man dann nicht ein Kilo vergiftetes Fleisch in den Hundezwinger geworfen?«, erwiderte Bonanno. »Nein, das überzeugt mich nicht ganz. Vanni Lenticchio tut niemandem etwas, er kümmert sich nur um seinen eigenen Kram, hält die Hunde besser als viele andere ihre Kinder und lässt sie nur auf dem Land frei herumlaufen. Wen könnte der schon stören?«
»Zu Befehl, Maresciallo, wir wenden uns an den gleichen Tierarzt wie immer«, sagten Cacici und Torrisi und verabschiedeten sich.
»Gut, wir haben uns verstanden.«
An der Tür drehten sich die beiden noch einmal um, blieben ein paar Sekunden wie Ölgötzen stehen, dann meinte Cacici: »Marescià, verdammt, diese Hetze gegen Sie tut uns sehr leid. Und wenn uns dieser Anwalt unterkommt, geht's dem aber schlecht.«

»Danke, und jetzt ab mit euch«, sagte Bonanno und verbarg seine Rührung hinter einem Hustenanfall. Er tat so, als suche er etwas in seiner Tasche, stand auf und nahm ein Papiertaschentuch heraus. Dann drehte er sich um und schnäuzte sich geräuschvoll die Nase.

Er räusperte sich, ehe er sich an Lacomare wandte: »Lacomà, du musst deine geheimen Kanäle nutzen.«

»Welche geheimen Kanäle?«, fragte Lacomare verblüfft.

»Hast du nicht was mit einer Schülerin vom Gymnasium laufen, die an der Umgehungsstraße wohnt?«

»Woher wissen Sie das? Wir sind doch erst seit drei Wochen zusammen.«

»Ich geh dann mal Kaffee holen«, sagte Steppani verlegen. Diesen Klatsch hatte er dem Maresciallo unter dem Siegel der Verschwiegenheit anvertraut, und dieser dumme Kerl plauderte es bei der ersten Gelegenheit aus. Er hielt sich jetzt besser von Lacomare fern, bevor der erriet, wer hier gesungen hatte.

»Villabosco ist nicht New York, Nachrichten verbreiten sich hier schnell. Besser ein hübsches Mädchen wie deines als ein Hühnerauge an deinem Allerwertesten. Also, hör gut zu, versuch alles, aber wirklich alles über Joints und Drogen herauszufinden.«

»Glauben Sie etwa, ich würde mir eine Freundin zulegen, die Drogen nimmt?«

»Komm schon, Lacomà, begreifst du denn nicht? Ich wollte deine Kleine doch nicht beleidigen. Aber sie ist doch Schülerin, und da wir gehört haben, dass dieses Zeug in den Schulen offen im Umlauf ist, schau einfach mal, ob du beim Herumknutschen irgendetwas Brauchbares erfahren kannst. Und zum Teufel, da braucht dich nur eine hübsche Kleine zu küssen und mit dir rumzumachen, und du vergisst völlig, dass ein Carabiniere immer im Dienst ist, sogar wenn er schläft.«

»Ich möchte Sie ja nicht beleidigen, aber was erzählen Sie da eigentlich für einen Quatsch?«

»Was sollen wir tun, Lacomà? Überprüfst du das nun für mich oder soll ich dich bis Ostern jede Nacht Dienst schieben lassen?«

Durch so gute Gründe überzeugt fluchte Lacomare auf Spione und Spitzel, während er den Raum verließ. Bonanno blieb mit Steppani allein.

»Wenn ich Ihnen meine Meinung über das von gestern sagen darf ...«

»Bitte, Steppà, ich möchte keinen Ton mehr darüber hören, der Fall ist für mich erledigt.«

»Wie Sie wollen, aber wenn ich diesen Mazzarisi zu fassen kriege, dreh ich ihm den Hals um.«

»Du tust gar nichts, Steppà, darum kümmert sich schon Marcelli, wir haben anderes zu tun.«

»Marcelli? Und das erlauben Sie ihm?«

»Bei uns in Sizilien ist es eine unumstößliche Wahrheit, Steppà, dass nichts so einfach ist, wie es auf den ersten Blick aussieht. Tu mir einen Gefallen und red nicht mehr über diese Geschichte.«

»Und die Anzeigen, das Fernsehen, die Presse?«

»Bitte!!!«, wiederholte Bonanno und sein Blick sprach Bände.

»Zu Befehl! Was soll ich tun?«

»Mir ist bekannt, dass du Autos liebst und gern fährst wie ein Irrer, der aus einer Anstalt ausgebrochen ist, und ich weiß auch, wenn du über Land fährst, tobst du dich gern mal so richtig am Steuer aus. Deshalb habe ich daran gedacht, dich mit einer Mission zu betrauen, die genau zu dir passt: Du musst für mich die Werkstatt finden, wo die Autos abgestellt werden, die aus der Umgebung von Catania kommen. Ich bin sicher, die liegt irgendwo außerhalb in einer einsamen Gegend. Dort bringen sie nachts die Autos hin, nehmen sie in aller Ruhe auseinander und verkaufen die Teile dann auf dem Schwarzmarkt. Ich lege meine Hand dafür ins Feuer, dass Loreto Passacquà einiges darüber weiß.«

»*Der* Loreto Passacquà?«

»Genau der«, versicherte Bonanno ernsthaft.

Loreto Passacquà gehörte eine Autowerkstatt in der Nähe von Montacino, einem anderen Ort im Montanvalle. Es handelte sich um ein bescheidenes Ladenlokal, wo man äußerst günstig Ersatzteile aller Art kaufen konnte. Hatte Passacquà das gewünschte Teil gerade nicht vorrätig, löste er dies Problem innerhalb weniger Tage. Niemand hatte es je geschafft, Passacquàs Geschäfte aufzudecken, und er war nur aus anderen Gründen ein paarmal im Knast gelandet.

»Nimm den Jeep und streng dich an, bis du diese Halle findest. Ich rate dir, behalte im Auge, was in Passacquàs Werkstatt vor sich geht, früher oder später kommt sicher etwas dabei heraus.«

»Können Sie mir etwas verraten? Da Sie mein sportliches Können am Steuer so schätzen, warum wollten Sie mich dann zuerst Lenticchios Hunden nachschicken?«, fragte Steppani.

»Nur um dich auf die Folter zu spannen, so wie du es mit mir machst, wenn es darum geht, Berichte zu schreiben. Manchmal muss man einer Laune mal nachgeben«, antwortete Bonanno.

Daraufhin rauschte Steppani ohne ein weiteres Wort hinaus und ließ die Tür hinter sich offen stehen. Der Maresciallo war und blieb doch ein Mistkerl. Aber über den Auftrag freute sich der Brigadiere trotzdem und das zeigte er auch, indem er mit quietschenden Reifen losbretterte. Bonanno sah sich diese Szene vom Fenster aus an.

»Der ist doch vollkommen durchgeknallt«, sagte Marcelli beim Betreten des Büros.

»Ach, du bist es, ich habe dich gar nicht kommen hören.«

»Die Tür stand offen. Wie geht es dir?«

»Ganz großartig. Und dir?«

»Reden wir doch Klartext, Bonà, das ist eine Riesenkatastrophe«, sagte Marcelli, schloss die Tür und ließ sich müde in einen Stuhl fallen.

»Ich habe den Herausgebern der Zeitungen mit Klagen von allen Seiten gedroht, wenn sie es auch nur wagen sollten, sich auf uns zu stürzen. Aber es ist nun einmal so, dieser Anwalt hasst dich, das weißt du, und hier sind schriftlich aufgenommene und unterschriebene Anzeigen im Spiel. Also müssen wir offiziell vorgehen, die gerichtlichen Stellen informieren, ganz zu schweigen davon, was bei uns in den oberen Etagen passieren wird.«

»Gewinn Zeit, lass diesen Mistkerl im eigenen Saft schmoren, lass ihn von einem Kollegen beschatten, einem unbekannten Gesicht, und sobald er ein Gesetz übertritt, und wenn er nur sein Auto im Halteverbot parkt, um einen Kaffee zu trinken, dann brummen wir ihm Bußgelder auf, an die er sich erinnern wird. Gib deinem Cousin einen Tipp, der bei der Steuerfahndung arbeitet, bitte ihn, die Geschäfte des Anwalts mal gründlich zu überprüfen. Was weiß ich, einfach um zu sehen, ob seine Sekretärin ordentlich angemeldet ist, ob er Steuern zahlt, ob sein Büro nach allen geltenden Sicherheitsbestimmungen ausgestattet ist und ob die entsprechenden Vorrichtungen in Ordnung sind. Kurz und gut, setz ihn unter Druck und grab ein paar Schwachstellen aus. Aber es darf auf keinen Fall so aussehen, als hätte ich auch nur das Geringste damit zu tun; dieser ganze Blödsinn nervt mich schon so zu sehr.«

»Du hast recht, aber schließlich konntest du ja nicht wissen, was hinter der Angelegenheit steckte.«

»Nein, ich bin einfach der geborene Trottel. Ich war nicht einmal im Dienst, und wäre ich nicht in dieses Haus gerannt, sondern hätte mich um meine eigenen Angelegenheiten gekümmert, säßen wir jetzt nicht hier und müssten darüber nachdenken, wie ich mich gegen diesen Winkeladvokaten verteidigen soll.«

»Ach übrigens«, sagte Marcelli. »Nach dem Fernsehbericht gestern weiß jetzt die ganze Provinz Bescheid, dass du dich mit einer gewissen Freundin beim Abendessen amüsiert hast. Als hätte es nicht gereicht, dass die Nachbarn es schon in ganz Villabosco herumerzählt haben. Und was für eine Freundin, also alle Achtung, lieber Kollege.«

»Marcè, bitte, spar dir gewisse Bemerkungen, sag mir lieber, hat Lenticchio sein Gewehr abgeholt?«

»Ach was! Der war fuchsteufelswild, der wollte dich sogar anzeigen.«

»Der auch noch!«

»Anscheinend ist das jetzt so üblich.«

»Na, Lenticchio muss schon richtig wütend gewesen sein, wenn er sich sogar mit mir anlegen wollte. Wie hast du ihn abgewimmelt?«

»Ich habe ihm gesagt, wenn er das nicht sein lässt, schließe ich ihm sein Hundeasyl aus hygienischen Gründen und zeige ihn wegen Beleidigung eines Polizeioffiziers an.«

»Hast du ihn überzeugt?«

»Ich glaube schon, aber da er mich so geärgert hat, habe ich sein Gewehr einbehalten. Ach, das hätte ich fast vergessen, der Colonnello hat angerufen, der Fernsehbericht gestern hat ihm nicht gefallen. Er sagt, wir müssen darauf reagieren.«

»Wenn er sich endlich nur um seine Angelegenheiten kümmert, wird es wohl zu spät sein. Was Neues von Vitellaro?«

»Ach was, der ist ganz friedlich und ahnungslos, ich habe dir doch gesagt, die beiden stellen es schlau an.«

»Na ja, lassen wir das«, sagte Bonanno und zündete sich noch eine an.

Das Telefon klingelte. Es war der Wachtposten. Mimmo

Carnemolla, Reporter bei *Tele Alto Platani*, begleitet von einem Kameramann, fragte nach Bonanno.
»Ich bin nicht da«, zischte Bonanno drohend.
»Das habe ich ihm schon gesagt, Marescià, aber er muss jemanden hier in der Nähe postiert haben, denn man hat Sie beobachtet, als Sie hier hineingingen, und weiß hundertprozentig, dass Sie da sind.«
»Ich rede trotzdem nicht mit ihm«, knurrte Bonanno und knallte den Hörer auf.
»Ich glaube, da machst du einen Fehler«, sagte Marcelli.
»Jetzt fang du nicht auch noch an.«
»Es ist kein Verbrechen, sich zu verteidigen. Der Anwalt hat gestern schweres Geschütz aufgefahren und dir Dinge unterstellt.«
»Deswegen habe ich dich ja gebeten, dich ins Zeug zu legen. Alles zu seiner Zeit, aber ich gehe nicht ins Fernsehen.«
»Ich kenne Carnemolla, der ist weder dumm, noch denkt der sich was aus. Warum redest du nicht einfach mit ihm, ohne dass die Kamera mitläuft? Wenn du weiter davonrennst, wird er glauben, wir hätten etwas zu verbergen.«
»Haben wir das nicht?«
»Ja, und deswegen musst du mit ihm reden«, sagte Marcelli noch einmal.
»Verdammter Mist«, brüllte Bonanno und schlug mit der Faust auf den Tisch. »Versetz Vitellaro bloß so schnell wie möglich, sonst haue ich ihm, sobald ich ihn sehe, rechts und links eine runter. So ein Dummkopf, wie kann es sein, dass der überhaupt nicht merkt, dass er solche Hörner auf dem Kopf trägt?«
»Alles zu seiner Zeit«, erwiderte Marcelli. »Du siehst, ich lerne rasch.«
»Du und Vitellaro, ihr könnt mich mal.«

Zehn Minuten später schlüpfte Bonanno durch den Hintereingang und verließ fluchtartig die Kaserne. Lenticchios Gewehr glänzte neben ihm auf dem Beifahrersitz. Den Weg zum Hundeasyl kannte er genau. Sobald Vanni Lenticchio ihn sah, machte er Aldo los, einen riesigen Dobermann mit einem furchteinflößenden Gebiss, blieb reglos stehen und sah ihn finster an. Sein Gesicht wirkte angespannt.

»Komm schon, Lentì, sperr dieses Ungeheuer wieder ein. Ich lasse dir das Gewehr hier, gehe ganz ruhig zu meinem Wagen zurück und wenn du mit deinem verfluchten Gewehr schießen willst, dann tust du es eben. Ist das so in Ordnung?«

Der alte Mann antwortete nicht, aber er band Aldo wieder fest. Der Dobermann heulte wütend und starrte Bonanno mit glühenden Augen an. Er bleckte wütend seine blitzenden Zähne, zwischen denen der Speichel heruntertropfte. Lenticchio kam schweigend näher, nahm sein Gewehr und öffnete den Verschlusshebel. Als er feststellte, dass es nicht geladen war, sah er Bonanno fragend an.

»Die Patronen hab ich vergessen«, rechtfertigte sich Bonanno.

Lenticchio steckte die Hand in die Tasche, holte neue Patronen heraus, lud die Waffe und richtete sie auf den Maresciallo. Bonannos Beine wurden so weich wie geschmolzener Ricotta. Langsam drehte sich der alte Mann halb um sich selbst, legte an, zielte und spannte den Hahn. Ein Zweig Kaktusfeigen zerplatzte in kleine Stücke und grünliche Spritzer flogen durch die Luft.

»Hast du jetzt deinen Fünf-Minuten-Koller?«, fragte Bonanno.

»Wenn Sie es noch einmal wagen, mir das Gewehr abzunehmen, geht es Ihnen so wie diesem Zweig«, drohte Lenticchio.

»Ach, zum Teufel mit dir und deinen Hunden! Und da verschwende ich auch noch Zeit für dich und lasse meine Männer ermitteln«, antwortete Bonanno, ging zu seinem Punto und fuhr mit quietschenden Reifen los. Da sah er im Rückspiegel, wie der alte Mann langsam auf eine dunkle Fellkugel zuging, sich hinkniete und sie liebevoll streichelte. Neben einer weiteren helleren Fellkugel blieb er dann regungslos stehen. Bonanno fuhr zurück. Er stieg aus dem Punto und kam näher.

»Es tut mir so leid, Lentì, ich schwöre dir, wir kriegen diese Mistkerle, die deine ... deine Kleinen umbringen«, sagte Bonanno instinktiv und sah die armen sterbenden Hunde an. Lenticchio hob sein faltenreiches Gesicht und betrachtete Bonanno schweigend. Eine blasse Sonne wärmte das Montanvalle, sie tanzte auf den Steinen, auf den schwankenden Bohnenhülsen, die kaum noch zu sehen waren, und auf den Gesichtern der beiden Männer, die sich jetzt einander sehr nah fühlten, vereint im Zorn gegen die Hand des Mörders.

»Das war Aldos Partnerin, sie hat man heute Nacht vergiftet. Ich hatte sie mit meinen anderen Hündchen frei laufen lassen, wie jeden Nachmittag. Sie beißen doch keinen, und nachdem sie sich ausgetobt haben, kommen sie immer zu mir zurück. Rosina war mit ihren Kleinen weiter weg gelaufen, aber sie kam nicht zurück, ich habe sie vergeblich gesucht. Heute Nacht kam sie dann und trug Peppino im Maul, der Kleine war zwar noch am Leben, als sie ihn brachte, aber er starb kurz darauf wie Rosina. Dann habe ich nach Carlino, Peppinos Bruder, gesucht, ihn aber nicht gefunden. Marescià, ich schwöre beim Grab meiner Hunde, wenn Sie ihn nicht kriegen, dann kriege ich ihn.«

Bonanno versprach ihm feierlich, den Hundemörder zu finden, und rief dafür sogar die Heilige Jungfrau an. Er erzählte Lenticchio, zwei seiner besten Mitarbeiter beschäftigten sich mit dem Fall, und wollte dann von ihm wissen, ob er irgendwelche Drohungen erhalten habe. Lenticchio antwortete, er habe keinen Kontakt zu anderen Menschen, seine Tage verbringe er mit Arbeit auf dem Land oder im Hundeasyl, und er hätte nichts dergleichen erhalten. Inzwischen hätte man ihm sechs Hunde vergiftet und er könne sich nicht erklären, warum.

Bonanno legte ihm freundlich die Hand auf die Schulter. So standen sie lange schweigend da. Der Maresciallo zündete zwei Zigaretten an, reichte Lenticchio eine, dann rauchten sie und betrachteten die beiden leidenden Tiere. Erst als sie den Todeskampf endgültig verloren hatten, verließ Bonanno Lenticchio.

Er fuhr in Gedanken vertieft und grübelte über die ganze Geschichte nach. Irgendetwas passte da nicht zusammen, aber was? Er war zu angespannt, sein Bulleninstinkt kitzelte stärker als die Peperoni, die Rosalia beim Kochen verwendet hatte. Zehn Minuten später war er in der Nähe des Rathauses. Da kam ihm spontan ein Gedanke. Er parkte seinen Punto, ging in die nächste Bar, bestellte einen Espresso und schaute im Telefonbuch nach. Zwei Minuten später telefonierte er mit Rosalia.

»Gute Idee, ich frage, ob das geht, und dann komme ich zu dir. Wo bist du jetzt?«

Bonanno sagte es ihr. Dann rief er in der Station an und informierte die Telefonzentrale, wo man ihn die nächsten Stunden erreichen könnte, wenn es unbedingt notwendig sei. Er hatte vor, einige Zeit mit Rosalia zu verbringen.

Doch das Schicksal wollte es anders.

## *Elf*

Von Mandelbäumen und hundertjährigen Olivenstämmen eingerahmt lag die Trattoria »Lu castraneddu« eingehüllt in Wohlgerüche, für die ihre gute Küche bekannt war. Die verlockenden Düfte des Herdes verbreiteten sich wohltuend zwischen den Tischen. Als Rosalia und Bonanno das Restaurant betraten, setzten sich die Speicheldrüsen des Maresciallo sogleich heftig in Gang. Die Köstlichkeiten, die Donna Nina, die Chefin des Lokals, auf den Tisch brachte, vergaß man nicht so leicht, und das wusste Bonanno.

Nach den Vorspeisen, Kartoffeln nach sizilianischer Art mit Oliven, Zwiebeln und Tomaten, mit Semmelbröseln gefüllten Oliven, ganz jungem Käse mit Sardellen, ausgebackenen Artischocken und gefüllten Tomaten, folgte eine riesige Portion Fusilli mit Hackfleischsoße. Die Fusilli, auf Sizilianisch hießen sie *bustiani*, waren aufwendig in der Herstellung. Zunächst verknetete man Mehl mit Eiern und lauwarmem Wasser, dann wurde der Teig ausgerollt, in Streifen geschnitten und um eine dünne lange Stricknadel gewickelt, später nahm man sie ab und trocknete sie. Man servierte sie mit Hackfleischsoße oder einfach nur mit einem Sugo aus auf kleinem Feuer gekochten Tomatenstücken und frischem Basilikum.

»Gott, Saverio, ich kann nicht mehr«, stöhnte Rosalia nach dieser Spezialität und wischte sich die Soßenreste von den Lippen.

»Was sagst du da? Das Beste kommt doch erst noch«, antwortete Bonanno und war ernsthaft entschlossen, seiner Figur Ehre zu machen. Rosalia lächelte und nippte weiter an dem köstlichen rubinroten Cabernet Sauvignon der vornehmen Familie Tasca D'Almerita, den sie aus Trauben gewann, die an den sonnenverwöhnten Hängen des Madonie-Gebirges bei Sclafani Bagni wuchsen.

Von den Gerichten des zweiten Gangs naschte Rosalia nur ein wenig, der Maresciallo verputzte dagegen vier Würstchen, zwei in Marsala marinierte Schweinekoteletts, eine doppelte Portion gegrilltes Hammelfleisch, eine schön pikante Caponata, wie man dieses süßsaure, landestypische Gemüsegericht nennt, und in Eiern von eigenen Hühnern gewendeten, ausgebackenen wilden Fenchel. Diese Gerichte begoss er mit ziemlich viel von dem Roten, mit dem er sogar Knochen verdaut hätte, und beendete seine Völlerei mit der unumgänglichen sizilianischen Cassata.

»Die musst du nun wirklich kosten«, sagte er.

»Aber nur ein winziges Stück«, antwortete Rosalia.

Donna Nina ließ die Flasche mit der Grappa auf dem Tisch stehen. Bonanno goss sich ein Gläschen ein und trank es aus, seine Mandeln brannten und endlich fühlte er sich so gesättigt wie schon lange nicht mehr. Nach so einem Mahl fiel es dem Maresciallo leicht, mit der Welt im Einklang zu sein. Er sah Rosalia an und bemerkte nicht zum ersten Mal, wie wunderschön sie war. An dieses Essen mit ihr würde er sich noch lange erinnern. Donna Nina brachte ihnen fürsorglich den Kaffee. Rosalia trank ihn in kleinen Schlucken, Bonanno ebenfalls. Auch der war das pure Entzücken, stark und dunkel, wie er ihn liebte. Zwischen zwei Gängen fragte ihn Rosalia nach den neuesten Entwicklungen im Fall Piditella–Ficalora. Er stellte sie zufrieden und sparte nicht mit Details. Der Wein und die Grappa lösten seine Zunge. Nur über den Namen von Ficaloras Geliebter und den ihres Ehemanns, des armen Vitellaro, schwieg er sich aus, ein ge-

hörnter, leidgeprüfter Polizist, aber trotzdem ein Stachel in Bonannos Fleisch. Rosalia begriff seine Zurückhaltung und lächelte ihn an, wie nur sie es konnte, sanft und sinnlich zugleich. Dann sagte sie: »Hast du gesehen, mein lieber Signor Maresciallo, ich hatte eigentlich recht. Hinter diesem Streit und den Schüssen steckten Liebesprobleme und Eifersucht. Das ist doch jedes Mal das Gleiche bei uns in Sizilien, dreh es, wie du willst, schließlich wird doch immer wieder aus denselben drei Gründen geschossen: Ehre, Geld und Blut.«
»Was meinst du mit Blut?«, fragte Bonanno und betrachtete angeekelt einen Rotweinfleck auf der Tischdecke.
»Ja, Saverio, das Blut von Ermordeten fordert neues Blut, wie in diesen verrückten Rachefehden, die bei uns nie aufhören, die Traditionen, die gewisse dumme Familienoberhäupter veranlassen, auch heute noch, wo der Mensch zum Mond fliegt und den Mars besiedeln will, zu behaupten, das Recht über Leben und Tod ihrer Angehörigen und angeheirateten Verwandten zu haben. Das Blut, das man den armen Leuten jahrhundertelang ausgesaugt hat, die sich nie wieder davon erholt haben. Vor allem aber das verdorbene Blut von Leuten, die nur auf die Stimme des Hasses hören können.«
»Du redest druckreif«, sagte Bonanno bewundernd und hing an Rosalias Lippen.
Rosalia ereiferte sich: »Ich rede wie eine Sizilianerin, die ihre Heimat kennt und das, was sie hervorbringt. Unter diesem Himmel wachsen wundervolle Früchte, die betörend riechen und schmecken, man muss all diese Herrlichkeiten bewundern, mit denen Gott unseren Tisch gedeckt hat … aber unsere unglückliche Insel bringt auch viele verdorbene Früchte hervor.«
Bonanno fühlte, dass er müde wurde. Rosalia war so sanft und redete so feurig, ihre Lippen bewegten sich schnell und ihr leicht schneller gehender Atem hob ihren stolzen Busen, der sich unter dem dünnen Wollpullover wölbte, und ihre

Wangen erröteten vor Abscheu und Trauer. Er hatte keine Lust, über die Übel dieser Welt zu reden, aber er war mehr als bereit, sie zu trösten. Deshalb streckte er eine Hand aus, um ihre erhitzte Wange zu streicheln, und legte seine dicklichen Finger auf ihre gerötete, samtweiche Haut. Rosalia nahm seine Hand und drückte sie kräftig. Bonanno wäre fast in Trance gefallen. Die Berührung jagte einen kräftigen Adrenalinstoß durch seinen Körper, plötzlich fühlte er sich stark und erregt, wie ein Mann, der Berge versetzen und sie über die fünf Kontinente ziehen konnte. Wenn er mit Rosalia zusammen war, existierten die Gespenster seiner Vergangenheit nicht. »Hättest du Lust, einen Ausflug zu einem netten Plätzchen am San Vito zu machen, um das Essen ein wenig zu verdauen und den Anblick des Montanvalle zu genießen?«, fragte er und wurde feuerrot. Hinter seinem Vorschlag verbargen sich auch noch ganz andere Absichten.

Rosalia lächelte breit und enthüllte dabei kleine weiße Zähne. Ein Blütenkranz aus weißen Edelsteinen. »Mit dir würde ich überall hingehen«, sagte sie und streichelte ihm über den Handrücken.

Bonanno war völlig betäubt und daran waren weder der Rotwein noch die Grappa schuld. Er zahlte in aller Eile und dann gingen sie zu seinem Wagen. Er fühlte sich beschwingt und erregt. Rosalia beglückte ihn mit vielsagendem Schweigen, das ihm das Paradies versprach.

Um seine Glut zu bezähmen, zündete er sich eine Zigarette an, öffnete ihr galant die Wagentür und ließ sie einsteigen. Und da geschah es: Während seine entzückten Augen sahen, wie die üppigen Kurven Rosalias sich an den Sitz schmiegten, bemerkte er aus dem Augenwinkel etwas Störendes. Der unangenehme Eindruck breitete sich sofort zu den Ohren des Maresciallo aus, die wütend das Kreischen der Räder eines Jeeps wahrnahmen, der mit Höchstgeschwindigkeit fuhr. Jemand schaltete professionell, die Räder quietschten schmerzhaft auf dem Asphalt und in Bonannos Kopf. Keine zwanzig Sekunden später stoppte Steppani den Jeep mit einem gewagten Manöver, für das er eine Gefängnisstrafe verdient hätte, ehe der Wagen schleudernd auf dem Vorplatz zwei Meter vor ihm zum Halten kam.

»Maresciallo, etwas Furchtbares ist passiert, Sie müssen sofort mitkommen«, sagte der Brigadiere aufgeregt.

»Hast du mit deiner Dienstwaffe auf den Anwalt geschossen oder ihn vielleicht mit dem Polizeiwagen überfahren?«, fragte Bonanno hoffnungsvoll.

»Bitte, Maresciallo, in Anwesenheit einer Dame redet man über so was nicht«, antwortete Steppani mit gespielter Entrüstung. Der Gedanke, den schmierigen Anwalt zu überfahren, hätte ihm nicht missfallen.

»Wer ist denn gestorben?«, fragte Bonanno und seine Hände begannen, ein Eigenleben zu führen. Eine innere Stimme sagte ihm, dass ihn auch diesmal nicht das sanfte, geruhsame Schäferstündchen mit Rosalia erwartete, das seinen Körper allein bei dem Gedanken daran mit der angenehmen Wärme des Glücks erfüllte.

»Bis jetzt noch keiner, aber Vanni Lenticchio hat versucht, Bürgermeister Totino Prestoscendo umzubringen.«

»Oh Heilige Jungfrau. Wie denn?«

»Mit Gewehrschüssen.«

»Hat er ihn getroffen?«

»Ach was, nach dem ersten Schuss hat sich die Waffe verabschiedet.«

»Aber aus welchem gottverdammten Grund hat Lenticchio denn auf Prestoscendo geschossen?«, fragte Bonanno lauernd.

»Unser Freund erzählt, er habe den Bürgermeister auf frischer Tat ertappt, das heißt, während Prestoscendo einen der vergifteten Welpen in einen Sack steckte, da hat Lenticchio rotgesehen und seine Artillerie eingesetzt.«

»Wo sind die beiden Verrückten?«
»In der Zentrale.«
»Also gut, dann fahren wir mal hin und hören, was der Bürgermeister jetzt erzählt«, sagte Bonanno, dessen Laune inzwischen so pechschwarz war wie die Uniform, die er trug. »Übrigens erklär mir doch mal, Steppani, was zum Teufel machst du hier eigentlich? Solltest du nicht eine bestimmte Person überwachen, von der wir beide genau wissen, dass sie in Montacino und Umgebung zu finden sein müsste?«
»Marescià, nach Montacino kommt man doch mit dem Jeep auch auf dem Weg durch die Berge. Da gibt es so kurvenreiche Landstraßen, Hügel und Haarnadelkurven, und kein Mensch stört einen.«
Bonanno runzelte die Stirn, fluchte vor sich hin und sah Steppani dabei böse an. Der zog sofort andere Saiten auf und erzählte ihm leise, wie sich alles wirklich zugetragen hatte. Nachdem er bei einer Freundin gewesen war, fuhr er gerade in Richtung Montacino, er nahm die Abkürzung über die Berge und dort war er auf Vanni Lenticchio gestoßen. Ein Glück für den Bürgermeister, da der alte Mann gerade auf ihn schoss. Steppani hatte ihn entwaffnet und später mit der Hilfe von Torrisi und Cacici, die er gerufen hatte, den Sack beschlagnahmt. Dann waren die beiden mit Lenticchio und dem Bürgermeister in die Zentrale gefahren.
»Ich bin am Tatort geblieben, um einen Blick auf die Villa des Bürgermeisters zu werfen, und schauen Sie mal, was ich da Interessantes im Schuppen gefunden habe«, sagte Steppani und zeigte Bonanno eine rostfarbene Dose mit schwarzer Schrift. Ein wirksames, giftiges Insektenvertilgungsmittel in Pulverform. Mehr Beweise konnte es gar nicht geben.
Bonanno wirkte, als hätten ihn tausend Mücken gestochen. Er entschuldigte sich bei Rosalia, erklärte ihr aufgeregt, was los war, und schwor ihr ganz feierlich bei der Madonna von den sieben Dornen, sie würden ihr Rendezvous schon bald

in aller Ruhe fortsetzen, und wenn die Welt zusammenbräche. Wenn Rosalia wüsste, was er ihr alles zu erzählen hatte. Rosalia warf ihm ein verständnisvolles Lächeln zu, das ihm das Herz aufgehen ließ, und Bonanno sah am Horizont golden blitzende Lichter tanzen.

»Keine Sorge, Saverio, dann eben ein anderes Mal.«

Bei diesen Worten strich sie ihm mit ihrem weichen Zeigefinger über seine nervös zitternde Hand. Bonanno sah ihr in die Augen und verfluchte dabei Bürgermeister Prestoscendo, den Tierfreund Lenticchio und die Leichen aller vergifteten Hunde auf der ganzen Welt.

Vanni Lenticchios Gebrüll hörte man schon von draußen. Bonanno hatte große Schwierigkeiten, ihn zur Vernunft zu bringen. Er schaffte es nur, nachdem er ihm gedroht hatte, er würde das Hundeasyl mitsamt allen Hunden anzünden, wenn er nicht endlich aufhörte. Daraufhin wurde Lenticchio leiser und berichtete dem Maresciallo, was vorgefallen war.

Der alte Mann war ein Nervenbündel, und als er sprach, klang seine Stimme gebrochen. Nachdem Bonanno weggefahren war, hatte Lenticchio die Hunde begraben und Carlino gesucht, den anderen Cockermischlingswelpen, der nicht zurückgekommen war. Allein der Gedanke daran, wilde Tiere könnten den armen Hund zerfleischt haben, brach Vanni Lenticchio das Herz. Wenn er schon tot war, was Vanni befürchtete, wollte er ihn wenigstens neben der Mutter und dem kleinen Bruder begraben. Er war auf dem Land herumgelaufen und bis dorthin vorgedrungen, wo sich seine Hunde normalerweise aufhielten. Dort hatte er den Bürgermeister bemerkt, der neben einem Fellbündel herumhantierte, das zusammengekrümmt hinter einem Felsvorsprung lag, und ihm war das Blut in den Adern gefroren. Das schwarz-weiß gefleckte Fell hob sich deutlich von dem glänzenden Felsblock ab. Als Totino Prestoscendo aus seinem Haus zurückkam, hielt er etwas in der Hand. Am Felsvorsprung war er stehen geblieben, um das Fellbündel zu betrachten, hatte den Kopf geschüttelt und wollte schon gehen, aber nach wenigen Schritten hatte er es sich anders überlegt, war umgedreht und entschlossenen Schritts zurückgegangen. Er hatte das Fellbündel genommen und in den Sack gesteckt, den er bei sich trug.

»Dieser Mörder hat nachgesehen, ob mein armer Carlino tot war, und als er ganz sicher war, hat er ihn in einen Sack gesteckt, damit keine Spuren auf seinem Grundstück zurückblieben, und wollte ihn in irgendeine Mülltonne werfen. Den bringe ich um, ich schwöre bei Gott, ich erwürge ihn mit diesen Händen«, brüllte Lenticchio.

»Auf seinem Grundstück? Und was hattest du auf dem Grundstück des Bürgermeisters zu suchen?«, fragte Bonanno.

»Ich habe doch geschworen, Marescià, entweder finden Sie ihn oder ich. Dieser vermaledeite Bastard muss dankbar sein, dass mein Gewehr nicht funktioniert hat, sonst würde jetzt statt armer ermordeter Hündchen ein Aas wie er daliegen und die Bohnen düngen.«

Bonanno sah Steppani an. Der Brigadiere nickte ihm bestätigend zu. Bei dem sichergestellten Kadaver handelte es sich um Vanni Lenticchios Cockermischling. Prestoscendo wies jedoch jede Anklage zurück und beteuerte seine Unschuld. Bonanno war fuchsteufelswild. Zuerst hatte ihm Agatina Piditella den Abend mit Rosalia verdorben und dann dieser ganze Wirbel, den er dem lieben Avvocato Mazzarisi verdankte. Nun hatten ihm Lenticchio und Prestoscendo den verheißungsvollen Nachmittag versaut. Er schnaubte wie ein uralter Fiat 500 und rauchte schlimmer als ein kaputter Auspuff. Dann genehmigte er sich noch einen Kaffee und beklagte sich fluchend, wie schlecht der schmeckte. Anschließend riss er die Tür zum Büro neben seinem auf und funkelte den Bürgermeister wütend an, der dort drinnen gewartet hatte. Wären Bonannos Augen Gewehrläufe gewesen, dann wäre von Prestoscendo nur noch ein blutiges Häufchen übrig geblieben.

»Maresciallo, endlich, Ihr Brigadiere hat mich grundlos festgehalten, man merkt, dass er nicht von hier ist. Ich hoffe sehr, dass Sie mir eine solche Vorgehensweise jetzt erschöpfend erklären können und mich umgehend zu meinen Aufgaben zurückkehren lassen.«

»Ruuuhe!!!«, brüllte Bonanno und stürmte mit großen Schritten in das Büro.

Der Bürgermeister erstarrte.

Obwohl er Prestoscendo nicht mochte, konnte Bonanno nicht glauben, dass dieser herumlief und Lenticchios Hunde vergiftete. Andererseits war Lenticchio kein Mensch, der Lügen erzählte. Vielleicht hatte der Bürgermeister, als er den toten kleinen Hund auf seinem Grund und Boden entdeckte, sich dessen entledigen wollen, um zu vermeiden, dass der Verwesungsgestank des Tiers ihm die Luft verpestete. Aber nach dem, was Lenticchio erzählt hatte, passte da vieles nicht zusammen. Und im gleichen Moment, als Prestoscendo wieder anfing, sich zu rechtfertigen, und meinte: »Ich hoffe, auch Sie werden diesem Halbwilden nicht glauben, der behauptet, der Bürgermeister liefe herum, um die Hunde seiner Mitbürger zu vergiften«, begriff Bonanno, dass der verehrte erste Bürger von Villabosco etwas zu verbergen hatte.

Saverio Bonanno war ein echter Bulle und konnte gemein sein, wenn er wollte. Er ließ sich die Vorkommnisse ganz genau schildern. Prestoscendo wiederholte ergeben seine Version der Ereignisse. Er sagte, er hätte den toten Welpen auf seinem Grundstück zufällig bemerkt und beschlossen, ihn zu begraben. Deshalb habe er einen Sack geholt, sei zu dem Welpen zurückgegangen, habe ihn in den Sack gesteckt, diesen über die Schulter gelegt und wäre gerade auf dem Weg in sein Haus gewesen, um einen Spaten zu holen, als Lenticchio ihn wüst beschimpft und dann noch mit dem Gewehr auf ihn geschossen habe.

»Warum wollten Sie erst noch einmal zurückgehen, um einen Spaten zu holen?«, fragte Bonanno den Bürgermeister und zündete sich eine Zigarette an. Dabei ließ er ihn nicht aus den Augen.

»Wie bitte?«, fragte Prestoscendo und riss vor Erstaunen die Augen weit auf.

»Wenn Sie hineingingen, um einen Sack zu holen, in dem Sie den toten Hund begraben wollten, warum haben Sie dann nicht gleich einen Spaten mitgebracht? Und nachdem Sie den Hundekadaver in den Sack gelegt haben, warum sind Sie mit dieser Last auf der Schulter zurückgelaufen? Sie wog sicher nicht schwer, aber sie war doch bestimmt unappetitlich?«

Bonanno wusste nicht so recht, worauf er mit seinen zufällig hingeworfenen Fragen hinauswollte, das war eher Instinkt als sicheres Wissen, aber dass der Bürgermeister so verwirrt darauf reagierte, überzeugte ihn endgültig davon, dass er auf dem richtigen Weg war. Prestoscendo fing an zu stottern und zu spucken. Oh nein, der Bürgermeister sagte nicht die Wahrheit.

Lenticchio beschwor, er habe Prestoscendo vorher an dem toten Hund herumhantieren sehen. Der Bürgermeister sei zum Haus zurückgegangen, dann wieder zu dem Tier, habe den Kopf geschüttelt, sei wieder zurück, stehen geblieben, wieder umgekehrt, schließlich habe er das arme Tier entschlossen gepackt und in den Sack gesteckt. Welche Überlegungen hatten Prestoscendo nur dazu bewogen, stehen zu bleiben und zu zögern? Warum hatte er es sich anders überlegt?

»Also, Bürgermeister, was machen wir jetzt? Dort steht ein

Mensch, der für seine Ehrlichkeit bekannt ist, und beschuldigt Sie, hinterrücks seine Hunde vergiftet zu haben, und Sie sind offen gestanden nicht ehrlich zu mir. Sie sagen mir jetzt augenblicklich, wie es wirklich war, oder ich bin verpflichtet, eine offizielle Anzeige gegen Sie zu formulieren«, drohte Bonanno.

»S-S-Sie sind ve-ve-verrückt, und die Be-beweise?«, stotterte der Bürgermeister.

»Kann sein, aber wie erklären Sie mir das?«, antwortete Bonanno und zeigte ihm die Dose mit dem Insektenvertilgungsmittel. »Wir haben die Reste der Fleischklößchen untersucht, mit denen Lenticchios Hunde umgebracht wurden, und es handelt sich um dasselbe Gift«, log Bonanno dreist.

»Sie sind ja verrückt, ich habe keinen Hund vergiftet!«

»Selbst wenn Sie vielleicht unschuldig wären, die Indizien gegen Sie scheinen mir eindeutig zu sein, ich muss einen Bericht schreiben und ihn an die Untersuchungsrichter schicken. Wenn man bedenkt, dass Sie gerade erneut in den Wahlkampf ziehen, um wiedergewählt zu werden. All diese negative Presse, die Sie bekommen werden, die ganze Geschichte wird auf Sie, den Bürgermeister, zurückfallen«, legte Bonanno nach. Er genoss es sehr, zu beobachten, wie dem Bürgermeister kalter Schweiß ausbrach. Auf diesen Moment hatte er schon lange gewartet. Er bluffte zwar nur, und das war immer riskant, aber ganz überraschend erreichte er damit sein Ziel.

»Also gut, Maresciallo, ich erzähle Ihnen alles«, jammerte Prestoscendo und dann folgte eine Geschichte, bei der es einem schlecht werden konnte. Nein, er hatte Lenticchios Hunde nicht vergiftet. Der Bürgermeister hatte nicht die leiseste Absicht, streunende Hunde umzubringen, aber als er dieses arme Tier tot auf seinem Grundstück liegen gesehen hatte, war hinter seiner niedrigen Stirn eine gemeine

Idee entstanden: Er würde den toten Cockerspaniel benutzen, um so eine äußerst nützliche Werbung für seinen Wahlkampf zu bekommen. Wie, das war schnell gesagt: Er musste es nur wie eine klare Mafiabotschaft aussehen lassen.

Deshalb war er nach Hause gegangen, hatte einen Sack geholt und war zu dem toten Welpen gegangen. Um zu vertuschen, dass er eines natürlichen Todes gestorben war – schließlich wusste Prestoscendo nicht, dass der Hund vergiftet worden war –, hatte er ihn in den Sack gesteckt. Dann wollte er ihm den Kopf mit einem Stein zertrümmern und ihn an der Tür seiner Villa aufhängen. Später würde er so tun, als hätte er ihn gefunden, während er aufs Land fuhr, und anschließend Carabinieri und Presse informieren. Der Gedanke an die Publicity lockte ihn, aber als er dann vor dem toten Körper des Spaniels stand, hatte er sich ein wenig vor sich selbst geekelt, einen Moment überlegt und wollte schon wieder umkehren. Aber letztendlich hatte er gedacht, jedes Mittel sei erlaubt, um Stimmen zu gewinnen. Sein Foto würde in die Zeitungen kommen und dazu die großen Schlagzeilen, die berichteten, dass der Bürgermeister von Villabosco von unbekannter Hand eine klare Drohbotschaft erhalten hatte, ganz bestimmt von jemandem, den sein korrekter Umgang mit der Verwaltung verärgert hatte. Deshalb hatte er sich entschieden, den Plan auszuführen, und den Welpen in den Sack gesteckt. Ausgerechnet in dem Augenblick war Vanni Lenticchio aufgetaucht, hatte schon von weitem angefangen zu brüllen und einen Schuss auf ihn abgefeuert. Gott allein wusste, warum er ihn verfehlt hatte. Dann hatte das Gewehr blockiert.

»Das ist die Wahrheit. Maresciallo, ich schwöre es Ihnen, ich habe nichts mit der Vergiftung dieser armen Hunde zu tun. Ich wusste nicht einmal, dass sie Vanni Lenticchio gehören, den ich immer geschätzt und respektiert habe. Ich habe geglaubt, der kleine Hund sei vielleicht aus dem Schuppen dieses Fremden ausgerissen«, sagte Prestoscendo weinerlich. Bonanno starrte ihn an und wusste nicht, was er denken sollte. Das war die nackte Wahrheit, die sein Bulleninstinkt gewittert hatte und die sich jetzt als genauso schäbig herausstellte wie alle Gemeinheiten kleiner Menschen, denen es nur darum ging, sich selbst zu beweihräuchern und sich der eigenen Scheinheiligkeit zu rühmen. Bonanno ekelte sich vor diesem Typ Mensch und schämte sich für sein Geschlecht, zu dem solcher Abschaum gehörte. Ihm wurde übel, deshalb riss er die Tür auf und brüllte: »Hauen Sie schon endlich ab!«

Das ließ sich Prestoscendo nicht zweimal sagen.

»Kann ich wirklich gehen? Ist alles geklärt?«

»Gehen Sie, bevor ich es mir anders überlege und Sie wegen Irreführung der Behörden einloche«, drohte Bonanno. Der Bürgermeister verschwand.

Als Bonanno allein war, riss er die Fenster weit auf und füllte seine Lungen mit der frischen Luft. Er hatte Lust, die ganze Welt kurz und klein zu schlagen. So heftig tobte in ihm die Wut, dass das Blut dumpf in seinen Ohren sauste. Er rauchte, ohne es überhaupt zu merken, sein Blick wirkte müde und entmutigt und verlor sich über den Dächern der Häuser dieses armseligen Ortes, der von einem schäbigen Niemand wie Prestoscendo regiert wurde. Was für eine Zukunft konnte es für Villabosco geben, die kleine Stadt im Montanvalle? Und was konnte er schon tun, ein kleiner Carabiniere, damit die Dinge in diesem Stückchen Provinz einmal anders liefen? Was war das für ein Ort, wo man nicht einmal den Tod respektierte, nein, sogar bereit war, ihn für egoistische Zwecke einzuspannen, auch wenn es nur um einen armen, unschuldigen Welpen ging?

Bonanno fühlte sich leer und ausgebrannt. Er starrte weiter auf die Häuser und die Umgebung, die schon in die Außenbezirke Villaboscos überging, wo ein Schuppen träge mit den Sonnenstrahlen liebäugelte und sich in einem Tümpel spiegelte. Nicht weit davon breitete sich ein bunter Teppich von Kaktusfeigen, wilden Kapern- und Brombeersträuchern aus. Er betrachtete dieses undurchdringliche Chaos aus Büschen und Sträuchern, das genauso wirr war wie die Ereignisse, die ihn in diesen verdammten Tagen beunruhigten. Ein grauer Hund kläffte müde die Brombeeren an. In diesem dornigen Gewirr hatte eine Amsel ihr Nest gebaut. Zum Teufel mit allen Hunden dieser Welt! Bonanno schloss das Fenster und kehrte traurig zu seinem Schreibtisch zurück. Steppani erschien in der Tür und fragte: »Möchten Sie einen Kaffee?«

Bonanno nickte. Er fühlte sich scheußlich und wenn ihn dieses Elend packte, gab es kein Entkommen. Das Telefon klingelte. Er hob den Hörer so mühsam ab, als würde der eine Tonne wiegen.

»Maresciallo, Ihre Mutter ist am Apparat. Wollen Sie mit ihr sprechen?«

»Wolltest du das etwa tun?«, fragte er den armen Mann in der Telefonzentrale unhöflich.

»Nein, Maresciallo!«

»Dann gib sie mir.«

Er hörte den heiseren Atem und die kontrollierte, aber doch zitternde Stimme Donna Alfonsinas. Sie hatte ihn nicht angerufen, weil sie seine Stimme hören wollte. Oh nein. Das begriff er schon bei ihren ersten Worten.

»Bist du es, Saverio?«

»Hallo, Mutter.«

»Hör mal, mein Sohn, ich weiß nicht, was dir in diesen Tagen so im Kopf herumgeht und will es gar nicht wissen, aber da bist du auf dem Holzweg. Du kommst nicht zum Essen nach Hause und hältst es nicht mal für nötig, das anzukündigen, obwohl dir bekannt ist, dass ich heute Morgen frisches

Brot gebacken habe, WEIL ICH WEISS, WIE GERN DU DAS MAGST, aber wie sagt man so schön: Wer nicht will, der hat schon. Das habe ich zum letzten Mal getan.«

Bonanno erstarrte. Donna Alfonsinas Volksweisheiten waren die Vorboten einer haarsträubenden Standpauke. Er seufzte: Das hatte ihm gerade noch gefehlt!

»Das passt jetzt ganz schlecht, Mamma. Also, was willst du?«

»Ganz klar und deutlich, Savè, lass die Kleine in Ruhe, sonst bekommst du es mit mir zu tun.«

»Von welcher Kleinen reden wir?«

»Na, von Vanessa, von wem denn sonst? Was sind denn das jetzt für neue Moden, dass du dich plötzlich darum kümmerst, was sie morgens isst oder nicht zu essen hat? Und glaubst du etwa, deine Mutter gibt ihr etwas, was ihr nicht guttut? Meinst du, ich bin schon hirnlos und verblödet?«

Wenn Donna Alfonsina richtig loslegte, war sie schlimmer als ein stürmischer Nordwind. Bonanno stellte fest: Donna Alfonsina, die ihm schon das unangekündigte Fernbleiben vom Mittagessen angekreidet hatte, schlug Krach, weil Vanessa ihr nach der Schule von seinem morgendlichen Gespräch über diesen blöden Körnerfraß erzählt hatte – wahrscheinlich haarklein und mit vielen Details ausgeschmückt, die natürlich alle zu ihren Gunsten sprachen.

»Hör mal, Mamma, gib ihr zu essen, was du willst. In Ordnung? Es genügt, dass du mich dann nicht verantwortlich machst, wenn sie Magenschmerzen hat.«

»Die kriegst eher du, bei all dem Mist, den du auswärts in dich reinstopfst. Übrigens, hast du es dir in der Trattoria gut gehen lassen?«

Hätte ihn jemand in eine Wanne mit Eiswasser gesteckt und ihm drei Liter Blut abgezapft, wäre Bonanno sicher nicht blasser geworden. Ließ Donna Alfonsina ihn etwa heimlich per Satellit überwachen?

»Entschuldige, Mamma, ich muss aufhören. Die Pflicht ruft«, log er und legte auf. Dabei wusste er genau, dass die Auseinandersetzung mit seiner Mutter, die er feigerweise mittendrin unterbrochen hatte, nur aufgeschoben war. Er blieb sitzen und starrte niedergeschlagen den Hörer an. In seinem Land gab es keine Gerechtigkeit, nicht auf dieser miesen Insel, nicht einmal auf dem gesamten Planeten, es hatte sie nie gegeben und würde sie nie geben. Er fühlte sich von allen Seiten umzingelt, wie ein in die Jahre gekommener Boxer, den man in die Ecke gedrängt hat und der nun von überall her Prügel bezieht, nicht nur vom Gegner, sondern auch vom Schiedsrichter und den Zuschauern in den ersten Reihen, die von seiner Vorstellung angekotzt sind. So blieb er sitzen, die Hände an die Schläfen seines rundlichen Gesichts gepresst. Seine Augen waren so trüb wie seine Gedanken, und er verlor sich in einem Selbstgespräch über seine wachsende Depression. Aber das währte nicht lange, es passte nicht zu ihm, sich selbst zu bemitleiden, und tatsächlich, keine fünf Minuten später, reagierte er auf seine Weise. Bonanno stand ruckartig auf, der Stuhl ächzte erleichtert, als er von dem beträchtlichen Gewicht befreit wurde, und meinte zu sich selbst: »Jetzt reicht es aber, verdammt noch mal! Heute Abend, wenn ich nach Hause komme, rede ich mit Vanessa und verpasse ihr einen Anpfiff, den sie so schnell nicht vergessen wird. Und wenn meine Mutter auch nur einmal wagt, etwas zu sagen, dann bei Gott, dann passiert was.«

Mehr sagte er nicht. Bonanno war zwar fest entschlossen, aber eine innere Stimme sagte ihm, dass es mit Donna Alfonsina nicht so laufen würde: Seit vierzig Jahren lehnte er sich vergeblich gegen diese zudringliche mütterliche Gewalt auf. Er ging zum Fenster zurück, zündete sich noch eine Zigarette an. Der müde Hund mit dem grauen Fell war noch da. Er beobachtete ihn und wurde unruhig, die gleiche innere Stimme, jetzt aber leiser, als sei sie weiter entfernt, erklärte ihn für blöd. Warum verhöhnte ihn jetzt schon seine innere Stimme? Er kniff die Augen zusammen und plötzlich verjagte ein Lichtstrahl das Dunkel: Na klar! Er hatte noch Mühe, alles genau zu erkennen, und je mehr er vor sich hin starrte, desto heftiger wurden die stechenden Kopfschmerzen, aber da gab es nichts: Die Lösung lag schon in greifbarer Nähe. Während er den grauen Streuner an den Brombeersträuchern beobachtete, wurde ihm plötzlich alles klar. Jetzt wusste er, warum jemand Vanni Lenticchios Hunde vergiftete, und vielleicht sogar, wer.

Trampelnd wie ein ganzes Regiment der schweren Kavallerie verließ er sein Büro. Der Wachtposten am Eingang sprang eilig auf und schlug die Hacken zusammen, als der Maresciallo an ihm vorbeikam. Bonanno sah ihn nicht einmal, er verließ die Kaserne, als hätte er einen wilden Bienenschwarm in der Hose. Er steckte sich eine weitere Zigarette in den Mund und rauchend machte er seinen Kopf frei, um sich dann auf die Idee zu konzentrieren, die ihm zugeflogen war. Natürlich waren das alles nur Vermutungen, aber wie er es auch drehte und wendete, es klang logisch.

Er musste das jetzt sofort klären. Deshalb nahm er keinen Dienstwagen, sondern den Jeep, fuhr mit quietschenden Reifen los und brachte damit einen einsamen Radfahrer zum Fluchen, der die Steigungen der ländlichen Hügel liebte und plötzlich beinahe von einem unkontrolliert dahinjagenden Geländewagen gestreift worden wäre.

Bonanno ließ Villabosco hinter sich, fuhr die Straße nach Norden in Richtung Monticeddi, zum Hundeasyl von Vanni Lenticchio. Kurz darauf sah er es schon in der Ferne liegen. Er bog nach rechts ab, hielt sich hinter den Hügeln, dann nahm er den Wirtschaftsweg, ein paar Kilometer unbefestigte, kurvenreiche Straße. Er erreichte den Hügelkamm. Von diesem erhöhten Aussichtspunkt aus beherrschte der Ätna mit seinem rauchenden Gipfel halb Sizilien. Zu dieser

Zeit spie der Vulkan Feuer und zwar reichlich. Aber Bonanno war der Anblick des in der Dunkelheit Funken sprühenden Ätna, der ein beliebtes Fotomotiv für Touristen war, in diesem Moment völlig egal. Er wollte von dieser Anhöhe aus etwas anderes beobachten. Mit einem einzigen Blick konnte er das gesamte Tal überblicken. Der Maresciallo stellte den Jeep unter einem hundertjährigen Johannisbrotbaum ab, holte sein Fernglas raus und stieg aus. Er verbarg sich hinter einer grünen Mauer aus Kaktusfeigen, die ein natürliches Versteck bildeten. Mühelos entdeckte er Vanni Lenticchios Hundeasyl. In der Luftlinie war es nur ein paar Hundert Meter entfernt, aber auf der Straße wenigstens einige Kilometer, wo auch Bürgermeister Totino Prestoscendos Schuppen lag. Und nicht viel weiter noch einer, von dem der Bürgermeister gesprochen hatte, als man ihn praktisch auf frischer Tat ertappt hatte. Der erstreckte sich über ein großes Grundstück. Dort schien alles ganz ruhig zu sein, vielleicht zu ruhig. Mit dem Fernglas vor den Augen kontrollierte Bonanno die gesamte Umgebung. Plötzlich fuhr er hoch. Und stellte sein Fernglas schärfer.

»Verdammt, ich hatte recht«, jubelte er.

Ein paar Hundert Meter weiter fiel das Gelände deutlich ab. Von der Straße aus hätte man das nie bemerkt, aber von hier oben sah man sie genau, obwohl sie gut versteckt lagen: zwei weitere Schuppen, und zufällig waren sie von dichten, dornigen Brombeerbüschen umgeben. Nun handelte es sich nicht mehr um Vermutungen. Bonanno stieg wieder in seinen Jeep, jetzt war seine Niedergeschlagenheit wie weggeblasen. Sein Bulleninstinkt kitzelte ihn heftig. Durch Prestoscendos Erwähnung des einen Schuppens, aber vor allem dank des grauen Streuners, der Amsel und dem Schuppen, der in der Nähe der Sträucher von einem Sonnenstrahl gestreift wurde, war Bonanno jetzt sicher, dass er den Fall der vergifteten Hunde gelöst hatte.

## *Zwölf*

»Steppaaaniii!!!«, brüllte sich Bonanno die Lunge aus dem Hals.

Der Brigadiere stürzte in Bonannos Büro.

»Zu Befehl!«

»Tu mir einen Gefallen, such Cacici und Torrisi, und hol auch Cantara und Lacomare. Es ist mir völlig egal, ob sie dienstfrei haben, finde sie einfach und Schluss. In einer halben Stunde sollen alle in meinem Büro sein«, befahl er.

»Und wozu?«

»Eine kleine Razzia.«

»Dann holen wir wohl besser auch Brandi und Giarratana dazu.«

»Worauf wartest du noch, Steppani?«

»Entschuldigen Sie, Maresciallo, aber wenn ich die Kollegen rufe und ihnen nicht sage, warum, schicken die mich zum Teufel, und das auch nur, wenn ich Glück habe. Ich kenne Lacomare, wenn der keinen Dienst hat, dann kommt der erst gar nicht, besonders jetzt, wo er seiner Schülerin hinterherrennt.«

»Sag ihnen, es sei dringend und ich möchte ihn sofort hier sehen, wenn er nicht auch an Ferragosto Dienst schieben will. Los, beweg dich und stell nicht so viele Fragen.«

Steppani verließ eher mutlos das Büro seines Vorgesetzten. Der Maresciallo war wirklich unerträglich, wenn er seinen Fünf-Minuten-Koller hatte. Steppani kam in die Telefonzentrale und sagte: »Ich brauche deine Hilfe, Kollege.«

»Zu Ihrer Verfügung, Brigadiere«, antwortete ihm der blutjunge Carabiniere. Fünf Sekunden später hatte Steppani die Kollegen Giovanpaolo Cacici und Carmelo Torrisi am Telefon. Die beiden fuhren im Ort Streife, also ganz in der Nähe. Zehn Minuten später waren sie bereits in der Zentrale. Vito Cantara erreichten sie auf seinem Privathandy, aber auch er machte keinen Aufstand. Nur Lacomare war wie vom Erdboden verschluckt. Und wer erzählte das jetzt dem Maresciallo, so aufgeregt, wie der war? Steppani entschied sich spontan.

»Tu mir einen Gefallen«, sagte er zu dem Telefonisten, »informier Maresciallo Bonanno, wenn die Kollegen hier sind, sag ihm, er soll ohne mich anfangen.«

»Sie können auf mich zählen, Brigadiere«, antwortete der Telefonist vertrauensselig. Ein blutjunger Bursche, der erst seit kurzem bei den Carabinieri Dienst tat. Er hatte keine Ahnung, in welche Schwierigkeiten er sich mit seiner Zusage gerade gebracht hatte.

»Noch was, Kollege: Richte ihm doch aus, ich hätte mir den Jeep ausgeliehen«, fügte Steppani noch hinzu, dann ging er die Treppe hinunter in die Garage und schnappte sich sein Lieblingsgeländefahrzeug. Kurz darauf raste er schon wie ein zweiter Michael Schumacher über die kleinen Straßen und schoss wie ein Betrunkener auf den Ring um Villabosco.

»Was soll das heißen, der Brigadiere hat den Jeep genommen und ist weggefahren?«, brüllte Bonanno und starrte den armen Telefonisten an, als wollte er ihn mit seinen Blicken erdolchen.

»Ich berichte Ihnen genau, was er mir gesagt hat, Maresciallo«, verteidigte sich der unglückliche junge Mann, der vor Ärger hochrot angelaufen war.

Cacici, Torrisi und Cantara hielten den Mund, sie kannten

die Anpfiffe ihres Kommandanten. Alle befanden sich in Bonannos Büro.

»Und er hat dir nicht zufällig gesagt, wo er sich den Kopf einrennen will?«

»Nein, Maresciallo.«

»Über Lacomare, diesen Drückeberger, weißt du nichts?«

»Nein, Maresciallo.«

»Hat dir der Brigadiere noch was gesagt?«

»Ja, Maresciallo.«

Bonanno wartete ab, aber der blutjunge Telefonist war verunsichert, und deshalb schwieg er lieber. Bonanno seufzte und fragte: »Brauchst du noch eine amtliche Aufforderung?«

»Wofür?«, fragte der junge Bursche jetzt vollkommen durcheinander.

»Um diese verdammten paar Worte rauszulassen, die du für dich behältst, als sei es das Gold der Madonna.«

»Nein, Maresciallo.«

»Also, willst du mir jetzt endlich verraten, was zum Teufel der Brigadiere gesagt hat?«

»Ich soll Sie informieren, dass Sie ohne ihn anfangen sollen, wenn die hier anwesenden Kollegen eingetroffen sind, und das habe ich gerade getan.«

»Hör mal gut zu, ich weiß nicht, wie du heißt, und will es gar nicht wissen. Weißt du, was du jetzt tun wirst? Du marschierst sofort zum Telefon zurück, treibst mir Steppani auf und sagst ihm, er soll auf der Stelle zurückkommen, ist das klar?«

»Jawohl, Maresciallo«, antwortete der junge Mann und schlug die Hacken zusammen.

»Du hast zehn Minuten.«

»Zu Befehl, Maresciallo«, sagte der Telefonist und rannte davon.

»Das nenne ich jemanden so richtig abkanzeln«, war Cantaras Kommentar.

Cacici und Torrisi nickten. Bonanno sah sie an. Seine Männer erwiderten den Blick.
»Entschuldigt mein Aufbrausen, aber was sein muss, muss sein. Ich habe euch zusammengerufen, um euch um einen Gefallen zu bitten. Ich brauche euch alle hier, und was tut dieser Drückeberger Steppani? Er haut einfach ab«, meinte Bonanno.
»Das wäre ein Irrtum«, sagte Steppani und ahmte damit die Redeweise seines Vorgesetzten nach. Bonanno sah ihn vernichtend an. Steppani tat nicht einmal so, als beunruhigte ihn das, er trat beiseite und mit einer knappen Verbeugung machte er Platz für den stinkwütenden Lacomare. Der Carabiniere ging an Steppani vorbei, warf ihm einen zornesglühenden Blick zu und legte los: »Maresciallo, ich protestiere. Der hier anwesende Brigadiere hat Gewalt angewandt, um mich gegen meinen Willen in die Kaserne zu bringen. Er hat sich damit gerechtfertigt, es geschähe auf Ihren Befehl hin, und ich erzähle Ihnen lieber nicht, wie er gefahren ist. Ich weiß nicht, wer von Ihnen die Wahrheit gesagt hat, aber die Geschichte wird ein Nachspiel haben«, drohte Lacomare.
Bonanno starrte Steppani an. Der breitete die Arme aus und erklärte: «Er war mit seiner Schülerin zusammen und was sollte ich sonst tun, um ihn zu überzeugen?«
Bonanno nickte.
»Ich entschuldige mich bei dir, Lacomà, in meinem und auch in Steppanis Namen, ich brauche eigentlich deine Unterstützung in einer heiklen Sache, aber wenn du wirklich gehen musst, dann geh. Das bedeutet, wir werden auf dich verzichten.«
Es war nicht Bonannos Art, sich zu entschuldigen. Das wussten seine Männer genau und deshalb spitzten alle die Ohren: Es war ihm ernst. Das begriff sogar Lacomare.
»Das ist eine miese Erpressung, Maresciallo«, sagte Lacomare und setzte sich hin.

»Ich wusste doch, dass ich mich auf meine Leute verlassen kann.«

»Was ist denn los, Maresciallo?«, fragte Cacici.

Bonanno zündete sich eine Zigarette an, stützte sich auf die Schreibtischplatte, sah sie nacheinander an und sagte schließlich: »Ich glaube, ich weiß jetzt, wer Vanni Lenticchios Hunde vergiftet hat, und auch, warum.«

»Hurra!«, sagte Cacici.

»Warten Sie mal, Sie haben uns doch nicht nur deswegen gerufen, oder?«, fragte Lacomare.

»Nein, mein Lieber, aber lasst mich erst ein paar Dinge klarstellen. Torrisi und Lacomare, habt ihr heute früh den Tierarzt kontaktiert?«

»Negativ, er war außer Haus und kommt erst nächste Woche zurück.«

»Lacomà, hast du deine Schülerin über die Sache mit den Joints befragt?«

»Fangen Sie wieder an, Maresciallo? Sie ist ein anständiges Mädchen. Was soll ich noch sagen? Die raucht noch nicht mal Zigaretten, geschweige denn Joints.«

»Also keine Sondierung?«, sagte Steppani provozierend.

»Gehen Sie doch zum Teufel!«, antwortete Lacomare. Anscheinend war es ihm ernst.

»O. k., nichts für ungut«, meinte Bonanno. »Und jetzt hört genau zu. Wie ihr wisst, hat mich Porcufinus Frau angezeigt und bei dem Anwalt, den sie sich genommen hat, könnte ich in ernste Schwierigkeiten kommen.«

»Was für Schwierigkeiten? Es reicht doch zu sagen, wie es wirklich war, um sich dagegen zu verteidigen«, unterbrach ihn Steppani.

»Sagen wir mal, ich kann mich nicht so verteidigen, wie ich es möchte, Steppà, das muss dir genügen. Ihr wisst doch alle: Bei den Carabinieri sind wir alle nützlich, aber niemand ist unersetzlich, und ihr wisst auch, wie das bei unserem

Colonello läuft: Gestern war ich sein großer Liebling und heute bin ich Satan höchstpersönlich. Aber wenn wir hier einen Volltreffer landen, dann steigt mein Ansehen wieder und alles könnte in Ordnung kommen.«

»Wovon reden Sie, Maresciallo?«

»Drogen!«

»Drogen? Und das soll etwas mit Lenticchios Hunden zu tun haben?«

»Ich glaube schon. Ich habe zwei Schuppen entdeckt, die halb hinter Brombeerbüschen versteckt liegen, ganz in der Nähe vom Grundstück des Bürgermeisters.«

»Dort, wo Lenticchio auf ihn geschossen hat?«

»Genau dort, wo Prestoscendo den Welpen in den Sack gesteckt hat. Wie ihr wisst, haben Vanni Lenticchios Hunde die Angewohnheit, herumzustreunen, wo sie wollen, und wie der Bürgermeister bestätigt, kamen sie auch dorthin. Ich habe selbst gesehen, dass sie statt sich mit den Amseln in den Sträuchern anzulegen, wie es jeder Hund instinktiv tut, etwas Seltsames in der Luft gewittert haben, was aus den Schuppen kam, und deshalb haben sie die Schuppen angebellt. Und mit ihrem ständigen Gebell und Gejaule mussten sie Aufmerksamkeit erregen und deshalb zog jemand sie aus dem Verkehr und vergiftete sie.«

»Und warum hat er sie nicht erschossen?«

»Um Lenticchio aufmerksam werden zu lassen. Ein vergiftetes Fleischbällchen war eine klare Botschaft an ihn: Hol deine verdammten Hunde hier weg.«

»Haben wir Beweise?«

»Deswegen habe ich euch herbestellt. Die müssen wir finden, wir müssen den Ort vierundzwanzig Stunden am Tag überwachen. Wir müssen ihre Bewegungen und alles andere aufnehmen. Darum müsst ihr vier euch kümmern, aber ohne Aufsehen zu erregen, nicht einmal hier in der Zentrale.«

»Was bedeutet das?«
»Wenn ihr einverstanden seid, müsst ihr auch euren normalen Dienst leisten und danach wechselt ihr euch in der Überwachung der Schuppen ab. Es gibt weder Überstunden noch zusätzliches Geld.«
»Verdammt, Maresciallo. Wie lange wird das wohl dauern?«
»Bis wir gefunden haben, was wir brauchen.«
»Warum haben Sie nicht auch Brandi und Giarratana geholt?«, fragte Cantara.
»Die will ich noch außen vor lassen. Ich möchte nicht die ganze Einsatztruppe reinziehen.«
»Und wenn das länger dauert?«
»Dann werden wir weitersehen. Wenn ihr einverstanden seid, wird Steppani sich einen Katasterauszug besorgen, um festzustellen, wem das Grundstück gehört.«
»Einen was?«
»Einen Grundbuchauszug, den gibt es beim Provinzkatasteramt.«
»Können wir das nicht direkt im Gemeindeamt erfragen? Das geht schneller.«
»Nein, nicht über den Dienstweg. Niemand darf das wissen. Wenn jemand etwas Auffälliges bemerkt, dann ist es vorbei mit der Überraschung. Und diesmal kann ich mir keinen Fehler leisten. Seid ihr dabei?«
»Ich schon. Darf ich noch was sagen. Maresciallo? Davon träume ich schon lange«, meinte Steppani.
»Na, dann sag schon.«
»Einer für alle, alle für einen«, verkündete der Erste Brigadiere feierlich.
»Noch eine letzte Frage, Maresciallo: Warum bitten Sie nicht Ihren Richter Panzavecchia um eine Genehmigung? Dann hätten wir keinen Stress«, fragte Cantara.
»Du hast ja recht, Cantà, aber sieh mal, wenn es diesmal schiefgeht und ich mich geirrt habe, dann macht der Co-

lonello eine große Sache daraus und verlangt meinen Kopf. Wollt ihr das? Wenn wir ins Schwarze treffen, dann sind wir alle Helden und ich werde dafür sorgen, dass ihr richtig groß rauskommt. Ich werde höchstpersönlich die Presse informieren.«

»Ich bin dabei«, sagte Cantara.

Einer nach dem anderen stand auf. Zuerst Vito Cantara, dann Ciccio Lacomare, schließlich Giovanpaolo Cacici und Carmelo Torrisi. Und alle legten ihre Hand auf Steppanis Hand, die er mit der Handfläche nach oben auf Bonannos Schreibtisch gelegt hatte.

»Wer sind schon die drei Musketiere dagegen«, erklärte Steppani.

»Na, die würden uns 'ne schöne Abreibung verpassen! Ich bin dabei«, erwiderte Cacici.

»Wir alle«, sagte Lacomare.

»Zählen Sie auf uns, Maresciallo«, sagte Torrisi.

Nur Bonanno sagte nichts, denn er hatte einen Kloß im Hals. Er kannte seine Leute und auch seinen sensiblen Charakter. Deshalb drehte er sich zum Fenster, ging zwei Schritte und verbarg seine Rührung hinter einem vorgetäuschten Hustenanfall. Er öffnete das Fenster, ließ sich die kalte Luft übers Gesicht streichen und seine dicken Tränen trocknen. Dann drehte er sich zu seinen Jungs um. Wärme umschloss sein Herz.

»Wenn ihr wollt, könnt ihr schon heute Nacht anfangen. Und wenn ihr irgendwelche Bewegungen bemerkt, dann bitte keine Eigeninitiative, nehmt die Videokameras für Nachtaufnahmen mit. Zeichnet alles auf, damit wir sie drankriegen.«

»Verstanden, Maresciallo.«

»Bevor ihr geht, muss ich euch noch etwas sagen: Ihr wisst ja, ich bin kein Mann großer Worte, aber ich will mich ganz herzlich bei euch allen bedanken.«

»Das hat ein Nachspiel«, sagte Lacomare.
»Darauf könnt ihr wetten, Jungs.«

»Tolle Neuigkeiten, Maresciallo«, sagte Steppani und schwenkte ein paar Blatt Papier vor den Augen seines Vorgesetzten.
»Was hast du herausgefunden?«
»Sie haben doch nach dem Grundbuchauszug gefragt, oder? Den habe ich direkt im Katasteramt geholt.«
»Bist du selbst dort gewesen?«
»Machen Sie Witze? Das ist Technik und dafür brauchte ich einen Fachmann.«
»Einen Fachmann? Wen? Du hast dich doch nicht erwischen lassen?«
»Ganz ruhig, Chef. Das ist ein anständiger Junge, der Cousin eines Mädchens, das ich schon eine Weile kenne. Eine sehr hübsche Kleine, sie mag schnelle Wagen, und ich bin, in aller Bescheidenheit, ein Experte auf diesem Gebiet, wie Sie wissen.«
»Hör auf, Steppani, und komm zur Sache. Was hast du herausgefunden?«
»Das betreffende Grundstück gehört Caterina Cinquemani.«
»Nie gehört. Wer ist das?«
»Eine siebzigjährige Rentnerin aus Santo Stefano Quisquina.«
»Und was hat die mit unserem Fall zu tun?«
»Halt. Weil mir das Ganze auch merkwürdig vorkam, bin ich bis Santo Stefano gefahren.«
»Du bist dorthin?«
»Jawohl, mit dem Ziviljeep. Und wissen Sie, was ich entdeckt habe?«
»Was, Steppani?«
»Unsere Signora Caterina Cinquemani ist die Mutter von Santina Ognibene.«

«Und wer ist nun wieder diese Santina Ognibene?«

»Die rechtmäßige Ehefrau eines gewissen Girolamo Vassallo.«

»Moment mal, meinst du *den* Vassallo?«

»Jawohl, *Mommo u nanu.*«

Girolamo Vassallo, wegen seiner geringen Körpergröße *Mommo u nanu* genannt, Mommo der Zwerg, war im ganzen Ort wegen seines mürrischen Wesens berüchtigt. Bonanno kannte ihn aber vor allem wegen seiner Vorstrafen. Der Mann hatte ein Register so lang wie eine Bohnenstange und war sogar wegen Begünstigung und Hehlerei verurteilt worden. Bei diesem Kerl war man besser vorsichtig. Er war zwar nicht viel größer als ein Pony, dafür aber stark wie ein Maultier. Außerdem war er der Kumpan eines anderen ehrenwerten Gesellen, des betrügerischen Automechanikers Loreto Passacquà nämlich.

»Volltreffer, Steppà. Was gibt es von den Jungs zu berichten?«

»Bis jetzt ist bei den Schuppen alles ruhig, keine verdächtigen Bewegungen.«

»Ist es dir recht, wenn wir uns heute Nacht abwechseln und jeder eine Schicht übernimmt? Dann können die anderen sich ausruhen.«

»Ist das nicht zu riskant für Sie?«

»Wann ist Ablösung?«

»Um Mitternacht.«

»Dann sehen wir uns dort.«

»Zu Befehl«, sagte Steppani und verabschiedete sich stolz von seinem Maresciallo.

Zwei Uhr nachts. Mondlicht über Sizilien. In der Ferne spuckt der Ätna Lavafontänen in den Nachthimmel. Purpurrote Funken durchbrechen die Dunkelheit und verwandeln sich in kleine Lavabäche. Bonanno beobachtete die Natur-

wunder seiner Heimat und dacht: Sobald diese Geschichte hier zu Ende ist, muss ich Rosalia einmal herbringen.
Sie ducken sich zwischen den Johannisbrotbäumen. Steppani und der Maresciallo überwachen die drei Schuppen. Das Land um sie herum liegt schweigend da.
»Auch zu dieser Nachtzeit ist unser Sizilien wirklich traumhaft«, erklärt Steppani.
»Ja, nur schade, dass hier die Sizilianer sind«, antwortet Bonanno.
»Also, Maresciallo, was machen Sie für ein Drama daraus, es ist doch überall gleich, die Sizilianer sind genauso wie alle anderen.«
»Und da irrst du dich, Steppà, wer als Sizilianer geboren wird, ist für sein Leben gezeichnet, das ist wie ein Kainsmal. Du erkennst es daran, wie er dich ansieht und wie er sich aufspielt, als trüge er höchstpersönlich die Madonna der sieben Wunder in der Prozession.«
»Sie auch?«
»Sicher, glaubst du etwa, ich bin besser als die anderen, nur weil ich eine Uniform trage?«
»Ich glaube, Sie übertreiben.«
»Das ist eine Frage der Mentalität, Steppà, du bist einer aus dem Norden, deshalb wirst du das nie verstehen.«
»Eins habe ich doch begriffen, Marescià, heute Nacht ist mit Ihnen nicht gut Kirschen essen. Haben Sie sich mit Ihrer Tochter, diesem Goldstück, gestritten oder mit Ihrer Mutter, der guten Seele?«
»Steppani, weißt du, warum ich dich jetzt nicht erschieße? Weil das zu viel Lärm machen würde, und jetzt, verflucht noch mal, müssen wir vorsichtig sein.«
Bonanno hatten Steppanis Anspielungen überhaupt nicht gefallen. Der hatte zwar nur so dahergeredet, aber eigentlich hatte Steppani den Nagel ziemlich auf den Kopf getroffen. Er wusste ja genau, was für einen Sturkopf er als Kommandan-

ten hatte. Bonanno dagegen war fest entschlossen gewesen, ein für alle Mal mit Vanessa und Donna Alfonsina zu klären, wer zu Hause das Sagen hatte. Damit hatte er sowohl Zeit als auch den Kampf verloren und während er sich die Seele aus dem Leib brüllte, um seine eigene Position zu festigen, hatte ihm Briciola auch noch auf die Dienstschuhe gepinkelt. Die gesamte sizilianische Weiblichkeit hatte sich gegen ihn verschworen, einschließlich der Hunde. Zum Glück gab es Rosalia. Ach ja, Rosalia …

Es war Viertel vor drei.

Ein Uhu auf Nahrungssuche flog auf. Vielleicht hatte ihn auch etwas erschreckt. Als er dessen Flügel rauschen hörte, hob Bonanno den Kopf und spitzte die Ohren.

»Hast du nichts gehört?«, fragte er.

»Nein.«

»So was wie näher kommende Motoren.«

»Warten Sie. Nein, ich glaube nicht«, sagte Steppani und legte die Hand ans Ohr.

»Du, ich sage dir, hier passiert etwas.«

»Das wird das Echo des Vulkans sein.«

»Aus zweihundert Kilometer Entfernung?«

»Nachts reisen die Töne schneller«, erwiderte Steppani.

Bonanno sagte nichts mehr, seine Ohren waren genauso gespannt wie jede Faser seines dicken Körpers. Steppani wechselte dreimal die Position, er konnte einfach nicht still stehen. Was zunächst nur im Hintergrund zu hören gewesen war, verwandelte sich jetzt in ein dröhnendes Geräusch, das immer näher kam. Jetzt sah man auch zwei Scheinwerfer aufleuchten.

»Sie hatten recht, Maresciallo, das ist ein Lastwagen.«

»Was zum Teufel macht ein Sattelschlepper nachts hier auf dem Land?«

»Das werden wir gleich sehen.«

Der Lastwagen fuhr auf das Gelände, das überwacht wurde.

Ein Mann öffnete das Eingangstor. Mit dem Fernglas dicht vor den Augen sahen Bonanno und Steppani jetzt auch Mommo u nanu in der Nähe der Schuppen hantieren. Der Lastwagen fuhr hinein und war augenblicklich nicht mehr zu sehen. Zunächst verschwand er im Schatten des ersten der beiden Schuppen, die von der hügeligen Beschaffenheit und der Vegetation des Geländes halb verborgen wurden. Offensichtlich hatte jemand eine Straße angelegt, auf der dieses Riesenfahrzeug bequem zu ihnen gelangen konnte.

»Was tun wir jetzt?«, fragte Steppani.

»Ruf die anderen an, lass auch Giarratana und Brandi holen, die auf Streife sind. Und sag ihnen, sie sollen leise sein, wenn sie kommen. Diesmal schnappen wir sie«, antwortete Bonanno entschlossen.

Zwanzig Minuten später war die gesamte Truppe eingetroffen, sie kam in drei Wagen mit ausgeschalteten Scheinwerfern. Bonanno leitete den Einsatz und übernahm die volle Verantwortung für seinen Alleingang.

»Brandi und Giarratana, sobald ihr drinnen seid, geht ihr auf die Rückseite. Und wenn jemand zu fliehen versucht, wisst ihr, wie ihr ihn festhaltet. Du, Lacomare, und du, Torrisi, ihr postiert euch seitlich von den Schuppen und überwacht auch die Vorderseite. Die Vögel sitzen in der Falle, aber man weiß ja nie, ob da nicht noch mehr sind. Du, Steppà, und du, Cacici, ihr haltet alle links von euch in Schach, wenn wir den Schuppen stürmen, und ich und Cantara übernehmen die rechte Seite.«

»Und die in der Mitte?«, fragte Steppani und ließ seine Waffe um den Finger wirbeln. Seine Augen glänzten und sein Adrenalinspiegel stieg.

»Hör auf damit, heute Nacht kann es mich meinen Dienstrang kosten.«

»So ein Glück, dass wir nicht Maresciallo sind! Nur Mut, gehen wir hinein?«
»Ja, los.«
»Ich kümmere mich um das Eingangstor«, sagte Vito Cantara. Der Carabiniere ging zum äußersten Ende der Einzäunung, überprüfte, ob dort niemand postiert war, und kletterte flink über die Mauer. Er landete weich. Das Tor war verrostet und ließ sich leicht öffnen.
»Komm, steig aus«, sagte Bonanno zu Steppani und stieß die Tür des Jeeps auf. Die anderen Wagen schlingerten über die unbefestigte Straße und wirbelten dabei viel Staub auf. Getreu ihren Anweisungen postierten sich Brandi und Giarratana auf der Rückseite. Giarratana stieg aus, bevor Brandi den Alfa Romeo 156 zum Stehen gebracht hatte, griff sich sein leichtes Maschinengewehr, eine FN Minimi, 46er-Lauf, mit einem STANAG-Magazin, das in einem Atemzug zweihundert Schüsse abfeuern konnte. Brandi wollte nicht zurückbleiben und nahm seinerseits eine Maschinenpistole PM 12 S 2, dreieinhalb Kilo Stahl, die in wenigen Sekunden zweiunddreißig Schüsse abfeuern konnten.
Lacomare und Torrisi setzten zwei Gewehre Typ Beretta AR 70/90 ein.
Der Mond beschien die schwarzen, mit Rot abgesetzten Uniformen, die sich flink vorwärtsbewegten, während das Mündungsfeuer ihrer Berettas aufleuchtete. Von fern hörte man einen Hund heulen.
»Geben Sie mir Feuerschutz, Maresciallo«, sagte Steppani und nahm die Beretta 92 FS Parabellum, Kaliber neun, mit einem Fünfzehn-Schuss-Magazin. Bevor der Maresciallo noch »A« sagen konnte, versetzte der Brigadiere der kleinen Tür des Schuppens einen heftigen Fußtritt. Ein Knall. Steppani drehte sich einmal um sich selbst und warf sich nach links in den Raum. Cantara tat es ihm gleich, nur nach der rechten Seite. Beide landeten mit dem Bauch auf dem

Boden, richteten die Waffen auf die völlig verblüfften Verbrecher, die die vier Worte, die Steppani und Cantara wie im Chor sagten, wie ein Blitz aus heiterem Himmel trafen: »Carabinieri, bleiben Sie stehen!«

Bonanno und Cacici kamen ihrerseits in den Schuppen und postierten sich kniend unmittelbar hinter den Kollegen.

»Wagt es nicht, auch nur einen Muskel zu bewegen, wenn euch eure Haut lieb ist«, sagte Bonanno.

Offiziell wurden die Schuppen benutzt, um landwirtschaftliche Geräte, Düngemittel und Saatgut aufzubewahren, aber als Bonanno und seine Männer sich umsahen, begriffen sie, dass sie ins Schwarze getroffen hatten. Der Lastwagen transportierte gestohlene Autos aus Catania und Umgebung hierher, die in den Schuppen abgestellt wurden. Eine Tour pro Woche. Profis nahmen sie dann vor Ort auseinander. Die Motorteile und bestimmte Stücke der Karosserie wurden später als gebrauchte Ersatzteile verkauft.

In dieser Nacht waren die Sterne Bonanno wohlgesonnen und der Maresciallo fand, wonach er suchte: Drogen. Die Leute aus Catania füllten die Wagen damit. Sie waren für den regionalen Markt auf der Insel bestimmt. Die Aktion ging zügig voran. Es waren nur drei Männer da, die die gestohlenen Wagen auseinandernahmen. Mommo u nanu überwachte das Ganze, die beiden Fahrer machten gerade ein Nickerchen. Bonannos Team bewegte sich wie ein Mann vorwärts. Sie verhafteten alle auf frischer Tat, niemand versuchte, Widerstand zu leisten. Aber die Gauner waren schlau. Bonanno und seine Männer fanden keine Feuerwaffen. Die Verbrecher würden also auch noch die im italienischen Recht dafür vorgesehenen mildernden Umstände bekommen. So war der Lauf der Welt.

Aber in den nächsten Tagen zog die Aktion mit dem Namen »Bellender Hund« weitere Kreise. Da Mommo u nanu, der

Bonanno noch am gleichen Abend sprechen wollte, bedingungslos mit ihnen zusammenarbeitete, konnten sie die Kontaktmänner in Catania verhaften, außerdem die beteiligten Kraftfahrer und zahlreiche Besitzer von Karosseriewerkstätten, darunter auch Loreto Passacquà, außerdem ein paar Autohändler aus Agrigent.
Untersuchungsrichter Giacomo Panzavecchia, der Bonanno gut gesinnt war, leitete alles in die Wege. Bonanno arbeitete eng mit den Kollegen aus Agrigent und Catania zusammen, und die Aktion führte in wenigen Tagen zur Verhaftung eines Haufens »anständiger Leute«, die gestohlene Wagen und Drogen liebten. Mit einem einzigen Schlag hatte Bonanno den Handel mit Drogen und gestohlenen Autos unterbunden. Er gab alles exklusiv an den Journalisten Mimmo Carnemolla weiter, wie er es seinen Männern versprochen hatte. Die Presse schenkte der Aktion große Beachtung, auch weil Bonanno, ohne es zu wollen, seine Hand auf einen Verbrecherring weit größeren Ausmaßes gelegt hatte: Die Drogen, die im Schatten des Ätna verarbeitet wurden, kamen anschließend ins Montanvalle und wurden in die einzelnen Orte verkauft. Die Schuppen dienten als Lager. Deshalb kläfften Lenticchios Hunde so wild: Sie bemerkten nicht nur das ständige Kommen und Gehen in diesen stets von der Außenwelt abgeschirmten Schuppen, sie witterten sogar den leisesten Hauch des Todes in der Luft, den sie anheulten.
So vergaß die Presse die Geschichte mit der Schießerei und die Festnahme der Catanisa. Bonanno war zum Helden geworden. Und in diesen Tagen, die völlig mit Arbeit ausgefüllt waren, während Bonanno und Steppani bis spät in die Nacht damit beschäftigt waren, die Berichte zu vervollständigen, um sie dann an Panzavecchia zu schicken, und Vanni Lenticchio ihnen zum Dank zwei kleine Hunde schenkte, die von der gesamten Truppe adoptiert wurden,

und Rosalia auf eine weitere Einladung wartete, trat Capitano Nicola Oliva, der neue Leiter der Kompanie, seinen Dienst an.

Es wirkte erst so, als sei es ein ganz normaler Dienstantritt, auf den Bonanno so ungeduldig gewartet hatte. Stattdessen aber überschnitt sich dieser ganz normale Wechsel mit einer der dramatischsten Phasen in der Geschichte der Carabinieri von Villabosco.

## Dreizehn

Mishnas Bewegungen sind umsichtig geworden. Seit Wochen schuftet er mit den anderen mitten im Verkehr. Jungen wie er mit ausgezehrten Gesichtern stürzen sich auf die Wagen, die an der Ampel halten. Wie kleines, lästiges Ungeziefer kleben sie mit flehenden Augen an den Fenstern und halten die Hände auf.

Kriegswaisen sind namenlos.

Sie sind kaum mit dem Notdürftigsten ausgestattet, armselige Werkzeuge für ihre mühevolle Arbeit. Aus der Plastikflasche spritzen sie Seifenwasser auf die Windschutzscheibe und polieren sie geschickt. Sie tragen alte Schuhe, zerrissene Kleidungsstücke bedecken unterernährte Körper, ihre Nägel sind lang und schmutzig, die Haare kleben am Kopf, die Haut an den Knochen. Ihre Augen sehen genauso aus wie die vieler anderer Kinder, die einsam und verzweifelt sind, ihr Blick erlischt unter dem Desinteresse der Erwachsenen.

Dieses Ungeziefer ist lästig.

Eine Münze genügt, um sich den unangenehmen Anblick vom Hals zu schaffen, ein paar Geldstücke, um das eigene Gewissen zu beruhigen, ein Schrei, ein böser Blick, ein Abwinken, um sie im Bösen zu entfernen, um die Armut weit von der eigenen Sicherheit zu entfernen.

Ihr Leben wird von festen Abläufen bestimmt. Mishna, Argjan und die anderen Jungs werden jeden Morgen um halb acht an strategisch günstige Plätze in der Stadt gebracht, an

den verkehrsreichsten Kreuzungen verteilt, wo die Autos stehen bleiben, um zu warten, bis es Grün wird. Latif Berisha bringt sie zu ihrem Arbeitsplatz.
Wenn Büros und Geschäfte Mittagspause haben, kommen die Jungen in der Nähe des Bahnhofs zusammen. Eine Art traditioneller Treffpunkt, um ihre Einsamkeit zu vereinen, ein Weg unter vielen, um noch einen Tag weiterzumachen. Sie essen irgendeine Kleinigkeit, das wenige, das sie sich beschaffen können, manchmal haben sie gar nichts, dann kauen sie an ihren schwarzen Nägeln. Schweigend fressen sie ihre Verzweiflung in sich hinein und nähren sich von Hass und Erinnerungen, seit jeher Nahrung genug, um Unterdrückung zu überleben.
Die Sonne geht unter und entzündet das still daliegende Wasser mit ihren rötlichen Farben, das ist der schlimmste Augenblick. Die Kinder kommen in der Vorstadt zusammen, Latif bringt sie ins Lager zurück. Aber ehe sie ein bisschen zu essen bekommen – gerade so viel, dass sie am nächsten Tag wieder aufstehen und betteln gehen können –, müssen sie mit gesenktem Kopf in einer Reihe vor Ramiz Lukaci warten. Diesen Moment fürchten sie am meisten, die Kontrolle. Wehe, jemand hat weniger als einen Hunderter eingenommen!
Mishna hat das schnell gelernt.
Die gezielten Schläge mit nassen Gummischläuchen überzeugen jeden. Brutale Schläge auf den Rücken, auf die nackten Arme, die Eingeweide, die sich vor Hunger zusammenziehen. Hiebe und Schläge sind überzeugende Argumente, besonders für Kinder.
Mishna hat es sich das erste Mal geschworen, aber da kannte er Ramiz Lukacis Methoden noch nicht: Er würde die Peitschenhiebe nicht zählen, er würde mit blutigen Fingern die glühenden Sterne auslöschen, diese Sterne, die spitze Splitter in seinen zarten Körper bohren.

Er wird diese Sterne nicht mehr zählen müssen.
Wenn die Autofahrer nicht großzügig genug sind, greift Mishna zu einem anderen Trick: Er sucht sich ein Opfer aus, am besten eine junge oder eine alte Frau, tut so, als sei ihm schlecht, und wirft sich in ihre Arme. Wenn die Frau schreit und verzweifelt ist und schon jemanden anruft, der ihn ins Krankenhaus bringen soll, dann öffnet er seine sanften, durchdringenden Augen ein wenig und stammelt ein paar Worte in seinem gebrochenen Italienisch: »Ich viel Hunger, bitte geben ein wenig Brot, ich viel Hunger.«
Aus Mitleid ein paar Münzen zu schenken ist ein bequemer Weg, um das Gewissen zu beruhigen. Mit ein paar kleinen Scheinen erspart man sich viele Unannehmlichkeiten, zum Beispiel ein unbekanntes Kind ins Krankenhaus bringen zu müssen, sich in den tobenden Verkehr zu stürzen, mit Ärzten zu verhandeln, die viel wissen wollen, und die Behörden zu informieren … oder gar das Kind mit nach Hause zu nehmen. Das sind doch Zigeuner, vertrau denen mal …
Die Gemeinde, die Sozialarbeiter, die Polizei, die Pfarrer, die Wohltätigkeitsorganisationen, alle öffentlichen Einrichtungen müssen sich um diese Unglücklichen kümmern, die armen Kleinen können einem leidtun, da nimm, einen Fünfer, nein, hier, einen Zehner, kauf dir Brot, iss was, Kleiner, bitte, iss was und geh nach Hause.
Nach Hause?
Mishna hat schnell gelernt, die innersten Gedanken der Menschen zu durchschauen: Die instinktive Hilfsbereitschaft weicht sofort der Angst, man könne selbst mit hineingezogen werden. Mit Geld kann man alles kaufen, sogar das Gefühl, wohltätig zu sein. Mishna kauft mit dem Geld seine warme Suppe und entgeht seiner Ration Schläge.
Als Erster hat ihn Latif geschlagen und dabei hat er geflucht und gedroht. Dann ist er gekommen, stumm und kalt wie eine Giftschlange: Ramiz Lukaci sagt nichts, er schlägt nur

zu. Stundenlang. Methodisch und grausam. Mishna schreit nicht, er stöhnt nicht, und wenn er ohnmächtig wird, macht Ramiz Lukaci weiter, er weckt ihn mit einem Eimer eiskaltem Wasser auf, die frostige Umarmung ist wie eine Ohrfeige. Wieder leidet Mishna minutenlange Qualen. Wird wieder ohnmächtig. Aber weder ein Schrei noch ein Stöhnen entringt sich seinen Lippen.

Mishna zählte die Sterne, es ist ihm egal, welchen Schmerz sie hervorriefen, das waren wunderbare, leuchtende Sterne, so fern und doch so nah, nah genug, dass das Licht blendete und die Wärme auf der Haut brannte, sie rötete, verbrannte und aufschürfte. Es stimmt nicht, dass Sterne wie Diamanten aussehen, sie sind keine kalten, leuchtenden Körper, die unendlich glitzern, es sind reale Körper, schrecklich nah, sie strahlen Wärme und Schmerz aus. Früher liebte Mishna die Sterne. Als er mit seinem Vater den Mond betrachtete und der ihm von Skanderbegs Abenteuern erzählte. Jetzt ist in seinem Herzen kein Platz mehr für solche Gefühle.

Ramiz Lukaci lässt von dem Jungen ab. Sein Atem geht schwer, Schweiß fließt ihm durch die Stoppeln seines ungepflegten Bartes. Es wird eine Gelegenheit geben, die Behandlung zu wiederholen, denkt er, aber Mishna sieht das anders. Wenn seine Tricks nicht reichen, um die Portemonnaies der Leute zu öffnen, versucht er es mit Diebstahl; er hat schnell gelernt, den Frauen geschickt die Geldbeutel aus der Handtasche zu ziehen oder den Männern aus der Hosentasche.

Jeden Abend übergibt Mishna Ramiz Lukaci pünktlich sein verdammtes Geld. Nie weniger als einen Hunderter. Ramiz Lukaci sieht ihn an, in seinen Augen glänzt ein eigenartiges Leuchten. Dieser schweigsame Hosenscheißer hat Mumm, er hat das Zeug zu einem Anführer. Der ist eigentlich zu frech für einen kleinen Jungen, denkt Ramiz Lukaci und starrt Mishna an.

Mishna senkt den Blick. Ramiz Lukaci grinst zufrieden, er glaubt, der Junge habe Angst. Er merkt nicht, dass Mishna gierig und aufmerksam seine Stiefel betrachtet. Er genießt schon im Voraus den Moment, wenn er sie ihm ausziehen wird, zuerst den einen, dann den anderen, ganz langsam, nachdem er ihm die Füße abgeschnitten hat.

Der Himmel über der Insel ist der gleiche wie der über seiner Heimat, dieser türkisblaue Spiegel, den er im Kosovo zurückgelassen hat, die Wolken, die ihn mit weißen Streifen durchziehen und diese goldenen Sprenkel, die von oben herunterfallen und die abgezehrten Gesichter der Jungen in ein Licht tauchen, das sich wie eine warme Liebkosung anfühlt.
Mishna betrachtet den Himmel und denkt dabei an den See, ein großes Grab aus blauem Wasser, das sich für immer über seiner Mutter geschlossen hat. Er starrt den Himmel an und sieht noch einmal eine smaragdgrüne Fläche, die mit purpurroten Tropfen befleckt ist. Das Blut seines Vaters an jenem kalten Märztag roch süßlich und beißend. Warme, dicke Tropfen fielen auf die Blütenblätter, scharlachfarbene Kronen, die sich gen Himmel streckten, als wollten sie ihn erreichen und nach ihm greifen und selbst ein Teil dieses Himmels werden, wie Serges weit aufgerissene Augen. Wie seine kalten Arme. Die für immer das Nichts umarmen.
Diese Insel riecht anders als seine Heimat, nach Salz und Benzin, nach Meer und Auspuffgasen. Die Stadt ist zwar nicht sehr groß, aber trotzdem verstopft der Verkehr die Straßen und die Lungen. Seit man ihn an Ramiz Lukaci verkauft hat, ist die Stadt der dorischen Tempel, die sich rot schimmernd im Tal erheben, seine Stadt geworden. Er hat gelernt, sich in ihr zurechtzufinden, sie zu fürchten, Polizisten zu misstrauen, niemandem zu vertrauen. Er kann nur auf sich selbst zählen. Ramiz Lukaci anzuzeigen oder zu

fliehen ist unmöglich. Dafür müssten Verja und sein Cousin Argjan büßen ...
Der arme Argjan, wie oft muss Mishna das, was er sich am Tag zusammengebettelt hat, aufstocken. Sein Cousin leidet und hat furchtbare Angst. Mishna ist jetzt sein großer Bruder, er wacht über ihn und tröstet ihn. Argjan fragt ständig nach seiner Mutter, er sehnt sich nach Verja, besonders nachts möchte er immer bei ihr sein. Aber Ramiz Lukaci erlaubt das nicht.
Verjas Arbeit beginnt, wenn es dunkel wird und die Jungen ihre Tätigkeit beendet haben. Verjas Arbeit ist gefährlich. Oft kommt sie zurück und ihr Gesicht ist geschwollen, sie hat ein blaues Auge oder ihre Lippen sind aufgerissen. Jeden Abend, bevor sie ihre Kinder verlässt, küsst Verja sie beide und streichelt sie schüchtern und liebevoll, voll ohnmächtiger Verzweiflung. Argjan streckt die Hände nach ihr aus, Verja streichelt ihn noch einmal liebevoll, ihre Augen sind trüb. Mishna beruhigt sie, bevor Latif sie fortbringt, auch diese Nacht wird er wieder über Argjan wachen.
Wie kalt ist es mitten in der Nacht, stumm funkeln kleine Sterne in der Unendlichkeit. Mishna geht zu Argjans Lager, er hält ihn fest, hört sein Schluchzen.
Dabei denkt er an einen See, eine grüne, glatte Fläche, an eine alte Frau und viele kleine Glöckchen, an ein Kind, das ins Meer geworfen wurde, und dann fängt auch er an zu weinen, stumm und tränenlos.
Wie lang Mishnas Nächte sind, bevor der neue Tag beginnt.

Die Sonne strahlte. Im Montanvalle stand die Luft, wie eine unsichtbare Decke hüllte sie alles ein, der glitzernde Staub lag leuchtend weiß auf blühenden Pflaumen- und Mandelbäumen, den Olivenbäumen und den Herden, die langsam weiterzogen. An Tagen wie diesen fühlte Bonanno sich im Einklang mit sich selbst und der Welt. Weil die Luft so erfrischend und wohltuend war, verzichtete er auch darauf, lang mit Vanni Lenticchio herumzustreiten, und überzeugte ihn für seine Begriffe beinahe im Guten, die Welpen wieder mitzunehmen, die er der Kompanie als Maskottchen geschenkt hatte.

»Habe ich diese Beleidigung verdient?«

»Lentì, wenn du nicht augenblicklich diese Hündchen nimmst und sie mir aus den Augen schaffst, werfe ich sie höchstpersönlich auf die Straße.«

Lenticchio beantwortete Bonannos Tirade nur mit einem verächtlichen Blick. Osvaldo und Teresina wurden ins Hundeasyl zurückgebracht, in der Kaserne kehrte wieder Ruhe ein und Bonanno war erleichtert. Wie hätte man dem neuen Kommandanten erklären sollen, dass der Holzverschlag in der Garage, der einer Hundehütte ähnelte, für zwei Streuner bestimmt war?

Capitano Nicola Oliva sah nicht gerade furchterregend aus. Er hatte gerade einmal Mindestgröße, war übergewichtig, am Körper stark behaart, dazu Brillenträger. Die Uniform stand ihm nicht gut, aber wenn er Zivil trug, war es noch schlimmer: Dann hing ihm der Speck an den Hüften herunter und das Doppelkinn hüpfte kräftig, wenn der steife Uniformkragen es nicht stützte. Als Bonanno Capitano Oliva zum ersten Mal sah, war er getröstet und dachte, jetzt könne er sich ohne Schuldgefühle vollfressen. Schließlich war er schon achtunddreißig und die paar Kilos zu viel verliehen seiner Figur mehr Form und Substanz. Ein achtbarer Maresciallo, der in einem kleinen Provinzort arbeitete, wo die Luft sauber und die Küche noch bodenständig ist, was war das für ein Maresciallo, wenn er sich nicht ein paar Speckröllchen am Bauch zulegte?

Bei einem Vorgesetzten, der noch nicht einmal dreißig war und sich bereits derart hatte gehen lassen, dass sein Anblick irgendwie etwas Schmieriges hatte, lag die Sache ganz

anders. Was für ein Vorbild war dieser neue Kommandant denn für seine Leute?
Bonanno hütete sich aber, diese morgendlichen, persönlichen Gedanken irgendjemandem anzuvertrauen. Die behielt er streng für sich und wünschte sich nur, sie mit dem einzigen Menschen zu teilen, dem er hundertprozentig vertraute.
Capitano Oliva stammte aus einem kleinen Ort in der Nähe von Bari. Er aß gern Wurst und rotes Fleisch, in Öl eingelegte Auberginen und Peperoni und all diese Speisen, bei denen das Cholesterin jubelte und die Triglyceride weiter in die Höhe schossen als die Raketen beim Fest der Namenspatronin. Auf Bonanno hatte er einen sehr schlechten Eindruck gemacht, aber den musste er ein paar Tage später revidieren: Capitano Oliva war noch schlimmer, als er es sich vorgestellt hatte.
Als Bonanno an diesem Morgen das Büro betrat, spürte er sofort, dass Gewitter in der Luft lag. Der Capitano rief ihn zu sich. Mit seinen fetten Fingern malträtierte er die Papiere mit den Anzeigen gegen Bonanno. Wie hatte der Capitano es geschafft, so schnell über die Anzeigen und den Rest Bescheid zu wissen, bei all dem, was er zu tun hatte? Musste er sich nicht mit den Stationen in Verbindung setzen und seine Einsatzkräfte kennenlernen?
Marcelli, den der Kommandant ebenfalls zu sich bestellt hatte, hob die Schultern und zog die Augenbrauen hoch, als der Capitano ihn fragte, warum man ihm dies verschwiegen habe. Bonanno musste seine Meinung ändern: Er war zu boshaft gewesen, als er glaubte, Marcelli habe gequatscht. Aber wenn Marcelli ihn nicht verpfiffen hatte, wer war dann der Verräter? Der Capitano befriedigte seine Neugier. Der Anwalt hatte ihn über das, was er noch nicht wusste, in Kenntnis gesetzt, »eine Information aus reiner Höflichkeit, da Ihnen wahrscheinlich gewisse unbequeme Wahrheiten

von Ihren Mitarbeitern verschwiegen werden«, tadelnswerte Vorkommnisse, die zu den Anzeigen geführt hätten.
Bonanno schwor sich, er würde seine Rechnung mit Avvocato Mazzarisi so bald wie möglich begleichen.
»Marcelli, Sie verwalten die Station, sagen Sie mir mal, warum Sie mich nicht über diese schweren Vorfälle in Bezug auf meine Untergebenen informiert haben? Schreibt euch das hinter die Ohren, es ist nicht meine Art, undisziplinierte Untergebene zu dulden, das Gesetz gilt für alle gleichermaßen, besonders aber für den, der eine Uniform trägt. Ist das klar?«
Während er das sagte, ließ er seinen schmierigen Blick kalt über Marcelli und Bonanno gleiten. Dann redete nur noch er, er konnte ätzend und überzeugend sein, dieser Capitano Oliva. Er brauchte nur zehn Minuten, bis Bonanno und Marcelli ihn aus tiefster Seele verabscheuten. Auch diesen Anschiss würde er auf die Rechnung des Anwalts setzen.

Agatina Piditella kam aus der Telefonzelle und schloss sich in ihrem Wagen ein. Sie musste nicht lange warten. Der Dummkopf war in die Falle getappt. Sie sah, wie er eilig das Haus verließ und sich schnell in seinen Fiat Duna setzte. Nenè Vitellaro war erledigt. Jetzt konnte der zweite Teil des Plans beginnen. Der schwierigere, mit mehr unbekannten Größen. Sie wartete ab. Ein paar Minuten später sah sie ihn. Der Mercedes hielt hinter dem Haus. Die Limousine kannte sie gut. Es war der Wagen ihres Mannes. Er wollte seine Geliebte Domitilla abholen. Diese Schlampe blieb natürlich nicht im Haus, wie es sich gehörte, sondern kam heraus und stieg zu ihm in den Wagen. Sie küsste ihn. Der Wagen fuhr weg.
Agatina spuckte Feuer wie ein Vulkan. Sie lächelte grausam und lechzte nach Rache. Dann verließ sie den Wagen und betrat wieder das Telefonhäuschen. Und wählte eine Nummer.

»Du weißt, was du heute Abend zu tun hast«, sagte sie.
Von fern hörte man Donner grollen. Agatina stieg in ihren Wagen, dann fuhr sie zur Kirche, wo sie ein Pfarrer und eine Gebetsgruppe erwarteten.

Um die Schwierigkeiten in der Arbeit zu vergessen und die Ohrfeigen, die die Armee für jemanden übrig hatte, der ihr pflichtbewusst diente, beschloss Bonanno, für einen Tag wegzufahren. Er plante einen Ausflug mit Rosalia zum Ätna, aber vorher reservierte er schon in einem netten, kleinen Restaurant. Er wollte seinen Kummer in Rosalias liebevollen, sanften Augen ertränken. Zur Hölle mit dem Capitano, der sollte ein Magengeschwür bekommen. Und zur Hölle mit dem Anwalt, wenn der ihm begegnete, würde er ihm seine Anklagen in den Mund zurückstopfen.
Bonanno plante alles ganz genau. Diesmal wollte er kein Risiko eingehen. Das Restaurant lag abgeschieden, um dorthin zu kommen, musste man fünfzehn Kilometer über Kurven und Kehren zurücklegen. Dieser Weg sollte ihn vor jeder Störung schützen. Niemand wusste, wo er hinfuhr, niemand außer Steppani. Nach dem Essen würde er mit Rosalia gleich nach Catania aufbrechen.
Er bereitete sich sorgfältig auf seine Verabredung vor. Geduldig wartete er beim Friseur, bis er drankam. Als er auf dem Drehstuhl Platz nahm, suchte er einen modischen, sauberen Schnitt für sich aus, nicht zu kurz, aber auch nicht zu lang, der gut zu seinem nicht gerade schmalen Gesicht passte. Er ließ sich die Haare mit einer neuen Lotion einreiben, die ihnen einen besonderen Glanz verlieh, ließ sich rasieren und das Gesicht mit einer reichhaltigen Creme massieren. Anschließend genehmigte er sich eine lange Tour mit dem Wagen. Jetzt wollte er nicht an seine Probleme denken, er konzentrierte sich ganz darauf, auf sie zu warten; er war bereit, diese intensiven und berauschenden Momente auszukosten,

die nur Rosalias Gegenwart ihm schenkte. Wie lange war es her, dass er so leidenschaftliche Gefühle empfunden hatte? Es war so schön, diese verloren geglaubten Empfindungen wiederzufinden, zu spüren, wie das Blut heiß in ihm kochte und Leidenschaft ihn mitriss. War er etwa dabei, sich zu verlieben?
Diese Frage traf ihn unvermutet und überfuhr ihn. Er spürte ein Kribbeln im Bauch, sein Blut floss schneller, und sein Herzschlag beschleunigte sich: Das hatte er sich noch nie gefragt.
Mein Gott, was für eine dumme Frage.
War das etwa wichtig? Jetzt zählte nur eins: Es ging ihm gut mit Rosalia und ihr mit ihm. Warum sollte man sich das Leben mit solchen Fragen schwer machen?
Trotzdem war er nicht mehr so heiter wie vorher. Er ging in sich und merkte, dass er Angst hatte, Angst, zu lieben und dann zu leiden. Wenn ein Mann sich schon einmal die Finger verbrannt hat, fürchtet er das Feuer, sogar das, das die erstarrten Glieder wärmt. Und Bonanno wusste, wie weh dieses Feuer einem tun konnte, wenn es einen versengt.
Rosalia kam zur vereinbarten Zeit, sie wirkte sanft und verheißungsvoll wie ein Frühlingstag und roch sehr weiblich.
»Ciao, Saverio«, sagte sie und streifte seine trockenen Lippen mit einem Kuss.
Jetzt war er völlig verwirrt, in diesem Augenblick war ihm nichts mehr wichtig, als hätte der Horizont sich geöffnet, um für sie beide Platz zu schaffen, einen Mann und eine Frau, die in der Unendlichkeit verschmelzen.
»Ciao«, flüsterte er. Der köstliche Geschmack ihrer Lippen blieb auf seinen zurück. In seinen Armen, seiner Brust, in jedem angespannten, schmerzenden Muskel brannte der sehnliche Wunsch, sich in diesen weichen, einladenden Formen zu verlieren.
Rosalia hatte alles, was eine Frau ausmachte. Um sich ab-

zulenken und nicht der Versuchung nachzugeben, ließ Bonanno den Motor an. Sein Herzschlag ging stolpernd und veranstaltete mörderische Sprünge. Wäre er in diesem Augenblick gestorben, hätte er geschworen, das Paradies gekostet zu haben.

»In der Gemeinde wird schon geredet«, erzählte Rosalia lächelnd mit verträumten Augen und ein wenig geröteten Wangen. Das breite Lächeln einer Frau, die sich geschmeichelt fühlt. Bonanno begriff nichts.

»Na ja, ein bisschen Klatsch, ein paar witzige Anspielungen, sie wollen halt Genaueres wissen«, fuhr Rosalia fort.

Bonanno sah sie verständnislos an.

»Wach auf, Savè, man redet über uns, man fragt mich, ob wir zusammen sind, sie haben eben etwas Neues gefunden, worüber sie tratschen können. Du bist der Leiter der Einsatztruppe der Carabinieri in Villabosco und ich die Sozialarbeiterin, eine von auswärts, wir sind ein dankbares Thema für jemanden, der sich etwas Zeit vertreiben will, weil er nichts Besseres zu tun hat. Eigentlich hättest du damit rechnen können, dank Signora Piditella und Gatte ist unser Abendessen eben so gelaufen, wie es ist. Dann dein Anruf in der Gemeinde, unser gemeinsames Mittagessen gestern, das Abendessen heute, ganz zu schweigen von dem Bericht im Fernsehen, da gibt es mehr als genug, worüber die Leute im Ort zu klatschen haben.«

»Die Leute?«, fragte Bonanno. Er schien wie betäubt.

»Sagen wir, diejenigen, die sich nicht nur um sich kümmern, oder, wenn dir das lieber ist, diejenigen, die nichts Besseres zu tun haben.«

»Das ist ein Ding«, meinte er dazu, weil er nicht wusste, was er sagen sollte. Und dachte an seine Mutter. An Vanessa. Sogar Fremde wussten von ihren gemeinsamen Essen. Das pfiffen schon die Spatzen von den Dächern. Seine Augen suchten die Rosalias und als sich ihre Blicke begegneten, verjagte er in einem Augenblick alle Ängste, indem er spontan sagte: »Mir ist nur eins wichtig: mit dir zusammen zu sein. Sollen die Leute doch reden.«

Rosalia streichelte sanft seine glatt rasierte Wange.

»Ich glaube, ich bin dabei, mich in dich zu verlieben, Saverio«, sagte sie. Ihre Stimme klang wie flüssiges Feuer und heizte Bonannos Leidenschaft noch mehr an. Er bremste plötzlich und hielt an, drehte sich zu ihr und sah sie einen endlosen Moment lang an. Und dann küsste er sie stürmisch, es war, als bliebe die Zeit für sie stehen. Wie lange dauerte dieser Kuss? Diese wunderbare Frau verwirrte ihn vollkommen, sie ließ ihn vor Sehnsucht erschauern. Rosalia erwiderte seinen Kuss hingebungsvoll, während sie sich mit ihrem Körper gegen Bonannos zitternde Brust presste.

Das lange, respektlose Hupen eines Lastwagens schreckte sie auf. Der unangenehme, schrille Ton drang bohrend in seinen Kopf. Instinktiv wollte Bonanno aussteigen und den Störenfried mit Amtsgewalt zum Schweigen bringen, um weiter das Paradies zu genießen, doch da legte sich Rosalias Hand auf seine und ihre verführerische Stimme sagte: »Wir fahren besser hier weg.«

Bonanno wirkte wie betäubt, seine gewohnten Bewegungen schienen von weit her zu kommen, als ob sein Körper nicht zu ihm gehörte und ein anderer sie ausführte, während sein ganzes Wesen immer noch an dem Kuss festhielt, bei dem er mit ihrem üppigen, warmen Mund verschmolzen war, ihre Lippen sich vereint hatten, Balsam auf offene Wunden, die weibliche Zuwendung brauchten, um zu heilen.

Und wieder musste er sie anschauen und einmal mehr feststellen, was für eine wunderbare Frau sie doch war.

Bonanno fuhr locker und entspannt. Rosalia erzählte von der Arbeit, den Kollegen, wie sie sich in Villabosco eingewöhnte. Auf einmal kam ihr dieses Städtchen gastfreundlich und verheißungsvoll vor. Ihre Worte unterstrich sie mit

einem Lächeln oder sie drückte mit ihrer Hand Bonannos behaarten Arm.
Bonanno wollte sich zwar nichts vormachen, aber er fühlte, wie in ihm die Gewissheit wuchs, er könnte der Anlass dafür sein, dass Rosalias Verhältnis zu Villabosco sich verändert hatte. Und sie bestätigte es.
»Ich weiß nicht, wie ich es dir erklären soll, Saverio, aber seit unserer ersten Begegnung, als uns dein Freund in der Apotheke miteinander bekannt machte, hatte ich das Gefühl, zwischen uns beiden ... Bitte halte mich nicht für unverschämt, eigentlich rede ich sonst nicht so offen, aber mit dir ist das anders, es ist, als würde ich dich schon immer kennen. Ich weiß nicht, wie ich dir das sagen soll, ich bin gern mit dir zusammen, ich mag, wie du redest, dass du gern isst, wie du dich anziehst. Glaubst du, ich bin zu offen?«
»Im Gegenteil, mir ging es ebenso, als ich dich sah ... Aber ich hätte niemals zu hoffen gewagt ... konnte nicht glauben, dass ... Du siehst so gut aus.«
»Hältst du Schönheit wirklich für so wichtig?«
»Nein, sicher nicht, aber wenn jemand gut aussieht, dann missfällt das keinem. Sicher zählen andere Dinge mehr, aber wie man so sagt, eine hübsche Verpackung schadet nicht.«
Offensichtlich beteuerte er das zu heftig und sein Gesicht schien zu verraten, was er wirklich dachte, denn Rosalia sagte: »Spiel bitte nicht den Dummkopf.«
Ein Schlag in den Kiefer hätte ihm weniger wehgetan. Bonanno war auf einmal ganz ehrlich. Er wollte, dass Rosalia ihn verstand.
»Ich meine das ernst, Rosalì, ich habe eine vernichtende Erfahrung hinter mir, die mich körperlich und geistig zerstört hat. Jeder, sogar meine Tochter Vanessa, glaubt, ich sei Witwer, nur meine Mutter kennt die Wahrheit und sie hütet sich sehr davor, mit einem Menschen darüber zu sprechen. Die Schande ist zu groß.«

»Du bist nicht verwitwet?«
»Nein.«
»Bist du alleinerziehender Vater?«
»Nein, alleinerziehender Großvater. Rosalì, bitte! Ich war mal verheiratet, aber sie hat mich Knall auf Fall verlassen und ist mit einem Trapezkünstler abgehauen, weißt du, mit so einem, der bei einem Wanderzirkus arbeitet und durch die Luft fliegt. Einer mit vielen Muskeln und eng anliegenden Trikots. Ich erzähle dir nicht, was passiert ist, aber ich habe mich so geschämt, dass ich depressiv wurde und Schwierigkeiten bei den Carabinieri bekam. Vanessa weiß nichts über ihre Mutter, niemand weiß etwas über sie, selbst ich habe mich gezwungen, alles zu vergessen, aber es war, als hätte ich ein scharfes Messer in der Brust. Ich erzähle dir nicht, was ich durchgemacht habe, ich habe mich für mich selbst geschämt und von da an habe ich mich keiner Frau mehr genähert. Dann kamst du und jetzt …«
»Psst, denk jetzt nicht daran, wir haben noch alle Zeit der Welt, über schlimme Erinnerungen zu sprechen, genießen wir lieber unseren gemeinsamen Abend«, sagte Rosalia und legte ihm einen Finger auf die Lippen.
Das kleine Restaurant war wundervoll und schön eingerichtet. Es gab kleine separate Räume, in denen man das ausgezeichnete Essen ungestört genießen konnte. Der Kellner empfing sie mit einem breiten Lächeln. Bonanno gab ihm einen Zehner.
»Ich hatte einen Tisch für zwei Personen bestellt«, sagte er.
»Sind Sie Signor Bonanno?«
»Persönlich.«
»Wenn Sie mir bitte folgen wollen.« Der Kellner führte sie in einen Raum, in dem Bonanno auffällige Blumenarrangements hatte aufstellen lassen. In den silbernen Leuchtern brannten vierundzwanzig Kerzen. Eine Flasche Champagner erwartete sie schon eisgekühlt im Kübel. Wenn

er wollte, konnte der Maresciallo ein richtiger Kavalier sein.

Der Abend begann sehr verheißungsvoll. Und danach lagen eineinhalb Stunden Fahrt vor ihm. Mit Rosalia an seiner Seite wollte er die Schönheiten des Ätna genießen.

Die zitternden Kerzenflammen spiegelten sich in Rosalias Augen wider, schienen in den grün-gold gesprenkelten Iris zu tanzen. Das war ihr Abend, alles andere schien nicht zu existieren, obwohl die Welt um sie herum sich weiterdrehte, aber hier waren sie für sich und einander so nah. Endlich konnten sie diese Momente der Nähe genießen, einander ihre Herzen öffnen. Immer wieder versicherten sie einander, dass die Liebe der Begleiter sei, nach dem jeder Mensch verzweifelt sucht. Und beide hofften, sie nun gefunden zu haben.

Während sie ihre Finger ineinander verschlungen hielten und Schweigen so leicht in der Luft lag wie die Federn eines Vogels, kam der Kellner, hüstelte und hielt Bonanno ein schnurloses Telefon hin.

»Signor Bonanno, tut mir leid, dass ich Sie stören muss, aber Sie werden am Telefon verlangt. Ein gewisser Steppani, er sagt, es sei sehr wichtig.«

Bonanno fluchte stumm, er hörte eine innere Stimme höhnisch lachen, ein dunkler Schatten, der neues Unheil ankündigte. Er nahm das Telefon. Und wurde wachsbleich.

»Steppà, was ist los?«

»Es tut mir leid, Sie zu stören, Marescià, aber es handelt sich um etwas sehr Wichtiges. Marcelli hat mich gebeten, Sie sofort zu suchen, es ist gerade ein Doppelmord geschehen.«

»Oh Gott! Habt ihr sie identifiziert?«

»Es handelt sich um Professore Ficalora und seine Freundin, diese Domitilla Dolcemascolo. Man hat sie vor einer Viertelstunde in seinem Landhaus gefunden. Alle beide nackt und von Schüssen durchlöchert.«

## *Vierzehn*

Was bleibt noch von einem Menschen, wenn der Atem des Lebens entwichen ist? Wenn die kalte Hand des Todes ihn und seine Existenz gepackt hat und ihm Formen und Farben ausgesaugt hat?

Von Cristenzio Ficalora und Domitilla Dolcemascolo blieb nur ihre Nacktheit, fremden Blicken ausgesetzt, die ungeniert in ihrer Intimität nach der Wahrheit suchten, nach einem Motiv, nach dem Mörder.

Die beiden waren in der letzten Umarmung des Todes ineinander verschlungen. Auf ihren Körpern breiteten sich dunkle Wunden aus. Wenn sie ganz frisch sind, sehen Blutflecken aus wie Rosenblätter, verwelkte, karmesinrote Blütenblätter auf steifen Körpern. Der Mörder hatte sie überrascht, er hatte genau gezielt, Schuss auf Schuss abgefeuert. Sie hatten nicht einmal Zeit gehabt, sich zu verteidigen; einer lag auf dem anderen, als würde ihre Berührung, die Wärme ihrer nackten Körper ihre Leidenschaft, die der Tod ihnen rauben wollte, bis in alle Ewigkeit ausdehnen können. Sie waren in einer Umarmung gestorben, während sie miteinander geschlafen hatten.

Wie war der Mörder ins Haus gekommen?

An der Tür gab es keine Einbruchspuren, auch keine eingeschlagenen Fenster. Selbst wenn man annahm, dass der oder die Mörder über das äußere Tor geklettert waren, mussten sie aber, um in die Villa und in das Zimmer zu gelangen, wo ein Mann und eine Frau ihre unselige Leidenschaft auslebten, auf jeden Fall durch die Eingangstür. Wie zum Teufel hatten sie das geschafft? Konnte es sein, dass die beiden so von ihrem Wunsch, einander zu besitzen, ergriffen waren, dass sie unvorsichtigerweise die Tür offen stehen gelassen hatten?

Bonanno starrte die nackten Leichen an und das Laken, das zusammengeknüllt am Fußende lag.

»Wer hat das Laken weggezogen?«, fragte er plötzlich.

»Niemand, wir haben sie so gefunden«, antwortete Marcelli überrascht.

Capitano Oliva gab dem Fotografen der Carabinieri klare Anweisungen. Man spürte an seinem Verhalten, dass er Erfahrung im Umgang mit Leichen hatte, man merkte es auch an der Art, wie er am Handy mit dem zuständigen Untersuchungsrichter sprach. Oliva sah Bonanno zwar, aber er tat so, als bemerke er ihn nicht. Bonanno erwiderte seine Unhöflichkeit, drehte ihm den Rücken zu und wandte sich an seinen Kollegen.

»Wer hat sie gefunden?«, fragte er Marcelli.

»Eine unserer Streifen, sie kamen auf einen anonymen Anruf in der Zentrale hin, dem sind wir nachgegangen und dann haben wir sie gefunden.«

»Mann oder Frau?«

»Eine männliche Stimme, vielleicht ein junger Mann, der Kollege in der Telefonzentrale meinte, von der Sprache her vielleicht ein Immigrant, aber er würde es nicht beschwören, der Rekorder war kaputt und er konnte den Anruf nicht aufnehmen.«

»Die in der Telefonzentrale können einem nie helfen. Stand das äußere Tor offen?«

»Es war angelehnt, ebenso wie die Eingangstür des Hauses. Der Mörder hat sich nicht die Mühe gemacht, sie wieder zu schließen. Das ist seltsam, oder?«

»Fehlt nichts?«

»Einiges. Beide Portemonnaies, der Schmuck, den sie trugen,

ein paar kleine Haushaltsgeräte, das Radio. Vielleicht war es ein Dieb, der geschossen hat, weil er überrascht wurde und Angst bekommen hat.«

»Hast du schon Vitellaro benachrichtigt?«, fragte Bonanno und unterbrach Marcellis Vermutungen.

»Noch nicht, ich habe es noch nicht über mich gebracht. Ich möchte nicht, dass er das hier so sieht. Wir ersparen ihm besser einige Details. Was meinst du, wer es gewesen sein könnte?«

»Vielleicht ein Dieb, Marcè, oder jemand, der die beiden Unglücklichen auf den Tod nicht ausstehen konnte und sie auch noch demütigen wollte, nachdem er sie umgelegt hatte, indem er sie allen neugierigen Blicken auslieferte und den unumstößlichen, geschmacklosesten Beweis für ihre Untreue erbrachte: Zwei Liebende, die ihren jeweiligen Ehepartnern zum Trotz heftig miteinander vögelten. Jemand hat sich darüber richtig aufgeregt, er verachtete sie und wollte sie dafür büßen lassen. Er hat sie nicht nur umgebracht, er hat sich auch noch etwas ausgedacht, um ihre Unverfrorenheit vor aller Augen bloßzustellen, splitternackt, wie wir sie gefunden haben. Glaubst du etwa, ich habe nicht bemerkt, wie ihr die armen Leute angesehen habt? Unser Freund hat sogar noch bei uns angerufen.«

»Was erzählst du da, Savè?«

»Die Wahrheit, schau mal hier«, und mit diesen Worten bedeckte der Maresciallo die beiden nackten Leichen.

»Donnerwetter!«, sagte Marcelli.

Das Laken und die leichte Bettdecke waren mit Blut befleckt und im Stoff sah man viele kleine Löcher.

»Der Mörder hat sie im Bett erwischt, wie wahnsinnig auf sie geschossen, und dann hat er die Decke weggezogen, damit sie nackt dalagen, bevor er gegangen ist. Wir sollten sie als arme Sünder finden, noch eine Demütigung mehr, eine Schändung über den Tod hinaus.«

Der Capitano stürzte sich auf Bonanno, als wollte er ihn auf die Hörner nehmen.

»Maresciallo, wer hat Sie ermächtigt, die Bettwäsche anzufassen? Hat man Ihnen noch nicht beigebracht, dass alles an seinem Platz bleiben muss, bis wir mit unseren Untersuchungen fertig sind? Für wen halten Sie sich eigentlich?«

Bonanno sah ihm direkt in die Augen, seine Hände bewegten sich nervös, als wolle er Geige spielen. Er wollte schon zum Gegenangriff übergehen, da warf Marcelli sich dazwischen.

»Maresciallo Bonanno hat bemerkt, dass der Mörder, nachdem er geschossen hat, die Anwesenden auch noch demütigen wollte, und dazu hat er ihre Leichen entblößt. Das beweisen die Einschusslöcher im Laken und in der Bettdecke, ein Zeichen dafür, dass sie vorher, das heißt während ... also, als sie miteinander schliefen, zugedeckt waren. Wir fragten uns gerade, warum er dann die Decke entfernt hat.«

»Wie können Sie mit solcher Sicherheit behaupten, es habe sich nur um einen Mörder gehandelt und nicht vielmehr um eine Verbrecherbande, mehrere Personen oder, noch wahrscheinlicher, ein paar kleine Diebe, die beim Stehlen überrascht wurden?«, fragte der Capitano Bonanno tückisch.

»Ich bin mir überhaupt nicht sicher, aber wenn man berücksichtigt, aus welcher Nähe die Schüsse abgefeuert wurden und dass die Einschusslöcher, wenn man sich die Mühe machte, sie zu zählen, genau einem Magazin Kaliber neun entsprechen müssten – denn ich glaube, diese Waffe wurde benutzt –, kann man sich die Frage selbst beantworten. Deshalb glaube ich, bei allem schuldigen Respekt, jemand hat sie erschossen und danach Laken und Bettdecke weggezogen. Und da frage ich mich eben, war das ein Wutanfall oder was sonst?

Wenn die ballistische Untersuchung bestätigt, dass die Schüsse aus einer Waffe abgegeben wurden, dann verwette ich meine Pension darauf, dass auch nur einer geschossen hat, der Gleiche, der sich die Mühe gemacht hat, ein paar Sachen mitzunehmen, damit wir glauben, es seien Diebe gewesen. Aber wenn das wirklich ein Dieb gewesen sein soll, dann erklären Sie mir mal, aus welchem Grund er die tolle Musikanlage in dem superteuren Mercedes, der hier parkte, verschmäht und nur Kleinkram gestohlen hat? Außerdem, wenn es tatsächlich ein Dieb war, wie Sie anscheinend glauben wollen, muss er blind und außerdem ein Trottel gewesen sein. Ein Dieb, der nachts in ein Haus auf dem Land einbricht, in dem Licht brennt und vor dem ein Wagen parkt, dessen Motor vielleicht sogar noch warm ist … Und um das Ganze abzuschließen, Ihr kleiner Dieb müsste eigentlich den Hausschlüssel gehabt haben, da es nicht die kleinste Spur gewaltsamen Eindringens gibt.«

»Also, bitte«, antwortete der Capitano und ging indigniert weg. Er wandte sich an den Fotografen, erteilte ihm genaue Anordnungen, ließ den Bereich um die Toten räumen und nach allen für die Ermittlung nützlichen Beweismitteln suchen: Zigarettenkippen, Schuhabdrücke, Reifenspuren. Während er seine Anweisungen gab, warf er Bonanno wütende Blicke zu. Wären seine Augen Torpedos gewesen, hätte Bonanno in weniger als drei Sekunden vor Petrus gestanden.

»Achten Sie gar nicht darauf, Maresciallo«, sagte Steppani solidarisch. Bonannos Rekonstruktion des Verbrechens in ihrer einfachen, schlüssigen Logik hatte ihn beeindruckt.

»Nimm dir das nicht zu Herzen, Bonà, er ist wegen der Anzeigen wütend auf dich. Ich glaube nicht, dass die Erklärungen des Anwalts und der Catanisa unbedingt einen guten Eindruck auf ihn gemacht haben«, erklärte Marcelli.

»Glaubst du wirklich, was du gerade gesagt hast?«

»Habt ihr ihm gesagt, wer die Tote ist? Weiß dieser Trottel, dass sie mit einem unserer Männer verheiratet war und dass

der, mit dem sie im Bett lag, nicht ihr angetrauter Ehemann war?«
»Bin ich verrückt? Hast du nicht gesehen, wie er sich aufführt? Der ist wie ein tollwütiger Hund: Wenn du ihn streichelst, beißt er zu. Alles zu seiner Zeit, das hast du mir beigebracht, erinnerst du dich? Lass ihn von selbst draufkommen, wenn er das schafft.«
Sie waren ins Wohnzimmer des Landhauses gegangen, dessen stabilen und wohlproportionierten Bau Ficalora im Lauf der Jahre selbst hochgezogen hatte. Rings um das Haus wuchsen Robinien, Johannisbrotbäume und Nussbäume mit langen Zweigen, im Hintergrund verloren sich Olivenbäume und Weinstöcke in langen Reihen in der Dunkelheit. Ficalora liebte sein Land und kümmerte sich auch darum. Weiter unten warteten wilde Rosen und weiße Lilien auf den Frühling. Durch die halb geschlossene Tür konnte Bonanno den Capitano dabei beobachten, wie er vor dem Bett stand, auf dem die beiden Liebenden reglos lagen. Sie würden nicht mehr erleben, wie die Rosen aufblühten oder die saftigen Weintrauben wuchsen. Sie würden nichts mehr genießen können. Für sie gab es nur noch eines: dass ihrem Andenken Gerechtigkeit widerfuhr. Und Bonanno spürte, die schuldete er ihnen, obwohl nicht einmal er wusste, warum er emotional so berührt war. Vielleicht hatte ihn der Anblick dieser zur Schau gestellten Körper so tief angerührt. Oder sein innerlicher Aufschrei war allein darauf zurückzuführen, dass er, obschon ein Bulle, eben doch sehr sensibel war. Und jetzt wusste er auch genau, was er zu tun hatte: Cristenzio Ficalora und Domitilla Dolcemascolo Gerechtigkeit widerfahren lassen.
Bonanno zündete sich eine Zigarette an, weil ihn die Umgebung nervös machte, und ging entschlossen auf den Capitano zu. Sein Vorgesetzter sah gerade aufmerksam dem

Gerichtsmediziner zu, der eine erste äußere Untersuchung der Leichen vornahm.

»Wenn Sie erlauben, Signor Capitano, und die Güte haben möchten, mir Ihre Aufmerksamkeit zu schenken, möchte ich Sie über eine Kleinigkeit informieren, die Ihnen unbekannt sein dürfte.« Sich so gewählt auszudrücken hatte den Maresciallo bislang nie interessiert, schon gar nicht, wenn er auf Touren war.

»Sehen Sie nicht, dass ich der Untersuchung der Leichen beiwohne?«

»Die sind mausetot, das wird der Doktor Ihnen gleich bestätigen, aber wenn Sie sich herablassen könnten, mir zuzuhören, ginge es schneller.«

»Noch mehr von Ihren persönlichen, aus der Luft gegriffenen Theorien? Wir brauchen hier keinen neunmalklugen Sherlock Holmes, und soweit ich weiß, ist Sir Arthur Conan Doyle leider schon lange tot. Wenn Sie uns hier tatsächlich helfen wollen, dann hören Sie auf, sich wie ein Elefant im Porzellanladen zu benehmen, mit Ihrem massigen Körper zerstören Sie noch mögliche Spuren. Lassen Sie uns arbeiten, Maresciallo, und genießen Sie Ihren freien Abend.«

Sollte er ihm sofort in den Mund schießen oder dagegentreten, bis der Capitano alle Zähne in so kleinen Stücken ausspuckte, dass man sie mit dem Teelöffel zusammenkratzen musste? Sherlock Holmes kannte Bonanno dem Namen nach, aber er hatte nicht die leiseste Ahnung, wer dieser Zweite war, also wählte er einen anderen Weg. Seinen.

»Hören Sie, Capitano, ich bin es nicht gewöhnt, mich vom erstbesten Grünschnabel dumm anquatschen zu lassen, der hier ganz neu mit seinen Sternen auf der Uniform ankommt. Und was die Figur betrifft, so sehen Sie auch nicht gerade wie ein Grissino aus. Ich wollte Ihnen nur eins sagen: Falls Sie es noch nicht wissen, der Ermordete trägt den Namen Cristenzio Ficalora, ist Lehrer und mit der verehrten Signora

Piditella verheiratet, dieser netten Frau, die, nachdem sie vor einigen Wochen auf ihn geschossen hat, mit Unterstützung ihres Anwalts Anzeige gegen mich erstattet hat. Der Grund dafür war, dass ich damals nicht an einen Unfall geglaubt habe, Capitano, und sehen Sie sich an, was mit dem Armen passiert ist, falls die beiden nicht Selbstmord begangen haben. Ficaloras Freundin, die gute Seele, hieß Domitilla Dolcemascolo und war mit Vitellaro, einem Brigadiere aus unserer örtlichen Station, verheiratet.«

Capitano Oliva wurde blass. Bonanno genoss es insgeheim.

»Jawohl, Signor Capitano, einer von unseren Männern. Verstehen Sie jetzt, in welchen Schwierigkeiten wir stecken? Und jetzt dürfen Sie dieses Durcheinander entwirren, und damit verabschiede ich mich von Ihnen und dem Sir Teufel oder wie auch immer der heißt. Ach, noch etwas, mit den Reportern, die da draußen stehen, sprechen besser Sie. Ich denke, Sie haben denen sicher einiges zu erzählen, über Diebe, die Ehefrauen von Polizisten ermorden, und Ehebruch in alle Richtungen.«

Der Capitano stand da wie ein Ölgötze. Seit einer halben Stunde ordnete er an, Spuren zu sichern und Fotos zu machen, aber das Wichtigste wusste er nicht. Niemand hatte es gewagt, ihm etwas zu erzählen.

»Halt, Bonanno, wo wollen Sie hin?«

»Meinen freien Abend genießen, ich habe keinen Dienst«, antwortete dieser wutschnaubend.

»Das spielt keine Rolle, Sie halten sich hier zur Verfügung, das ist ein Befehl!«

»Den können Sie sich sonst wo hinstecken«, fertigte Bonanno ihn ab, wandte ihm den Rücken zu und ging. Er hatte nur ein Ziel: ganz schnell Nenè Vitellaro zu finden, bevor hier eine Tragödie geschah. Wie konnte er ihm beibringen, dass seine Frau, diese kleine Schlampe, sich ausgerechnet zwischen den behaarten Schenkeln eines anderen Mannes

ermorden lassen musste, mit dem sie sich auch noch gerade nackt in einem zerwühlten Bett amüsierte?
Aber ein weiterer Gedanke nagte an ihm. Ihn quälte der Verdacht, Vitellaro könnte eine Riesendummheit gemacht und diesen Doppelmord begangen haben. Die Ahnung hatte ihn überfallen, sobald er das Haus betreten hatte, da passte zu viel nicht zusammen, zu viele Beweise führten in diese Richtung. Was für ein Durcheinander.
Er brauchte Steppani und den Dienstwagen, um sein Vorhaben durchzuführen. In seinem Kopf nahm eine flüchtige Idee Gestalt an und die gefiel ihm überhaupt nicht.
»Tu mir einen Gefallen, Steppà, setz dich ab, ohne dass dieser Idiot von einem Capitano es bemerkt, und begleite mich, wir müssen Vitellaro vor den Reportern finden.«
Als sie gerade wegfahren wollten, trafen zwei neue Personen am Tatort ein. Bonannos Blut wurde in den Adern zu Wasser und seine Hände zitterten, es schüttelte ihn und seine Hände bewegten sich nervös wie von selbst: Die Catanisa kam langsam und schleppend heran, auf ihrem Gesicht zeigte sich Reue und sie presste die Lippen aufeinander. Bonanno fühlte sich abgestoßen, dieser schleichende Gang erinnerte ihn an die Bewegungen einer Schlange. Neben ihr ging Padre Tanino Virgadaula, der Pfarrer der Gemeinde San Pietro, bereit, sie bei jedem Schwächeanfall zu stützen.
Die Frau ging auf das Haus zu, ein Carabiniere versuchte, sie aufzuhalten, aber Agatina Piditella war nicht so leicht zu bremsen.
»Warte einen Moment, Steppà, ich möchte etwas sehen.«
»Zu Befehl, Marescià.«
Agatina Piditella betrat arrogant den Raum, wenige Sekunden später hörte man einen gellenden Schrei und einen dumpfen Schlag. Drei Männer schleppten die ohnmächtige Frau augenblicklich an die frische Luft. Der Arzt versuchte

hektisch, sie wieder zu Bewusstsein zu bringen. Padre Tanino schickte Gebete zum Himmel. Der Ohnmachtsanfall wurde von dem Reporter Mimmo Carnemolla live gefilmt und kommentiert. Innerhalb einer Stunde würden alle über den Mord und den Kummer der Witwe Bescheid wissen.
»Alles, wie ich dachte, jetzt können wir fahren, Steppani«, sagte Bonanno. Er musste sich beeilen, wenn er brauchbare Informationen sammeln und Nenè Vitellaro finden wollte. In seinem Kopf verwirrten sich Marionetten und Marionettenspieler, unsichtbare Fäden und befürchtete Verbindungen. Er wusste nicht, wie und von welcher Seite er diesen Doppelmord anpacken sollte. Aber er hätte ein Auge darauf verwettet, dass es dieses ausgekochte Luder Agatina Piditella insgeheim genossen hatte, ihren Mann und seine Geliebte ermordet und nackt allen Blicken ausgesetzt auf dem Bett liegen zu sehen. Die Live-Ohnmacht war nur Show für das Fernsehen.

Nenè Vitellaro wohnte im zweiten Stock eines neuen Hauses in den Außenbezirken von Villabosco. Sie klingelten lange, aber niemand öffnete. Bonanno klingelte ein Stockwerk tiefer. Auch keine Reaktion.
»Sie brauchen nicht länger zu schellen, da ist keiner«, sagte die Stimme einer älteren Frau.
Steppani und Bonanno drehten sich um. Und machten die Bekanntschaft von Filippina Barbascia, verwitwete Mangiacapra, die vor der Wohnung gegenüber stand.
»Wen sucht 'n ihr da mitten in der Nacht?«
»Ich bin Maresciallo Bonanno, darf ich Sie einen klitzekleinen Moment stören? Es ist wichtig.«
»*O Sangiuseppuzzu*, was ist denn passiert?«, fragte die Frau ängstlich. Erst jetzt nahm sie wahr, dass sie mit Carabinieri sprach. Sie ließ sie herein.
»Sie mögen schon entschuldigen, Signora«, fing Bonanno

an, »haben Sie heute Nachmittag zufällig Brigadiere Vitellaro gesehen?«
»Ja, ja, der ist weg.«
»Was meinen Sie damit?«
»Am Nachmittag hat er seinen Wagen genommen, der immer hier unten steht, ein neues grünes Auto, und ist losgefahren. Er hatte es eilig und wirkte nervös.«
»Und haben Sie noch was bemerkt?«
»Natürlich, zwanzig Minuten später kam auch Signora Domitilla heraus, auch sie bog um die Ecke, als wäre der Teufel hinter ihr her, und dann hörte man einen Wagen losfahren, das muss ein schönes, großes Auto gewesen sein.«
»Sprechen wir von der gleichen Signora Domitilla? Und sie fuhr los, nachdem ihr Mann weg war? Sind Sie sicher?«
»Wie viele Signoras Domitilla gibt es denn noch? Ich lege meine Hand dafür ins Feuer, Maresciallo, aber ich kümmere mich ja nicht um andere Leute. Den Brigadiere und seine Frau kenne ich gut, ihre Wohnung gehört mir, ich habe sie ihnen vor zwei Jahren vermietet, hochanständige Leute, ich bitte Sie, obwohl sie in letzter Zeit zu viel unterwegs war. Wissen Sie, meine Fenster gehen zur Straße hin und hier bekommt man alles mit.«
»Signora Barbascia, bitte, wollen Sie mir etwa einreden, Sie hängen die ganze Zeit am Fenster?«, versuchte Bonanno die Frau aus der Reserve zu locken.
»Was soll das denn heißen? Muss man sich vielleicht nicht vergewissern, wer im eigenen Haus aus und ein geht? Bei all den bösen Menschen, die heute herumlaufen?«
»Wohnen Sie allein hier, Signora?«
»Ich bin seit dreißig Jahren Witwe.«
»Kinder?«
»Meine Kinder sehe ich, wenn es gut geht, zu Weihnachten, die sind alle verheiratet und kümmern sich nicht um mich.«
Na, kein Wunder bei so einer Mutter, dachte Bonanno. Die

wäre fähig und sagt dir noch, wie oft du nachts auf die Toilette gegangen bist. Die alte Frau erzählte weiter und Bonanno bekam noch mit, wie sie sagte: »Warum fragen Sie mich nach dem Brigadiere und seiner Frau? Ist was passiert?«
»Jawohl, ein schrecklicher Mord, viele Schüsse und riesige Einschusslöcher«, sagte er hinterhältig. Die alte Schachtel war ihm unsympathisch, und nachdem er sie mit dieser Enthüllung geschockt hatte, verabschiedete er sich schnell, ohne ihr weitere Einzelheiten zu erzählen.
»Was schließt du daraus, Steppani? Wo musste Vitellaro deiner Meinung nach so schnell hin?«
»Was denken Sie?«
»Am besten finden wir es so schnell wie möglich heraus.«
»Das sehe ich auch so.«
Sie suchten lange nach ihm, fuhren auf und ab durch Villabosco, an die Ausfallstraßen und an den Bars vorbei, die um diese Zeit noch geöffnet waren, doch weit und breit keine Spur von dem Brigadiere und seinem Fiat Duna, der immerhin leicht zu erkennen war. Eine Stunde später kehrten sie noch einmal zu seiner Wohnung zurück, für den Fall, dass er inzwischen heimgekommen war. Stattdessen erwarteten sie dort der Capitano und Marcelli.
»Was fällt Ihnen denn ein? Wie können Sie es wagen, wichtige Zeugen zu beunruhigen? Morgen früh erstatten Sie mir Bericht, ich werde Ihnen Ihre Frechheit schon austreiben! Und nun zu Ihnen, Brigadiere, wer hat Sie ermächtigt, in der Gegend spazieren zu fahren und ohne meine Erlaubnis Leute zu befragen? Sie erstatten mir morgen ebenfalls Bericht!«, brüllte der Capitano und verschwand. Ihn schienen pechschwarze Gewitterwolken zu umgeben.
Er hatte mit Signora Barbascia gesprochen, weil auch ihm natürlich der Gedanke gekommen war, Vitellaro könne eine Wahnsinnstat begangen haben.

Konnte ihm nicht die Zunge den Dienst verweigern, wenn er seinem Vorgesetzten alles Mögliche an den Kopf werfen wollte? Bonanno verfluchte seinen aufbrausenden Charakter und sein loses Mundwerk, und als ob das nicht genügte, hatte er auch noch Steppani mit hineingezogen. Er steckte sich eine Zigarette an, sog den bitteren Rauch ein und starrte in den dunklen Himmel: Saturn und all diese verdammten Sterne hatten etwas gegen ihn.
Wenn der Capitano Krieg wollte, würde er ihm schon sein Waterloo bereiten.

—

Der Krieg ist eine dreckige Bestie, von Gier getrieben. Seit Wochen bombardieren die Alliierten die serbische Hauptstadt. Belgrad gleicht jeder anderen Stadt, in der diese Bestie ihre Fäden spinnt und unschuldige Leben hinwegrafft. Das Zentrum des alten Kontinents zahlt dem Gott der Dummheit seinen Blutzoll.
Die Jahre vergehen, man gedenkt der Schrecken, die Kriege wiederholen sich, die Geschichte verewigt sich weiterhin mit dem Blut der Ermordeten, den niedergemetzelten Zivilisten. Doch einfache Tote haben keine Geschichte. Die schreiben die Mächtigen, die großen Männer beschwören die Bestie herauf, sie erklären den Krieg, die einfachen Leute haben nur zu kämpfen. Und zu sterben.
Mishna ist noch kein Mann, aber er kämpft jeden Tag in seinem Krieg, fern von der Heimat, ein Sklave unter Sklaven, als Gefangener seiner eigenen Leute. Der Krieg ist eine schändliche Bestie genau wie seine Früchte, und seine Schrecken erlebt man in der Zerstörung, die er mit sich bringt.
In Mishnas gepeinigter Heimat herrscht immer noch Krieg, genau wie in Serbien, und auch Mishnas Krieg auf den Straßen Agrigents geht weiter.
Eine spärliche Schar Menschen, Söhne des Krieges, sind vor dem Schrecken geflohen, um dann an einem anderen wil-

den Gestade zu landen, wieder in gierigen Händen, die sich von ihrer Unschuld nähren.

Latif Berisha ist immer pünktlich. Seltsam, heute Abend kommt er nicht. Schweigend wartet das Grüppchen Jungen seit Stunden auf ihn. Sie haben Hunger. Das Meer in der Ferne sieht aus wie eine dunkle Zunge, es heult den Mond an, das klingt wie Gesang, aber die Ohren der Kinder hören nicht, wie poetisch es klingt. Weil sie länger als sonst hungern müssen, krampft sich ihr Magen zusammen und knurrt.

Mishna hat einen Kanten Brot aufgehoben. Sein Proviant für die Nacht. Argjan weint nicht mehr, aus seiner Kehle kommen nur noch ein paar Schluchzer, seine erloschenen Augen schauen ins Leere. Mishna reicht ihm das Brot, legt es ihm in die kleine Faust und hilft ihm, sie zum ausgetrockneten Mund zu führen. Argjan kaut das trockene Brot, er hat aufgehört zu schluchzen. Sein Blick verliert sich in der Ferne.

Als Latif endlich kommt, wirkt er abgehetzt. Er hat sich zwei Stunden verspätet. Ein Schaden an seinem Transporter hat ihn aufgehalten, wird er seinem Boss erklären. Sie drängen sich hinein. Winzige hungrige, stumme Zwerge. Der Krieg hat ihnen die Kindheit geraubt, die Menschen ihr Lächeln und ihre Hoffnung.

Latif hat ihnen zwei Stunden Schlaf gestohlen. Er steuert den Wagen nervös durch die Dunkelheit, ist aufgeregt, fährt zu schnell durch die Kurven. Argjan fängt wieder an zu weinen, er hat Angst. »Weine nicht, Argjan, fürchte dich nicht, sei ruhig, wir sind gleich da, komm schon, kleiner Bruder, hör auf damit«, versucht Mishna, ihm Mut zuzusprechen.

»Seid still«, brüllt Latif in ohrenbetäubender Lautstärke, seine Augen unter seinen zusammengezogenen Brauen funkeln vor Zorn. Argjan peinigt seine Angst mit glühenden Zangen, sie schüttelt ihn, seine Blase gibt nach und unter ihm breitet sich eine Pfütze aus. Latif bemerkt, was passiert ist, er hält ruckartig an, wirft den Jungen aus dem Wagen und traktiert ihn mit Ohrfeigen und Fußtritten. Argjan ist nur noch ein formloses Bündel, ein Lumpenball, der von der Wut eines Menschen herumgeschleudert wird, ein bedeutungsloses Häufchen. Latif ist außer sich vor Zorn, er schlägt wie wild auf den Kleinen ein. Die anderen sind erschrocken und beobachten das Ganze verängstigt. Warum ist der so wütend?

Das Echo des Knalls ist ohrenbetäubend, es riecht verbrannt. Latif bleibt einen Moment stehen, die Hände halb erhoben, mühsam dreht er sich um, seine Bewegungen sind langsamer als sonst, dann sieht er Mishna fassungslos an und sinkt kraftlos zusammen. Auf seinem Rücken breitet sich ein purpurroter Fleck aus. Während er kniet, starren seine Augen in andere Augen, die hart wie Diamanten sind. Die starren zurück, eiskalt. Kleine Hände umklammern seine Pistole. Mishnas Lippen verziehen sich vor Ekel. Wieder ertönt ein Schuss, er trifft den knienden Mann mitten in die Brust. Latif fällt zu Boden. Mishna geht zu ihm, öffnet seinen Hosenschlitz und pinkelt ihm ins Gesicht.

Argjan starrt ihn mit schreckgeweiteten Augen an.

## *Fünfzehn*

*Halten Sie Ihre Augen offen und gehen Sie mit äußerster Vorsicht vor, jemand in Ihrem Arbeitsumfeld könnte Ihnen Probleme bereiten und Sie in eine schwierige Lage bringen. In familiären Angelegenheiten sind Sie abgelenkt und weit weg. Seien Sie wachsam und tun Sie nichts Unüberlegtes.*

Sein morgendlicher Blick ins Horoskop bereitete ihn auf Schlimmes vor. Er hatte gerade mal vier Stunden geschlafen, trotzdem musste während der Nacht etwas in ihm weitergearbeitet haben, denn viele Tatsachen, zwischen denen es am Abend keine Verbindung zu geben schien, hatten jetzt in seinem Kopf ihren genauen Platz gefunden. Wie eine klare geometrische Zeichnung, in der alle Details logisch miteinander verbunden waren.

Er stand vor dem Spiegel und verschwendete viel Zeit darauf, sich zu rasieren. Das Messer zwickte an den harten Stoppeln, als er sie mit mechanischen Bewegungen abschnitt. Er merkte überhaupt nicht, dass er sich rasierte, so intensiv dachte er über den Doppelmord nach, über das wenige, was er über die Opfer wusste, schließlich über Nenè Vitellaros seltsames Verschwinden. Alles passte zusammen und schien logisch, wie ein Verbrechen mit Untertiteln.

Wo zum Teufel war Nenè Vitellaro abgeblieben? Hatte er wirklich das Techtelmechtel seiner Frau entdeckt und blind vor Eifersucht geschossen, das gesamte Magazin abgefeuert und dieses Gemetzel veranstaltet? Diese Vermutung erschütterte ihn. Er versuchte, sie von sich zu weisen, denn er kannte Vitellaro und wollte nicht, dass dies die Lösung war. Aber die Logik und die Indizien, die man am Tatort gefunden hatte, brachten ihn dazu, in dem Brigadiere seinen Hauptverdächtigen zu sehen. Diese Schlussfolgerung brachte ihn noch mehr gegen sein Horoskop auf.

»Hast du deinen Kaffee schon getrunken?«, fragte Donna Alfonsina. Es war sieben Uhr morgens und Vanessa schlief noch. Ringhio und Briciola hatten es sich in der Hütte im Garten gemütlich gemacht.

»Ich habe ihn getrunken.«

»Hast du nichts bemerkt?«

»War da Süßstoff drin?«

»Doch kein Süßstoff! Ich hab die Kaffeesorte gewechselt, weil die ihn sich heute mit Gold aufwiegen lassen wollen, bei der ganzen Werbung, die die machen. Was meinst du?«

Kleine Dinge des Alltags. Bonanno hatte sich mit seiner Mutter ausgesprochen, das bedeutete, er hatte Vanessa gegenüber nachgegeben, die weiter das Körnerzeug in sich hineinstopfte, das sie mochte. Er küsste die alte Frau auf die Wange.

»Gib acht auf dich, Savè.«

»Mach dir keine Sorgen, Mamma.«

Er verließ das Haus mit düsteren Gedanken, sein Blick war umwölkt. Seine Hände bewegten sich unglaublich nervös, wenn sie nicht gereizt das Lenkrad umklammerten. Er fuhr, ohne genau zu sehen, wohin. Kurz darauf erreichte er die Kaserne. Sobald er hereinkam, fing ihn Marcelli ab.

»Savè, ich muss mit dir reden, es ist etwas sehr Schlimmes passiert.«

Bonanno sah ihn fragend an und seine Laune wurde noch schlechter. Der Tag fing übel an.

»Wir haben Vitellaro gefunden, heute Morgen gegen drei Uhr, als er in seine Wohnung zurückkam. Ich sage dir nicht, wie er es aufgenommen hat. Er hat uns eine wirre Geschichte erzählt, hat nicht den Hauch eines Alibis und der Capitano ist langsam sicher, dass Vitellaro geschossen hat. Die absolute Katastrophe, Bonà.«

»Ich habe mir schon so was gedacht. Komm, trink einen Kaffee mit mir und erzähl mir alles.«

Der Espresso war dunkel und stark. Bonanno hielt sich nicht damit auf, seinen guten Geschmack zu erkunden. Marcelli tischte ihm eine Verkettung von so unwahrscheinlichen Umständen auf, dass er barbarisch fluchte. Er würgte den bitteren Nachgeschmack hinunter, den der Kaffee mit einem Mal hatte, sah Marcelli mit flammenden Augen an und sagte:

»Würdest du mir das bitte noch einmal von vorn erzählen?«

Er war innerlich zum Zerreißen angespannt, sein Bulleninstinkt verbiss sich mit spitzen Zähnen in ihm.

»Bonà, du hast mich schon verstanden, ich brauche es nicht zu wiederholen? Vitellaro behauptet, er findet seine Dienstwaffe nicht mehr, seiner Meinung nach hat ihm die jemand geklaut, während er nach Vittoria ins Krankenhaus gerast ist, zu seiner Schwester, die einen Unfall hatte.«

»Nach Vittoria?«

»Das beteuert Vitellaro.«

»Hat seine Schwester das bestätigt, oder geht es ihr so schlecht, dass sie nicht reden kann?«

»Ach was, die ist gesünder als ich.«

»Was zum Teufel, heißt das?«

»Vitellaros Schwester, die seit dreizehn Jahren mit ihrem Mann in Vittoria lebt, hatte überhaupt keinen Unfall. Vitellaro sagt, jemand hätte ihn angerufen, vielleicht um sich einen schlechten Scherz mit ihm zu erlauben. Bei dem Gespräch war nur seine Ehefrau anwesend, aber die Arme kann ja nun mit niemandem mehr reden.«

»Oh mein Gott«, brüllte Bonanno. Er schien völlig aus dem Häuschen, rauchte eine Zigarette nach der anderen. Die Gedanken schwirrten ihm so schnell im Kopf herum, dass er sie kaum zu fassen bekam. Er hatte das Gefühl, dass ihn jemand auslachte, vernahm das höhnische Gelächter, das er so gut kannte. Agatina Piditellas Lachen.

Und plötzlich kam ihm ein Detail in den Sinn, das aufleuchtete wie ein Streichholz in der Dunkelheit. Er sah das Gesicht der Catanisa vor sich, das ihn aus dem Fenster ihrer Wohnung anstarrte, an dem Abend, als er zum Abendessen zu Rosalia gegangen war. Und es war, als setzte dieses Streichholz eine Scheune in Brand. Bonanno brach heftig der Schweiß aus, er verband kleine und große Details, Schüsse und Theater. Eine seltsame Geschichte fiel ihm ein.

»Marcè, ich muss mit Vitellaro sprechen, und zwar allein. Es ist wichtig, ich muss ein paar Dinge überprüfen. Kontrollier du inzwischen bei der Telefongesellschaft, ob Vitellaro zu der bewussten Zeit, die er angibt, zu Hause Telefongespräche empfangen hat. Ach, und noch etwas, wann wird die Autopsie durchgeführt?«

»Dottor Paternò hat sie für heute Nachmittag angesetzt.«

»Halt mich über alles auf dem Laufenden und schaff mir den Capitano vom Hals.«

»Wie soll ich das denn anstellen?«

»Lass dir was einfallen, schlepp ihn mit, besteh darauf, dass du dort, wo die beiden Unglücklichen ermordet wurden, noch einen Lokaltermin ansetzen musst, solange du ihn mir nur vom Leib hältst.«

»Bonà, verlang nicht so was Schwieriges von mir, du weißt doch, wie der ist.«

»Verdammt noch mal, hilfst du mir jetzt oder nicht? Oder willst du einfach zusehen, wie man Vitellaro einlocht? Hast du nicht kapiert, dass da jemand ein so festes Netz geknüpft hat, dass nach den beiden Ermordeten unser Brigadiere sein nächstes Opfer werden könnte? Wenn wir jetzt nichts tun, kommt Vitellaro um die Anklage wegen vorsätzlichen Mordes nicht herum.«

»Was sagst du da?«
»Nur, was ich glaube, das Gleiche, was der Capitano annimmt. Verdammt, denk doch mal nach: Vitellaro hat ein Motiv und wenn du das Motiv hast, hast du auch den Mörder, ganz klar. Jetzt verschwinde und nimm den Capitano mit, wohin du willst, solange ich nur mit Vitellaro allein bin. Du hast genau zehn Minuten.«
Es war nicht leicht für Marcelli, seinen Kommandanten zu überreden, aber während er Blut und Wasser schwitzte und Bonanno insgeheim verfluchte, gelang ihm dies. Vitellaro stand unter Arrest. Bonanno ging zu ihm. Der Mann war am Boden zerstört. Seine kleinen, glänzenden Augen, der Dreitagebart, die zerrauften Haare und die Tatsache, dass er am ganzen Körper zitterte, zeigten, wie sehr er litt.
»Ich habe dir einen Kaffee mitgebracht. Willst du eine rauchen?«, fragte Bonanno. Er fühlte sich nicht ganz wohl in seiner Haut.
»Nein danke, ich will nichts.«
»Haben sie dir gesagt, was passiert ist?«
»Ja, das haben sie.«
»Möchtest du reden?«
»Was soll ich noch sagen, Maresciallo, ich bin doch schon zugrunde gerichtet, und vielleicht lande ich sogar im Gefängnis. Ich habe genau begriffen, was dem Capitano durch den Kopf ging. Er glaubt, ich hätte gestern Abend, mein Gott, aber ich wusste doch gar nichts von Domitilla und dem anderen … Wie kann nur auf einmal mein ganzes Leben zerstört sein? Für mich ist das wie ein Albtraum, ich komme damit nicht klar, wie ist das nur möglich, Maresciallo, wie?«, sagte Vitellaro und packte ihn an den Handgelenken. Dicke Tränen rollten ihm über das Gesicht.
»Das tut mir alles sehr leid, Vitellà, schlimmer als bei dir konnte es gar nicht kommen, aber ich habe keine Zeit, dich zu trösten. Ich möchte dir aus dem ganzen Schlamassel

raushelfen und deshalb muss ich alles wissen, absolut alles, sonst sieht es schlecht für dich aus. Ich verstehe dich ja, ich kann mir vorstellen, wie du dich fühlen musst, aber wenn du mir jetzt nicht hilfst, kriegen sie dich auch noch dran. Vertraust du mir?«, fragte Bonanno und schaute ihn eindringlich an. Vitellaro erwiderte den Blick, in seinen verzweifelten Augen entzündete sich ein schwaches Fünkchen Hoffnung, und er beschloss, Bonanno zu vertrauen.

»Was wollen Sie wissen?«, fragte er mit heiserer Stimme.

»Hattest du wirklich keine Ahnung von dem Verhältnis zwischen deiner Frau und Ficalora?«

»Beim Licht meiner Augen, Maresciallo, überhaupt nicht, ich hatte nie einen Verdacht, sie war so fürsorglich, so liebevoll, und wenn ich jetzt denke, dass sie ... oh Gott, ich kann es einfach nicht glauben.«

»Wie lange wart ihr verheiratet?«

»Zehn Jahre, wir habe uns kennengelernt und gleich gemocht. Sie war eine gebildete Frau, hat früher sogar die Universität besucht, aber dann das Studium abgebrochen. Wir hatten immer ein schönes Leben miteinander, es hat ihr an nichts gefehlt, der einzige Schatten darauf war, dass wir keine Kinder hatten, aber die Hoffnung hatten wir noch nicht aufgegeben.«

»Hast du in letzter Zeit vielleicht etwas Ungewöhnliches im Verhalten deiner Frau bemerkt? Was weiß ich, ist sie zu später Stunde weggegangen, hatte sie eine neue Frisur oder neue Kleider?«

»Nein, nichts, außer dass sie mich vor ein paar Monaten gebeten hat, ihr einen Computer zu kaufen. Sie hat gesagt, sie langweilt sich und hätte Lust, mit dem Computer umgehen zu lernen und sich damit zu beschäftigen, und deshalb habe ich ihr einen gekauft.«

»Kanntest du Professore Ficalora?«

»Nur vom Sehen.«

»Hör mal, Vitellaro, damit wir uns richtig verstehen, erzähl mir, was gestern passiert ist, und bitte, lass nichts aus.«
Vitellaro seufzte tief, schluckte den Groll hinunter und rekonstruierte, was er an diesem Tag gemacht hatte. Morgens hatte er Dienst gehabt. Nachmittags war er zu Hause gewesen. Domitilla hatte am Computer gesessen. Kurz nach sieben klingelte das Telefon und Vitellaro war rangegangen.
»Es war eine Frauenstimme, Marescià, sie klang aufgeregt. Sie sagte, sie riefe aus dem Krankenhaus von Vittoria an, meine Schwester Mimma hätte einen Unfall gehabt, nichts Schlimmes, aber ich müsste unbedingt gleich nach Vittoria kommen. Die Dame sagte, sie sei Ärztin in der Notaufnahme. Ich habe keine Sekunde überlegt, nahm meinen Wagen und fuhr los. Domitilla wollte nicht mit, sie sagte, ihr sei schwindelig und schlecht. Wenn es nötig sei, würde sie am nächsten Tag nachkommen; sie hatte noch nie ein gutes Verhältnis zu Mimma.«
»Und dann hast du deinen Fiat genommen und bist gefahren, richtig?«
»Genau, ich habe drei Stunden bis Vittoria gebraucht, bin ins Krankenhaus geeilt, aber dort wusste niemand etwas von meiner Schwester. Sie haben die Kartei überprüft, nichts, meine Schwester war anscheinend nicht eingeliefert worden. Da bin ich zu ihr nach Hause gefahren und fand sie dort putzmunter vor. Irgendeine dumme Kuh hatte mir einen Streich gespielt. Ich habe Mimma beruhigt und dann bin ich wieder nach Hause gefahren, weil ich mir Sorgen um Domitilla machte. Heute Nacht kam ich nach Villabosco zurück, und da haben mir unsere Männer gesagt, ich solle mitkommen und dass, oh mein Gott …«
»Und was war mit der Pistole?«
»Was weiß ich denn darüber? Ich habe sie zu Hause gelassen, aber als ich sie heute Morgen holen wollte, war sie nicht mehr da.«

»Was heißt das, sie war nicht mehr da?«, platzte Bonanno heraus.
»Sie war verschwunden, hatte sich in Luft aufgelöst, war nicht da.«
»Du weißt, was das heißt, Vitellà?«
»Jawohl, dass ihr mich wegen mangelnder Sorgfalt bei der Aufbewahrung meiner Waffe anzeigt.«
»Nein, das heißt, du bist geliefert. Wenn die Waffe, mit der deine Frau und ihr Freund erschossen wurden, das gleiche Kaliber hat wie deine, steckst du in der Scheiße. Du hast nicht das kleinste Alibi und das Motiv passt genau.«
»Was sagen Sie da, Maresciallo? Wie können Sie nur denken, ich hätte ... oh Gott.«
»Ich sage gar nichts, aber die Tatsachen sprechen für sich: Deine Frau setzt dir Hörner auf, du findest das heraus und schießt. Dann stellst du dieses ganze Theater auf die Beine, erfindest einen anonymen Anruf oder machst ihn sogar selbst aus irgendeiner Telefonzelle, damit er in den Telefonlisten erscheint, fährst nach Vittoria, um dir ein Alibi zu verschaffen, und lässt die Pistole verschwinden, mit der Ausrede, man habe sie dir gestohlen.«

Als Bonanno Vitellaro verließ, nahm die Vorstellung, die er sich von dem Doppelmord gemacht hatte, immer klarere Formen an. Viele Details musste er noch genauer beleuchten, aber jetzt raste sein Bulleninstinkt so wie Steppani mit dem Dienstwagen, und wenn Bonanno sich in einen Fall verbiss, dann gab es bei der Verfolgung der Spur kein Halten mehr. In diesem Moment war es ihm völlig egal, wie der Capitano darauf reagierte, dass er sich in die Ermittlungen einmischte oder dass diese Anzeigen gegen ihn auf seinem Rücken lasteten. Der Spürhund war in Aktion.
Bonanno fuhr ins Pfarrhaus von San Pietro, ließ den Punto im Halteverbot stehen und betrat die Sakristei. Die Tür

war offen, Padre Tanino tippte gerade einen Brief auf seiner Schreibmaschine. Als er Bonanno bemerkte, hielt er inne und begrüßte ihn herzlich: »Seien Sie gegrüßt, Maresciallo.«
»Gott segne Sie, Padre, Sie müssen schon entschuldigen, dass ich störe, aber ich brauche Ihre Mitarbeit.«
»Ganz zu Ihrer Verfügung, Maresciallo, wenn meine Wenigkeit etwas für Sie tun kann, bauen Sie ganz auf meine Hilfe.«
»Ich danke Ihnen und komme sofort zur Sache: Ich habe gestern gesehen, dass Sie Signora Piditella bei ihrer Fahrt zum Landhaus begleitet haben, wo diese Tragödie auf sie wartete.«
»Ja, Maresciallo, als die Untat bekannt wurde – möge Gott diesen verirrten Schäflein verzeihen können – , betete die arme Signora gerade mit uns. Gestern war Donnerstag, der Tag, an dem unsere Gruppe immer gemeinsam betet.«
»Welche Gruppe?«
»Eine Gruppe gläubiger Christen, die jede Woche donnerstags zusammenkommt und sich dem glühenden Herzen Jesu anempfiehlt. Signora Agatina gehört unserer Schar an, und gestern Abend waren wir gerade in tiefer Andacht versunken, als man uns informierte.«
»Verzeihung, Padre Tanino, um welche Zeit trifft sich Ihre Gruppe?«
»Gewöhnlich gegen sieben Uhr abends. Dann beten wir zwei, zuweilen auch drei Stunden. Manchmal kommt es vor, dass während unseres gemeinsamen Gebets eines der Pfarrkinder plötzlich in einer unbekannten Sprache redet, auch auf diese Weise zeigt sich der Heilige Geist.«
»Sagen Sie mir noch etwas, gehört die Signora Agatina schon lange zu Ihrer Gruppe?«, unterbrach ihn Bonanno, der nicht an diese Geschichten glaubte und sah, dass Agatina Piditella mit ihren Kirchenbesuchen ganz andere Interessen verfolgte. Der Pfarrer war gekränkt.

»Etwa einen Monat«, sagte er kurz angebunden.
»Aha, und kam sie gestern Abend pünktlich?«
»Sicher, Maresciallo, überpünktlich, kurz vor sieben, aber Sie werden doch nicht unterstellen wollen, dass sie …«
»Hören Sie, verehrter Padre, ich unterstelle überhaupt nichts, das fehlte ja noch, das ist nur für meinen Bericht, na, die Richter wollen immer eine Menge wissen. Wir müssen Zeiten und Orte überprüfen und dann einen Haufen Zeugen hören. Das ist eine ziemlich langweilige Angelegenheit, glauben Sie mir. Ach, noch etwas, wie hat denn Signora Agatina reagiert, als sie von der Sache erfuhr? Und sagen Sie mir doch auch noch, wer Sie über den Mord informiert hat.«
»Der Küster Vincenzino, ein braver Junge, aber mit seinem Verstand war es noch nie weit her, kam in die Kirche gerannt und rief aufgeregt: ›Padre Tanì, Padre Tanì, man hat Professore Ficalora ermordet, man hat ihn in seinem Landhaus erschossen.‹ Wir haben es nicht gleich begriffen, waren völlig verblüfft, aber Vincenzino wiederholte es und da haben wir uns alle zu Signora Agatina umgedreht. Die wurde ganz blass und sagte kein Wort. Dann ist sie völlig kraftlos auf einer Bank zusammengesunken. Als sie sich wieder einigermaßen erholt hatte, habe ich sie zu dem Landhaus begleitet. Und den Rest kennen Sie ja.«
»Danke, Padre, Sie sind wirklich sehr freundlich. Ach, noch eine letzte Frage: Sie schienen nicht sehr überrascht, wussten Sie etwas über die Beziehung zwischen Professore Ficalora und dieser Dame?«
»Wir waren nicht sicher, aber es gab schon Gerede. Die arme Signora Agatina wirkte immer so traurig, so verbittert und suchte Trost im Gebet: Jemand verbreitete das Gerücht, der Ehemann, na ja, Sie wissen schon.«
»Ja, ich verstehe, wir sind alle in Gottes Hand, wenn das Rad des Schicksals sich von selbst zu drehen beginnt.«
Bonanno verabschiedete sich von Padre Tanino und ging zu

seinem Wagen zurück. Sein geschultes Auge entdeckte sofort das rechteckige Stück Papier unter seinen Scheibenwischern. Er nahm es mit einem unguten Gefühl in die Hand, und als er sah, dass er einen Strafzettel wegen Parkens im Halteverbot bekommen hatte, fing er an zu fluchen. Auch das würde er der Catanisa auf die Rechnung setzen.

Die Wohnung war tipptopp aufgeräumt. Domitilla Dolcemascolo war eine gute Hausfrau. Sie schien ihn von dem Foto aus zu beobachten, auf dem sie ihren Mann umarmte. Es war an einem sonnigen Tag entstanden, hinter ihnen lag das türkisblaue Meer. Bonanno blieb stehen und betrachtete das lächelnde Gesicht auf dem Foto. Domitillas Züge waren weich, ihr Gesicht oval und sie hatte blonde Haare. Sie sah nicht aus wie eine Frau, die ihrem Ehemann Hörner aufsetzte, und doch hatte sie es getan.

»Fotos können täuschen«, sagte er sich.

Er stand in Vitellaros Wohnung. Der Brigadiere hatte ihm die Schlüssel gegeben. Bonannos Instinkt sagte ihm, er müsse Vitellaros Geschichte genauer überprüfen. Der behauptete, die verschwundene Dienstwaffe in der untersten Schublade einer Kommode sorgfältig zwischen Kleidung versteckt aufbewahrt zu haben. Bonanno öffnete sie. Keine Spur von der Pistole. Das Halfter war aber noch drinnen. Seltsamerweise lag alles ganz ordentlich da. Nicht einmal eine Socke am falschen Platz. Wenn ein Dieb in das Haus eingedrungen wäre, wie Vitellaro behauptete, konnte der wirklich so systematisch vorgegangen sein, dass er keine Spuren hinterlassen hatte? Es sei denn, der Dieb – angenommen, es gab ihn wirklich – kannte das Versteck.

Hatte Domitilla die Beretta genommen?

Ja, aber wozu? Was für ein Durcheinander! Wie er es auch drehte und wendete, von welcher Seite er es betrachtete, es schien nur einen logischen Schluss zu geben: Vitellaro hatte

die Waffe bei sich gehabt, und sie, nachdem er sie benutzt hatte, mit den Handschuhen entsorgt, die er angezogen hatte, damit der Paraffintest keine Schmauchspuren zutage fördern konnte, und dann diese armselige Geschichte erfunden. Bonanno suchte im Wohnzimmer, im Bad, im Schlafzimmer, durchwühlte Schubladen, kramte in Papieren, wusste nicht, wonach er suchte. Schließlich gab er auf. Das war eine ganz normale Wohnung wie viele andere, es gab keinen Hinweis darauf, dass die Frau ihren Mann betrog. Jetzt musste er nur noch etwas überprüfen, aber dazu brauchte er Steppanis Wissen. Er hob den Hörer ab und rief in der Kaserne an: »Hier ist Bonanno, gib mir Steppani.«
Der Mann in der Telefonzentrale war wieder jener unerfahrene junge Bursche. Und da er sich an den letzten Anschiss erinnerte, gehorchte er sofort. Steppani meldete sich neugierig: »Zu Befehl, Maresciallo?«
»Tu mir einen Gefallen, Steppà, sei in fünf Minuten bei mir, aber sag niemandem etwas davon. Ich bin in der Wohnung des Brigadiere.«
»Was für ein Brigadiere?«
»Na, wen könnte ich wohl meinen? Bitte, keine Namen, Steppà. In fünf Minuten. Ach, und noch etwas: Bitte unauffällig.«
Dreizehn Minuten später heulte etwas wie ein Düsenjäger vor Vitellaros Haus auf, darauf folgte eine Vollbremsung, die ihren krönenden Abschluss in einem Tanz des rückwärtigen Teils der Limousine und heftigem Türenknallen fand. Der Brigadiere sprang hinaus. Bonanno war stinksauer.
»Dich soll doch der Schlag treffen«. Nur gut, dass ich gesagt habe, du sollst nicht auffallen.«
»Psst, Maresciallo, reden Sie leiser, die Frau von gegenüber hängt hinter dem Fenster und klebt mit den Ohren dran.«
»An dir sollte Unglück kleben, an dir und an mir, weil ich immer wieder auf meine Vertrauensseligkeit hereinfalle.«

»Ich entschuldige mich, Marescià, aber der Eifer, möglichst schnell hierherzukommen, hat mich geleitet«, antwortete der Brigadiere.
»Ich kenne den Grund, verdammt, dir sollte man den Führerschein abnehmen. Jetzt los an die Arbeit, das ist der Computer der seligen Signora Domitilla. Vitellaro hat mir erzählt, er hätte ihr ihn vor ein paar Monaten geschenkt. Anscheinend hat die Frau immer stundenlang davorgesessen. Ich verstehe nicht die Bohne von diesem elektronischen Zeug, mal sehen, ob du damit klarkommst und etwas Interessantes für mich findest. Wenn ja, verzeihe ich dir vielleicht noch einmal deine verdammte Raserei.«
Steppani machte sich an die Arbeit. Seit einiger Zeit interessierte er sich auch leidenschaftlich für Computer.
»Wonach müssen wir suchen?«
»Nach Cannoli und Cassata. Steppà, hast du heute Morgen eigentlich das Stroh in deinem Hirn gewechselt? Leg los und sieh mal, ob du in diesem Ding da Briefe, Gedichte oder Botschaften an den Liebhaber findest, also irgendetwas.«
»Wozu das noch?«
»Tu einfach, was ich dir sage, und Schluss«, brüllte Bonanno.
Steppani beschäftigte sich mit dem Computer. Als Bildschirmhintergrund hatte Domitilla das Bild eines lachenden, wenige Monate alten Säuglings installiert. Steppani ging die neuesten Dateien durch, öffnete einen Ordner nach dem anderen. Eine langweilige, nervtötende Beschäftigung. Domitilla hatte Hunderte von Rezepten, ein paar Gedichte und kurze Erzählungen gespeichert.
»Marescià, hier gibt es nichts Wichtiges«, sagte Steppani, während er versuchte, die letzten Dateien zu öffnen. Eine, die sie in einem anderen Ordner versteckt hatte, trug den Namen *Christus*. Steppani klickte sie an und es erschien ein Fenster mit der Aufforderung: »Zum Öffnen der Datei geben Sie bitte das Passwort ein.«

»Tadam!«, jubelte Steppani. »Vielleicht ist es das, wonach wir suchen. Diese Datei ist verschlüsselt, offensichtlich wollte die arme Domitilla die Datei vor unliebsamen Lesern schützen.«

»Zum Beispiel vor einem betrogenen Ehemann, wie unserem Vitellaro. Mal angenommen, er verstand etwas von diesen Dingern.«

»Genau.«

»Kriegst du sie auf?«

»Ich versuche es«, sagte Steppani.

Er legte los, tippte auf der Tastatur die verrücktesten Wörter ein, versuchte, das Textverarbeitungsprogramm zu wechseln, benannte die Datei um, speicherte sie in einem anderen Format ab, versuchte, hinter das Geheimnis zu kommen, indem er in die DOS-Ebene eindrang, doch die Datei ließ sich nicht öffnen. Eine Stunde später brummte Bonanno: »Schaffst du es jetzt, diesen Mist zu öffnen, oder müssen wir den Computer in die Zentrale bringen? Ich wette, meine Tochter kann das besser als du.«

Steppani sah ihn böse an: »Möchten Sie es versuchen? Bitte setzen Sie sich doch davor.«

»Was ist denn überhaupt das Problem?«, antwortete Bonanno.

»Wie ich Ihnen vorhin erklärt habe, hat die Signora das Dokument mit einem Passwort geschützt, einer Art elektronischer Sperre. Um sie zu öffnen, braucht man den richtigen Schlüssel, und das bedeutet, wenn ich nicht das Wort finde, das die Signora benutzt hat, bleibt das Dokument verschlossen. Ist das jetzt klar?«

»Hast du es mit Ficalora versucht?«

Steppani starrte ihn mutlos an und tippte Ficalora ein. Nichts, die Datei ließ sich nicht öffnen.

»Hmm, probier mal Cristenzio«, beharrte Bonanno.

Der Brigadiere tippte – und diesmal öffnete sich die Datei.

»Was für ein Glück«, erklärte Steppani.
»Was steht da?«
»Das sehen wir gleich.«
Vor ihren Augen offenbarten sich die Geheimnisse eines intimen Tagebuchs. Der Stil war locker und sehr gefühlvoll, Domitilla Dolcemascolo verwöhnte ihren Christus mit den zärtlichen Worten einer verliebten Frau. Sie nannte sich Dodò, hatte Seiten über Seiten geschrieben, auf denen sie von ihrer verbotenen, wiedergefundenen Liebe erzählte. Sie lasen lange und gründlich in dem Tagebuch. In der Einsamkeit ihrer Wohnung hatte Domitilla dem kalten Gedächtnis dieser Maschine die Sehnsüchte ihres Herzens anvertraut. Eine erschütternde Wahrheit offenbarte sich. Bonanno und Steppani sahen einander an. Dann lasen sie alles noch einmal in Ruhe. Die Teile passten zusammen. Bonanno sah Domitilla und Ficalora jetzt in einem anderen Licht. In ihm tobte die Wut und er war mehr denn je entschlossen, Gerechtigkeit zu üben.
»Donnerwetter, Maresciallo«, erklärte Steppani. Er hatte einen bitteren Geschmack im Mund.
»Sag mir eins, Steppà, ist es möglich, uns eine Kopie davon zu machen?«
»Sicher, dazu brauchen wir nur eine einfache Diskette.« Er sah sich aufmerksam um und fand schließlich, wonach er suchte.
»Ich hab eine gefunden. Die lege ich jetzt ein, kopiere den Ordner mit seinem gesamten Inhalt darauf und schon ist die Kopie fertig.«
»Sehr gute Arbeit, Steppà, diesmal hast du dir Urlaub verdient.«
»Zu viel der Ehre«, antwortete der Brigadiere. Dann meinte er: »Glauben Sie das, was die Signora da geschrieben hat?«
»In meiner Laufbahn, Steppà, habe ich gelernt, nur das zu glauben, was ich sehe. Das können die Fantasien einer Frau

im Strudel der Leidenschaften sein, oder auch nicht. Wann sollte die Autopsie noch mal stattfinden?«
»Heute Nachmittag um drei.«
»Na denn. In ein paar Stunden werden wir auch noch diesen Zweifel ausräumen, und dann wissen wir hoffentlich mit Bestimmtheit, ob Domitilla die Wahrheit gesagt hat oder ob das alles pure Erfindung ist.«
»Und wenn alles wahr ist?«
»Dann sieht es übel aus und Vitellaro bekommt ernsthafte Probleme.«

Dottore Nino Paternò arbeitete seit Stunden an den Leichen von Cristenzio Ficalora und Domitilla Dolcemascolo. Er schnitt, entfernte Organe und entdeckte etwas. Nach der Autopsie erstattete er Capitano Oliva mündlich Bericht. Marcelli war auch dabei. Paternòs Schlüsse waren klar, er behielt sich aber vor, noch einen abschließenden Bericht zu schreiben.
Bonanno mochte die Leichenhalle auf dem Friedhof nicht besonders, schon gar nicht bei diesem Anlass. Der Capitano behandelte ihn weiter feindselig und Bonanno hatte weder Zeit noch Lust, an einer weiteren Front zu kämpfen. Zurzeit war ihm anderes wichtiger. Während er geduldig draußen wartete, rauchte er ein halbes Päckchen Zigaretten weg. Sobald sein Vorgesetzter gegangen war, kam er, einen ganzen Kippenfriedhof hinterlassend, hinter einer dicken Zypresse hervor und betrat die Leichenhalle.
»Guten Abend, Dottor Paternò, haben Sie fünf Minuten für mich?«
»Ach, Sie sind's, Maresciallo. Ich habe gerade mein Gespräch mit Ihrem Capitano und Ihrem Kollegen beendet.«
»Und was haben Sie ihnen Interessantes erzählt?«
Paternò kannte Bonanno gut genug, um zu wissen, dass der gewichtige Gründe haben musste, wenn er sich so verhielt.

»Hören Sie, Bonanno, sagen Sie mir, was Sie wissen wollen, dann haben wir es schneller hinter uns.«

»In Ordnung, ich stelle Ihnen jetzt zwei Fragen, und wenn Ihre Antwort Ja ist, erzählen Sie mir danach alles, gut?«

»Gut.«

»Erste Frage: Stimmt es, dass der Mörder zuerst die Signora angegriffen und sie mit Blei vollgepumpt hat, während er Ficalora mit wenigen Schüssen tötete?«

Der Gerichtsmediziner sah ihn verblüfft an, dann nickte er nur.

»Zweite Frage: Stimmt es, dass die Signora ein Baby erwartete?«

»Hören Sie, Bonanno, wenn Sie das alles wissen, dann erklären Sie mir, was zum Teufel Sie noch von mir wollen.«

»Die Patronen, die wir gestern gefunden haben, lassen mich vermuten, dass es sich um eine Waffe Kaliber neun gehandelt hat. Jetzt muss ich nur noch von Ihnen hören, ob ich mich geirrt habe.«

»Nein, Bonanno, Sie haben auch diesmal ins Schwarze getroffen. Die Waffe, mit der geschossen wurde, hatte tatsächlich Kaliber neun.«

»Unter uns gesagt, Dottore, was haben Sie für eine Vorstellung von dem Mord?«, fragte Bonanno.

»Die gleiche wie Sie: Die beiden waren in einer eindeutigen Situation, die man umgangssprachlich Missionarsstellung nennt, er oben, sie unten, nackt, wie Mutter Natur sie geschaffen hat, da platzte der Mörder ins Schlafzimmer. Er hat zunächst zweimal auf ihn geschossen, dann zweimal auf sie. Die beiden hatten nicht einmal die Zeit für ein Stoßgebet, denn der feuerte weiter auf sie, schoss immer wieder. Auf den Mann gab er nur drei Schüsse ab, auf die arme Signora feuerte er ein ganzes Magazin leer. Und dann hat er die blutdurchtränkten Laken und Bettdecken weggerissen, als wäre er wütend, hat die beiden nackten Körper offen daliegen lassen, und ist gegangen. Aber vorher hat er anscheinend noch ein paar Sachen gestohlen. Das ist alles. Wollen Sie noch die genaue Todesursache wissen,?«

»Nein, das ist nicht nötig. Mich interessiert etwas anderes: Im wievielten Monat war die Signora?«

»Grob geschätzt, im dritten. Aber um sicher zu sein, müssen wir den Embryo noch weiter untersuchen.«

»Ungefähr?«

»Zwischen der achten und der zehnten Woche.«

»Danke, Dottore, auf Sie kann man immer zählen.«

»Aber bitte, Maresciallo, verraten Sie mir noch etwas, bevor Sie gehen?«

»Kann ich da Nein sagen?«

»Ist der neue Capitano wirklich so verbissen, wie er wirkt, oder ist das nur mein Eindruck?«

»Mein seliger Vater hat mir eines beigebracht: Wenn eine Frage zu schwierig ist, beantwortet man sie besser nicht. Ich glaube, wir verstehen uns, Dottore.«

## *Sechzehn*

Zwei und zwei gibt vier, sagte sich Bonanno, aber nicht immer war das Ergebnis so, wie es auf den ersten Blick schien. Er war an seinen Lieblingsplatz auf den kahlen Hügel gefahren. Dort lag er im Gras und versuchte, seine Gedanken zu ordnen. Immer wieder las er Domitillas Tagebuch und dachte darüber nach, dabei sah er die kalten, nackten Körper vor sich, grübelte über dieses winzige, unschuldige Wesen nach, das gestorben war, bevor es mehr werden konnte als ein blutiges Klümpchen, und fluchte auf die Welt.

Das Montanvalle hatte für ihn seinen Zauber verloren, zumindest in diesem Augenblick. In Bonannos Brust steckte ein glühendes Messer. Das verworrene Knäuel ließ sich einfach nicht entwirren. Er rauchte und dachte nach. Währenddessen erinnerte er sich noch einmal an intime Momente, familiäre Streitigkeiten, Wut und Lügen. In der Ferne zog eine Wolke vorbei, er sah ihr nach und plötzlich war ihm alles klar. Ein kalter Schauder durchfuhr ihn. In den tiefsten und finstersten Abgründen der menschlichen Seele fand er die Lösung für sein Problem.

Rosalia hatte seinen Besuch nicht erwartet. Bonanno klingelte am späten Nachmittag bei ihr. Der Himmel wirkte wie gemalt, sein Türkisblau hüllte die rosaroten Häuser der Altstadt ein. Rosalia stand auf der Schwelle und strahlte ihn an. Aber Bonanno war zu niedergeschlagen, als dass ihn das

helle Sonnenlicht, das ihr Gesicht mit flüchtigen Schatten überzog, aufmuntern konnte.
»Saverio, was für eine schöne Überraschung!«
»Darf ich reinkommen, Rosalì? Ich müsste mit dir reden.«
Sie ging ihm ins Wohnzimmer voraus.
»Trinkst du einen Kaffee?«
»Besser etwas Stärkeres.«
»Sambuca oder Rosolio?«
»Das ist egal, am besten du nimmst dir auch ein Glas.«
Sie sah ihn fragend an. Natürlich hatte sie die Nachrichten verfolgt und wusste über die neuesten Bluttaten Bescheid. Doch dass Bonanno so traurig aussah, verursachte ihr Herzklopfen. War vielleicht noch etwas Schreckliches geschehen?
»Kann ich dir eine Geschichte erzählen?«, fragte er und goss sich vier Fingerbreit von dem Rosenlikör ein. Dann führte er das Glas an die Lippen und trank es auf einmal aus. Rosalia zuckte zusammen, so hatte sie Bonanno noch nie erlebt. Es musste ihm wirklich schlecht gehen.
»Was ist los, Saverio?«
Bonanno grinste, dann lachte er; es klang vulgär, unmäßig, aber auch schmerzlich.
»Ich erzähle dir gleich alles, Rosalia, hör mir aufmerksam zu und stell danach deine Fragen.«
Er zündete sich eine Zigarette an, betrachtete Rosalia mit glänzenden Augen und begann zu erzählen: »Vor fünfzehn Jahren lernt ein junges Mädchen namens Domitilla Dolcemascolo an der Universität einen Jungen kennen, einen gewissen Cristenzio Ficalora. Sie treffen sich, mögen einander, verlieben sich und werden ein Paar. Die beiden sind jung, naiv und leidenschaftlich, sie verlieren die Kontrolle. Sie wird schwanger, durchlebt eine schlimme Zeit und weiß nicht, was sie tun soll. Als feststeht, dass ihre Regel ausbleibt, weil sie ein Baby erwartet, redet sie mit ihm. Cris-

tenzio ist ein junger Mann ohne Arbeit, die Verantwortung belastet ihn. Er überlegt zwei Wochen lang und dann rät er Domitilla zu der feigsten aller Lösungen: Sie soll zu einer Engelmacherin gehen und abtreiben. Da geschieht etwas Unerwartetes: Domitilla muss das Studium abbrechen, weil ihr Vater plötzlich gestorben ist und ihre Mutter sie nicht weiter unterstützen kann. Sie sind zu fünft und müssen die Konditorei weiterführen, deshalb muss Domitilla nach Hause zurückkommen und ihrer Mutter helfen. Mit dem Geheimnis des Kindes unter ihrem Herzen, einsam und enttäuscht von ihrem Cristenzio, der sich immer weiter von ihr zu entfernen scheint, bricht sie jeden Kontakt zu ihm ab. Als Cristenzio versucht, sie telefonisch zu erreichen, lässt sie sich verleugnen, und auf seine Briefe antwortet sie nicht. Nachts weint sie und zählt die Sterne. Sie denkt sogar daran, sich umzubringen. Wie sollte sie ihre Schande verbergen? Domitilla betet in all ihrer Verzweiflung, aber sie will das Kind nicht abtreiben. Sie ist keine Mörderin.

Und eines Nachts geschieht etwas: Vielleicht hat jemand ihre Gebete erhört oder es war Schicksal, jedenfalls wacht sie in einem See aus Blut auf. Sie ist nicht mehr schwanger. Dieses ungewollte Wesen ist genauso unerwartet gegangen, wie es gekommen ist. So löst sich das letzte Band zwischen Domitilla und Cristenzio. Das war keine echte Liebe, denkt Domitilla, aber in ihrem Herzen bleibt ein Pfeil stecken, der sticht und nur einen Namen trägt.

Jahre später lernt Domitilla einen herzensguten Jungen kennen, er ist bei den Carabinieri, unseren Nenè Vitellaro. Sie sind sich sympathisch und heiraten. Ihr Leben fließt dahin wie das vieler anderer Paare. Die Jahre vergehen und sie wollen ein Kind, aber dieses heiß ersehnte Kind will einfach nicht kommen. Da wenden sie sich an einen Spezialisten und dessen Diagnose ist unerbittlich: Nenè Vitellaro ist zeugungsunfähig.

Vor zwei Jahren hat das höhnische Schicksal seine Fäden gesponnen: Vitellaro wird nach Villabosco versetzt, der Heimatstadt von Cristenzio Ficalora. Unser Lehrer hat inzwischen, als er in der Provinz von Catania unterrichtete, ein faules Früchtchen namens Agatina Piditella kennengelernt und geheiratet. Auch das Leben dieses Paares nimmt seinen Lauf und wie der Teufel es will, bekommen auch sie keine Kinder. Bei der Signora wird eine Fehlfunktion der Eierstöcke festgestellt und eine Schwangerschaft ist dadurch beinahe ausgeschlossen. Das nennt man Schicksal: In ihrer Jugend, als Cristenzio und Domitilla es nicht wollten, erwarteten sie ein Kind, das beiden lästig war, und als sie dann verheiratet waren und eins aufziehen wollten, da war nichts zu machen, von Kindern nicht die Spur.«

Rosalia hörte Bonanno schweigend zu. Hin und wieder nippte sie ein wenig am Likör. Bonanno rauchte eine Zigarette nach der anderen.

»In einem Nest wie Villabosco, wo jeder jeden kennt, triffst du einen Menschen, selbst wenn du ihm ausweichen willst, und das versuchte Domitilla mit Cristenzio. Aber der begegnete ihr eines Tages zufällig beim Einkaufen und von da an heftete er sich Tag und Nacht an ihre Fersen. Er bereute, gab keine Ruhe, wollte wissen, was mit ihr passiert war, er rief sie zu Hause an, wenn Vitellaro zum Dienst ging, verfolgte sie auf der Straße, sogar bis in die Geschäfte hinein. Domitilla begriff, dass sie nicht so weitermachen konnte, der Stachel in ihrer Brust stach zu heftig. Lieber klärte sie alles endgültig mit ihm. Schließlich gab sie ihren Widerstand auf und nahm seine Einladung an, sie trafen sich für eine letzte Aussprache in seinem Landhaus. Das war im September letzten Jahres. Nenè Vitellaro hatte Nachtschicht, Agatina war zu ihrer Mutter nach Catania gefahren. Cristenzio und Domitilla redeten den Abend und die ganze Nacht durch bis zum nächsten Morgen und klärten alles. Sie schlossen den unsichtbaren Riss, der sie so lange getrennt hatte mit *»heißen Küssen und gewagten Liebkosungen, heftig packte sie die Lust und entflammte sie. In dieser Nacht erhoben sich Feuerzungen und brannten sich in ihr Fleisch ein und verbanden sie so für alle Zeit.«*

Rosalia starrte ihn an. Ihr fehlten die Worte. Schließlich fragte sie: »Saverio, wie redest du denn? Woher weißt du das alles?«

»Das ist alles hier drauf, ich wiederhole nur die Worte, die Domitilla in Erinnerung an diese Nacht benutzt hat«, sagte Bonanno, holte die Diskette heraus und zeigte ihr auch die Ausdrucke.

»Ihr Techtelmechtel, Verzeihung, ihre Liebesgeschichte, lebte wieder auf. Zwei Menschen, die von schmerzhaften Ereignissen und einem ungeborenen Kind, dessentwegen sie sich schuldig fühlten, so stark geprüft wurden, finden sich nach Jahren wieder und stellen fest, dass sich eigentlich nichts geändert hat, sie lieben einander noch wie früher. Da gibt es aber ein paar störende Kleinigkeiten: Domitillas Mann und Cristenzios Ehefrau. Zunächst denken die beiden nicht darüber nach, sie nehmen sich Zeit, sind viel zu beschäftigt damit, sich zu umarmen und zu küssen. Cristenzio benutzt das Landgut als Ausrede, um öfter von zu Hause fernzubleiben. Domitilla fährt zu ihm, sooft sie kann, und lässt sich von ihrem gehörnten Ehemann einen Computer schenken. Sie benutzt ihn dazu, ihm ihre Gefühle anzuvertrauen, stundenlang schreibt sie über Cristenzio, die vergeudete Zeit, über das Kind, das sie verloren haben, über das Schicksal, das sie erst bestraft und dann wieder zusammengebracht hatte, um ihnen für ihre einzige, große, unsterbliche Liebe noch eine Chance zu geben. Domitilla hatte es schlimm erwischt. Also, um es kurz zu machen, Rosalia, die beiden brannten lichterloh und drei Monate später überlegten sie, wie sie ihren Ehepartnern gegenübertreten sollten.

Sie wollten ihre Liebe öffentlich leben, aber du weißt ja, wie das ist, Wochen, Monate vergehen und man findet nie den Mut, und dann passierte das, was früher oder später passieren musste.«
Rosalia führte ihr Glas an die ausgetrockneten Lippen. Und fragte sofort: »Was denn?«
Bonanno zündete sich noch eine Zigarette an, blies mit aufreizender Langsamkeit den brennenden Streichholzkopf aus und meinte: »Domitilla wurde schwanger.«
»Schwanger? Hast du wirklich schwanger gesagt? Und dann?«, fragte Rosalia. Bonannos Geschichte hatte sie gepackt.
»Als Domitilla sich ganz sicher war, erfüllte sie so eine Freude, eine solche Begeisterung, dass sie mit allen Mitteln versuchte, Cristenzio zu sprechen, aber der war in diesen Tagen unerreichbar, er war zu einem Lehrgang auswärts gefahren. Deshalb vertraute Domitilla dem Computer ihre Freude darüber an, endlich eine richtige Frau zu sein. Und dann tat sie etwas, was sie nicht hätte tun sollen. Nachts, als sie nicht schlafen konnte, schrieb sie in ihrer übergroßen Freude einen langen Brief an Cristenzio. Und während der ahnungslose Nenè Vitellaro schnarchte, stand sie auf, setzte sich an den Computer und tippte alles hinein, was ihr in den Sinn kam. In diesem Moment, mit dem neuen Leben, das in ihr heranwuchs, wurde der Wunsch in ihr übermächtig, alles stehen und liegen zu lassen und mit Cristenzio zu fliehen. Domitilla, die eigentlich eine sanfte Frau war, sah plötzlich, als sie hörte, wie ihr Ehemann im Bett schnarchte, während sie sich nach einem anderen sehnte, in ihm den Hauptgrund für ihr Unglück.
Hör, was sie schreibt: *»Mein Liebster, ich weiß nicht, was gut und was böse ist, das Einzige, was zählt, bist du, dein Mund, dein Duft, deine Arme und dieses Kind, dessen Samen du in meinen Leib eingepflanzt hast. Ich bin das Feld, das du ge-*

*pflügt hast. Ich liebe dich, Cristì, habe dich immer geliebt, du bist der einzige Mann, den ich jemals wollte, heute mehr denn je. Ich will dich und unser Kind. Diesmal werde ich nicht zulassen, dass wieder etwas passiert.*

*Ich ertrage diese Trennung nicht, diese Wohnung ist ein Gefängnis. Ich ertrage den Mann nicht, der in meinem Bett liegt und schnarcht. Mich zieht es zu der Kommode hin, ich will aus der untersten Schublade die Waffe holen, die dort versteckt ist, und nichts als schießen, um alle Fehler in unser beider Leben auszulöschen. Ich kann nicht mehr, mein Liebster, wir müssen uns der Wahrheit stellen.*

*In mir wächst zum zweiten Mal ein Kind heran, und ich will unsere Liebe öffentlich leben können. Ich liebe dich so sehr, Cristì, du hast mich wieder zur Frau gemacht. Nach all diesen Jahren der Einsamkeit und der Tränen, die ich jede Nacht geweint habe, genieße ich jetzt mit Freude, wie mein Körper sich verändert. Ich erwarte ein Kind, Cristì. Wir erwarten ein Kind, unser Kind. Ich will nicht, dass es in Schande geboren wird. Nicht mehr. Nicht jetzt. Mein Liebster, ich bin verzweifelt, ich kämpfe jede Nacht gegen die Versuchung an, mir die Pistole zu holen, die er in die Kommode legt, wenn er sie nicht im Dienst tragen muss.*

*Ich will diesem schrecklichen Drang nicht nachgeben, den ich schon in meinem Herzen fühle, denn woran ist er eigentlich schuld?*

*Ich habe gelogen, mein Liebster, die Pistole liegt hier neben mir. Gott, wie schwer sie ist, es war stärker als ich. Ich habe die Schublade geöffnet, habe sie in die Hand genommen. Es wäre so einfach, diesem Albtraum ein Ende zu bereiten, zu dem unser Leben geworden ist. Ich will niemandem wehtun, mein Liebster, aber ich bin sicher, wie auch immer wir uns entscheiden, wir beide werden teuer dafür bezahlen.*

*Wir werden leiden, Cristì, sehr leiden, aber was ist besser: zu leiden, wenn man wenigstens die Hoffnung auf Glück nähren*

*kann oder Tag für Tag in Lüge und Betrug zu verwelken? Ich glaube an Gott, mein Liebster, und daran, dass das Schicksal uns wieder zusammengebracht hat, denn es hat zugelassen, dass aus deinem Samen in meinem Schoß ein Kind wächst, also muss ein tieferer Sinn dahinter sein.*
*Wir haben beide versucht, Kinder zu haben, aber mit den verkehrten Menschen. Du und ich verdienen ein bisschen Glück. Unser Glück, uns gemeinsam eine neue Familie aufzubauen, deren Beginn ich jetzt in mir heranwachsen fühle, während ich dir schreibe und mir die Tränen über die Hände fließen.*
*Mach dir keine Sorgen wegen der Waffe, Liebster, ich werde nicht schießen. Ich lasse sie dort in der Kommode. Ich verspreche dir, ich werde sie nicht wieder anfassen. Und ich verspreche dir noch etwas: Wir müssen mit ihnen reden, uns bleibt nicht mehr viel Zeit. Ich weiß, das wird nicht einfach sein, aber dann wird alles gut gehen. Das spüre ich, mein Liebster.*
*Auf ewig, deine Dodò.*«
»Heilige Maria, was für eine Geschichte! Warum hast du gesagt, es war falsch, das zu schreiben?«, fragte Rosalia.
»Agatina. Ich weiß nicht, wie sie es gemacht hat, aber sie hat diesen Brief entdeckt. Sie wurde wütend wie eine Giftschlange und begann, ihre Rache zu planen.«
»Oh Madonna!«, flüsterte Rosalia.
»Die Catanisa geriet in Rage. Sie fühlte sich zweifach gedemütigt. Domitilla wollte ihr nicht nur den Mann wegnehmen, sie erwartete auch noch ein Kind von ihm, während ihr die Natur die so sehr ersehnte Schwangerschaft verweigerte. Sie stellte Cristenzio zur Rede und hätte ihm am liebsten die Augen ausgekratzt. Aber der blieb bei seiner Entscheidung, sich von ihr zu trennen. Diesmal wollte er keinen Fehler machen. Mit Domitilla hatte er vereinbart, sie würden schrittweise vorgehen. Er würde sich erst seiner Frau stellen und dann sollte sie mit Vitellaro sprechen. Aber dann spitzte sich alles zu, und zwar durch meine und deine Schuld.«

Rosalia sprang vom Sofa auf. »Wie meinst du das?«

»Erinnerst du dich an unser erstes Abendessen? An dem Abend schneite es, ich parkte den Wagen auf dem Wendeplatz und kam zu Fuß zu dir. Meine Schuhe waren durchnässt und ich hatte keine Hand frei, der Schnee flog mir überall hin, auch in den Kragen, eine Flocke blieb auf meinem Hals liegen. Instinktiv hob ich den Kopf, um die Kälte abzuschütteln, und da sah ich sie. Ich bin mir sicher. Agatina stand am Fenster und starrte mich an. Ich glaubte sogar, ein boshaftes Leuchten in ihren Augen zu bemerken, aber ich achtete nicht darauf, so durchnässt, wie ich war, wollte ich meine Zeit nicht an solchen Unsinn verschwenden, und später dachte ich nicht mehr daran. Ich glaube aber, dass die Catanisa in diesem Augenblick ihren teuflischen Plan ausbrütete.«

»Oh Gott, Saverio, du jagst mir Angst ein«, sagte Rosalia und nippte wieder an ihrem Likör.

»Von wegen Angst, was meinst du, wie oft ich mich für einen Idioten gehalten habe? Und doch ist es so, da bin ich mir sicher: Agatina hat mich erkannt, sie hat gemerkt, dass ich nicht im Dienst war, und folgte mir mit dem Blick, bis sie wusste, dass ich zu dir gehe. So wie ich aussah, gab es keinen Zweifel an der Art unserer Verabredung.«

»Wie konnte sie das wissen?«

»Bitte, Rosalia, ich trug meinen besten Anzug, hatte das Parfait und die Tüte mit dem Parfüm dabei, dann kam der Bote mit den Rosen, da braucht man nicht gerade ein Ausbund an Klugheit zu sein, um zu begreifen, dass ich nicht zu dir kam, um deinen Kühlschrank zu reparieren.«

»Und was hat das alles mit Domitilla und Cristenzio zu tun?«

Bonanno seufzte, dann goss er sich einen doppelten Rosolio ein und zündete die x-te Zigarette an. Gierig inhalierte er den Rauch und wartete, bis er seine Kehle kitzelte.

»Bestimmt eine ganze Menge, Rosalì. Diese Frau ist ein Teufel, sie wollte ihrem Mann und seiner Freundin eine Abreibung verpassen, die sie so schnell nicht vergessen sollten. Ich glaube, sie hatte schon einen ungefähren Plan im Kopf und konnte es kaum fassen, dass sie ihn mit unserer ungewollten Unterstützung ausführen konnte. Entschlossen und risikobereit, wie sie ist, setzte sie alles auf eine Karte. Und so wie sich alles entwickelt, glaube ich, dass sie haushoch gewinnt, wenn nicht noch ein Wunder geschieht.«

»Was sagst du da?« Rosalia erstarrte.

»Erinnerst du dich an die Schüsse von jenem Abend? Das war alles geplant: Das Biest wollte ihren Mann nur zu Tode erschrecken und meine Aufmerksamkeit erregen. Und willst du wissen, warum? Ich sage es dir: Sie wollte, dass wir die Affäre zwischen Cristenzio und Domitilla entdecken. Diese Teufelin hat darauf spekuliert, dass Cristenzio uns nichts erzählen würde und mich sein verdächtiges Verhalten dazu veranlassen würde, der Sache auf den Grund zu gehen. Kurz und gut, Rosalì, die Catanisa hat mich benutzt: Wir sollten herausfinden, dass ihr Mann etwas mit der Frau eines Bullen hatte, dieses armen Nenè Vitellaro.«

»Ich kann es nicht begreifen. Warum zum Teufel dieses ganze Theater?«

»Das habe ich mich auch gefragt, Rosalì, und mir den Kopf darüber zerbrochen. Aber schließlich habe ich es herausgefunden. Alles passt zusammen: Diesmal spielte die Catanisa ihr böses Spiel: Wenn wir entdeckten, dass jemand eine Affäre mit der Ehefrau eines unserer Leute hatte, würden wir Vitellaro sofort versetzen lassen und dann wäre die Beziehung zwischen Ficalora und Domitilla auf der Stelle zu Ende gewesen. Aber die beiden spielten nicht mit, sie liebten einander wirklich und trafen sich weiter, obwohl die Catanisa drohte und auf Cristenzio schoss. Sie wollten ihre Ehepartner verlassen und ihr eigenes Leben leben. Aber die

Catanisa muss sogar diese Möglichkeit bedacht haben, und sie war entschlossen. Wenn die miesen Verräter ihre Affäre nicht beendeten, würde sie sie umlegen. Berechnend und boshaft, wie sie ist, wusste sie genau, dass wir schnell herausfinden würden, wer die beiden Liebenden am liebsten tot sehen wollte. Und was hat dein süßer Mund in dem Restaurant gesagt? ›Bei uns in Sizilien schießt und tötet man aus den üblichen drei Gründen: Ehre, Geld und Blut.‹ Und wer, wenn nicht die Catanisa selber oder Nenè Vitellaro hatten mehr als gewichtige Gründe, nämlich ihre Ehre, um die beiden mit Blei vollzupumpen? Und deshalb tobte sie ihren boshaften Charakter aus und spann ihr Netz, um nicht länger verdächtigt zu werden. Diese Teufelin hat alles geplant. Welcher Richter konnte jetzt noch annehmen, sie sei die Mörderin? Als sie die Möglichkeit hatte, ihren Ehemann umzubringen, hat sie es nicht getan, und jetzt sollte sie sich so ein Theater einfallen lassen? So verschaffte sich die Catanisa ein Alibi, bevor sie die beiden Unglücklichen aus dem Weg räumte, hat uns Bullen gelinkt und diesen Winkeladvokaten.«
»Ich verstehe überhaupt nichts mehr, Saverio, mir schwirrt der Kopf. Hat die Catanisa nicht in der Kirche Psalmen gesungen, als Domitilla und Cristenzio ermordet wurden?«
»Das ist ja der Punkt: Sie hat nicht geschossen.«
»Und wer dann?«
»Ich habe keine Ahnung, aber wenn das stimmt, was ich annehme, hat der Mörder Vitellaro die Waffe gestohlen«, antwortete Bonanno.

»Würdest du das noch mal sagen, Savè?«
»Marcè, schluck es einfach.«
»Wie konnte jemand die Waffe aus Vitellaros Wohnung stehlen?«, fragte Steppani.
»Das musst du herausfinden, frag diese neugierige Nachba-

rin und sieh, was du aus ihr rausholen kannst. Wir wissen, dass Vitellaro die Pistole am üblichen Platz zurückgelassen hat, bevor er nach Vittoria fuhr. Dass es den Anruf wirklich gegeben hat, sagen uns die Anruflisten, aber niemand kann ausschließen, dass Vitellaro es selbst gewesen ist, erst recht kein Richter. Halten wir uns an die Tatsachen: Die Ehefrau hat seine Abwesenheit benutzt, um sich mit ihrem Geliebten zu treffen, und die Wohnung verlassen. Wenig später ist jemand dort eingedrungen und hat die Waffe geklaut. Der muss aber die Hausschlüssel gehabt haben, denn es gab keine Einbruchsspuren. Wie hat er sich die beschafft?«

Rosalia brachte ein Gericht aus Nudeln mit Thunfisch, Tomaten, Kapern und Oliven auf den Tisch, das sie rasch gekocht hatte. Bonanno hatte Marcelli und Steppani angerufen, nachdem er ihr den Tathergang erzählt hatte. Wenn sie Vitellaro aus den Schwierigkeiten helfen und den Carabinieri einen Skandal ersparen wollten, wenn sie die beiden Liebenden und dieses arme Wesen, das gestorben war, bevor es gelebt hatte, rächen und ihm einen Haufen Probleme ersparen wollten, mussten sie jetzt handeln.

»Was soll ich tun?«, fragte Marcelli.

»Eine Drecksarbeit. Setz dich mit den leitenden Kollegen anderer Stationen in Verbindung und teil ihnen mit, dass bei uns eine Dienstwaffe verloren ging. Aber ohne großes Aufsehen bitte. Gib ihnen die Seriennummer und sag ihnen, sie sollen sich danach umhören. Das wird zwar nichts nutzen, aber man muss es wenigstens versuchen.«

Verjas Lippe blutet. Ramiz Lukaci ist außer sich vor Wut. Er schlägt sie brutal. Und will von ihr wissen, woher diese Hosenscheißer die Pistole haben, mit der Latif getötet wurde. Die anderen Jungen sind spät in der Nacht ins Lager zurückgekommen. Nur Mishna und Argjan fehlen. Es war nicht

schwer für Ramiz Lukaci, aus den anderen herauszubekommen, was passiert ist.
»Red, verdammte Hure, red oder ich bring dich um.« Er prügelt sie weiter unbarmherzig, schlägt sie brutal zusammen. Ein Blutstrahl besudelt seine Stiefel. Verja fällt zu Boden und klammert sich mit aller Kraft an das Leben, das schon aus ihr entweichen will.

Er hat die ganze Nacht und den nächsten Tag nach ihnen gesucht. Mishna und Argjan scheinen sich in Luft aufgelöst zu haben. Er wird diese verdammten Hosenscheißer finden. Dann wird er ihnen bei lebendigem Leib die Haut abziehen, sie pfählen und die Pfähle in der Mitte des Lagers aufstellen. Niemand darf Ramiz Lukaci so beleidigen und dann hoffen, lebend davonzukommen. Er wird sie finden, und wenn es ein Leben lang dauern wird.

»Versteck dich unter dem Boot und pass auf, dass dich niemand sieht. Ich lasse dir Brot und Obst hier. Weine nicht, Argjan, ich komme bald wieder. Dann bringe ich deine Mutter mit, und wir gehen zusammen von hier weg. Das verspreche ich dir.«
»Wohin gehst du, Mishna?«, fragt Argjan fröstelnd.
»Ich hole deine Mutter und die Stiefel meines Vaters.«

Ramiz Lukaci überwacht seine Nutten. Seit Stunden hat er sich in diesem Wagen postiert. Hat Verja wieder auf die Straße geschickt. Und ihr genaue Anweisungen gegeben, sie darf nicht mit Kunden weggehen. Sie ist sein Köder für diese Hosenscheißer.
Der Mond steht schon hoch am Himmel, als er aussteigt, um zu pinkeln. Vorsichtig schaut er sich um, ob er einen Schatten sieht. Dann nimmt er sein Glied in die Hand. Als der Schuss ertönt, hält er nur noch Brei zwischen den Fin-

gern. Mishna gleitet hinter den Brombeersträuchern hervor, er spuckt auf Lukaci und dann schießt er wieder und wieder, durchlöchert ihm den Bauch. Mishna schießt auf alle Gespenster, auf den Soldaten, der Serge getötet hat, auf die Kerle, die Zmitras Körper missbraucht haben, auf die Menschenhändler, die seinen kleinen Cousin ins Meer geworfen haben. Mishna schießt und damit tötet er gleichzeitig auch den Rest des unschuldigen Jungen, der noch in ihm steckte. Jetzt ist das Magazin leer. Aus Ramiz Lukaci fließt das Blut in Strömen. Seine Eingeweide quellen hervor. Sein Leben verwandelt sich in eine Folge dunkler Schmerzen.

Mishna wirft ihm die rauchende Pistole vor die Füße. Dann holt er sein Messer heraus und schneidet in aller Ruhe in Ramiz' Fleisch. Dabei denkt er an die blutigen Sterne, an die er sich klammerte, während Peitschenhiebe auf seinen Rücken knallten.

Das Heulen von Polizeisirenen, die immer näher kommen, stört ihn. Er verzichtet darauf, Ramiz die Füße abzuschneiden, und zieht ihm nur schnell die Stiefel aus. Dann bindet er sie sich um den Hals und geht zu Verja.

»Duck dich ins Gras und folge mir, Argjan braucht seine Mutter«, sagt er zu ihr.

Verja umarmt ihn, ihr Gesicht ist geschwollen. Mishna stößt sie kühl zurück.

»Dafür haben wir keine Zeit, Frau, folge mir«, befiehlt er.

Verja läuft ein Schauer über den ganzen Körper und erschrocken bemerkt sie, dass Mishnas Hände vor Blut triefen.

## *Siebzehn*

»Den musst du mir vorstellen, Marcelli, das meine ich ganz ernst. Ich möchte wirklich dieses Arschgesicht sehen, das seine Dienstwaffe verliert. Ich kann es nicht glauben. Gibt es so tollpatschige Kollegen? Und dann beschweren wir uns noch über die Carabinieriwitze?«

Agostino Bagossi, ein Norditaliener reinsten Wassers, leitete seit drei Jahren die Station von Villaggio Mosè, einem aufblühenden kleinen Wirtschaftszentrum in der Nähe von Villabosco. Er und Marcelli machten jedes Jahr in der gleichen Pension mit Meerblick auf Stromboli Urlaub.

»Ich konnte es einfach nicht glauben, als du es mir erzählt hast. Ein Carabiniere, der sein Schießeisen verliert, und trotzdem war es so. Kopf hoch, Marcelli, ich hab die Waffe für dich gefunden. Aber es gibt ein paar Probleme: Wir haben die Pistole neben einer Leiche entdeckt. Ich kann sie dir nicht einfach so zurückgeben. Du verstehst, es wird schwierig, das Ganze geheim zu halten. He, Marcelli, hat es dir die Sprache verschlagen?«

Marcelli regte sich nicht leicht auf, aber in diesem Moment hämmerte sein Herz wie rasend. Diese verdammte Pistole! Wo sie auftauchte, gab es Tote. Er war nicht so dumm gewesen, vor den Kollegen die Wahrheit über die gesuchte Waffe auszuposaunen. Er hatte sich lieber eine Lüge ausgedacht. Jemand war verteufelt zerstreut gewesen und so war die Pistole verschwunden. Also Augen auf und Solidarität zwischen Polizisten. Wenn jemand sie fand, sollte er sie bitte

schnell dem rechtmäßigen Besitzer zurückgeben, bevor ein anständiger Familienvater seinen Job verlor.
Als Bagossi anrief, um ihm die gute Nachricht mitzuteilen, konnten sie es kaum glauben. Irgendjemand da oben musste diesen Dummkopf Vitellaro sehr gern haben.

Bonanno fuhr in Gedanken vertieft, die Lippen aufeinandergepresst, und sein Fuß trat das Gaspedal durch. Der Punto raste in Richtung Villaggio Mosè.
»Jetzt verstehe ich, von wem Steppani gelernt hat, so verboten in die Kurven zu gehen«, sagte Marcelli.
Bonanno antwortete nicht. Er dachte nach. Wie zum Teufel war Vitellaros Waffe in der Gegend zwischen Agrigent und Villaggio Mosè gelandet? Ihr Kollege Bagossi empfing sie mit einem Lächeln. Er sah Marcelli fragend an und dann musterte er Bonanno amüsiert. Marcelli begriff, dass hier ein Missverständnis vorlag. »Nein, der ist es nicht«, erklärte er schnell und übergab Bagossi eine Packung mit Cannoli, die er ganz frisch in Villabosco gekauft hatte.
»Du hattest mir doch versprochen, dass du mir den Tollpatsch vorstellst, der seine Waffe verloren hat«, sagte Bagossi und biss in eins der Cannoli.
»Von welcher verschwundenen Waffe reden Sie eigentlich, Kollege? Hier handelt es sich um Diebstahl einer Waffe und mehrfachen Mord«, platzte Bonanno heraus. Marcelli wäre am liebsten vor Scham im Boden versunken. Bagossi stopfte sich inzwischen mit den Cannoli voll, aus seinem Mund fielen Teile der Ricottafüllung auf das Sofa. Bonanno begriff, dass er Mist gebaut hatte. Er war zu aufgeregt und hatte seiner Nervosität nachgegeben. Deshalb holte er seine Zigaretten raus und meinte: »Es tut mir leid, vielleicht fangen wir lieber noch mal von vorn an«, und bot den anderen ebenfalls eine Zigarette an.
Dann erzählte er Bagossi alles. Es ging nicht um eine verlegte

Waffe, sondern um einen geplanten Diebstahl zum Nachteil eines Kollegen. Mit der Waffe, die sie suchten, hatte jemand zwei Menschen umgebracht. Und jetzt riskierte der Kollege, dem man die Waffe gestohlen hatte und der mit der Frau verheiratet war, die man zusammen mit ihrem Liebhaber erschossen hatte, wegen Mordes angeklagt zu werden. Alles sprach gegen ihn, er hatte nicht das kleinste Alibi. Und dann war auch noch seine Beretta unauffindbar, mit der die beiden erschossen wurden. Den konnte nicht einmal der liebe Gott vor dem Gefängnis retten.

»Und nun erzählen Sie mir Ihre Geschichte von den weiteren Toten«, sagte Bonanno und sah Bagossi an.

Noch verwirrt begann der Maresciallo zu erzählen: »Gestern Morgen haben wir einen Albaner gefunden. Er war schwer verletzt und ziemlich übel zugerichtet, hatte viel Blut verloren. Der Mann lag auf dem Rücken neben seinem Wagen, man hat mehrfach auf ihn geschossen und auf ihn uriniert. Er konnte nicht reden. Jetzt liegt er auf der Intensivstation. Wir haben an die übliche Abrechnung unter Landsleuten gedacht und deshalb in ihrem Unterschlupf eine Razzia veranstaltet. Ich weiß, das ist Zeitverschwendung, aber irgendwas muss man doch tun, um diese verdammten Parasiten zu entmutigen. Damit das nicht wie sonst ein Schlag ins Wasser wurde, wollten wir vorher ein paar von ihren Weibern aufgreifen, um sie abzuschieben. Und auf dem Weg zur Strandpromenade, wo die sich anbieten, haben wir dann die ersten Schüsse gehört. Dort haben wir die Pistole gefunden, neben einem weiteren Toten, dessen Leiche noch warm und von Kugeln durchsiebt war. Es handelte sich um einen gewissen Ramiz Lukaci, den Chef der Bande. Wir wussten, dass er im Geschäft war, aber für uns war der Mann o. k., er hat uns nie Probleme bereitet. Er wusste, wie er in seinem Lager Ordnung hielt, und ging Schwierigkeiten aus dem Weg. Er arbeitete mit Prostituierten und Bettlern. Da muss eine Abrechnung zwischen Banden laufen, ein Krieg um die Macht. Man hat dem Mann in den Bauch und in die Eier geschossen. Dann hat man ihm die Fußknöchel eingeschnitten und die Stiefel gestohlen. Ich denke, das ist wohl ein altes Ritual bei den Albanern, mit dem der Sieger seine Überlegenheit beweist.«

»Sie sind geliefert, Bonanno. Wie Sie sehen, hatte ich recht und nicht Sie mit ihren verrückten Theorien. Ein Dieb hat die beiden umgebracht. Dieser Albaner, ein gewisser Latif, ist in Ficaloras Landhaus eingedrungen, um zu stehlen. Er ist erschrocken, als er die beiden Liebenden sah, hat den Kopf verloren und geschossen.«

»Woher nehmen Sie diese Sicherheit?«

»Ganz einfach: Seine Fingerabdrücke befanden sich auf der Waffe, der Paraffintest ist positiv ausgefallen und dazu haben wir im Kofferraum seines Wagens noch das Diebesgut gefunden. Sie sehen also, es gibt keine schwarze Magie oder teuflischen Pläne von betrogenen Ehefrauen. Was mich angeht, so werde ich beantragen, dass Sie sofort vom Dienst suspendiert werden und ein Disziplinarverfahren gegen Sie eingeleitet wird, weil Sie die Uniform entehrt haben, die Sie tragen.«

Den letzten Satz betonte Capitano Oliva mit besonderer Genugtuung und kostete dies hemmungslos aus. Offensichtlich hatte er ihm gefallen. Er musterte Bonanno mit lebhafter Befriedigung. Dabei glänzten seine Augen unter den pechschwarzen Wimpern.

»Sie können natürlich tun, was Sie wollen, aber ich möchte Ihnen trotzdem eine Frage stellen: Haben Sie eigentlich mal darüber nachgedacht, wie der Albaner an Vitellaros Pistole gekommen sein kann?«, antwortete Bonanno mit schneidender Ironie und zermahlte den Capitano im Geiste wie ein Nussknacker zwischen seinen Zähnen.

»Ein bedeutungsloses Detail. Vielleicht hat die Ehefrau, die die Gewohnheiten ihres Mannes kannte, die Waffe an sich genommen, nachdem Vitellaro das Haus verlassen hat, und sie mitgenommen. Es könnte sich um ein neues Liebesspiel gehandelt haben, das sie mit ihrem Liebhaber ausprobieren wollte, oder die beiden planten, Agatina Piditella umzubringen und dem ahnungslosen Vitellaro die Schuld zuzuschieben, oder sonst irgendwas. Als der Albaner das Haus betrat, um zu stehlen, erwartete er nicht, dort jemanden vorzufinden, er geriet in Panik, nahm die Pistole und hat geschossen. Sind Sie jetzt überzeugt?«
Ein heftiges Türknallen war die einzige Antwort. Mit manchen Leuten konnte man einfach nicht vernünftig reden. Bonanno war schon unterwegs.

»Sag mir eins, Steppani, hast du inzwischen Signora Filippina Barbascia, verwitwete Mangiacapra, befragt?«
»Na sicher!«
»Und hat sie außer Vitellaro, der nach Vittoria fuhr, und der armen Domitilla, die das Haus verließ, noch jemanden gehört?«
»Das konnte sie nicht, Marescià.«
»Was heißt das?«
»Unsere Witwe gehört zur Betgruppe ›Das glühende Herz Jesu‹. Nein, so wie sie erzählt, ist sie sogar eine der ›Empfangsbereitesten‹, ab und zu erfüllt der Heilige Geist sie mit seiner Gnade und dann beginnt sie zu fantasieren. Ich glaube ja, das sind verrückte Frömmeleien. Sie treffen sich jeden Donnerstag im Pfarrhaus von San Pietro, genau wie die liebe Agatina Piditella.«
»Nimmst du mich jetzt auf den Arm?«
»Großes Carabinieri-Ehrenwort.«
Bonanno küsste ihn.
»Was haben Sie, Maresciallo?«

»Steig ein, ich möchte jetzt auch mal mit der Signora Filippina reden.«
»Sie steigen ein, ich fahre. Ich kenne den Weg besser als Sie.«

Als Filippina Barbascia nun gleich zwei Carabinieri in Uniform vor sich stehen sah, bekam sie einen Schreck.
»Ich habe Ihnen gesagt, was ich weiß. Was wollen Sie denn noch von mir?«, ging sie in die Defensive. Sie war gerade beim Friseur gewesen und hatte sich die Haare neu färben lassen.
»Sie möchten schon entschuldigen, Signora Filippina, wenn wir Sie noch einmal stören müssen, aber was wollen Sie, die Ermittlungen sind in vollem Gange und Sie könnten uns sehr helfen.«
»War es denn nicht der Ehemann?«
»Nein, der gute Vitellaro hat nichts damit zu tun. Ein Dieb hat auf sie geschossen. Ein Albaner.«
»Heilige Maria. Und wie ist das passiert?«
Das erste Mal hatte sich Bonanno an der Neugier der Witwe gestört und sie deshalb nicht gerade nett behandelt, aber nun wollte er diesen angeborenen Charakterzug zu seinen Gunsten ausnutzen.
»Anscheinend handelt es sich um einen Einbruchsdiebstahl, der in einer Schießerei geendet hat, aber es gibt noch viel zu klären, liebe Signora, und dabei könnte Ihre Hilfe sehr wertvoll für uns sein. Dürfen wir eintreten?«
»Ja, kommen Sie, kommen Sie nur.«
Bis zu diesem Augenblick hatte sich das Gespräch zwischen dem Fenster, aus dem die Witwe herausschaute, und der Eingangstür abgespielt, wo die beiden Carabinieri gestanden hatten. Die Witwe kam an die Tür und öffnete. Beim Hereinkommen fiel Bonanno auf, dass es sich um ein Zweifamilienhaus handelte. Es hatte einen gemeinsamen

Eingang, dann kam ein kurzer Flur, der zur Wohnung der Witwe führte, und eine Treppe in den ersten Stock, wo bis vor ein paar Tagen Nenè Vitellaro und Domitilla Dolcemascolo zur Miete gewohnt hatten. Diese Familie war jetzt für immer zerstört. Bonanno bemerkte am Fuß der Treppe eine Nische in der Mauer, in der Schlüssel hingen. Er sah genauer hin: An den Schlüsseln waren Schilder mit den Aufschriften »Eingangstür«, »Wohnungen« und »Keller« befestigt.

Dieses Detail speicherte er in einem Winkel seines Gehirns ab, obwohl er nicht genau wusste, ob und wozu er es brauchen könnte, aber wie hatte man ihm einmal gesagt: »Wenn du verwirrt bist, schau dich um, dann kommt die Lösung von allein zu dir.«

Die Wohnung der Witwe war gemütlich und beinahe luxuriös ausgestattet. Die Frau führte sie ins Wohnzimmer: ein Sofa mit einem Bezug aus blauer Rohseide, auf den große rote Rosen aufgestickt waren, und auf dem Parkettboden ein Orientteppich. Wertvolle Vasen aus Kopenhagener Porzellan und Sammelteller schmückten eine ganze Wand des Zimmers. Offensichtlich lebte die Witwe in angenehmen finanziellen Verhältnissen.

»Ist Ihr Mann schon lange verstorben?«

»Selbst wenn es erst einen Tag her wäre, wäre es schon zu lange«, antwortete die Witwe kummervoll.

»Sie haben einander sehr geliebt?«

»Die wahre Liebe findet man nur einmal im Leben, sagt man. Ich weiß nicht, ob das stimmt, Maresciallo, aber als Antonio von mir gegangen ist, hat für mich alles seinen Wert verloren.«

»Und deshalb haben Sie dann Padre Taninos Gebetsrunde besucht?«

»Was soll ich Ihnen sagen, lieber Maresciallo. Früher bin ich jeden Sonntag zur heiligen Messe in die Kirche gegangen.

Aber Sie wissen ja, wie das ist, seit mein Antoniuzzo nicht mehr ist, habe ich so viel Zeit. Vor vier Jahren hat Padre Tanino diese Gebetsrunde aufgebaut, damit wir die gleichen Erfahrungen erleben dürfen, die vor zweitausend Jahren die Apostel beim Abendmahl mit unserem Herrn Jesus Christus machen durften. Da er wusste, dass ich seit einigen Monaten Witwe war, kam er zu mir und lud mich ein, daran teilzunehmen. Das war wie eine Erleuchtung. Auch wir können im Namen des glühenden Herzen Jesu einer Begegnung mit dem Heiligen Geist teilhaftig werden und damit unserem armseligen Dasein einen neuen Sinn geben. Durch Padre Tanino habe ich entdeckt, wie ich meine Aura einsetzen kann, und die spirituellen Gaben, die ich mit der Taufe und der Kommunion erhalten habe, sind wie neu erwacht. Sie werden es nicht glauben, aber wenn wir uns dort alle im Namen Jesu vereint versammeln, ist es, als würde eine übernatürliche Macht uns umarmen, ich spüre sie in mir und dann geschieht es.«

»Was geschieht dann?«, fragte Bonanno, den das Geplauder der Witwe in Bann schlug.

»Das weiß ich nicht genau. Es heißt, ich gerate in Ekstase und rede in fremden Sprachen.«

»Was für Sprachen?«, mischte sich Steppani ein.

»Wie soll ich das wissen? Ich kann gerade mal so unsere Muttersprache, aber Padre Tanino, der gelehrt ist, sagt, es seien heilige Sprachen.«

»Heilige Sprachen?«

»Ja, die, die unser Herr gesprochen hat und die Juden.«

»Oh mein Gott!«, entfuhr es Bonanno und er schaute gen Himmel.

»Glauben Sie mir etwa nicht?«, fragte die Witwe und nahm sofort eine abwehrende Haltung ein.

»Aaaaber nein, ich bin nur ein wenig beeindruckt, ja, das ist das richtige Wort.«

»Sie können ja Padre Tanino fragen, wenn Sie mir nicht glauben.«

»Hören Sie, Signora Barbascia, wir glauben Ihnen ja, nur sind wir wie die ungebildeten Tiere. Sie müssen etwas Verständnis für uns aufbringen. Sagen Sie mir doch, wie viele sind Sie denn in der Gruppe?«

»Zuerst waren wir zehn Gläubige, aber jetzt sind wir mindestens sechzig.«

»Das ist viel. Und trefft ihr euch oft?«

»Jeden Donnerstagabend, aber das habe ich schon Ihrem Assistenten gesagt.«

»Sie haben recht, verzeihen Sie. Und kommt Signora Agatina Piditella schon lange?«

»Sie hat an fünf oder sechs Treffen teilgenommen.«

»Wie kam es dazu? Ich meine, dass sie begonnen hat, zu den Treffen zu kommen?«

»Wollen Sie die Wahrheit hören?«

»Warum, haben Sie mir bis jetzt etwas anderes erzählt?«, fragte Bonanno verwirrt.

»Nein, aber die Wege unseres Herrn sind unergründlich, mein lieber Maresciallo. Es passierte zufällig an einem Nachmittag, in einem Geschäft, das Schmuck und Porzellan verkauft. Agatina musste ein Geschenk machen, ich kaufte gerade einen neuen Sammelteller aus der Serie ›Für die Mutter‹. Als sie meine Vorliebe für Porzellan aus Kopenhagen sah, bat sie mich um Rat und kaufte daraufhin etwas.«

»Porzellan wie das hier?«

»Ja, ein Stück von Royal Kopenhagen, die sind weltberühmt für ihre Teller und Sammelobjekte, wie die Sammelteller aus der Serie ›Für die Mutter‹ oder die Weihnachtsteller. Immer ein schönes Geschenk. Sehen Sie die drei Türme hier? Das ist das Markenzeichen für echtes Porzellan aus Dänemark.«

»Und in welchem Geschäft haben Sie sich getroffen?«

»Bei den Geschwistern Sparacino in der Via Dei Conventi.«
»Kannten Sie einander schon?«
»Nur vom Sehen, aber nicht näher, man sagte Guten Tag und Guten Abend. In dem Laden schlossen wir dann Freundschaft, ich erzählte Agatina von meiner Sammlung und sie bestand darauf, sie zu sehen. Also lud ich sie zu mir ein und zeigte sie ihr. Sie war sehr interessiert und es war schön, sich mit ihr zu unterhalten.«
In Bonannos Schädel explodierte ein Feuerwerk und sein Instinkt meldete sich kribbelnd.
»Also, wenn ich Sie richtig verstanden habe, kam Agatina Piditella zu Ihnen nach Hause.«
»Sicher, das habe ich Ihnen doch gesagt, und sie kam am nächsten Tag wieder, um mir etwas Süßes zu bringen, genauer gesagt, kleine Cannoli. Sie wollte sich für den Rat bedanken, den ich ihr gegeben hatte. Ihr Geschenk fand großen Anklang, und sie blieb dann noch da, um zu plaudern.«
Das Feuerwerk sprühte helle Funken.
»Sie wurden Freundinnen?«
»Mehr als das, wie Schwestern. Agatina interessierte sich für meine spirituelle Gruppe und fragte, ob sie daran teilnehmen könne. Ich stellte sie den anderen vor, und seitdem kam sie jeden Donnerstag. Sie saß immer neben mir.«
Die Piditella war gut. Eine Schlange hätte sich dümmer angestellt. Das Feuerwerk in seinem Kopf war sehenswert und sein Bulleninstinkt biss ihn heftig.
»Wussten Sie von der Affäre zwischen Professore Ficalora und Ihrer Mieterin?«, fragte er noch.
»Ich wusste gar nichts, das schwöre ich Ihnen bei der Seele meines geliebten Antoniuzzu.«
»Hat Agatina wirklich nichts davon erzählt? Nicht mal eine Andeutung?«
»Kein Wort.«
»Wusste sie, wer oben wohnte?«

»Das weiß ich nicht, darüber haben wir nie geredet. Aber warum fragen Sie mich das alles? Haben Sie nicht gesagt, es sei ein Dieb gewesen? Oder denken Sie vielleicht, Agatina hätte ...«

»Signora Barbascia, Sie haben mich doch vorhin verstanden: Wir sind Polizisten und deshalb denken wir von Natur aus nicht.«

»Maresciallo, Sie wollen mich arme alte Frau nur ausnutzen, aber Agatina ist ein Beispiel in den Augen des Herrn. Geben Sie sich zufrieden. Wenn Sie den Schuldigen gefunden haben, umso besser. Wissen Sie, was die Leute sagen? Die sind überzeugt, der Ehemann hätte beide umgebracht, Ihr Kollege Nenè Vitellaro.«

»Sie haben recht, Signora. Eine Frage noch: Die Schlüssel lassen Sie immer in dieser Nische am Fuß der Treppe hängen?«

»Ja, das sind Ersatzschlüssel für den Notfall.«

»Könnte ich mir den von der Eingangstür in die Zentrale mitnehmen?«

»Aus welchem Grund?«

»Um Fotos für das Protokoll zu machen.«

»Nehmen Sie nur.«

»Danke für Ihre Freundlichkeit.«

»Aber ich bitte Sie!«

Als sie wieder im Wagen saßen, zündete sich Bonanno eine Zigarette an. Gierig inhalierte er den Rauch, damit der durch die Kehle strömte und sich in den Bronchien festsetzte. Dort hielt er ihn lange, bevor er ihn wieder ausstieß.

»Was denken Sie, Maresciá?«

»Ich denke, die Catanisa ist ein ausgekochtes Luder. Wenn wir sie drankriegen wollen, müssen wir raffiniert vorgehen. Hast du begriffen, was sie sich ausgedacht hat? Da sie wusste, dass ihre Freundin bei diesen verdammten Treffen in Trance gerät, hat sie sich mit ihr angefreundet und sich so ein perfektes Alibi besorgt. Aber ich verwette meine Pension, sofern ich sie erlebe, dass sie hinter der ganzen Geschichte steckt, Steppà. Nur brauchen wir jetzt Beweise.«

»Die Sache mit den Schlüsseln habe ich aber nicht begriffen.«

»Ich habe da auch nur so eine Ahnung, aber weißt du, was du jetzt tust? Du nimmst den Wagen und fährst nach Agrigent ins Krankenhaus. Wir brauchen die Fingerabdrücke des verwundeten Albaners.«

»Das ist doch nicht nötig, wir haben die aufgenommenen Beweisstücke und sogar das Diebesgut, da können wir sie abnehmen.«

»Nein diesmal kann ich mir weder große noch kleine Fehler leisten. Ich will *seine* Fingerabdrücke. Von seiner eigenen Hand. Ich brauche absolute Gewissheit.«

»Ich möchte ja kein Spielverderber sein, aber vielleicht haben Sie vergessen, dass der Albaner mehr tot als lebendig auf der Intensivstation liegt.«

»Das ist mir egal.«

»Mir auch, aber wie zum Teufel soll ich da reinkommen?«

»Das will ich gar nicht wissen, Hauptsache, du besorgst mir die Fingerabdrücke. Aber damit das klar ist: schön deutlich!«

»Sagen Sie mir wenigstens, wofür Sie die brauchen?«

»Das weiß ich nicht, aber mir schwirrt da so eine vage Idee durch den Kopf.«

»Brauchen Sie einen schriftlichen Antrag, um mir davon zu erzählen?«, zog ihn Steppani auf.

»Zuerst will ich ein paar Dinge überprüfen und sehen, ob bestimmte Fingerabdrücke zusammenpassen, deshalb verschwinde!«

»Kann ich den Jeep nehmen?«

»Nimm, was du willst, Hauptsache, du bewegst dich jetzt.«

»Wooow!«, sagte Steppani, startete und ließ die Limousine vor dem Haus der Witwe Barbascia tänzeln.

»Fahr langsam und reg mich nicht auf, ich will lebend in die Kaserne kommen.«
»Zu Befehl, Maresciallo«, antwortete Steppani und trat das Gaspedal durch. Bonannos Flüche gingen im lauten Motorengeräusch des Wagens unter.

Steppani war gerade nach Agrigent aufgebrochen. Bonanno nahm die letzten zwei Züge seiner Zigarette, blies den Rauch aus und warf die Kippe vom Balkon. Dann blieb er endlos erscheinende Minuten reglos stehen und ließ seinen Blick über dieses Land schweifen, das er gleichzeitig liebte und hasste: sein Sizilien. Er wälzte düstere Gedanken. Dann schüttelte er den Kopf.
»Ich muss es tun, wenn ich endlich klar sehen will«, dachte er. Dann ging er wieder hinein, öffnete den Wandschrank in seinem Büro und holte das Spurensicherungskit – eine Schachtel, die alle Pulver und die nötigen Gerätschaften enthielt, um Fingerabdrücke sichtbar zu machen. Sein Kopf lief auf Hochtouren und der Maresciallo qualmte eine Zigarette nach der anderen. Er haderte mit sich, weil er nicht auch um die Schlüssel zu Vitellaros Wohnung gebeten hatte, aber er wollte den Bogen nicht überspannen und den Argwohn der Witwe erregen. Sie war mit der Catanisa befreundet und man konnte ja nie wissen.
»Entweder es läuft oder es läuft schief«, sagte er sich wieder. Er beeilte sich. Der Capitano war nicht da. Sein Büro stand offen. Bonanno ging hinein und nahm sich Vitellaros Wohnungsschlüssel, die in Domitillas Handtasche waren, als sie ermordet wurde. Ohne Erlaubnis des Untersuchungsrichters hätte er sie eigentlich nicht anrühren dürfen, aber wenn es gut ging, würde ihn der freundliche Panzavecchia schon decken. Lief es dagegen schief, dann würde er sie wieder zurücklegen, ohne dass es jemand bemerkte.
Er fuhr geradewegs zum Haus der Witwe Barbascia. Vitel-

laro war nicht da. Als der aus dem Gefängnis kam, hatte er ein paar Sachen in einen Koffer geworfen und war zu seiner Schwester nach Vittoria zurückgefahren. Diesmal gab es wirklich jemanden, dem es schlecht ging, nämlich ihn.

Am Bund mit den Wohnungsschlüsseln hing auch der für die Eingangstür. Bonanno öffnete sie. Aus der Wohnung der Witwe war nichts zu hören, vielleicht war sie nicht da. Sehr gut. Er ging die Treppe hinauf, schloss auf und betrat die Wohnung.

Drinnen sah er sich kurz um und vor seinem geistigen Auge erschienen Bilder von Vitellaro und seiner Frau, die in dieser Wohnung glücklich gewesen waren, bevor Domitillas Jugendliebe wieder aufgeflammt war und die Tragödie ihren Lauf nahm.

»Das reicht, an die Arbeit.«

Bonanno ging ins Schlafzimmer, das Domitilla in ihrem Tagebuch so genau beschrieben hatte. Da war die Kommode, die unterste Schublade. Perfekt. Links und rechts waren zwei Metallgriffe. Er öffnete die Schachtel, die er mitgebracht hatte, holte eine Dose mit einem weißen Pulver heraus und las die Zusammensetzung: 60 Prozent Titanoxid, 20 Prozent Talkumpuder, 20 Prozent Kaolin – was auch immer das sein mochte. Jetzt kam der schwierigste Teil, er musste das Pulver auftragen, hoffen, dass es schön deutliche Abdrücke sichtbar machte und diese dann mit einem Klebeband übertragen. Dazu trug er Latexhandschuhe. Seine Hände schwitzten darin. Für die Kollegen vom Erkennungsdienst wäre das kinderleicht gewesen, denen wäre es nie passiert, dass sie einen wichtigen Fingerabdruck unbrauchbar machten, weil sie das magische Pulver falsch auftrugen und den Pinsel wie ein Schwert hielten. Aber Bonanno war eben kein Polizist von einer dieser rechtsmedizinischen Sonderkommissionen aus dem Fernsehen, sondern ein einfacher übergewichtiger Vorortbulle und deshalb lief ihm weiter der Angstschweiß herunter.

»Was ist mir denn bloß eingefallen!«, fluchte er und dachte einen Augenblick an die Folgen, wenn ihn jemand entdeckte.

»Es kommt noch so weit, dass ich sogar meine Stelle verspiele«, jammerte er, während er die Dose öffnete. Dann trug er das Pulver mit dem Pinsel auf. Dabei ging er äußerst vorsichtig vor, aber er schwitzte immer noch. Trug reichlich viel Pulver auf. Volltreffer! Die chemische Reaktion machte drei klare Abdrücke an der Stelle sichtbar, wo der Griff an der Schublade befestigt war.

»Freu dich nicht zu früh, vielleicht stammen die ja von Vitellaro oder von seiner Frau«, dachte er. Sorgfältig drückte er das Klebeband darauf, nahm die Abdrücke ab, packte sie in Tütchen, steckte alles in einen Umschlag und nahm sich den zweiten Griff vor. Dort fand er weitere Fingerabdrücke. Die nahm er ebenfalls ab. Danach säuberte er alles und flehte stumm zu der Madonna der sieben Dornen, dass er das Richtige gefunden hatte. Dann verließ er die Wohnung, lief die Stufen hinunter, öffnete die Eingangstür, schloss sie wieder behutsam, ging zu seinem Punto und fuhr weg.

»Wenn ich das Richtige gefunden habe, dann nagele ich dich diesmal fest, Catanisa, dann kriege ich dich am Schlafittchen.«

## *Achtzehn*

Als Bonanno wieder in der Kaserne war, legte er als Erstes die Schlüssel an ihren Platz im Büro von Capitano Oliva zurück, wo auch die anderen Beweisstücke zu diesem Doppelmord aufbewahrt wurden. Er hatte Glück: Das Büro war leer. Schnell war er drinnen und auch schon fast wieder draußen, als ihn eine unerträgliche Stimme wie eine Ohrfeige traf.
»Was machst du da, Bonà?«
Sollte er Marcelli den Haifischen vorwerfen oder ihn unter glühender Sonne von Raben auffressen lassen? Keine dieser beiden Methoden befriedigte ihn so wie die Idee, ihn höchstpersönlich durch einen Fleischwolf zu drehen und zwar mit dem kleinen Finger beginnend.
»Ich habe den Capitano gesucht.«
»Er ist heute Morgen zum Provinzkommando gefahren.«
»Das wusste ich nicht.«
»Hmm, du brütest doch nicht irgendeinen Blödsinn aus? Deine Uniform ist vollkommen versaut«, sagte der Leiter der Station misstrauisch und musterte ihn von Kopf bis Fuß.
Bonanno sah sich an: Dieser Angeber hatte recht!
Das weiße, teils aus Talkumpuder bestehende Pulver hatte sich auf seiner dunklen Uniform verteilt und große, helle Flecken auf Jacke und Hose hinterlassen.
»Danke für die Mitteilung, der effiziente Leiter der Station ist wie üblich gründlich und pflichtbewusst.«
»Was ist los, Bonà?«
»Was meinst du?«

»Keine Ahnung, aber du verschweigst mir die Wahrheit. Was hast du da in der Schachtel?«

»Bohrer.«

»Bohrer?«

»Jawohl, Bohrer.«

»Und was machst du damit in der Kaserne?«

»Wenn du nicht sofort aufhörst, den widerlichen Bullen zu spielen, dann werde ich sie benutzen, um dir das Hirn aufzubohren. Um nachzusehen, ob ich richtig liege und du da wirklich nur Stroh drin hast, das schwöre ich dir. Ist das klar, Marcè?«

»Soll ich dir etwas sagen, Bonà?«

»Wenn du nicht willst, dass das übel ausgeht, hör auf mich und behalte es lieber für dich!«

Marcelli starrte ihn böse an, Bonanno hielt seinem Blick stand. Sie sahen aus wie zwei struppige Streuner, die gleich aufeinander losgehen würden. Der Waffenstillstand, den sie um Vitellaros willen geschlossen hatten, war gebrochen. Beide wussten, dass das nicht von Dauer sein konnte, so stur und stolz, wie sie waren, ganz zu schweigen von ihrer typisch sizilianischen Empfindlichkeit, einer Folge des Insellebens.

»Ja, das stimmt, es lohnt sich nicht mal, den Atem an dich zu verschwenden.«

»Wie schön, endlich Ruhe und Frieden«, sagte Bonanno und verließ beschwingt den Raum.

Diese Runde ging an ihn.

Als er endlich in seinem Büro saß, wo ihn niemand neugierig beobachtete, holte er die Tütchen mit den Klebestreifen heraus, auf denen die Fingerabdrücke waren, und ließ die Schachtel mit dem Spurensicherungskit im Wandschrank verschwinden. Es wäre ihm schwergefallen, eine glaubwürdige Ausrede zu finden, wenn Marcelli den Inhalt auch nur flüchtig zu Gesicht bekommen hätte. Er packte die Tütchen in seine Schreibtischschublade und schloss sie zur Sicherheit ab. Den Schlüssel steckte er ein. Jetzt entspannte er sich ein wenig. Er hob den Hörer ab und sagte:

»Treibt mir bitte Steppani auf.«

»Zu Befehl, Maresciallo!«, antwortete der Mann in der Telefonzentrale.

Eine halbe Minute später wurde er mit seinem Ersten Brigadiere verbunden.

»Sie haben mich gesucht, Maresciallo?«

»Wie ist es gelaufen?«

»Der Chef befiehlt und die Truppe gehorcht.«

»Hast du sie oder nicht?«

»Ich habe sie, ich habe sie.«

»Großartig! Wann bist du hier?«

»In zwanzig Minuten bin ich in Villabosco.«

»Ras nicht.«

»Aber nie!«

»Als ob ich nicht wüsste, was für eine Rakete du bist! Fahr langsam, du hast eine wertvolle Fracht bei dir.«

»O. k.«

Nach dem Gespräch mit Steppani konnte er nur noch abwarten. Jetzt hatte er Zeit für einen Kaffee, aber zunächst hatte er etwas anderes vor. Er wählte eine Nummer und wartete. Nun klopfte sein Herz wie verrückt, es klang, als sei es glücklich. Er war aufgeregt wie ein Kind, das zum ersten Mal in den Kindergarten geht.

»Ciao, Rosalì, wie geht's dir? Ich bin's.«

»Saverio!«

Er schloss die Augen. Oh Gott! Wie schön Rosalia Santacroce seinen Namen aussprach. Diese Stimme streichelte ihn und entflammte ihn von Kopf bis Fuß.

»Entschuldige, dass ich mich in den letzten Tagen nicht gemeldet habe, aber hier ging es drunter und drüber«, sagte Bonanno. Seine Hände waren schweißnass.

»Das glaube ich, bei all dem, was los war, hattest du sicher eine Menge zu tun.«
»Ja, aber schau mal, unser Ausflug zum Ätna ist nur verschoben.«
»Ich warte.«
»Auch das Feuer des Vulkans wird auf uns warten, keine Sorge, wenn der Ätna einmal anfängt, dann dauert es, bis er sich beruhigt«, sagte Bonanno, aber sein Kopf beschäftigte sich schon mit der Catanisa. Diese Assoziation war ihm spontan gekommen. Der Zweifel nagte ständig an ihm.
»Was ist los, Saverio? Du wirkst nervös.«
»Ach nichts, Rosalia, ich bin mitten in der Arbeit und ein wenig angespannt.«
»Ich verstehe dich ja, schließlich habe ich die Berichte in der Zeitung gelesen. Zum Glück hatte dein Kollege doch nichts mit dem Mord an der armen Domitilla und dem Lehrer zu tun.«
»Ja.«
»Wann sehen wir uns?«
»Bald, ich rufe dich an, wenn ich den Fall hier abgeschlossen habe. In Ordnung?«
»Ist der noch nicht abgeschlossen? In der Zeitung stand, der Täter sei ein albanischer Dieb.«
»Ja, aber du weißt doch, wie das ist, da sind noch die Berichte für den Untersuchungsrichter zu schreiben, Formulare auszufüllen und viele weitere Pflichten.«
»Ja gut, aber lass mich nicht zu lange warten.«
»Keine Sorge, Rosalì, ich will ja selbst, dass das Ganze so bald wie möglich abgeschlossen ist.«
»Saverio, ich liebe dich.«
Drei kleine Worte, die Bonanno in helle Begeisterung versetzten. Drei Worte, die seine Seele streichelten. Frühlingsluft. In seinem Innern ging es drunter und drüber. Gott, wie

gern wäre er jetzt bei ihr in ihrer Wohnung gewesen, nur sie beide, um sich auszusprechen und einander Liebesworte zu sagen.
»Was ist los, Saverio?«
»Ich liebe dich auch, Rosalì.«

Der Kaffee schmeckte ganz anders als sonst. Oder war es die Liebe, die alles veränderte? Sonnenstrahlen vergoldeten Bonannos Schritte, der Maresciallo fühlte sich mit seinen über neunzig Kilo so leicht wie ein Papierdrachen.
Als Steppani das Büro betrat, saß Bonanno bereits dort, sein Gesicht strahlte und mit den Gedanken war er ganz woanders.
»Maresciallo.«
Bonanno gab sich einen Ruck.
»Ach, du bist da?«
»Wenn Sie wollen, komme ich wieder, wenn Sie gelandet sind.«
»Was erzählst du da für einen Blödsinn?«, sagte Bonanno und sah Steppani genauer an. Dabei bemerkte er, dass der Junge dunkelblau verschmierte Finger hatte.
»Was hast du mit deinen Händen gemacht?«
»Haben Sie nicht gesagt, ich sollte dem Albaner Fingerabdrücke abnehmen?«
»Jawohl, aber ihm und nicht dir!«
»Das habe ich ja getan.«
Mit diesen Worten holte er einen mit Fingerabdrücken übersäten Umschlag heraus. Darin waren fünf Abdrücke. Klar und deutlich: Daumen, Zeigefinger, Mittelfinger, Ringfinger und sogar der kleine Finger.
»Gemäß Ihren klaren Anweisungen habe ich direkt die rechte Hand des Mörders genommen, an der linken ging es nicht, wegen der Transfusionsschläuche und dem ganzen Kram«, sagte Steppani schwungvoll.

Bonanno überging seine ironische Bemerkung und nahm den wertvollen Umschlag an sich.
»Was hast du benutzt?«
»Sehen Sie das nicht? Tusche.«
Deshalb war er selbst so verschmiert.
»Ich habe alles auf Ihre Rechnung setzen lassen. Zusammen mit den Umschlägen und dem Rest. Gehen Sie dann im Papiergeschäft von Ciccio Animella vorbei und zahlen Sie.«
»Na gut, ich kümmere mich schon darum, du Geizhals«, schnitt Bonanno ihm das Wort ab.
»Erzählen Sie mir nun, was los ist?«
»Später. Was hast du dir einfallen lassen, um in die Intensivstation zu kommen?«
»Glauben Sie mir, es ist besser, wenn ich das nicht erzähle.«
»Komm, setz dich, wir sind noch nicht fertig.«
Bonanno stand auf, schloss die Tür zu seinem Büro, weil er nicht gestört werden wollte. Dann öffnete er die Schreibtischschublade und holte die Tütchen mit den Abdrücken heraus, die er in Vitellaros Wohnung abgenommen hatte.
»Wo haben Sie denn die her?«, fragte Steppani.
»Von der untersten Schublade der Kommode, in der Vitellaro seine Pistole aufbewahrte.«
»Wie sind Sie da reingekommen?«
»Das erzähle ich dir besser nicht.«
»Wie Sie möchten, Marescià.«
»Jetzt vergleichen wir mal die Fingerabdrücke und sehen, ob sie identisch sind.«
»Mit bloßem Auge? Sie machen wohl Witze.«
»Hast du einen besseren Vorschlag?«
»Sicher, aber sagen Sie mir doch, wonach Sie suchen.«
Bonanno kapitulierte seufzend: »Na gut. Also was hast du für eine Idee?«
»Ich habe eine Freundin, die bei der Spurensicherung in Messina arbeitet, eine sehr professionelle Kollegin.«

»Ich wette mal, die ist auch ein Fan vom Großen Preis der Formel 1.«

»Was ist daran so schlimm?«

»Weiter, Steppani.«

»Also, wir fotografieren jetzt die Abdrücke mit einer hochauflösenden Digitalkamera, dann lade ich sie in den Computer und schicke sie der Kollegin per E-Mail. Mit der fortschrittlichen Software, die die dort haben, wird es ein Kinderspiel sein, die Abdrücke zu vergleichen.«

»Eine gute Idee, aber wir können nicht offiziell vorgehen.«

»In Ordnung, ich benutze meinen Laptop. Aber jetzt will ich wissen, was Sie sich ausgedacht haben.«

Bonanno erzählte ihm nicht alles, was ihm durch den Kopf ging, und blieb sehr allgemein. Während er seine Theorie erklärte, wechselte Steppanis Gesichtsausdruck von Unglauben zu Bestürzung.

»Das ist unmöglich. Sagen Sie mir, dass Sie das nicht ernst meinen«, rief er schließlich erschüttert aus.

»Begreifst du jetzt, warum ich dir nichts sagen wollte?«

»O. k. Wie Sie wollen. Dann folgen Sie eben nur Ihrem eigenen Kopf«, sagte Steppani und wollte das Büro verlassen.

»Wo gehst du hin?«

»Ich hole die Digitalkamera und den Laptop.«

»Ich warte hier auf dich.«

Kurze Zeit später war Steppani schon wieder da. Er hatte eine Canon EOS 30D umhängen, 8,2 Pixel, optischer Zoom, Autofokus und Farbdisplay. Im Koffer hatte er einen Laptop der neuesten Generation mit einem besonders schnellen internen Modem.

»Gut, dann mal los«, sagte Steppani und schaltete die Kamera ein.

Zunächst breitete er den Umschlag mit den Fingerabdrücken, die er mit Tinte abgenommen hatte, auf dem Schreibtisch aus und rückte ihn ans Fenster. Steppani fotografierte ohne Blitz, nur mit Tageslicht. Das Gleiche tat er mit den Abdrücken, die Bonanno genommen hatte. Er machte von allen je drei Aufnahmen.

»Jetzt speichern wir die auf dem Computer ab und dann können wir sie auf dem Monitor vergrößern«, erklärte Steppani und benutzte absichtlich einfache Worte, da er wusste, wie sehr Bonanno mit allen elektronischen Geräten auf Kriegsfuß stand.

Er nahm ein passendes Kabel und verband die Kamera mit dem Notebook, dann startete er das Programm, um die Bilder herunterzuladen. In ein paar Minuten hatte er die Bilder auf der Festplatte seines Laptops gespeichert.

Dann legte er zwei Ordner an. Den einen nannte er »Abdrücke A«, den zweiten »Abdrücke B«.

»Diese Ordner sind wie Schubladen, da legen wir die Fingerabdrücke ab. Um sie nicht zu verwechseln, habe ich den ersten Ordner A wie Albaner genannt und den zweiten B wie Bonanno«, erklärte Steppani.

»Hmm«, war Bonannos einziger Kommentar, ehe er sich noch eine Zigarette ansteckte.

Steppani arbeitete weiter, er speicherte die Bilder einzeln ab und benannte sie: Daumen A, Zeigefinger A und so weiter.

»So, jetzt sind wir fertig.«

»Was heißt das?«

»Der erste Teil unserer Arbeit ist beendet. Jetzt gönnen wir uns ein Brötchen und ein Bier und dann rufe ich meine Freundin bei der Spurensicherung an, lasse mir ihre E-Mail-Adresse geben und schicke ihr die Bilder, damit sie sie vergleicht und uns informiert.«

»Du denkst immer nur ans Essen, Steppà. Wir haben keine Zeit zu verschwenden, ruf sie sofort an.«

»Uff, na schön«, sagte Steppani und griff nach demTelefon auf dem Schreibtisch.

»Bist du wahnsinnig?«

»Gut, ich habe verstanden.«
Der Brigadiere holte sein Handy heraus, suchte in seinem internen Telefonbuch und fand die gewünschte Nummer.
»Hallo, Liliana, wie geht's dir?«
Nach endlosen Minuten voller Schmeicheleien, die Bonanno den Magen umdrehten, fragte Steppani nach dem, was Bonanno so dringend wissen wollte.
»Du bist ein Schatz, ich schicke sie dir sofort. Wie lange wirst du brauchen? In Ordnung, dann warte ich auf deine Antwort.«
»Was hat sie dir gesagt?«, fragte der Maresciallo.
»Was Sie gehört haben. Ich schicke ihr jetzt die Bilder der Fingerabdrücke, sie vergleicht sie und informiert uns, sobald sie die Ergebnisse hat.«
»Dann warten wir.«
»Ich hole mir ein Brötchen.«
»Bring mir zwei mit.«
»Na gut, dass nur ich immer ans Essen denke.«
»Mit leerem Magen ist nicht gut arbeiten.«
»Sie zahlen aber.«

Steppanis Handy klingelte. Der Brigadiere spülte den letzten Bissen mit einem Schluck Bier hinunter. Sie waren wieder in Bonannos Büro gegangen.
»Du bist ein Schatz, Liliana. Ich verspreche: Sobald ich Karten für Monte Carlo bekomme, fahre ich mit dir dorthin. Ehrenwort.«
»Was ist jetzt?«, fragte Bonanno.
»Sie schulden mir auch noch zwei Karten für den Großen Preis von Monte Carlo.«
»Himmelherrgott noch mal, Steppani, weißt du, warum ich dich nicht umlege?«
»Weil Sie dann noch tiefer in der Patsche sitzen. Na, Sie lagen richtig, Maresciallo, der Fingerabdruck des Albaners ist

identisch mit den Abdrücken, die Sie in Vitellaros Wohnung genommen haben.«
»Also hatte ich recht! Komm jetzt, Steppani, hol den Wagen. Wir gehen auf die Jagd.«
»Wonach?«
»Nach Schlüsseln.«
Bei diesen Worten blitzten Bonannos Augen auf. Seine Faust umklammerte den Schlüssel, den er sich von der Witwe geliehen hatte. Es war ein Hauptschlüssel, er hatte kein Loch am Schaftende; dort, wo man ihn in die Tür steckte, endete er in mehreren Bärten. Steppani begriff überhaupt nichts, aber er entschloss sich, wortlos zu gehorchen. Er kannte seinen Maresciallo nur zu gut und wusste genau, wenn der so eifrig bei der Sache war, war sein Bulleninstinkt ein Selbstläufer. Dem konnte niemand folgen.
»Steppà, treib auch eine Zeitung mit einem Foto von der Piditella auf.«
»Zu Befehl.«
Steppani verschwand und ließ Bonanno mit seinen Gedanken allein. Der zündete sich eine Zigarette an. Seine Hand umklammerte den Schlüssel. Konnte es wirklich so gewesen sein? Auch ihm kam sein Plan verrückt vor. Aber die Tatsachen bestätigten ihn. Der Fingerabdruck des Albaners auf der Kommode in Vitellaros Wohnung, genau auf der Schublade, in der die Waffe aufbewahrt wurde, sagte es klar und deutlich: Der Mann war dort gewesen. Das war kein Zufall. Ganz bestimmt nicht. Und er war nicht eingebrochen, also stellte sich die Frage: Wie konnte er von der Pistole wissen? Jemand musste ihm davon erzählt haben. Und nicht nur das, dieser Jemand hatte ihm auch die Schlüssel beschafft, weil er genau wusste, dass die einzig mögliche Zeugin zu dieser Zeit in der Kirche in irgendeiner biblischen Sprache fantasierte. Dieser Jemand hatte rote Haare und ein höhnisches Grinsen.
»Diesmal nagle ich dich fest, verdammte Catanisa.«

Steppani kam zurück.
»Ich hab die Zeitung.«
»Dann los.«
»Wohin?«
»Zum Corso, wir gehen in eine Eisenwarenhandlung.«
»Jetzt begreife ich, wonach Sie suchen.«
»Bravo, na also, nach dem Essen hast du einen klareren Kopf.«

Auf dem Ladenschild stand »Calogero und Söhne«. Es war das älteste Geschäft seiner Art in Villabosco. Der alte Don Calò trug eine Mütze auf dem Kopf, einen weißen Schnurrbart und einen Wollschal um die Schultern. Er war zwar schon ziemlich verkalkt, aber er stand immer noch aufrecht wie eine Pappel neben der Kasse, an der seine junge Schwiegertochter saß, die die Augen verdrehte.
Bonanno und Steppani betraten im Stechschritt den Laden.
»Guten Tag, ist hier jemand für das Nachmachen von Schlüsseln zuständig?«, fragte Bonanno. Steppani stand ihm zur Seite. Die Frau an der Kasse gab sich einen Ruck, weil sie sich durch den bewundernden Blick des Brigadiere geschmeichelt fühlte, und sagte: »Darum kümmert sich unser Angestellter Vincenzino. Was möchten Sie?«
»Wo finde ich den?«, fragte Bonanno nach.
»Dort hinten rechts, ich bringe Sie hin.«
»Danke, sehr erfreut, Signorina«, schmeichelte ihr Steppani.
»Signora bitte«, sagte die Frau an der Kasse kokett. Den aufrechten alten Mann durchzuckte es.
»Danke, wir finden schon allein hin«, sagte Bonanno abwehrend, ging vorwärts und warf Steppani einen vernichtenden Blick zu.
Vincenzino war kein kleiner Junge, wie der Name vermuten ließ, er ging schon auf die vierzig zu, war ein Meter neunzig groß und wog hundertdreißig Kilo.

»Guten Tag, darf ich eine Frage stellen?«, sagte Bonanno.
»Aber gern.«
»Du bist hier für das Nachmachen von Schlüsseln zuständig?«
»Jawohl.«
»Vormittags und nachmittags?«
»Ich bin immer hier.«
»Gut, weißt du, ob in den letzten Wochen diese Frau hier diesen und andere Schlüssel nachmachen ließ?«, fragte Bonanno und zeigte Vincenzino Agatina Piditellas Foto und den Hauptschlüssel.
Der Riesenkerl schüttelte den Kopf.
»Nein.«
»Bestimmt?«
»Ganz bestimmt.«
»Möchtest du noch mal darüber nachdenken?«
»Warum soll ich nachdenken? Entweder es ist so oder nicht, und diese Signora habe ich hier noch nie gesehen.«
»Danke.«
Sie verließen das Geschäft »Calogero und Söhne«. Die schönen Augen der Kassiererin folgten ihnen. Steppani hatte sie sich schon für künftige Gelegenheiten gemerkt. Nun fuhren sie zum »Heimwerkermarkt«. Auch dort bekamen sie keinen nützlichen Hinweis.
Hatte die Catanisa, schlau, wie sie war, die Schlüssel vielleicht nicht in Villabosco nachmachen lassen? Nach Bonannos Berechnungen wäre ihr dazu nicht genug Zeit geblieben. Nach seiner Rekonstruktion der Fakten, die noch zu beweisen war, hatte sie die Schlüssel an jenem Nachmittag in der Wohnung der Witwe bemerkt. Nur ein Blinder hätte sie übersehen, so auffällig hingen sie da. Beim Hinausgehen hatte Agatina sie gestohlen und am nächsten Morgen, bevor die Witwe ihr Fehlen bemerken konnte, war sie unter dem Vorwand, ihr die Cannoli zu bringen, zurückgekehrt

und hatte die Schlüssel wieder an ihren Platz gehängt. In dieser kurzen Zeit hätte sie sich schwerlich aus Villabosco wegbewegen können. Aber es war nicht unmöglich. Auch in der dritten Eisenwarenhandlung bekamen sie eine abschlägige Antwort. Jetzt blieb nur noch »Heimwerkerparadies«, ein gigantischer Baumarkt, der vor einigen Jahren am Rand von Villabosco eröffnet hatte. Der war wirklich riesig und damit eigentlich der richtige Ort, wenn man nicht auffallen wollte.

Der Laden gehörte Fabrizio, einem aufgeweckten jungen Unternehmer unter dreißig. Bonanno sagte ihm, wonach er suchte.

»Warten Sie einen Augenblick«, antwortete Fabrizio.

Über die Sprechanlage rief er zwei Angestellte in sein Büro.

»Stört es Sie, wenn ich rauche?«

Der Mann wurde Bonanno sofort sympathisch.

»Im Gegenteil, dann rauche ich auch eine«, antwortete er.

Als die beiden Angestellten im Büro ihres Chefs die Carabinieri Bonanno und Steppani sahen, die so finster wirkten, als gingen sie zu einer Beerdigung, wurden sie nervös. Sie atmeten auf und waren sehr gern zur Zusammenarbeit bereit, als Bonanno ihnen erklärte, warum sie gekommen waren. Der Erste, ein pickliger Bodybuildingtyp, schüttelte den Kopf. Aber der andere, ein Junge mit schwarzen Locken und Augen wie Kohlen, steckte eine MS in den Mund und überlegte.

»Ich glaube schon, ja, eine wie die fällt auf«, sagte er.

Bonanno hätte ihn am liebsten umarmt.

»Ist das der Schlüssel?«

»Ich glaub schon, aber es waren vielleicht zwei oder drei.«

Jetzt hätte der Maresciallo den Jungen am liebsten geküsst.

»Erinnerst du dich noch, wann das ungefähr war?«

»Ich glaube, am späten Nachmittag, kurz vor Ladenschluss.«

»Bist du sicher?«

»Ich glaube.«

»Los, streng dich an. ›Ich glaube‹ reicht mir nicht. Bist du sicher oder nicht?«

»Ich bin sicher.«

»Nimm, die hast du dir verdient«, sagte der Maresciallo und gab dem Jungen ein Päckchen seiner Zigaretten.

»Danke, Maresciallo.«

»Ich danke dir. Wie heißt du?«

»Salvatore.«

»Du hast uns sehr geholfen, Salvatore, das werde ich nicht vergessen.«

»Jetzt haben wir's geschafft«, erklärte Steppani zufrieden und legte den Gang ein, dass die Reifen quietschten.

»Fast. Wir fahren in die Via Dei Conventi.«

»Welche Hausnummer?«

»Zum Geschäft der Geschwister Sparacino.«

Die Via Dei Conventi war ein mit Lavasteinen gepflastertes Gässchen in der Altstadt von Villabosco. Dort hatten die Häuser noch Fassaden aus behauenen Natursteinen, das Leben lief gemächlich und die Zeit schien stillzustehen. Das Geschäft lag im Schatten des dreieckigen Campaniles aus dem siebzehnten Jahrhundert, der zu dem gleich alten Internat gehörte, das die »Piccole suore di Maria« leiteten.

Das Geschäft wurde von zwei Brüdern und einer Schwester geführt. Bonanno stellte sich vor und setzte sein schönstes Lächeln auf. Aber zwischen diesen Kerzenleuchtern aus massivem Silber und den Colliers mit Anhängern, die ihn mindestens sechs Monatsgehälter gekostet hätten, fühlte er sich unbehaglich.

»Womit kann ich Ihnen dienen, Maresciallo?«, sagte der ältere der beiden Brüder servil. Seine Haare waren gegelt, er trug eine Brille mit Goldrand und für die Uhr an seinem Handgelenk hätte sich ein bewaffneter Überfall gelohnt.

Offensichtlich hatte er von der Geschichte zwischen dem Staatsdiener Bonanno und der schönen Sozialarbeiterin gehört und hoffte, ihm nun ein großes Geschenk für einen mehrstelligen Betrag verkaufen zu können. Als der Maresciallo den wahren Grund für seinen Besuch erklärte, konnte der Mann seine Enttäuschung nicht ganz verbergen.

»Meine Schwester kümmert sich immer um die Witwe Barbascia, ich hole Sie Ihnen sofort«, sagte er und verschwand in der Werkstatt hinter dem Laden.

Die Schwester war ein nettes Mädchen, mit einer guten Figur, blond, aber nicht zu hellblond, mit himmelblauen Augen und blutroten Lippen. Sie hieß Vita. Bonanno trat Steppani, der sich schon ins Zeug legen wollte, auf den Fuß und bremste ihn so aus.

»Guten Abend, Maresciallo, was wollten Sie wissen?«

»Erinnern Sie sich, wann Signora Barbascia, verwitwete Mangiacapra, einen von diesen Tellern gekauft hat?«, sagte er und deutete auf die Teller von Royal Kopenhagen in der Vitrine.

»Natürlich, die Teller aus der Serie ›Für die Mutter‹. Das war der neueste. Die Signora ist schon lange Kundin bei uns.«

»Gut. Die Witwe Barbascia hat uns erzählt, sie habe bei dieser Gelegenheit hier eine andere Signora wegen eines Kaufs beraten. Wissen Sie davon?«

Bonanno zeigte Vita Agatinas Foto.

»Natürlich, und ich kann Ihnen auch sagen, sie hat die Dame gut beraten.«

»Erinnern Sie sich, was sie gekauft hat?«

»Sicher. Eine kleine Figur wie die hier in der Vitrine, eine Bäuerin mit Kälbchen. Wir nehmen immer nur zwei Stück des gleichen Typs, nie mehr. Die fehlende Figur hat die Dame gekauft. Diese Figuren werden jedes Jahr nur in einer limitierten Auflage produziert, es sind Sammlerstücke, die Originalform wird danach zerstört.«

»Aha! Wenn ich also die Nummer dieses Nippes wissen wollte?«
»Natürlich, kein Problem, die kann ich Ihnen auch gleich geben, wir schreiben sie zur Sicherheit auf.«
»Sehr nett von Ihnen. Nur aus Neugierde, wo steht die Nummer?«
»Ich zeige es Ihnen.«
Vita öffnete die Vitrine, nahm vorsichtig eine Porzellanfigur heraus und zeigte ihm das Markenzeichen mit den drei Türmen und die Seriennummer.
»Danke, Sie sind wirklich sehr freundlich.«
»Ich schreibe Ihnen die Seriennummer auf.«
»Eine letzte Frage. Wissen Sie, an wen das Geschenk ging?«
»Lassen Sie mich nach der Adresse schauen, die die Kundin uns für die Lieferung angegeben hat«, sagte Vita, drehte sich um und verschwand.
»Das Porzellanding ist nicht die einzige hübsche Figur hier drin«, erklärte Steppani.
»Sei still, du Casanova.«
»Was ist denn schlimm daran, etwas Schönes zu bewundern?«
»Die Kleine handelt mit Schmuck, das ist nichts für dich.«
»Das sagen ausgerechnet Sie, der was mit einer Sozialarbeiterin hat.«
Empfindlich getroffen wollte Bonanno schon heftig antworten, aber Vitas Rückkehr unterbrach ihr Wortgefecht.
»Da ist die Seriennummer und hier die Adresse, wo unser Lehrling das Geschenk abgegeben hat.«
»Danke, sehr freundlich, Signorina.«
Bonanno las und wollte seinen Augen nicht trauen: Er hielt die Adresse von Ficaloras Wohnung in der Hand. Agatina Piditella hatte sich die Figur nach Hause schicken lassen.

## *Neunzehn*

Die Dunkelheit bricht über Villabosco herein und legt sich wie ein schwarzes Tuch, das die zu früh gealterten Frauen des Südens so lieben, über die Stadt. Hinter ihren verführerischen Schleiern leuchtet Venus einsam aus dieser dunklen Umhüllung. Es ist kälter geworden, über dem Sicanigebirge hängt Schneeluft, obwohl längst Frühling ist. Da soll sich einer mal mit den Jahreszeiten auskennen, das ist reine Glücksache. Bonanno und Steppani gönnen sich eine heiße Schokolade.

*Ihr sturer Charakter wird durch ein wenig Diplomatie gedämpft, das ist günstig für künftige Begegnungen. Im Beruf erbringen Sie Höchstleistungen.*

Sogar das Horoskop, das er in aller Eile in den letzten Seiten der heutigen Zeitung gelesen hatte, war positiv.

Vorsichtshalber klopfte Bonanno auf Holz, denn er wusste genau, welch schlechte Nachrichten ihm diese verfluchten Sterne auftischen konnten, die dort am Himmel auf ihre eigene Weise ihre Bahnen zogen und auf Leute wie ihn, die hartnäckig an astrologische Vorhersagen glaubten, unheilvolle Einflüsse losließen.

Sie saßen im Hinterzimmer der Bar »Tropicana« und ruhten sich ein wenig aus. Das positive Horoskop beflügelte Bonanno und er dachte, es sei endlich an der Zeit, dem Brigadiere reinen Wein einzuschenken. Eigentlich verdiente der Junge sein vollstes Vertrauen.

»Du musst mir einen Gefallen tun, Steppà«, fing er an.

»Noch einen?«

»Einen letzten.«
Der Brigadiere seufzte ergeben.
»Was soll ich tun?«
»Du müsstest dir was einfallen lassen, und damit meine ich nicht deine Fähigkeiten, Türen aufzubrechen, um festzustellen, ob diese hübsche Figur sich noch im Hause Piditella befindet. Nimm vielleicht deine Kamera mit.«
»Darf ich wenigstens fragen, warum?«
»*Ogni muddrica fa sostanza*. Kleinvieh macht auch Mist.«
»Mit Verlaub, Maresciallo, mit Ihren Sprichwörtern haben Sie mich wirklich genug gequält.«
Bonanno sah ihn freundlich an: Der gute Junge hatte recht. Er schuldete ihm etwas. Also beschloss der Maresciallo, ihm diesmal wirklich alles zu erzählen.
»Hör mir zu, Steppà. Das sind die Fakten: Durch die Fingerabdrücke auf der Schublade haben wir den Beweis, dass der Albaner in Vitellaros Wohnung eingedrungen ist. Daran besteht kein Zweifel. Wir wissen auch, dass die Tür nicht aufgebrochen wurde, also muss er die Schlüssel gehabt haben. Wer hat sie ihm gegeben? Ich hatte einen Verdacht, aber jetzt wissen wir mit ziemlicher Sicherheit, von wem er sie hat. Die Catanisa hatte es aus zwei Gründen auf die Witwe abgesehen: Sie war die Eigentümerin der Wohnung, in der die Geliebte ihres Mannes lebte, und jeden Donnerstag fantasierte sie in der Gruppe auf Türkisch.«
»Hebräisch, Maresciallo.«
»Wie du willst, Steppà. Der Punkt ist, ich glaube, die Catanisa hat sich sofort an die Witwe gehängt, als sie die Signora im Laden sah, vielleicht hat sie sie sogar auch schon dorthin verfolgt. Egal, auf jeden Fall hat sie die Geschichte mit dem Geschenk erfunden, sobald sie bemerkte, dass die Barbascia norwegisches Porzellan liebte.«
»Dänisches, Marescià. Kopenhagen ist die Hauptstadt von Dänemark.«

»Das spielt jetzt keine Rolle, Steppà, und hör auf, mich immer zu unterbrechen, sonst verliere ich den Faden. Die Catanisa hat sich geschickt angestellt und ließ sich ins Haus der Witwe einladen. Dort hat sie die Schlüssel gesehen und einen mitgenommen, als sie ging. Den hat sie dann von Salvatore im ›Heimwerkerparadies‹ nachmachen lassen. Am nächsten Morgen ist sie wieder zu der Witwe gegangen, hat die Cannoli als Vorwand benutzt und den Schlüssel an seinen Platz zurückgehängt, bevor die Witwe sein Fehlen bemerken konnte. Dann hat sie den Mord an Domitilla und Professore Ficalora organisiert, und zwar aus Rache und Hass. Domitilla war schwanger und das ertrug sie nicht. Ich habe keine Ahnung, warum diese Teufelin Agatina diesen Albaner damit beauftragt hat. Das wird er uns erzählen, sobald er sich erholt hat, oder wir finden es von selbst heraus, denn wenn wir darauf warten, dass die Catanisa redet, können wir schwarz werden. Aber ich wette eins zu hundert, dass es so gewesen ist. Dazu passt noch ein weiteres Detail: die Porzellanfigur aus dem Laden. Ich bin der Meinung, dass die Piditella niemanden beschenken musste, das war einfach der erstbeste Vorwand, um sich an die Witwe zu hängen. Dies beweist schon die Tatsache, dass sie deiner schönen Vita ihre eigene Adresse angegeben hat. Als Geschenk eingepackt war die Figur zu unhandlich, um sie mitzunehmen, und ich glaube, dass die Figur mit der Nummer, mit der man sie identifizieren kann, sich noch bei ihr zu Hause befindet. Wenn du sie auftreibst und vielleicht noch fotografierst, haben wir einen Beweis mehr für das, was ich vorhabe.«

»Was wollen Sie tun?«

»Dottor Panzavecchia alles erzählen.«

»Wann?«

»Sobald wie möglich, wann immer er dazu bereit ist, gern auch heute Abend.«

»Verzeihung, Maresciallo, aber wenn die Piditella den Doppelmord in Auftrag gegeben hat, dann verhaften wir sie doch ganz einfach.«
»Du vergisst eins, Steppà, wir sind hier in Italien. Wenn wir sie jetzt verhaften, dann ist sie morgen aus Mangel an Beweisen wieder draußen, aber uns zerreißt der Anwalt in Stücke. Und nicht nur er, vergiss nicht den Capitano und den Colonnello.«
»Sicher, der Capitano kann Sie nicht leiden.«
»Das ist es nicht, jeder kann sich die Hörner abstoßen, wo es ihm gefällt, aber wegen dieses Büffelkopfes musste ich heimlich wie ein Dieb vorgehen. Jetzt wird es aber Zeit, den Untersuchungsrichter zu bitten, das Ganze rechtlich abzusichern. Wir brauchen seine Genehmigung, damit die Beweise und die Indizien, die wir gesammelt haben, offiziell anerkannt werden und man sie im Prozess verwenden kann. Verstehst du jetzt? Das heißt, wenn du jetzt auch noch die Figur findest, dann haben wir einen Volltreffer gelandet.«
»Wenn sie bei ihr in der Wohnung ist, dann werde ich sie finden.«
»Ich verlasse mich auf dich, Steppà.«

Die Straße zwischen Villabosco und Caltanissetta erinnerte mehr an eine Buckelpiste als an eine Straße, die jeden Tag von Tausenden unglücklicher Autofahrer befahren wird, deren Wagen nach einem Jahr Schlaglöcher zur Freude von Mechanikern und Reifenhändlern gründliche Instandsetzungsarbeiten benötigen. Bonanno raste, schnitt Kurven und kümmerte sich nicht um Unebenheiten und Löcher. Der Maresciallo hatte es eilig.
Dottor Giacomo Panzavecchia leitet das Büro, das abgekürzt GIP-GUP genannt wird. In diesem Büro sind die Ermittlungsrichter und die für die Vorverhandlungen zuständigen Richter tätig. Panzavecchia ist fast fünfzig. Schnurrbart und

Bart sind grau meliert, sein dichtes Haar leicht angegraut, er trägt eine Brille. Er ist streng, aber ehrlich und respektiert Bonanno. Mit dem Maresciallo verbindet ihn eine besondere Beziehung, er vertraut ihm, das ist selten geworden in dieser Zeit, und deckt ihn oft, besonders wenn Bonanno mit seinen ungeschliffenen Methoden nicht darauf achtet, ob er die Regeln übertritt, die das Gesetz und die Verfahrensordnung vorschreiben.

Es ist schon sehr spät, als Bonanno sein Büro betritt.

»Ich hoffe, Sie haben einen guten Grund, mich so lange hier festzuhalten«, beginnt Panzavecchia das Gespräch.

»Einen besonders guten: Doppelmord.«

»Noch einer?«

»Es geht immer um den gleichen, mit einigen Veränderungen der offiziellen Version gegenüber, die mein Capitano geliefert hat. Der hatte zuerst Vitellaro in Verdacht und jetzt, wo er den Albaner gefunden hat, hat er beschlossen, dass der geschossen hat, aber wie und warum interessiert den nicht die Bohne.«

»Was versuchen Sie mir damit zu sagen, Bonanno?«

»Ich bin ja gekommen, um Ihnen alles zu erzählen.«

*Krankenhaus in Agrigent. Wachstation*

Die Mönchskutte über dem vorgewölbten Bauch und die violette Stola stehen Bonanno gar nicht schlecht. Steppani in Uniform gibt ihm Deckung. Der Albaner Latif Berisha öffnet mühsam die Augen, er ist sehr schwach. Zwei Behälter, einer mit Blut, der andere mit einer Nährflüssigkeit, tropfen langsam vor sich hin. Der Albaner ist aus dem Koma erwacht, deshalb hat man ihn auf die Wachstation verlegt.

»Was du von mir wollen? Gehen weg, ich nichts Priester, ich gehen gut.«

»Mein Sohn, die Ärzte haben mich gerufen, damit du beichten kannst. Sie sagen, es geht dir sehr schlecht. Und selbst wenn du am Leben bleibst, erwartet dich lebenslänglich Gefängnis. Schau da raus. Sie haben Carabinieri abgestellt, um dich zu bewachen. Wenn du auf die Beine kommst, bringen sie dich in den Bau, und da kommst du nicht wieder raus. Du hast kaltblütig zwei Menschen ermordet, nein, sogar drei, denn die Signora war schwanger. Du hast sie ermordet, um zu stehlen. Alles, was du gestohlen hast, hat man im Kofferraum deines Wagens gefunden.«

»Was du sagen? Du verrückt.«

»Beruhige dich, mein Sohn, die Carabinieri wissen alles. Wenn du gesund wirst, bleibst du dein Leben lang hinter Gittern.«

»Das sein nicht ich, ich nichts wissen.«

»Alle Zeitungen berichten über dich, mein Sohn, da sind sogar dein Bild und dein Name abgedruckt, sie haben dich jetzt, du brauchst mir nichts vorzumachen, für das Gesetz der Menschen bist du eine verlorene Seele. Beichte, erleichtere wenigstens dein Gewissen und wenn du draufgehst, kann es sein, dass der gütige Gott dich nicht in die Hölle schickt, sondern ein Eckchen im Paradies für dich findet.«

»Ich nichts machen, nicht Beweise, sie nichts in der Hand.«

»Überzeuge dich, mein sturer Sohn, die Carabinieri haben die Waffe gefunden und während du im Koma lagst, haben sie bei dir den Paraffintest vorgenommen und wissen jetzt, dass du geschossen hast. Sie haben sogar deine Fingerabdrücke gefunden, da kommst du nicht mehr raus. Sicher war es schlau von dir, heimlich die Pistole aus der Wohnung zu stehlen, aber erklär mir eines: Woher wusstest du, dass sie in der Schublade der Kommode lag? Beichte, mein Sohn, ich kann dir helfen. Teile die Last deiner dunklen Geheimnisse mit mir, stirb nicht mit dieser Bürde auf deinem Gewissen.«

Latif Berisha fühlte sich verloren. Das Blut stockte ihm in

den Adern. Das rundliche Gesicht des Priesters bewegte ihn zu einem Geständnis.
»Nur Mut, mein Sohn, man weiß schon, dass dir jemand die Schlüssel gegeben hat. Wer war das?«
Latif Berisha gab auf, er drehte sein Gesicht zu dem verschwitzten Kissen und redete.
»Signora mit roten Haaren, sie sagt, sie findet Pistole für mich. Sie gibt mir Schlüssel und Geld. Viele Geld. Sagt, kein Problem, in ganzer Gegend ist niemand, sie kennt Ort. Sie große Lust auf albanische Männer. Ich auch mit ihr. Sie sagt mir, erschießen Mann und Frau, sie schlecht mit ihr. Ich sollen schießen, aber ich will nicht.«
»Das ist alles bekannt, mein Sohn, beichte noch ein wenig mehr, erleichtere dein Gewissen und du wirst dich besser fühlen. Wie hast du die Frau mit den roten Haaren kennengelernt? Sie heißt Agatina, richtig? Agatina Piditella!«
»Ich sie kennengelernt in Agrigent, in Februar, auf Fest von Mandelblüte, ich stehle ihr Tasche, Scheißbullen mich schnappen, aber sie mich nicht anzeigt, schenkt mir Hunderter und Kuss. Will meinen Namen und Adresse. Dann sie ein paarmal zu mir gekommen. Mir geht gut mit ihr. Sie ist schöne Italienerin. Sagt mir, wenn ich schieße, ich sie kann heiraten und werden Italiener. Schluss mit wildem Leben. Sie Geld, viel Geld. Ich schieße, ich schieße.«
»Sag mir, mein Sohn, hat dir die schöne Italienerin auch gesagt, du sollst Geld und andere Dinge aus dem Haus mitnehmen?«
»Sie mir sagt, nicht anrühren, mehr auf Frau schießen als auf Mann, Decken wegziehen und gehen. Sie sagt mir, wirf Waffe auf Land weg. Ich aber behalte Pistole und nehme Geld weg. Ich wollen meine Spätung Boss Lukaci erklären mit Auto kaputt, denn er wütend, wenn er weiß.
Dann Kind weint, ich nervös, ich es schlage. Mir fällt Pistole runter. Dann anderes Kind mit Feueraugen schießt mich.«

Padre Bonanno steht auf, sieht den Verwundeten streng an, dann schlägt er feierlich ein Kreuz und sagt: »Ich vergebe dir deine Sünden.« Und segnet ihn.

*Polizeipräsidium in Agrigent*

»Sagen Sie mir eins, wie könnte man etwas in den Dienstberichten nachsehen?«, fragte Bonanno den Wachtposten vor dem Präsidium.

Der verdreht die Augen über den dicken Priester, der von einem Carabiniere begleitet wird.

»Lassen Sie sich nicht beirren, ich bin doch auch Polizist, nur habe ich mich für eine Ermittlung verkleidet, hier ist die Verfügung von Richter Panzavecchia«, sagte Bonanno und zeigte seinen Dienstausweis und die Genehmigung vor.

Der Bericht, den er suchte, betraf Latif Berishas Verhaftung. Der Polizist, der ihn dabei erwischt hatte, dass er Agatina Piditella die Handtasche stahl, hatte den Mann in die Zentrale gebracht und dort hatten sie ihn identifiziert. Da keine Anzeige der unmittelbar Geschädigten vorlag, hatte man ihn wegen Festnahme auf frischer Tat verfolgt, aber da er keine Vorstrafen hatte, schon am nächsten Tag entlassen.

»Die üblichen Rätsel des italienischen Gesetzes«, war Bonannos bitterer Kommentar, während er das las. Er bat um eine Kopie des Berichts und bekam sie. Als er sie in der Hand hielt, sah er sie an und drückte sie an seine Brust: Endlich konnte er mit einer gewissen Dame abrechnen.

Die Stiefel sind Mishna zu groß. Er stopft den Zwischenraum vorn mit Lumpen aus und bindet sie oben mit einer Lederschnur zusammen.

»Komm mit, Mishna«, fleht ihn Argjan an.

»Komm mit«, wiederholt Verja.

Mishna deutet etwas wie ein Lächeln an, das Lächeln, das er verloren hat. Aber es gelingt ihm nicht, es wirkt eher, als verzöge er den Mund zu einer bitteren Grimasse. Er gibt Argjan das Geld, das er Latif abgenommen hat. Und schließt dessen Hand darum zur Faust. Dann sieht er beide lange an, als wollte er sich ihre Gesichter im Herzen einprägen. Anschließend dreht er sich wortlos um und verschwindet in der untergehenden Sonne. Verja und Argjan sehen ihm nach, bis er nur noch ein Schatten ist. Erst dann gehen sie Hand in Hand los, die Kaserne der Carabinieri ist vor ihnen, nur ein paar Dutzend Meter. Jetzt beginnt ihre Reise in die Hoffnung.

*Kaserne der Carabinieri in Villabosco. Büro des Capitano*
»Schieben Sie sich Ihren Blödsinn direkt in den Arsch, Capitano. Hier drin lesen Sie, was wirklich passiert ist. Der Mörder dieser beiden armen Menschen hat gestanden, mit dem Abholen können Sie sich Zeit lassen, aus dem Krankenhausbett flieht der bestimmt nicht, der ist so zugerichtet wie Christus am Kreuz. Um die Catanisa brauchen Sie sich nicht zu bemühen, um die kümmere ich mich«, sagte Bonanno, legte die Audiokassette mit Latif Berishas Geständnis auf den Tisch und den Bericht des Polizisten, der ihn festgenommen hatte. Dass es eine Verbindung zwischen Berisha und der Piditella gab, war damit mehr als erwiesen.
»Wenn Sie die genau angehört haben und festgestellt haben, dass Sie von der ganzen Sache nicht die Bohne begriffen haben, melden Sie sich bei mir.« Capitano Oliva erstarrte. Als er seinen Mund öffnete, um etwas darauf zu erwidern, war Bonanno schon die Treppe hinunter. Auf ihn wartete noch eine dringende Aufgabe.

*Neubaugebiet, Studio des Senders Tele Alto Platani*
Mimmo Carnemolla war ein kräftig gebauter Mann, knapp unter fünfzig. Er hatte schon viel Erfahrung als Reporter gesammelt, ehe er sich nach Villabosco zurückzog und dort

gewissenhaft über die Ereignisse in den Dörfern nahe dem trüben Fluss Platani berichtete, nach dem sein TV-Sender benannt ist. Von der zufälligen Verwundung Ficaloras bis hin zu dessen Mord passten für ihn viele Dinge nicht zusammen. Er kannte Bonanno und er kannte den Anwalt. Er wusste, wie viel der eine wog und wie viel der andere wert war. Für ihn stank die Geschichte zum Himmel und er wollte Klarheit.

»Ist das jetzt offiziell oder privat?«, fragte er, als der Maresciallo in seinem Studio auftauchte.

»Privat«, antwortet Bonanno.

»Ich höre«, sagt Carnemolla.

»Was willst du wissen?«

»Die Wahrheit.«

»Da hast du dich in der Adresse geirrt, da musst du schon an der Kirchentür klopfen und mit Padre Tanino reden. Oder du nimmst deine Fernsehkamera und folgst mir, aber stell keine Fragen, bevor ich es nicht sage.«

Carnemolla sah Bonanno in die Augen. Dort las er große Entschlossenheit.

»Gehen wir«, sagte er.

*Außenbezirke von Villabosco, Villa des Anwalts*

Avvocato Mazzarisi hörte die Türklingel. Im Überwachungsmonitor der Türsprechanlage sah er Mimmo Carnemolla. Sicher wollte der Reporter noch ein paar Informationen über die Bluttaten und sich dabei vermutlich seiner Redegewandtheit bedienen, um diesen unfähigen, aufgeblasenen Bonanno in die Tasche zu stecken. Mazzarisi schlug ein Rad wie ein Pfau. Doch er fiel sofort in sich zusammen, denn noch bevor er die Überraschung überhaupt wahrnahm, traf ihn ein Knie. Bonanno versetzte ihm einen Stoß zwischen die krummen Beine und zeigte ihm einen Haftbefehl gegen die Catanisa.

»Wenn du möchtest, kannst du jetzt deine Kamera einsetzen, Carnemolla, ich bin bereit, dir alle Interviews zu geben, die du möchtest. Ich wette mal, der Anwalt hat auch nichts dagegen«, sagte Bonanno. Und erzählte jetzt haarklein, was alles vorgefallen war. Der Anwalt spuckte Gift und Galle, während er mit trockenem Mund zuhörte.

»Mir ist nur eins nicht klar, Maresciallo, wie ist Signora Piditella an die Schlüssel zu Vitellaros Wohnung gekommen?«

»Ganz einfach. Die Signora freundete sich bewusst mit der Besitzerin des Hauses an, in dem Vitellaro und seine Frau zur Miete wohnten. Die betreffende Dame, eine gewisse Filippina Barbascia, verwitwete Mangiacapra, besucht eine spirituelle Gruppe, die sich jeden Donnerstag in der Pfarrei San Pietro trifft. Sie ist sogar bekannt dafür, dass sie, wie soll ich sagen, zu denen gehört, die am meisten der Erscheinungen des Heiligen Geistes teilhaftig werden, ja genau. Signora Piditella kam unter einem Vorwand in ihre Wohnung, stahl den Schlüssel zu Vitellaros Wohnung und ließ sich einen Nachschlüssel anfertigen. Wir haben auch eine diesbezügliche Aussage des Eisenwarenhändlers.«

Hochrot und schmerzerfüllt lehnte Anwalt Mazzarisi empört ab, sich interviewen zu lassen.

Bonanno entließ ihn mit einem letzten finsteren Blick: »Und danken Sie Gott, wenn ich Sie nicht wegen Begünstigung anzeige.«

*Altstadt von Villabosco, Agatina Piditellas Wohnung*

Gefolgt von dem Journalisten, der höchst aufgeregt über diese Blitzaktion war, rief Bonanno zwei seiner Leute zu sich und fuhr zur Kirche Santa Lidia Purpuraria. Als er an der Tür des alten Palazzos klingelte, verspürte er eine große Befriedigung. In seiner Hand hielt er mit stolzgeschwellter Brust den Haftbefehl gegen die Catanisa. Er hatte doch versprochen, dass er diese Schlange holen würde, um sie ins

Gefängnis zu bringen. Während er darauf wartete, dass sie sich meldete, musste er an die beiden nackten Körper denken, die der Tod geschändet hatte, und plötzlich spürte er einen Kloß im Hals. Er fluchte zum Himmel und bearbeitete die massive Haustür mit Fußtritten.

»Ich komme schon, verdammt noch mal, was für eine Eile«, hörte man eine Stimme von drinnen.

Als Agatina plötzlich Bonanno vor sich stehen sah, neben ihm zwei Bullen und den Reporter mit der Fernsehkamera auf der Schulter, begriff sie, dass es vorbei war. Das sah sie in Bonannos Blick, noch bevor dieser etwas sagen konnte.

»Ihr kriegt mich nicht«, zischte sie und schlug die schwere Haustür vor Bonanno zu. Dann rannte sie die Treppe hinauf und schloss sich mit blitzartiger Geschwindigkeit in der Wohnung ein.

Steppani wartete nicht, er holte seine Waffe heraus und schoss dreimal auf das Schloss. Cantara trat gegen die Tür und warf sich in den Flur. Carnemolla nahm die ganze Szene auf. Die Catanisa hatte sich im Wohnzimmer verbarrikadiert. Die drei Carabinieri bewegten sich vorwärts, die Waffen im Anschlag. In die Ecke gedrängt wirkte die Frau wie eine Maus in der Falle. In der Hand hielt sie ein scharfes Messer.

»Wenn ihr näher kommt, schneide ich mir die Kehle durch«, drohte sie.

»Es gibt keinen Ausweg mehr für Sie, das wissen Sie doch, spielen Sie jetzt nicht verrückt.«

»Dann bringe ich mich um«, antwortete sie und führte die Klinge an ihren Hals.

»Na, das wollen wir sehen«, meinte Steppani.

»Was zum Teufel tust du da, Steppà?«, hielt ihn Bonanno auf. Er war außer sich.

»Vertrauen Sie mir. Ich kenne die Frauen besser als Sie, Maresciallo: Die spielt nur Theater.«

»Kommt nicht näher, sonst bringe ich mich um«, drohte die Catanisa wieder, die Augen traten ihr aus dem Kopf, der Speichel lief ihr aus dem Mund, und sie drückte mit dem Dolch zu. Ein purpurroter Tropfen benetzte die Klinge.

»Beruhigen Sie sich doch, wir legen jetzt die Pistolen ab. Los, Jungs, steckt sie weg«, befahl Bonanno. Cantara und Steppani steckten schnaubend die Waffen in ihre Gürtel, Bonanno ebenfalls.

»Gehen Sie oder ich bringe mich um!«, schrie die Catanisa. Ihre Augen sahen aus wie die einer Wahnsinnigen.

»Jetzt bin ich es aber leid«, antwortete Steppani. Mit einem Sprung warf er sich auf sie, packte ihren Arm, verdrehte ihn gewaltsam und zwang sie dazu, das Messer loszulassen. Es fiel klirrend auf die Kacheln. Wütend trat die Catanisa Steppani in seine wertvollsten Teile. Der krümmte sich und schnappte nach Luft. Vito Cantara schnellte vor und hielt sie an der Hüfte fest. Doch die Catanisa war glatt und wendig wie ein Aal, sie trat zu, schaffte es, sich aus dem Griff zu befreien und kratzte das Gesicht des Unglücklichen blutig. Bonanno sah rot.

»Jetzt reicht es!«, brüllte er, warf sich auf die Frau und gab ihr eine Ohrfeige, die er sich schon zu lange für diese besondere Gelegenheit aufgespart hatte. Der Schlag war so heftig, dass er die Catanisa neben dem Messer zu Boden schickte.

Bonanno kickte es mit einem Fußtritt weg.

»Wenn du einen Finger rührst, schlage ich dir die Zähne ein«, sagte er zufrieden.

*Bonannos Büro*

Agatina Piditellas Verhaftung wegen der schweren Beschuldigung, einen Doppelmord in Auftrag gegeben zu haben, löste in Villabosco einen Skandal aus. Mimmo Carnemollas Reportage wurde von aussagekräftigen Bildern begleitet und brachte viele Details. Wie ein wirbelnder Fluss, der

Hochwasser führt, fegte die Wahrheit den ganzen Dreck weg. Domitillas und Cristenzios Liebesgeschichte und die ihres ungeborenen Kindes ging unbefleckt daraus hervor. Die großen Sender kamen und schickten ihre Korrespondenten. Die Geschichte rührte ganz Italien. Alle außer Nenè Vitellaro.

»Das hätten Sie mir nicht antun dürfen, Maresciallo. Sie haben mich vor allen entehrt.«

»Wolltest du lieber ins Gefängnis gehen? Insgeheim war der Capitano schon überzeugt, du hättest dem Albaner die Waffe gegeben.«

»Vielleicht wäre das besser gewesen, ich wäre vielleicht mit ein paar Jahren Gefängnis davongekommen und niemand hätte mich ausgelacht und mir Hörner gezeigt. Alle haben gedacht, ich hätte sie umgebracht und mir die Geschichte mit der Pistole und einer kranken Schwester in Vittoria ausgedacht. Meine Ehre war wenigstens gerettet. Da wäre ich rausgekommen wie ein Ehemann, der die Flecken auf seiner Ehre mit Blut abgewaschen hat.«

»Hör auf, Vitellaro, sonst werde ich stinkwütend.«

»Aber jetzt sagen alle, ich sei nur ein betrogener Ehemann, einer von vielen auf dieser Welt.«

»Sag mir ganz ehrlich, Vitellà, was quält dich?«

»Dass sie mich nicht so geliebt hat wie diesen anderen. Sie war doch meine Königin, mein Leben, was ist mir jetzt noch von ihr geblieben?«

»Du hast deine Erinnerungen, die schönen Tage, die Liebesnächte.«

»Ach, geh zum Teufel, Bonanno!«

*Rosalias Wohnung, Viertel Santa Lidia Purpuraria*

Rosalia öffnet sich ihm weich und sinnlich wie eine Muschel. Bonanno scheint plötzlich siebenundzwanzig Paar Hände zu besitzen. Er genießt diesen weichen, glatten Körper. Sie lieben sich. Zum ersten Mal seit Jahren schläft er mit einer Frau. Es ist wunderbar. Er bedeckt sie mit unzähligen Küssen. Ineinander verschlungen genießen sie allein schon den bloßen Anblick des anderen. Sie lächeln einander glücklich an, wie ein junges Paar. Bonanno scheint unersättlich zu sein.

»Ich liebe dich«, flüstert er und sein Herz scheint in der Brust zu zerspringen.

Rosalia öffnet die Augen. Sie presst ihn an sich. Ihr duftender Busen macht ihn verrückt. Da hat er eine Idee: Er möchte sie auf dem vom Morgentau nassen Gras lieben. Möchte mit Rosalia ein Geheimnis teilen, das niemand kennt, seinen Lieblingsplatz.

»Komm, ich muss dir etwas zeigen«, sagt er und streichelt sie voller Verlangen.

»Jetzt?«

»Es gibt nichts Besseres, als noch ofenwarme Hörnchen zu essen, während die Sonne über dem Montanvalle aufgeht. Komm, du Faulpelz, steh auf.«

Sie küsst ihn schmachtend und schlüpft aus dem Bett.

»Wir werden es wieder tun, im feuchten Gras, und dann werden wir lange liegen bleiben und dabei die Wolken beobachten«, geht es Bonanno durch den Kopf und der Gedanke erregt ihn. Sein Punto fährt zu dem kahlen Hügel hinauf. Rosalia hält ihn am Arm. Sie duftet nach Weiblichkeit. Es ist schön, in den jungen Tag hinauszufahren und das Glück an seiner Seite zu haben.

*Racalmuto, auf dem Land*

Dreißig Kilometer weiter südlich führt ein Schäfer seine Herde auf die Weide. Das Kind läuft durch den feinen Nebel. Die Stiefel, die es trägt, sind zu groß für seine Füße, sie behindern es. Das Kind ist schön, seine Augen haben die Farbe des Meers und es hat blonde Locken.

»He, Kleiner, wo willst du denn hin um diese Zeit?«, fragt der Schäfer.
»Nach Hause.«
»Wo sind deine Eltern?«
»Sie erwarten mich dort«, antwortet das Kind und deutet mit seinem dünnen Finger auf den Horizont.
»Komm, iss ein Stück Käse, das bringt dir Blut in die Wangen«, sagt der Schäfer und reicht ihm etwas Weißes, Weiches und Festes.
»Wie heißt du, Kleiner?«, fragt der Schäfer.
»Skanderbeg.«
»Was ist das für ein Name?«
»Der Name eines Kriegers«, antwortet Mishna und betrachtet stolz seine Stiefel. Er läuft weiter nach Osten. Im Montanvalle geht die Sonne auf. Die ersten Strahlen spielen in seinen Haaren. Die warmen Reflexe erzeugen ein seltsames Bild auf seinem goldenen Schopf. Für den Schäfer sieht es aus, als tanze eine goldene Krone auf dem Kopf des Jungen, während er sich entfernt.
»Wer versteht schon die Jugend von heute? Aber der ist ein anständiger Junge«, sagt der Schäfer leise und wiegt nachdenklich seinen kahlen Kopf. Er kümmert sich wieder um seine Schafe. Aus Afrika weht der warme feuchte Hauch des Schirokko über Kaktusfeigen und Johannisbrotbäume hinweg, er streift die alten Steinbrüche. Die Sonne Siziliens leuchtet einsam am Himmel, überzieht die Insel mit gleißendem Licht und grellen Farben. Einsame Schatten entfernen sich in dem gelben Licht, das alles umarmt und verschluckt.

*»Mistrettas Maresciallo Bonanno ist eine wirkliche Bereicherung für die Krimiwelt!«*

FRÄNKISCHE NACHRICHTEN

Roberto Mistretta
DAS FALSCHE SPIEL DES FISCHERS
Maresciallo Bonanno sucht nach Regeln
BLT
272 Seiten
ISBN 978-3-404-92249-9

Eigentlich hatte Maresciallo Bonanno sich auf einen erholsamen Urlaub mit Tochter Vanessa gefreut, doch dann macht ihm ein mysteriöser Mordfall einen Strich durch die Rechnung. Auf der Müllkippe im sizilianischen Villabosco hat man einen Toten gefunden, der – wie sich schon nach kurzer Zeit herausstellt – in verschiedener Hinsicht ordentlich Dreck am Stecken hatte. Für Bonanno ist Schwitzen angesagt: Nicht nur seine verwöhnte Tochter macht ihm die Hölle heiß, auch sein Vorgesetzter, der aufgrund einer Kraft raubenden Liebesaffäre derzeit nur bedingt einsatzfähig ist, sorgt dafür, dass Bonanno schließlich im Alleingang einem grausamen Spiel auf die Spur kommt …

BLT

»*Sehr intensiv, sehr traurig, sehr eisig.*«

Nordis

Arnaldur Indriðason
FROSTNACHT
Island-Krimi
400 Seiten
ISBN 978-3-404-15980-2

In Reykjavík wird an einem frostigen Wintertag die Leiche eines Kindes entdeckt. Die Kriminalbeamten sind schockiert: Der dunkelhäutige Junge liegt im eigenen Blut festgefroren, offenbar brutal niedergestochen. Wie konnte es zu so einer grausamen Tat kommen? Erlendur, Sigurður Óli und Elinborg nehmen die Ermittlungen auf und konzentrieren sich zunächst auf das direkte Umfeld des Kindes: die Lehrer, die Mitschüler, die Angehörigen. Je mehr die Beamten in Erfahrung bringen, desto tragischer erscheint der Tod des kleinen Jungen ...

Kommissar Erlendur ermittelt in seinem siebten Fall.

Bastei Lübbe Taschenbuch